有爱的青春陪伴者

穗穗

Suisui

白头不渝 著

四川文艺出版社

图书在版编目（CIP）数据

穗穗 / 白头不渝著 . -- 成都：四川文艺出版社，2022.4

ISBN 978-7-5411-6304-3

Ⅰ . ①穗… Ⅱ . ①白… Ⅲ . ①长篇小说 – 中国 – 当代 Ⅳ . ① I247.5

中国版本图书馆 CIP 数据核字 (2022) 第 050021 号

SUISUI

穗穗

白头不渝 著

出品人　张庆宁
责任编辑　邓　敏
特约编辑　蔡杭蓓
装帧设计　孙欣瑞
责任校对　段　敏

出版发行　四川文艺出版社（成都市锦江区三色路 238 号）
网　　址　www.scwys.com
电　　话　0731-89743446（发行部）　028-86361781（编辑部）

排　　版　长沙大鱼文化传媒有限公司
印　　刷　长沙鸿发印务实业有限公司
成品尺寸　145mm × 210mm　开　本　32 开
印　　张　11　字　数　450 千字
版　　次　2022 年 4 月第一版　印　次　2022 年 4 月第一次印刷
书　　号　ISBN 978-7-5411-6304-3
定　　价　42.80 元

目录

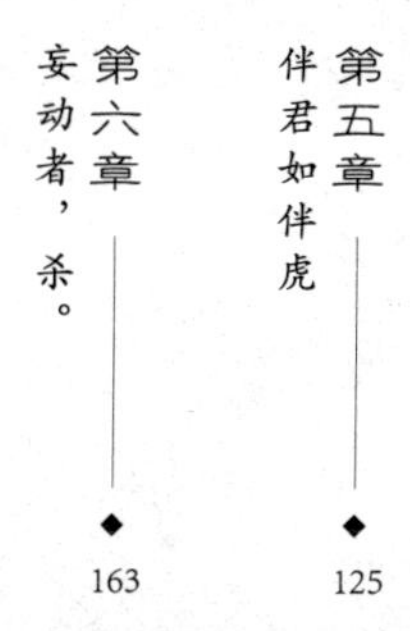

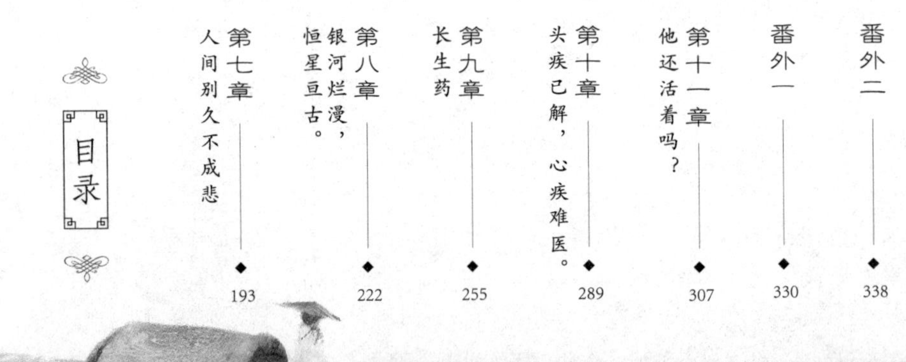

目录

第一章

/ 你叫穗穗？ /

1.

洁白的柳絮纷飞，落在三月春光的青青梢头，乍一看，如同覆上了层薄雪。

甜水镇，甜水村。

穗穗眼睛一眨也不眨地盯着外头，屋外立着的细竹竿影子逐渐缩到了最短，穗穗噌地从木凳上站起来，噔噔噔地跑去了灶火屋子，又小喘着气儿跑了回来。

“哥哥，水囊和帷帽。”穗穗双手各拿了一样微微举高。

秦斐从饭桌上起身，先接过穗穗手里的东西，然后把她因为跑动松散下的头发重新缠回红绳上。

“别慌，穗穗。”秦斐温和又无奈。

穗穗眨了眨眼睛，虽已经十四岁，但此时听了秦斐的话，她脸上的懵懂却像几岁稚儿。

秦斐很有耐心，他轻轻揉了揉穗穗的发顶：“谢谢穗穗。”

穗穗终于反应过来秦斐之前的话，她嘟囔：“哥哥说的是午时。”

秦斐笑了笑，他妹妹反应较常人要慢上一些，不过她内向，好多时候慢些也好。

“若是出去玩，记得早点回来。风筝给你补好了，若是今日它又破了，等哥哥回来给你带一个新的。”

秦斐看见穗穗发上的红绳荡呀荡的，是穗穗点头了，他心想着下次去集市要给妹妹买点新发饰了。

穗穗眼巴巴地看着秦斐。

秦斐瞧了眼外头的竹竿影子，时间是不早了，他在私塾教几个小孩子启蒙，生计倒是不用发愁，就是有点远，在隔壁村，中午赶回来吃顿饭就又没时间了。

“那哥哥走了。”秦斐带着水囊和帷帽推门出去。

“哥哥把帷帽戴上。”穗穗还没反应过来秦斐的话，却眼见着他要走了，提醒他。

秦斐对柳絮有些轻微的过敏，这种时令柳絮最是猖狂。

秦斐把帷帽戴上，隔着帷帽冲穗穗露出一个不甚清晰的笑，朝穗穗挥了挥手。

穗穗也朝他挥挥手。

秦斐的身影在正午最猛烈的日光下逐渐不见，整个甜水村炊烟袅袅，静悄悄的。穗穗在门口愣了一会儿才回到饭桌上，又夹了两口菜吃完米饭。

哥哥说了，不能浪费粮食。

穗穗动作小心地把碗碟放进水里，多洗了几遍一只碗上的缺口，那是她第一次洗碗的时候不小心磕的。

把这些都做完，她又打扫了一次屋子，然后在哥哥屋里的桌子上找到了那只燕子风筝。

风筝的边发毛，裹着的布料泛着黄，中间歪歪扭扭缝了好几针，也有几针缝得工整的，用的是新线，是秦斐昨晚缝的。

她拿着风筝出了门，回头看了好几眼，确定自己把锁挂上了才放心地拐过了岔路口，欢快地朝着常玩的小河边去了。

和村子里的静谧不同，这里热闹极了，小童们打打闹闹，还有泼水玩的。

“穗穗来了。”

不知道是谁先喊了一声，大家就都朝着小路看过去。

穗穗的红绳轻轻飘着，柳絮落了一点点在肩上。她拎着有些旧的燕子风筝，穿着半旧的鹅黄色襦裙快步走向小河。

“穗穗。”小童们或男或女都很高兴地喊起来。

一些没去玩水的小姑娘纷纷凑过来:“穗穗，你水性不好，你别离河太近。”

她们都把穗穗拦在小河边，还有小姑娘跑去摘了花：“穗穗，你把花儿别发髻上，肯定更好看。”

小郎君们也不甘示弱。

这下好了，穗穗手里除了风筝，还多了草蚂蚱、小红花，等等。

她把占手的东西都放下，眨眨眼。

大家显然习惯穗穗反应慢些，也都不急。

“我想放风筝。”穗穗慢吞吞地说。

“放风筝好。”姑娘们三五结伴，她们也不是总想在水边玩，放风筝多好呀，还能和穗穗说说话。

穗穗性格温暾，也长得好看，大家都很喜欢穗穗。

如果放风筝，就要到村口去，那边的空地要大一些。

于是，穗穗身边就簇拥了一群姑娘家有说有笑地一起走。

穗穗虽然没反应过来她们都在说什么，但是知道她们心意大抵都是好的，便一直露着好看又安静的笑。

燕子风筝高高地飞起来，姑娘家结伴又绣起了帕子，这时候的她们许多都早早定了亲事。

穗穗瞧着风筝越飞越高，柳絮随风飞舞，她红发绳上也落了几缕。她抱膝坐着，睁着一双黑白分明的眼睛，一直望着。

穗穗没有定亲事，她甚至还不清楚所谓的定亲事到底是个什么意思。

村门口。

一辆马车停了下来。

穗穗身边的姑娘们又叽叽喳喳起来。甜水镇在山上，有些荒僻，离最近的村子也有十几里远，鲜有外面的人来。

马车上跳下个年龄有些大的妇人，面容很是慈祥。她身后又跳下来两个男子，几人把木板支棱起来，摆成了一个小小的货摊，动静还不小。

“姑娘们，要针线吗？”那妇人笑吟吟地问道。

几个姑娘家撺掇穗穗过去看看。穗穗瞧了眼燕子风筝和手里的线，默默地摇了摇头。

一个小姑娘想出法子把风筝线系到一根树枝上，然后央求着穗穗：“走吧，穗穗。”

穗穗便跟着她们去摊子前瞧了瞧，但是她怕生怕得很，所以离摊子远着呢，那群小姑娘倒是爱极鲜艳颜色，一人一句挑挑拣拣。

穗穗这时候被马吸引了。

她只有去集市的时候才见过马，但也只是远远瞧过，如今却挨得很近。她瞧着马，定定地想，马儿的眼睫毛可真长啊，腿也好长。

这时候，马车侧面的帘子被掀开，一个瘦弱的男子看过来：“姑娘是对我这马感兴趣？”

穗穗没反应过来，遇见生人的时候她反应更为迟缓些。

那瘦弱男子拧紧眉，仔细盯着穗穗的每一寸表情，目光贪婪地评估着穗穗的脸。

这样的一张脸，该是能值不少钱的吧。

想到这儿，他又瞧向穗穗，心里打鼓，这姑娘是看出他的意图了吗？怎么不说话？还是说是个哑巴？

“嗯。”穗穗犹豫了下，浅浅地应了一声。

这个男子看起来像是生了病，弱弱的，穗穗心想只是同人说上两句，她一会儿就回村子里去，而且，她想再多看一会儿马。

瘦弱男子安心了，不是哑巴更好，哑巴自然是会掉价。

“姑娘，我想去西林村，你想必认路，能给我指指路吗？作为回报，我可以让你摸一下马。”

穗穗想摸马，也想帮助别人，但是她不识路，她从来没出过甜水村。

她轻轻地摇了摇头：“我不识路。”

瘦弱男子扯扯嘴角，心道这样更好，说“没事儿，哪怕只识一点路也可以。”

秦斐去邻村上私塾穗穗也在村口送过，所以她还是知道个方向。

枣红色的马儿躁动不安地刨了下蹄子，撅动脚下的泥土。

穗穗的视线移回来，纤长的眼睫下垂，轻轻眨了眨。

半晌，她慢慢道：“好。”

瘦弱男子闻言笑了。

穗穗慢慢地走到马车边上，伸出手指。

她指了指马车后面那条土路：“这条路。”

瘦弱男子看过去，皱眉，村门口只有这么一条路，哪里用得着这姑娘说？

不过他也不是真心想要问路。

男子勾唇。

穗穗朝着人看过去，眼眸又圆又黑，问：“我能摸马了吗？”

瘦弱男子藏在帘子下的手动了动，动作出奇地快，一张带着刺激异味的帕子捂上穗穗的口鼻。穗穗意识茫然之余，只能像小猫般呜咽两声，很快就彻底晕了过去。

姑娘们现在都一心扑向了摊子，背对着马车和穗穗，谁也没瞧见这里的情况。

那两个支棱货摊的男子又悄无声息地从马车上下来，抓住穗穗把她扔到了马车上。瘦弱男子见此，手捂着嘴咳了咳，对妇人使了个眼色。

不久，妇人就收了摊子，一行人又驶着马车走了，把甜水镇抛在了后头。

燕子风筝飞得越发高了，一阵凉风来，那本就摇摇欲坠盛了繁花的树枝断成两半掉在地上，发出不小的声响，惊起落花柳絮。

姑娘们彼此面面相觑，脸色煞白——

“穗穗呢？”

燕子风筝越飞越高，四处飘摇，无人顾得上它，没了线的牵引，它也不知道会飘到哪里去。

穗穗抱紧膝盖。

马车里都是轻轻的啜泣声，和穗穗一样的女孩子还有不少。那个看似慈祥的妇人也在里头，坐在马车最后头防止人跑了，时不时地还碎嘴两句。

“这都是你们的大福气，你们以后是要见大世面的。”

女孩子们默默垂泪。穗穗又往马车角落里缩了缩，她眨巴着眼睛，抿抿唇，双臂抱紧自己。

她做了几个深呼吸，告诉自己不要慌，哥哥说了不能慌，不要怕。可她发觉自己不太争气，还是很怕，似乎眼睫毛轻轻一抖，眼泪就会掉下来。

于是，她把自己埋进了膝盖间，双手环住膝盖，手里扯着红绳。没有铜镜，她不会绑双髻，就只能把头发绑在脑后，因此省了一根红发绳。

这一车的少女大多被拐骗自和穗穗差不多的偏远小村子，拐骗方法也是各式各样。

有想逃跑的姑娘被抓了个正着，看似面色慈祥的妇人当着众人面给了她一顿鞭子，将她打得半死。

那衣襟上厚重的血把所有姑娘都吓得花容失色，如妇人所料，想逃跑的人都被吓得歇了心思。

鞭子抽到人身上很疼，那个晚上穗穗被吓得一夜都睡不着。

她在家里时走路绊倒已经觉得摔得很痛，哪里见过这样的场景。

平滑的脊背皮肤被抽得伤痕累累，衣服的布料零零碎碎，连身体也遮不住。

穗穗睁着眼睛，手里捏紧红发绳。

她要回家，她要逃跑。

穗穗呼了呼自己，不要怕疼，穗穗，你快是个大人了，要有出息了，不能怕疼了。

她抱紧了自己，等着机会。

2.

车帘子被掀起，亮光和柳絮都进来些许。

那妇人不住地咒骂，伸手去捻衣服上的柳絮："这作怪的贼天！"

除了驾车的，瘦弱男子和另几个男子都坐另一辆马车，这也方便拐骗。穗穗被拐后，他们又陆陆续续地拐了几个女孩子才罢手正式回去。

一般为了防止逃跑，他们都不让这些女孩子出去，但是随着车里人数多了，坐着也挤地方，他们便在吃饭的时候准几个人出去。

"你们几个，还有你，出来。"那妇人指着穗穗，点了几个安分的出来用午膳。

穗穗反应得慢些，在旁边姑娘的低声催促下，晕晕乎乎地跟着下了马车。

说是午膳，其实也就糠咽菜和白馍馍，再加一壶水。

穗穗独自坐在树下慢慢地啃起白馍来。她不是没想过要跑，但是就连那妇人的力气她都比不过。

穗穗嚼了嚼馒头，觉得有些干噎，伸手去够水壶。

一缕柳絮飘悠悠地落到了她的发髻上，她慢慢地抬头去看，同时把水囊放在身边，伸手去捉柳絮。

透过雪白的柳絮，穗穗看到树上落下一角黑色的衣衫。

她眨巴眨巴眼，柳絮也不捏了，身子稍稍前倾仰头看过去。

有人吗?

穗穗往上使劲儿地看，然而春树华茂，那人除了一角衣衫，大半都藏在郁郁葱葱的碧绿枝叶后。

穗穗抓紧手里的红绳，摸了摸衣袖里的钥匙。这是她家门上的钥匙，她得回家，她想哥哥了。

她慢吞吞地站起来，妇人和瘦弱男子都看过来。

穗穗指了指太阳，说太晒了，然后换到了树下另一个位置，一个能够看见树上人的位置。

她安安静静地啃着干粮，头也不抬，妇人和瘦弱男子见状，打量了她几眼便继续吃他们的香辣去了。

穗穗等了一会儿，撑着自己的眼皮一点一点地向上，眼巴巴地顺着那一袍衣角往上瞄。

玄色的衣袍上干干净净的，什么绣花也没有，款式也简单极了，穿它的人很是清瘦。穗穗瞧见那人的腰上系着一条玉带钩，那玉上的花样她并不认识，她继续往上悄悄溜着看。

直到对上一双黑沉沉的眸。

穗穗和那双眸完全对视，她噌地垂下头，眼睫毛轻轻抖动。

穗穗捏着手里的红绳又捏得紧了一点，她怕生。

她咬了咬唇，脑海里浮映出刚刚瞧见的眉目——化不开的墨色浓稠，鼻梁高挺，薄唇微抿。

是个年轻的小郎君。

穗穗轻轻叹了口气。这里这么多人盯着她，一个年轻瘦弱的小郎君怕是救不了她的。她双肩慢慢垮下来，把馒头放在一边，抱着膝安安静静地坐着。

她想回家，她想哥哥了。

穗穗眼睛有些发红，但她扁扁嘴，劝自己不要哭——哥哥说了，如果有什么事情他都会来救自己的，穗穗不要慌，穗穗也不要怕。

李兆倚在树上，玄色的衣裳在阳光下是温热的。他眯起眼睛，微微侧了个方向，藏进更深的阴凉里。

至于树下抱膝哭着的小姑娘，那是谁，和他有什么关系？李兆眼里尽是冷淡厌烦。

他枕着手臂，空出一只手去腰间摸水囊，却什么也没摸到。

李兆抿了抿唇，想起来水囊还在马匹上，算了。

他重新闭上眼，继续小憩。

穗穗慢慢把头从膝上抬起，眼尾有些洇染开的潮红，但她生得乖巧安静，乍一看倒像只温驯的小兔子。她拾起馒头，拿起水囊，站起身来把自己裙角褶皱都抚平。

一切都打理好了，穗穗这才又犹豫着抬头去看树上。眉眼漂亮的少年郎君已经背对着她了，侧卧的线条流畅起伏，绸缎似的黑发扫过淡青色的叶子。

穗穗想起来方才自己的冒犯，还有少年郎君和浓极了的眉眼相映衬得极淡的唇色。

哥哥说了，冒犯别人是要赔礼道歉的。

她踟蹰了半晌，瞧了瞧水囊，又看了看手里的红绳。钥匙是不能留下的，她还要回家呢。

穗穗摩挲着手里的红绳，告诉自己，没关系，她发上还有一根呢，等哥哥找着她了，她还会有好多红绳的。

她咬着唇做了决定，把红绳匆匆系在水囊上，又放到了树下不引人注意的地方。然后，她低着头四处瞄了瞄，发现没引起别人的注意，这才轻声道："对不起。"

穗穗没再抬头往树上看，她抱着剩下的东西慢慢地往马车走去，低着头，余光有一下没一下地往后偷偷瞟着树下水囊上飘荡的红绳，耳朵尖有些发红。

哥哥还没有教自己赔礼要用什么做赔礼，但拿一根红发绳赔礼道歉显然是很不好的，不过眼下自己什么都没有了。穗穗心想。

她伸出手摸了摸自己的头发，发绳在发间突出，粗糙的手感让她安心。她眨眨眼，脚下步子走得快了点，一眼也不往后头看了，只是耳朵越发烫了。

穗穗的动作很小心，再加上她人是这一群姑娘家里头最安分的，也是胆子最小的，妇人和瘦弱男子并没怀疑，也没发现什么不对。吃罢午饭，一行人再次上路。

"云向南，雨成潭，云向西，披蓑衣，今儿晚上下雨嘞老大。"穗穗听见马车前头的男人在交谈。

她攥紧自己的手指头，下意识地抬头去看，自然是只能瞧见暗沉沉的车顶。妇人在哼着歌儿，眼珠子有些发亮地从她身上扫过。

穗穗慢吞吞地摸了摸头上的红绳，又抱紧了膝盖，嘴唇动了动，她发现自己很没出息地手抖了。

她悄悄地看了眼身边的姑娘们，一路颠簸，她们大多形容憔悴、面色麻木，眼里带着绝望。

马车已经行驶了好多天，现在谁还知道自己在哪儿，又能不能逃出去呢？

穗穗又低了头，柔顺的黑发后露出一小片白皙的皮肤，隐隐有些发凉。她安慰自己，穗穗不要怕，哥哥会来找自己的。

李兆一直小憩到了太阳被云层遮住，才从树枝上跳了下去，脚边碰到了什么东西，是一个系着红绳的水囊。

他自然是听到了那小包子软绵绵的道歉声。

修长的手指微弯，清瘦的骨节稍稍凸出，李兆拎起那水囊和红线。

嘁！

李兆打量了两眼水囊，冷淡地抬起眼皮，另一只手圈住在唇边吹了个哨子。

不多时，一匹浑身亮黑如缎的骏马从远处飞驰过来。近了才发觉，这马儿四蹄如雪，踩进浅浅的春草里，有着写意般的美感。

李兆踩上马蹬拉起缰绳，利落翻身上马，他摸向鞍座边，鎏金黑色水囊还在。

李兆把系着红绳的水囊扔回原处。

他信手一钩，把鎏金水囊提在手里，拔开水塞，清水汩汩，泛着淡淡的甜。

喉结上下滚动。

马儿躁动地撅动蹄子，它还没跑够，但是它刚动了两下，后颈上就有一只如玉般的凉手掐住了命脉。

马鼻子里呼出一口白气，马儿安分下来。

李兆睨了这马儿一眼，继而恹恹地收回眼。

头又隐隐地疼了。

年轻俊美的眉眼隐隐透出几分凶戾，与极浓的墨色完美相融。李兆拉起缰绳，夹了一下马肚，马儿像道黑闪电般向远处奔袭而去。

阴云越发浓重，黄豆大的雨滴纷纷砸落，马车最后停在了一处小屋前头。

这应当是山中村民打猎的时候特意设置的，屋子很小，里面布满灰尘，角落里结了蛛网。那妇人骂骂咧咧地把门推开，解了蓑衣，又把一群淋湿了的像鹌鹑一样的姑娘赶进去。

这些都是货物，生了病死了就亏了，他们可没有多余的蓑衣给她们，所以这屋子再小，也得给挤进去。

妇人冲着屋外啐了口：“这贼老天。”

那诓骗人的瘦弱男子倒不慌不忙：“三娘生什么气呢？下雨好，下了雨，这大山里头，谁也别想找到咱们了。”

姑娘们一阵骚动。

那三娘甩着鞭子一个个看过去：“哪个贱蹄子说话呢？”

姑娘们又缩在一起噤了声，面露惊恐，之前那个被打得半死的姑娘更是直接抖了起来。

三娘哼了声：“小甲小乙，生火！也不怕你们老大冻着了！”

那瘦弱男子朝着妇人笑了笑。健壮些的两个男人赶紧在屋子里翻找起干木柴来。

穗穗浑身湿透了，缩在角落里，小小的一团。

她怕冷，但是她更怕那些人。

哥哥说了，坏人人心险恶起来比鬼神更为可怕。

旁边一个面容姣好的姑娘把干布巾递给她：“擦擦头发吧。”

穗穗瞪圆了眼睛，为了免得暴露自己反应较别人慢些，她好些天都没怎么说话，这一群姑娘里恐怕最没存在感的就是她了。

这个姑娘她也记得的，好像在她之前就被骗来了。

穗穗咬了咬唇，看着姑娘，待反应过来又磨蹭了一会儿，纠结着自己到底应不应该接布巾。

姑娘见状笑起来，微微露齿，把布巾往前送了送，塞到穗穗怀里：“拿着吧。”

穗穗眼睛瞪得更圆，像只一惊一乍的小兔子。

姑娘笑得更厉害，低声道：“你就像我那妹子。”她说完又坐了回去，离穗穗远了些。

穗穗眨巴眨巴眼，她对话语反应慢些。

“谢谢。”穗穗同样小声道。

那姑娘嘴角温柔地勾起。

穗穗解了头发，流水似的绸亮黑发湿湿地搭在一起，她叠好布巾将一缕一缕的发擦干、搓开，再五指聚拢从上至下慢慢地穿插、理顺。

穗穗做事情是带着慢慢的温暾，哥哥总打趣她上辈子是只河里的小乌龟。

明亮的闪电在附近的山头霹雳而过，巨大的轰鸣声吓得穗穗擦头发的手一抖。

此时，小屋的门咯吱一响。

有人来了？

所有人都看过去。

3.

嘈杂的雨声和潮气一同闯进了小屋。

小甲、小乙两个人噌地站起来：“谁？”

穗穗也看过去，她手里的布巾掉了。

年轻郎君眉眼间墨色沾了水，和冷白的皮肤相衬有着山水画的写意感，任谁瞧了也要感叹一句这郎君真真是漂亮又好看的。

穗穗一眼被攫住心神，稍稍紧张，这不是白日她冒犯的那位吗？

山里人迹终归还是少，这方圆几十里的荒地，杳无人烟，只有这么一座小屋，躲雨的人自然都往这里来。李兆虽然出发得晚，但他骑着的是踢雪乌骓，因而不多时就走到了此处。

他冷冷睨了眼出声的大汉，进而自顾自地找了处地方盘坐。

小甲、小乙被这样一瞧，又怒又怕。这人的眼神像冰刀子一样扎得人心慌，他们仗着身强体壮，哪里受过这样的气！

穗穗也瞧见了年轻郎君的眼神，仅仅是余光就像浸透了寒霜冰雪，淡漠地看向小甲、小乙时，似乎就不像在看人，而是在打量什么物什。

穗穗在小甲、小乙身后，看见了两兄弟的小动作——他们从灰布腰带里抽出了把长尖刀藏在身后，而对面的年轻郎君好似一无所觉。

穗穗的心提到了嗓子眼儿。

“下去，别管他。”瘦弱男子命令着小甲、小乙，他咳了咳，脸上有些病态的红，这年轻郎君身上系着玉钩，他们怕是得罪不起。

三娘把鞭子收起来，拍了拍男子的背，然后一个横眼飞刀看向还站在原地的小甲、小乙：“听不懂话吗？回来！”

小甲、小乙瞪了李兆一眼，骂骂咧咧、不情不愿地松了握刀的手坐了回去。

穗穗稍稍松了一口气。她捡起布巾，拍了拍灰，把头发擦完，然后又用红绳把头发重新绑上。

湿着头发容易生病。

下雨天的晚上总是冷且漫长。

她偷偷瞟了李兆一眼。年轻郎君并没有擦拭身上雨滴的意思，他只是静静盘坐在角落，脊背挺直，雨滴沿着玄色的面料下滑，在他脚边聚成一个又一个小小的水涡。

他紧闭着眼，眼睫排列整齐像把小扇子，弧度翘起得刚刚好，多一分艳俗，少一分就没味道了。

穗穗连着看了他好几眼，却发现这人一动不动。

她没再纠结下去，身体的疲乏很快席卷而来，潮湿的雨夜里，呼吸起起伏伏。她不由自主地垂下头，最后一次瞧了李兆一眼。

算了算了，她还是不敢。这人于她只是个有一面之交的生人，白日的一瞥就用尽了她全部的勇气，如今她又怕了。

穗穗，你怎么胆子这么小呢？穗穗学着哥哥的语气不高兴地责怪了自己一句，然后迷迷糊糊地睡着了。

随着呼吸起起伏伏，她手里攥着的叠得整整齐齐的布巾落到了地上。

李兆猛地睁开眼，朝着布巾落下的地方看了过去，然后又收回眼。

一双漆黑如墨的眸子里没有任何情绪，他扫视了一圈这间小屋，目光自然也从穗穗身上扫过，但是如同看其他活人如死物一样，穗穗也没有任何不同。

如墨的波浪此时悄然涌回那双眼睛里，李兆又瞧了穗穗一眼。

小包子。

他理智短暂地恢复，使着内力先烘干衣物和头发。然后，他伸手抵住太阳穴，头疼得越发厉害。

他放下手，重新闭上眼，盘坐好。

天刚刚亮，一线鱼肚白在东方逐渐扩散，经过一场雨的清洗，植物更加青翠欲滴。

穗穗醒得早，天边飘着淅淅沥沥的小雨。她揉了揉脖子，苦着脸，脖子好酸。

等到穗穗想起去看李兆的时候，却发现年轻郎君早已经消失不见，地上一夜的水迹还聚在一起，证明这不是梦。

穗穗把地上的布巾拾起，叠好装进怀里，扁扁嘴，自己最终还是没送出去。

她摸了摸发上的红绳，眨巴眨巴眼睛，哄着自己打起精神。她捶了捶自己的腿，她还要找机会跑走回去找哥哥呢。

不多时，姑娘们都被喊醒，催促着上车，一行人整装好再次出发。

林子茂密，山路本就崎岖，坎坷不平，下了雨更是泥泞，颠簸更胜以往。穗穗肚子不舒服，面色都白了。

昨日给她递了干净布巾的姑娘此时正倚着车厢，在那儿低眉不知想些什么。

穗穗为了分散精气神儿，想了整整一个上午，才发觉到一点点不对劲。

那姑娘和其他人不一样，一直没想着要跑。

人人不一样，穗穗虽然想不通，也没过分难为自己。她如同往日一样安安静静地坐在角落里，攥着衣角一看就乖巧无害得很。

三娘嫌下了雨车帘子搭着闷热，所以给搭了起来，雨丝和凉意都送了进来。

穗穗感觉稍稍好了些。

但是紧接着，马车猛地停了，姑娘们因为惯性都朝里头滑去，穗穗被挤成了小小一团。

三娘冷着脸站起来下了车，扭头对一群姑娘说："哪个敢乱动回头就扒了你们的皮！"

她把车帘子放下，去看情况去了。

车厢里重新陷入寂静，呼吸声清晰可闻。

密林中。

小甲、小乙看着马车前立着的年轻郎君，心里直冒火。

昨晚打他两兄弟的面子，今天又来拦道，新仇旧恨加起来。

呸，不管了，不给这小子点颜色看看他以为自己是谁呢！

两人又摸向腰后的尖刀。

三娘瞧了瘦弱男子一眼，瘦弱男子示意不要拦，李兆的出现让他心里直打鼓。瘦弱男子面色沉下来，哪怕是戴玉钩的人物，为了这批货不出差错他也得试试深浅!

李兆提起了剑，眼中一片冰冷。

穗穗听见重物倒地沉闷的声音，还有惊破密林的两声惨叫。

穗穗忍不住抖了抖，出什么事了?

她还没来得及反应过来，就又听见三娘挥着鞭子骂了。

“哪里来的芝麻瘪三，以为自己是个什么人物就敢动老娘的人！老娘上头可是京城相府的那位，这批货你可动不了，识相的就滚开！老娘饶你一命！”

穗穗看不见，只能听着。

外头是出什么事情了？他们是遇见劫匪了吗？她能逃吗?

穗穗竖着耳朵仔细听，但是没有人理会三娘的话，顷刻间，又一声惨叫，是人贩子三娘的!

三娘怎么了?

穗穗又颤着手去摸头上的红绳，还有怀里的钥匙，她想回家。

紧接着，她又听到那瘦弱男子的声音，然而不多时，这声音也彻底没了。

不只是穗穗，这下，马车里的姑娘们都缩成了一团，不知谁说了句：“我们要死了吗？”

一时间，绝望的情绪浮上每一个人心头。

穗穗又往角落里缩了缩，张着唇无声嗫嚅：“哥哥。”

她又听到了点声音，像是她在家里拿刀切番茄小果给哥哥做饭时的声音，锐器毫无阻拦地刺了进去，红色的汁液扑哧四溅。

穗穗打了个寒战，搂紧自己，默默背起村里小童们教她的顺口溜：

“不听不听，兔子念经。

“不听不听，兔子念经。”

她哆嗦着嘴皮子，鼻尖翕动两下，一股冲极了的腥味儿飘进了马车里。

穗穗闭上眼，眼睫毛紧张得发颤。

所有人的感官都被放大到极致，隔着车帘密林里发生的一切都以声音的形式传递进去。

一些女孩子颤着唇，脸色一白径直晕了过去。

穗穗不知道等了多久，再去听时只听见外头淅淅沥沥的雨声和马儿刨动蹄子的声音。

她想起来那匹诱她被骗的马，马儿有一双温驯剔透的眼睛。

她差一点就摸到它了。

身体从上到下像被闪电过了一遍一样，穗穗一激灵，鬼使神差地就伸出手去够侧边的小帘。

手碰到帘子带着些温热的濡湿，一些是穗穗的，一些是雨的。

她咽了咽口水，使着小拇指慢慢地偷偷挑开一角。

穗穗抬起头，猝不及防落进一双漆黑眼眸。

年轻郎君面容俊美，五官线条利落，淡色的唇抿成一条直线。他翘长的睫毛上承载着雨滴，像只蝴蝶，若轻轻一抖翅，便会顺着冷白的皮肤滑落。

滑过他微微抬起的下颌，滑过他精致的锁骨，经由他玄色的衣裳，溜过玉钩，最后沿着那清瘦修长的手指混上嫣红的血色，变作摇曳着的淡红，顺着轻薄剑尖滴落进泥土中。

他没什么表情，只是定定瞧着穗穗，淡漠的眼下一滴血粒子。

黑发墨衣，在这场小雨里令人心魂悸动。

穗穗身体快于脑子先腿软了，然后眼尾很快惹上一丝潮红，她还没来得及想到底发生了什么，就已经怕极了。

淅淅沥沥的小雨顺着李兆的衣角往下滴落，穗穗错开眼，把目光移到他身下那匹黑色的骏马上。

乌骓马神采飞扬，穗穗心神稍定，热气慢慢退下来，她先想到的是，该说什么?

穗穗罕见地反应跟上了，脑子转得飞快，她想起来哥哥说过的，见人不要怕，要打招呼，要胆子大些，要笑。

她眨巴眨巴眼睛，忍住要哭的冲动，抬起头，纤长的睫毛抖呀抖的，像是被雨打蔫的小白菜，红了眼圈。

“郎君——你好呀。”她期期艾艾，声音还是软绵绵的。

4.

穗穗弯了弯唇，很想露出个好看的笑来。

但她实在忍不住害怕，那笑像是强行被吓得挤出来的，瑟瑟发抖，比哭还要难看些。

穗穗屏住呼吸，胸腔里的心跳得像小鹿一样，横冲直撞，跳得疯狂，警示着她危险。

她从来没有像现在这么紧张过，面上全是期期艾艾。

对面的年轻郎君眉眼俊美锋利，尤其还面无表情，她怕得不轻。

黑眸里墨色重重叠叠，洇染开来。

李兆忽然勾唇笑了，惊绝昳丽，但眸子里的凉薄恹恹更甚。他挑了挑眉:“再唤一句就割了你的舌头。”

穗穗赶紧抿唇，心脏怦怦怦直跳，随时可能跳出嗓子眼儿，她生怕自己晚了一步，对面郎君真割了她的舌头。

穗穗伸手捂住嘴，圆圆的眼睛看着李兆。

李兆睨了穗穗一眼，小包子。

他把剑插回剑鞘，拍了拍身下的马，继而翻身下马进了密林。

趁他走的工夫，姑娘们一个一个下了马车，看着地上积成一摊的血水，一个个面色煞白。她们都怕，都准备走。

“走吧，再不走，那魔头回来了我们也要死。”一个姑娘声若蚊蚋嗫喏道。

其他姑娘也陆续附和着。

姑娘们陆陆续续走了。

穗穗坐在马车边上，她还紧紧捂着嘴，真的是被吓坏了。

那雨天曾经递干布给穗穗的姑娘忙把她的手扯下来：“快些走吧。”

这会儿工夫，其他姑娘两两结伴都走了一段路了，她再不去追，恐怕那人就又回来了。

穗穗颤着唇，艰难地小声道：“我——我腿软了。”她像是快要哭出来了，有些认命，“你走吧，别管我了。”

那姑娘却并未走，她看了眼其他人的方向。马车这里只剩她俩了，她没有办法，只能赶紧给这像极了她妹妹的傻丫头捶了捶腿，又揉了揉。

穗穗腿上的酸软劲儿可算是过去了，她刚想动，密林里头却传来声响。

那个魔头回来了。

李兆从林子里头把药找了回来，他又犯头疼了，雨水顺着他如刀锋般锐利的面庞下滑，他擦掉脸上的血粒子，有些烦躁。

最近发病越来越频繁了。

他心情很坏，糟糕至极，他厌烦这样控制不住的情况。

李兆就这样浑身低气压地回来了，此时却发现小包子没走。能在他发病的情况下活着，已经是逃了一命了，竟然不走?

他眉眼间的不悦谁都能看出来。

四目相对。

穗穗又下意识地想打招呼，可是想起年轻郎君先前的话，她动了动唇又抿紧。

李兆看了小包子两眼，发现她死死绷着唇不敢说话，眉眼一动，想起自己先前刚清醒时说的话。

他瞥了她一眼，翻身上了马。

紧接着，李兆就听见小包子轻轻呼了一口气。他恹恹地揉了揉太阳穴，他又不是杀人狂魔，天性嗜杀，以杀为乐。

李兆手里挽上马缰准备走，扶着穗穗的姑娘却突然跪到了一边，垂着个头。

“不知郎君尊姓大名？郎君大恩大德，秋娘无以为报，愿意跟随郎君为奴为婢。”

李兆这才终于把目光分到了秋娘身上，他微微扬起下颌，懒声道：“不怕？”

穗穗瞧见李兆的另一只手已经按在剑柄上，她顿时机警起来，盯紧了李兆。

李兆似有所感，眼皮子稍抬看向穗穗，毫不掩饰自己的恶劣和不高兴。

穗穗眨巴眨巴眼睛。

低头的秋娘并没看见这些，她沉着声音道：“秋娘怕您，可是您对秋娘有大恩。”

李兆分给秋娘那一点余光也吝啬地收了回去，他的手指敲了敲剑柄，发出清脆的响声。他睨着穗穗，稍稍来了点兴致。

“大恩？”他尾音拖得有些长，腔调懒散，丝毫不遮掩。

果不其然，小包子目光又移向了他的手指，盯得能把一般人烧出个洞。

秋娘恭谨道：“我的妹妹几年前就是被这群人掳走的。我阿爹阿娘因为此事生了病，早早便走了。”她的声音逐渐带上磨砂一样的沙哑，“他们该死，他们害得我家破人亡！”

李兆闻言，这才又打量了秋娘两眼，然而，头又隐隐泛疼，这是刚刚发作完的后遗症。

李兆的心情肉眼可见地糟糕，他又恢复了低气压，眼角眉梢带上一点点杀气腾腾的狠戾。

穗穗悄悄往秋娘身边移了移，像只小仓鼠，眼睛瞪得圆圆的。

“不需要。”李兆夹紧马腹，径直扬鞭走人，黑色衣角在小雨中颜色越发浓重。

穗穗亦步亦趋地和秋娘跟在李兆后面，她还在慢吞吞地想事情到底怎么成了这个样子。

当时魔头明明走了啊。

秋娘姐姐低着个头，不知道在想些什么，忽地，她喊破了嗓子：“殿下！我爹曾经是太子少傅！”

这话一出，穗穗还没来得及反应过来大魔头走了，就又看见大魔头回来了。

李兆下了马，玄色的靴子停在秋娘面前，开口：“沈秋？”

不知道是不是穗穗的错觉，总觉得这年轻好看的大魔头声音有些冷。

沈秋的头又低了点：“殿下。”

穗穗感觉到那道有些凉薄的目光在她身上停了一会儿，她看向李兆，却发现大魔头又是那副看不出喜怒的表情。

“走吧。”

穗穗偷偷扯了扯沈秋的衣袖：“姐姐，我们要去哪儿啊？他是谁啊？”

沈秋忍着激动，一双眼睛紧随李兆。她低声道：“我们先跟着他走，等到出了山，你再回家去。至于他是谁——”她想了想李兆的身份，为了穗穗好便道，“你只要晓得他是个好人，其他的你还是莫知道为好。”

知道得越多活得越短，她爹爹当初就是知道得太多才被迫归隐回了老家。

穗穗懵懵懂懂。

穗穗悄悄地把目光移到前面牵着马的年轻郎君身上，目光里有些许浅淡的好奇。

他长得真好看，也不知道他到底是谁呀？

夜晚很快到了，穗穗和沈秋之前就带走了马车上的干粮，晚饭倒也能搪塞过去，难的是住哪儿。

穗穗看见李兆脚尖轻轻一点，身姿轻盈利落，眨眼间便到了高高茂盛的树上。

他好厉害！穗穗心里惊呼。

不过，他不吃饭的吗？

穗穗跟着李兆一个下午，没有见到他怎么吃过东西。

怪不得人这样瘦，穗穗心想。

沈秋拍了下穗穗示意她回神。

穗穗收回眼，疑惑道：“秋姐姐，怎么了？”

沈秋微微摇了摇头，指了指高树：“眼不观，耳不观，心不观。”

这话说得文雅些，穗穗便理解得慢了。

穗穗纤长的睫毛盛满了月光，继而露出个甜甜的笑：“好。”

沈秋笑了，眼里的怀念神色不再遮掩。

她打起精神，遇到这位，可真是命啊。

两人凑合着在树下躺着，晚上的凉风逐渐转寒。

半夜的时候，淅淅沥沥的小雨又有些浓重。

穗穗忽然觉得自己搭在膝盖上的手有些痒，她睁开眼，看到一只红蚂蚁在她手背上爬着。

霎时，穗穗眼睛瞪圆，噌地跳了起来。

她使着一只手去拍另一只手的手背，不住地拍着，拍红了还在拍。

沈秋被惊醒，赶忙道：“怎么了，穗穗？”

穗穗只觉自己浑身都有些痒，继而是难受，纤长的眼睫眨呀眨的，泪水顺着柔软的脸颊滑了下来。

她手背上米粒大小的红肿很快引起了沈秋的注意。

沈秋挽起穗穗的衣袖，发现里面皮肤也有些发红。她也从来没见过这种情况，穗穗也没有乱吃东西呀。

穗穗身上难受。她打小就碰不得蚂蚁，蚂蚁咬一口，浑身都要起疹子，严重的时候整个人都会发高烧，还是哥哥最后把她照顾好的。

她像颗蔫了的小白菜，挣扎累了就把自己抱成一团，泪痕在脸上被胡乱擦了擦。她心里有点过意不去，对沈秋道："姐姐你睡吧，我这不是什么病，不用担心，等天亮就好了。"

这深山林子的，哪里有看病的地方？

穗穗只能希望这次症状轻一点。

她们头顶的树叶忽然动了动，穗穗抬头去看，瞧见年轻郎君倚在树枝上，玄色的衣摆下垂，他脸上有被吵醒的不悦。

但兴许是沈秋和她说过年轻郎君是个好人，穗穗没那么怕了。

"郎君？"穗穗眼睫沾着泪，她慢慢地抿出个笑，"对不起呀，扰了郎君好眠。"

李兆靠在树枝上，眼睫微垂，只是懒散坐着，便自有矜贵风流的味道。

他轻轻瞥了穗穗一眼，很快注意到小包子手上的红痕，但是这关他什么事？

年轻的郎君翻身下树，玄色的袍袖翩翩然，落在地上连一片落花也未曾惊起过。

他走向穗穗。

穗穗带着泪痕恍然抬起眼，嗯？

沈秋脊背微微挺直，做好了拦下李兆的准备。

穗穗看不出来情有可原，可是沈秋是多少知道的，比如，这位郎君可不是讲究什么仁义礼智信的君子，做什么更多只是看心情，杀人救人都是。

她满心复杂，全神贯注地等着。

年轻郎君伸出手掐住了穗穗的下颌，迫使她抬起头来。

"再哭一个？"

5.

良久的沉默。

穗穗瞪圆了眼，眼眶里的泪流也不是不流也不是。穗穗哽住了声，饶是她也觉得匪夷所思。

正常情况下，如果没有之前沈秋告诉她年轻郎君是个好人，她尽管反应慢些，可也不代表她智商有问题，她会觉得莽莽撞撞地说出这话的年轻郎君要么是登徒子，要么是神经病。

但是沈秋说了，年轻郎君是个好人。

在这样的先决条件下，穗穗先噤了声，又擦了擦脸上的泪，露出个轻轻怯怯的笑容。

"为什么要哭？"

圆溜溜的眼珠经泪水洗过更为黑亮，微红的眼眶衬得穗穗有些清澈柔软，天真无辜，弱小得仿佛不堪轻轻一击。

让人顿生毁灭的欲望。

李兆掐着穗穗下颌的手又紧了些：“哭。”

他漆黑的眼眸里有些淡漠的冷酷，沈秋看得心惊胆战，眼前这位自然不滥杀，但是他不悦时，撞到他面前的人也没什么好果子吃。

是她们吵到他了吗?

沈秋还在想穗穗到底哪里惹得这位动了手。

穗穗却伸手轻轻拍了拍李兆的手，说：“疼。”她委屈巴巴的，一双眼睛瞧着李兆，无声控诉，尾音软绵绵的，带着些不自觉的撒娇。

李兆很轻很轻地挑了下眉头。

他松开手，指尖残留着方才掐着肌肤的柔滑温热，抬眼去看，果然瞧到了白皙皮肤上的红痕。

李兆依然是面无表情的。

说不怕他是不可能的，穗穗在他的注视下，声势陡然低落，她的声音带着点轻软，像是沾了蜂蜜，有点淡淡的甜。

“郎君，男女授受不亲呀。”

穗穗的心神不自觉就从身上的痒疼转移到了李兆身上，从小到大，她从来没这样被人掐住下颌过。

李兆恍然想起自己幼时养过的一只猫，一身雪白的皮毛，黑眼睛，它总是这样软绵绵地叫着，然后蹭着他的掌心讨食，虽然大部分时候他都不理会它。

而最后，猫死了。

他仔细地打量了几眼面前的小包子。

和猫没差。

李兆揉了揉额角，怀疑自己刚刚在小包子哭的时候头疼减轻只是错觉。他利落地翻身上了树，繁密的绿叶晃了晃，人就消失不见了。

只留下沈秋和穗穗。

沈秋撕了裙子的边做布条让穗穗把袖口和裤腿都绑住，免得虫蚁爬进去，但是裸露在外的手脸依然没有任何办法。

这样已经很好了，穗穗脸上泪痕已干，雨还在淅淅沥沥地下，她声音温软：“姐姐，睡吧。”

沈秋点了点头，靠在树下和穗穗挨得近了些，以防不测。

她实在有些怕李兆会对穗穗动手，光是提防都耗光了心神，再加上白日里赶路，不消一会儿就沉沉睡去。

穗穗呼吸绵长，她慢慢地睁开眼，扁了扁嘴。她还是有点睡不着，所以刻意放缓呼吸等沈秋睡了才睁开眼。

她指尖轻轻抓了下手上的红肿，太痒了。

山上尤其是森林里面虫蚁极多，她怕再被咬上一口。

穗穗仰起头，看着树上茂密的叶子，开始慢慢地数有几片。

但是，她数着数着就跑了神。

年轻郎君好奇怪呀。

她皱皱鼻子，也好凶，好吓人。

不过，他是个好人。

他只杀了那些人贩子，穗穗心想。

哥哥说了，面由心生，年轻郎君虽然凶了点，但长得是真的好看呀，人也是真的好的。

穗穗想了些有的没的。

比如年轻郎君到底叫什么？比如他怎么能飞那么高？

还有他的那匹马。

穗穗想起来晚上的时候，年轻郎君直接松开缰绳上了树，他不吃晚饭了，可是马儿呢？

于是，她悄悄把馒头掰碎了点喂马。马儿吃东西的时候，她很想摸一下马，但是马儿也不是她的。

哥哥说了，不告自取是为偷，那不告自摸呢？

她乱七八糟地想了一堆。

最后，她疲倦睡去的时候，脑子里最后一个想法是，叶子到底有多少片来着？

第二天早上，穗穗和沈秋才发现最严重的问题。

她们的干粮……没了。

夜里下了雨，她们特意把干粮放在了树下，但是万万没料到虫蚁搬家。

沈秋摇了摇头，把东西放回原处：“不能吃了。”

李兆下了树，毫不意外，气压低沉。

他吹了个口哨，乌骓马从远处跑了过来。

穗穗眼巴巴地看了李兆一眼。

沈秋摇摇头，很显然，这位并不是会善心大发的人物。

出乎沈秋意外的是，李兆停了，他还是一副困倦没睡醒的样子，眼皮下垂，冷白的肤色在袅袅湿气中有种浓重的美。他说：“饿了就自己找吃的。”

他从乌骓马上取下水囊，拔开塞子，微微仰头，喉结上下滚动。

穗穗眨眨眼，她只是想问问，能不能摸摸马呀。

沈秋已经扯着穗穗去找东西吃了，这位不吃饭，她们不能不吃啊。

“这种蘑菇，可以食用。”

“还有这种，灰色的，上面有白色斑点。”

“颜色太鲜艳的蘑菇就不要采了，容易采到毒蘑菇。”

沈秋一番叮嘱，然后和穗穗兵分两路。密林里，刚下过雨，潮湿的地面松软，泛着淡淡的青草香气，植物更挺拔了，一个个圆滚滚的小蘑菇也一一冒出头。

穗穗记着沈秋的话，蹲下身，勤勤恳恳地饿着肚子采了小半天蘑菇。

她手上的红疹子消退了些，只留下一点淡红的痕迹。

真是万幸，穗穗心想。

李兆踩在树枝上，倚着树干折了片叶子在掌心把玩，气息收敛得近乎完美，目光偶尔瞥向远方。

山脉重重，迷雾叠嶂。

雾气很快就要漫上来了。

他漫不经心地揉了揉额头，然后掐住叶子末端往后一甩，一条斑斓花蛇从树上直接掉了下去。

穗穗采了小半兜蘑菇，兜子是她用裙角围出来的。

她站起来的时候有些发晕，心跳有些慢，但是怦怦怦的，振感明显，眼前黑了一瞬，视野慢慢地重新恢复。

穗穗抿抿唇，她搂紧蘑菇，一脚深一脚浅地往回走。为了看清路，穗穗特意弯着腰抱着蘑菇，来的时候她不小心踩进水坑里，鞋子边缘沾满了泥泞。她不想鞋子再弄脏了。

穗穗从一棵高树旁路过，眼尖地瞧见草丛里有五彩斑斓的东西，她没看清，心里想着大概是毒蘑菇吧，好看，但不中吃。

中午，她们煮了好丰盛的蘑菇汤。

沈秋把之前包干粮的布料洗净了，晾得差不多干了就装了剩下的蘑菇。

汤在火上咕噜噜地煮，穗穗只管盯着火，眼睛一下也不眨。

沈秋姐姐好厉害啊！她想，会的好多，生火、认蘑菇。

林子里面自然是没有盐巴这种东西的，沈秋做饭，就格外简单粗暴，直接拿着水煮了煮，只求饱腹。

为了干净，她们煮了两遭。

二遭的时候火候到了，雪白的菌菇在汤汁里翻涌，汤汁渐渐浓稠，穗穗馋得慌了，甚至感觉会比自己家的白米饭还好吃。

她昨晚吃得极少，昨日见到的场景实在影响她的食欲。

今日就不一样了。

不过，穗穗虽然馋，还是先盛了一碗汤给沈秋：“姐姐尝尝。”

沈秋年纪比穗穗大上两三岁，是真真切切地把穗穗当自己亲妹妹看顾的，她揉了揉穗穗的头，轻轻一笑：“你先喝吧，我去那边把蘑菇往高些的地方挂上去，这样虫蚁糟蹋不着，也省得那马儿万一好奇咬了咱们的吃食。”

穗穗眨眨眼，眼眶有些发红。

她已经离家七天了，她想哥哥了。

穗穗慢吞吞地摸了摸头上的红发绳，给自己打气，告诉自己，很快就可以回家的。

她抿着唇，有些害羞地笑了笑：“姐姐，那这份先给你留着。对了，那位郎君要吗？”

那位早上走了就没再见到人，只有马儿还在树下，说明人就在附近。

沈秋冲着穗穗摇摇头：“不用管他，你先盛你的，赶紧趁热乎的喝了。”

穗穗这才给自己也盛了一碗。

刚下火的蘑菇汤自然烫得灼喉，但穗穗还是捧着汤小口小口地抿着喝，空荡荡的肚子着了点货，终于不再闹空城计了。

这蘑菇汤做得粗糙，但是胜在一个“鲜”字，穗穗珍惜地又抿了一口。她在家里做蘑菇汤自然是比这个要好得多的，加点盐巴还有腌制蘑菇，不过她识情趣，知道能有碗蘑菇汤就是上天保佑了，更何况，这汤尽管寡淡些但是鲜味儿实在突出。

温热入肚，心满意足，穗穗眼睛弯成了月牙儿。

她看着汤，翘了翘唇，紧接着，却发现自己似乎花了眼，看到碗里有一堆蘑菇。

她空出一只手揉了揉眼，还是看见有一堆蘑菇。

邪门了。

穗穗把汤放到一边，下一秒呼吸骤然急促，她按着心脏——怎么了？自己这是怎么了？

穗穗头晕目眩，扶着树歪歪扭扭地站了起来，眼前的地面也变成了扭曲的五彩斑斓，她试着踏出一步。

软绵绵的。

不对，是左边，她要往左边踏的，怎么到了右边。

哎，不对，那边是左。

穗穗拨浪鼓似的摇了摇头，想让自己清醒一点。

哎，哪边是左哪边是右啊？

穗穗松了手坐到地上，轻喘着气儿，五彩斑斓的地面又一次变换了颜色，她抬头去看，又瞧见五彩斑斓的雾气。

肯定不是这个样子。

穗穗咬紧了唇，闭上眼睛，不知道哪里出了错。

一个她恐惧无比的念头悄悄浮了起来——自己是不是要死了？

她不敢再睁眼去看，背靠着大树，喊：“姐姐，姐姐？”

穗穗小声地喊，跟只幼猫一样，瑟瑟发抖蜷成一团，她的声音逐渐带上了哭腔。

灌木丛被拨开的声音传来。

6.

穗穗抱着膝咬着唇，闭着眼往声音来处去看。

“姐姐，我要死了怎么办？”

仿佛有一只手攫住了心脏，穗穗哭得上气不接下气儿。

她毕竟是没怎么历过事的小姑娘，被拐走时她没怎么哭，碰见李兆杀人时，她也没哭，可她怕死，很怕很怕。

假如穗穗再年长些，或许会从容得多，如果能再年长些，甚至会觉得好笑。但真正的事实是，所有人在面对死亡时都做不到无动于衷，所有的浅淡从容可能都只是浮于表面，求生的本能一直在竭力呐喊，对死亡的恐惧是人类短短生命永恒的主题。

穗穗的发丝有些乱，她脸上泪痕纵横，她怕回不了家，她怕再也见不到哥哥。

她呜咽出声：“姐姐，我要死了。”

她并没有听到回答，但是这些并不是最重要的。穗穗此刻的心神全部被“死亡”这两个字眼占据，微红的唇抿得死死的，微微有些哆嗦，翘长的眼睫毛挂着泪珠，她还是死死地闭着眼。

穗穗的肩膀小幅度地颤抖着，吸了吸鼻子：“姐姐，蘑菇汤有毒，你不要喝了。”

然后，她松开抱膝的手，把头上的红发绳扯了下来，拇指压住红绳放在掌心，往前送了送。

“姐姐，要是可以，你能替我留着它吗？哥哥一定还在找穗穗。”她带着哭腔慢慢地说，想尽力把事情说得有条理些，“就是，穗穗没了，怕哥哥还在找穗穗。”她的用词有些颠倒重复，“怕……穗穗怕，姐姐。”

她掌心的红绳却迟迟没被取走。

穗穗有些惶然地抬眼去看：“姐姐？”

她脑子吃力地转动，哭腔越发浓重，却极力掩饰：“哥哥会来找穗穗，姐姐不用担心，只要跟哥哥说清楚就好了，谢谢姐姐。”

除了穗穗时不时地抽噎，四周还是一片静寂。

穗穗试探着发声：“姐姐？你还在吗？”

良久，一只微凉的手取走了她掌心的红绳，肌肤相触，温度片刻相融。

穗穗心里的石头终于落了地，她的心跳越来越急促。

即使闭着眼，依然会出现各种各样的幻觉，拇指大的小人在跳舞，说着她听不懂的话。

穗穗低声哭着，林子的风徐徐送来清爽。

她感受到自己的力气渐渐没了。

穗穗试着抬了抬指尖，也没力气，她只能被迫地坠入无力的虚弱。

“谢谢姐姐。”穗穗动了动唇，声音微弱。

她睁开眼，颜色依旧斑斓，还有一片浓重的黑色。

穗穗忽地想起来了，她轻声道：“还有那位郎君。”

她自己已然是听不到自己的声音了，耳边是刺耳的轰鸣声和听不懂的絮语。

大块斑斓晕染，绚烂的彩色像旋涡一样转动，那片黑色却依旧稳如磐石。穗穗的身子晃了晃，她整个人彻底闭上了眼。

李兆立在树边，整个人依旧是面无表情，眼皮下搭看着指尖的红绳，他用力捻了捻，仿佛能捻出一片浓重的红色来。

确实能缓解。

头渐渐地不疼了，他少有这样的时候，尤其是浓重的阴雨天气。

并不是哭有效，李兆知道，对着他哭的人太多了，是只有这个小包子哭才行。

他抬眼看向穗穗，漆黑的眼眸像只野兽盯上了猎物。

李兆嗤笑一声，收回眼，漫不经心地缠了缠指尖的红绳。

又弱又傻。

他倾身点了点穗穗的大穴，他想让人活着，人就不能给死了。不就喝了点蘑菇汤，吐出来不就是了？

李兆有些嫌弃地绕开污秽，对着穗穗的脑门轻轻一弹。

麻烦。

李兆垂眼，穗穗的头发此时正如黑缎一样散落在身后，越发显得她身形瘦弱娇小。

他随手揪起穗穗的一小截儿头发轻轻一扯，红绳往上缠了几圈，极其敷衍了事。

猫会死，李兆想，他眼睛里深邃的波澜一晃而过，那人呢？

沈秋回来的时候李兆已经把马牵到了树下。

她看见穗穗倒在一旁，心里一惊。

“殿下，您是要走吗？”

李兆正了正鞍鞯，神色很淡：“她我带走了。”

沈秋蹙眉：“殿下，可是——”

李兆睨她一眼。

沈秋霎时住了嘴。

李兆颇是懒洋洋地给马理了理鬃毛：“你若是想跟着，就到京城等着。”

沈秋沉声应是。

残阳如血，群山艳色薄涂。

穗穗醒来的时候是有些糊涂的。

她头很疼。

穗穗吃力地从地上坐起来，环顾四周，已然是换了地方，但是没有一个人。

怎么了?

穗穗揉了揉头，摸到了自己的红发绳，她乍一惊，忽然想了起来。

乌骓马在远处慢慢地啃草。

穗穗慢吞吞地站了起来，抬头往茂密的树上看，果不其然，看到了一角玄色。穗穗握紧发绳的手松了松，她噌噌跑到树下。

“郎君?”她小声地唤。

穗穗围着树找了一个最适宜的角度，一个能看见李兆也能被李兆看见的角度。

李兆有些倦怠地睁开眼，从树上跳下来。穗穗被吓了一跳。

李兆鬓旁的发丝被晚风吹乱，衣襟上被压出了浅浅的褶皱，他站在穗穗面前。

穗穗这才发觉年轻郎君看着清瘦，实际高挑得很，玄黑色的衣袍，冷白的皮肤，眼睛微阖，鸦黑的睫毛，眼下有淡淡的青痕。

“郎君，这是哪儿呀?”穗穗现在最担心的还是自己是不是死了。死了为什么还能看到这位年轻郎君?他是真的吗?

李兆广袖掩面懒懒打了个哈欠，他依旧面上没什么表情：“沈秋走了，你跟着我。”

简明扼要的八个字，再无其他。

穗穗：是真的了。

一句话说完，李兆就又回了树上隐秘处，只留穗穗还有许多想问的却不得不憋在肚子里。

穗穗揉了揉有些发涨的头，心想这位年轻郎君可真是惜字如金，沉默寡言，作不得假。

她如今最主要的事情还是要饱腹，蘑菇是不敢采了，树上的野果她又够不着。

穗穗从林子里拾了根树枝，用它探路，又在路边做了标记，她怕自己找不到路，然后用树枝拨开荆棘摘灌木丛里的小果，这是她唯一识得没有毒的东西了。

小时候，隔壁的叔伯上山砍柴的时候装在筐子里给她带过，不过又酸又涩，不得小孩子喜欢，也就只带了一次。

穗穗摘了一些就回树下坐着。

她擦净野果上的尘土，慢慢地啃，第一口就酸得整张小脸死死皱起来。

穗穗并不是很喜欢吃甜的，但是这么酸又这么涩，她也不喜欢。

一颗果子，穗穗花了大半炷香的时间才给吃完。

小姑娘鞋子脏了，头发也乱糟糟的，衣裙各处都有些划破，这大概是她从记事到现在为止最惨的时候了。

穗穗小口小口，食不知味，她又拿起一颗果子咬了一口。

啧，酸得她整个人都蒙了。

李兆摘光了周围一片的叶子，一片一片碾碎，他有些烦躁，他困倦但是睡不着，这不是一天两天了，也不是发病。

他不高兴的时候，是见不得别人好的。他往下去看小包子，心里盘算着要是跑了，就打折了她腿。

但是小包子没跑，她一直在吃果子。

小口小口，果然就跟猫一样。他颇有兴致地盯着瞧了几眼，发现那小包子宝贝果子得很，一边宝贝一边酸，酸得牙都疼了吧。

李兆挑了挑眉。

傻包子。

他又伸手去揪叶子，但是周边的叶子都被他揪光了，他被迫把手伸远了点。

李兆把叶子从根部捋直了，连带着枝蔓。

他一边玩，一边看树下的穗穗还在吃那酸果子。

叶子柔韧些，但是薄得很，不经李兆弄几下就破了，李兆随手一扔，那破开的叶子就以迅雷不及掩耳之势飞到了大树的背面，那里已经有明显的一堆破叶子了。

李兆偶尔把心思分到叶子上，那这时在他手里的叶子就不太好过，揉得碎碎的，绿色的汁液溅在他的手指间，他慢悠悠拿出帕子擦干净，然后连带着帕子和叶子一起扔了。

穗穗终于艰难地吃完了三颗果子，她现在整张嘴里都是酸酸涩涩的。

她不是很好意思喊别人吃这些野果子，不过有总比没有好。

“郎君？郎君？”

她又朝着树上喊。

树上毫无动静。

穗穗又绕着大树走，但是李兆这次挑选了根较高的树枝，遮遮挡挡，再加上日头昏暗，穗穗竟然看不见人了。

她又去瞧马。

马儿也不见了。

莫大的恐慌猛地袭上穗穗心头，她在附近找了整整一盏茶的时间。

夜色渐渐昏暗。

穗穗在大树边反复确定，就是这棵树啊。

人呢？马呢？

晚上的风带着刺人的凉意，穗穗慢慢蹲下，背靠大树抱紧自己。

“郎君，你在吗？”她声音慢慢带上了哭腔的沙哑。

穗穗在家时晚上从没乱跑出去，哪怕是玩得晚了才回家也有人和她一路同行，哥哥有时候还会接她。

她从没这样独自一人过。

“郎君。”穗穗一声声喊。

繁茂的大树落下张牙舞爪的巨大黑影，月光所到之处，空空落落，穗穗不争气地哭了。

她悄悄抹着眼泪，她怕。

她怕死，还怕好多好多。

独处时往往什么样的念头都会冒出来，穗穗又觉得似乎自己是死了一遭的，她想回家，跟着郎君出山之后，她就要回家。

她颤动着胸腔小声哭着，一声一声的，跟幼猫叫一样。

“不许哭。”

李兆的语气还是冷淡不近人情的。

穗穗反倒哭得更厉害了。

7.

玄色的衣袍重新悄无声息地落到穗穗面前，李兆整个人仿佛和黑夜融到了一起。

他极其不耐烦：“哭什么？再哭就割了你的舌头。”

穗穗被他凶凶的语气吓得打了一个小小的哭嗝。

她用手捂住嘴，抽噎声渐渐小了，泪却还流个不停。

李兆一直都在树上，只不过没出声而已。

他有些惊奇，找不到他就哭，这小包子离了人活不了吗?

这种被人需要的感觉太微妙了。

李兆轻飘飘地打量了穗穗两眼，觉得这包子跟他那只白猫几乎差不多，不过，他留她，还有用。

李兆微微阖眼，不管怎么样，头疾能缓解就能再多活一会儿。

穗穗哭得鼻尖发红，她慢慢地喘匀气息：“郎君，你去哪儿了？”

放在往日，李兆定会懒得搭理她，但是他出来久了，也没什么乐子，更何况这人哭起来……他又觉得她不哭不好了，还是哭着好些。

“哭。”

穗穗蒙了。

“为什么要哭？”穗穗扬起巴掌大的小脸，抬头去看李兆，声音里哭腔犹存。

李兆心里有些不爽，她不该怕他的吗?

“不哭就割了你的舌头。”

穗穗这下不知道该怎么办了，她声若蚊蚋道："郎君，我哭了你要割我舌头，不哭你也要割，郎君，那我到底要不要哭呀？"

穗穗问得很认真，她是真的很烦恼。哥哥说了，每当自己不懂的时候，就要请教别人。

李兆不爽，他一边觉得小包子哭了烦，一边又觉得小包子不怕他不哭也很讨人厌。

四目相对，李兆一直冷冷瞧着穗穗，穗穗被吓得收回了眼，眼神乱飘。

她很轻很轻地扁了下嘴："郎君，穗穗又做错什么了吗？"

穗穗最终得了一夜好眠，或许是哭得疲累，又或许是其他缘故。

她早上也起得格外早，生怕被人抛下了。

树上没有动静，郎君是还在睡着吗？

穗穗不太会爬树，她笨一些，不过哥哥说了，不会爬树也没有什么大不了的。

她轻轻踮起脚，围着树走了一圈，抬头盯着树上。

什么也没有。

她轻轻舒了口气。

意识到自己的动作后，穗穗又忍不住责备自己，沈秋姐姐说了郎君是个好人，郎君会带她出山，郎君那么好的人，她怎么能怕呢？

不过说归说，穗穗还是怕的。

不远处的乌骓马正在吃草。

穗穗提着裙角悄悄靠近了些蹲下去看。

乌骓马是真的好看，尤其是四蹄雪白，其余地方一水儿的绸缎似的黑。穗穗看着马儿长长的睫毛以及睫毛下仿佛含了水的眼睛，她好想摸一下呀。

她想起马儿的主人，又有点丧气，她不敢。

乌骓马并不如穗穗先前瞧到的马儿温顺乖巧，这马脾气有些暴躁，连吃草时都常常刨着土。

毕竟它是李兆的马。

穗穗却格外喜欢它。

一是好看，二是它是好人的马。

马儿虽然暴躁，但是不随便伤人。

穗穗双手撑着脸，心想，这是不是就像郎君呢，他虽然总说割了她的舌头，但是从来都没做过。

等今天郎君下来了，一定要问问他沈秋姐姐去哪儿了，还要谢谢他。

李兆下来的时候，穗穗正在吃酸酸的小红果。

他不知道怎么想地也捞了一个，但他并不吃，只在手间把玩。

倒是穗穗，赶紧擦了擦嘴，站了起来。她弯起眼睛，笑着道：“郎君，早上好呀。”

李兆掐破了果子的外皮，红色的汁水沾到他冷白修长的手上。

他从穗穗身边走过去，吹了个哨，乌骓马立刻跑了过来。

怎么走呢？

穗穗意识到了这个问题，郎君骑着马，可是她只能走着，走得好慢，追不上郎君的。

李兆显然一点儿也不懂穗穗的烦恼，他拍了拍乌骓马，然后看着穗穗：“过来。”

穗穗有点小小的激动，她能骑马了吗？

事实是，想都别想。

李兆直接把她横着扔到了马上，像个人形的沙袋一样，哦，也不太对，穗穗轻得多了。

穗穗瞪圆眼睛看着李兆，她苦着脸：“郎君，可不可以不这样？”

李兆瞥她一眼：“我的马上只有两种人，一种是我，另一种是死人。”

穗穗默默叹服，闭了嘴。

穗穗闭眼，觉得自己走路都在飘。

她一手扶住树，另一只手扣紧嗓子，整个身子颤抖得就像秋风里被横扫的枯叶一样，弱小又可怜。

她抬起头，眉眼脆弱，真是从来没受过这样的折腾。

穗穗泪汪汪地发誓，自己这辈子在不会骑马之前绝对不会再上马了。

李兆压根就不懂“怜香惜玉”这个词，他眉头略微蹙起：“过来。”

穗穗瞧了眼李兆，擦了擦嘴，扯着腰上系带慢吞吞走到李兆面前站定：“郎君，喊穗穗做什么呀？”

“你叫穗穗？”日光在李兆的眉目间落下零碎的阴影和光亮，衬得他越发俊美，犹如天神。

穗穗乖乖点了点头：“禾惠穗。”

李兆挑了挑眉：“识字？”

穗穗眼睫毛轻轻抖了抖，她动动唇，想说什么辩解，但又什么都说不出。

本朝律例，非男子和贵族子女不得识字。

像穗穗这样的贫家女，是绝不可能识字的，事实上，像穗穗这样的人，就没有接触识字的人的可能。

虽说男子可以识字，但是书籍贵重，哪里是平民买得起的？书院费用昂贵，又哪里是平民能上的？

违反律法，是要住大牢的。

穗穗咬紧了唇，面红耳赤。她慌乱地摇摇头，心里有些绝望。她撒谎时容易紧张，一紧张就结巴了，她攥紧了衣角。

李兆轻瞥了穗穗一眼，只瞧见她有些毛茸茸的发顶：“小包子。”

穗穗等了好一会儿，可除了这一句话什么都没等到。

倒是发顶，被日光晒了会儿，有点热乎乎暖融融的。

她迟钝地抬起头，却发现原本还在她身前的人已经不见了。

穗穗下意识地抬头去看，果然在碧绿的树叶中看到了那角黑色衣袍。

穗穗悄悄松了口气，她怕又被丢了，继而心里升起一些艳羡。她也想爬树，也想爬这么高，这个郎君好厉害。

穗穗准备照常去摘红果子，果腹而已，能吃就好。

她想到这里，眨巴眨巴眼睛，这个郎君真的很奇怪呀，她从来没见过他吃饭。

陡然，穗穗灵机一动，这个郎君那么厉害却不用吃饭，他是不是神仙呀?

哥哥说了，神仙不食人间烟火。

穗穗有点好奇，又去看树上，但是她个子矮些，瞧到一角衣袍就已经是视力不错了，再多的，她真的什么也瞧不见了。

李兆习武，五感敏锐，他不用睁眼都知道树下的小包子一直在往树上看，他使着衣袖挡住半边脸很是不耐烦，今日阳光有点太热了。

“滚。”

穗穗被吓得猛地后退了两步，她站定，脸颊慢慢飘上些薄红，眼神乱飘，窥视别人确实很失礼。

她不能再这样了。

“对不起。”

声音还是软绵绵的，和主人穗穗一样好拿捏，像面团一样。

李兆略微移过眼，瞟了下，小包子已经小跑着走了。

他收回目光，懒懒打了个哈欠，重新闭上眼睛。

穗穗离开了树就又重新找灌木丛摘野果子，她看着摘得差不多时便准备收手回去。

突然，她瞧见了一团黑乎乎的东西在远处晃，她瞧得仔细了些。

是熊瞎子。

反应过来，穗穗当即蹲下了身子，手摸上了头上的红发绳。

说起来熊瞎子，那可真是穗穗少有的深刻印象。她约莫刚十岁那年，邻家伯伯走了，留下婶婶一个寡妇拉扯大儿子。而这个伯伯，就是上山打猎时不小心碰见了熊瞎子才死的。

邻家伯伯是被同去打猎的村民们抬下山的，那些村民都多多少少挂了彩。

领头的是常来邻家喝酒的窦二伯，他掀开了盖在邻家伯伯身上的白布。

邻家伯伯脸上都是泥，衣衫零碎，身上全是青青紫紫的瘀伤，最令人触目惊心的是，他断了一条腿，少了一条胳膊，肚子上也破开好大一个口子。

穗穗当时就抓紧了哥哥的衣袖，然后听见一声尖厉的哭号，邻家婶婶当场就晕了过去。

后来还是哥哥用手掌遮住她的眼，把她藏在身后。

她听说了，邻家伯伯不小心撞上了熊瞎子，想逃生就装了死，却被熊瞎子活活玩弄死了。

打这之后，胸前有着月牙白的熊瞎子就是穗穗最怕的东西了。

穗穗脸色发白，心脏怦怦怦地跳。

熊瞎子不吃死人，却会玩弄死人。当时村里出了一小支经验丰富身强体壮的村民专门进山都尚且有去无回，穗穗知道眼下若被发现，装死不装死都绝对是一个死字。

她屏住呼吸，眼睫毛轻轻地颤啊颤。

别慌，穗穗。

万一不会被发现呢？这儿离那边还有好远，熊瞎子不一定闻得到的。

她摸上怀里的铜钥匙，闭上眼，咬紧了牙。

求上天保佑穗穗。

她想回家，她不想死。

晴朗的日子便多了风，当穗穗感知到头上有凉意拂过时，就知道大事不妙了。

与眼瞎形成鲜明对比的是，熊瞎子嗅觉以及听觉极其敏锐。

这一阵风过去，活人的气息飘啊摇啊就到了黑熊鼻子里。

透过灌木丛的缝隙，穗穗敛息屏气去看。

她心下一紧，熊瞎子停下了。

紧接着，它朝着这边跑过来了！

第二章

/ 郎君是个好人 /

1.

穗穗心脏怦怦怦地直跳，说它下一秒就能跳出嗓子眼儿也不会觉得意外。

她拿出了吃奶的劲儿，死命地跑。

凉风迎面扑来，穗穗根本没时间回头去看，她能听到身后熊瞎子破开灌木踩碎树枝的声音。

她一把抓下发上的红发绳攥紧，她得活着！

穗穗豁出命来，根本顾不上身上被划出的道道红痕，脚底鞋子进了砂石硌了脚也不管，只死命地往前跑。

不能停，停下就死了！

她跑过繁茂的荆棘之处，绕开一棵又一棵树。

熊瞎子的吼声离她越来越近，身后的树木折裂声在静默中格外吓人。

穗穗喘着气儿，她的腿酸痛酸痛的，可就算这样也得跑。

穗穗，快跑！

她的脸颊染上潮红，晶莹细密的汗珠布满额头，有的顺着脸颊滑落，她眼也不眨，依旧拼命在跑。

听见后面熊瞎子暴躁的喊声，穗穗咬紧了牙，视野模糊了还在跑。

树木摧折，鸟儿飞散。

如此大的动静李兆自然是注意得到，他一脸不悦地从小憩中睁开眼，衣袖放下，整个人从树上腾跃而下，进而足尖轻点，朝着树林轻掠而去。

他微微蹙眉，要是没记错的话，刚刚小包子好像是跑的这个方向？

李兆找到穗穗的时候，熊瞎子离穗穗不过几十尺的距离。

穗穗也看见了李兆，她跑的动作稍稍一顿，而不过这一息，熊瞎子离她就又近了一点。

穗穗心惊胆战，她力气耗尽，连滚带爬大声对着李兆喊道：“郎君，快跑啊！”

熊瞎子早晚会追上她。

穗穗知道。

她抿紧唇，牙齿咬紧舌尖，手撑着地快速站了起来，直接换了方向跑。

左右都是要死，那也应该只有一个人，那就是穗穗自己。

熊瞎子是被她吸引过来的。

李兆稍微怔了一下，但是他依然面无表情冷冰冰。

熊瞎子眼见之前的活人气息转了方向，稍一停，也转了方向跟着狂跑。

一个即将追逐到手的猎物显然比新鲜猎物得手的可能更高。

冬季刚过完，熊瞎子冬眠醒是醒了，却饿得慌，哪怕饱了一两顿，也始终是存粮匮乏，它想存点口粮，绝不会放过任何一个猎物。

穗穗眼里渐渐涌上泪花，她咬紧牙，泪水汪汪却还不哭，只使劲儿地往一边跑。

她很快感到嗓子眼儿磨砂一样疼。

穗穗不过是个小姑娘，再怎么样才十几岁，连一个青壮成年男子面对熊瞎子也只能认尿，她渐渐体力不支了。

腿跟灌了铅一样。

大脑拼命地转，穗穗脚下也不敢停。

砰！

她踩上了石子，脚一崴，直接摔到了地上。

而此时，熊瞎子已然离她越发近了。

穗穗摔得不轻，膝盖破了皮，火辣辣地疼，她蒙了一下，随即满眼慌张。

她想站起来重新跑，却因为害怕费了好大劲儿，等好不容易撑了起来，她却闻到了熊瞎子身上的腥臭味儿。

熊瞎子就在她身后！

她攥着红发绳的手一抖，鼻尖发红，眼泪在眼眶里打转儿。

怎么办？她是不是要死了？

穗穗艰难地咽了咽口水，回了头。

好大的一只熊瞎子！

粗壮又肥大，显得尤为凶横，就是这大东西动作却敏捷得很。

熊瞎子朝着她一掌拍了下来。

穗穗瞪圆眼，瞳孔睁大，浑身发凉，避无可避。

“嗬嗬！”

却是熊瞎子先吼叫，像坏掉的风箱使劲儿地往回抽气，低沉又短促。

穗穗眼前清光一闪，玄黑一晃，她忙去看，是年轻郎君。

她慌了神，郎君怎么还没跑？

他打不过熊瞎子的呀。

李兆没有傻乎乎地往熊瞎子掌下去撞，他只是先使了片叶子割伤了熊掌，又一剑砍过去，迫使熊收回了动作。

他脸上有些刚醒的倦意，站到穗穗面前，黑眸冷冷瞥了站在他身后傻乎乎的穗穗一眼。

“一边去。”

她是药，还不能死。

“可是郎君，你打不过它的，快走吧。”穗穗急红了眼。

运气不好的是她，不能连累这位郎君啊。

李兆身畔凉意更甚，他轻轻瞥了穗穗一眼，极其不耐烦：“一边去！”

穗穗只能退到一边干着急，逼着自己想法子，动脑筋。

哥哥说过，穗穗反应慢未必不是好事，也不催着她改，可她此时迫切极了，她忍不住责怪起自己为什么就不上进些，多动动脑子，不然现在就不会脑子空空，什么忙也帮不上。

剑刃清光闪烁，宛如流水。

熊瞎子动作是敏捷，但终究体型大，敏捷也是相对而言，对上李兆可就完全不够了。

熊瞎子记恨上了让它受伤的李兆，掌掌带风，便是劈倒一棵大树也不是难事。

李兆惯来不爱束发，此时黑发在风里扬起，他淡色的唇微微一抿，眼里烦躁。

找死。

熊瞎子掌掌落空，身上却又添了伤。

眼前这个黑衣服的是个硬茬子。

它仰起头，暴躁地吼了起来，转身全力以赴跑路。

树木很快倒了一片。

李兆衣衫干净，把剑插回剑鞘，大步流星回了原本那棵树下。

穗穗连忙小跑着碎步跟上，看似乖乖巧巧，实际还是忍不住偷偷觑了李兆好几眼。

她还没从刚刚那一幕中回过神，现在还有点难以置信。

熊瞎子，居然跑了？

居然被郎君吓跑了！

李兆这次没有立刻上树去，他转了身，皱着眉问穗穗：“你跑那么远干什么？”

看见他就换了方向跑，知道跑了是要被打折腿的吗？

听见郎君问话，穗穗连忙抬起头，眼睛瞪圆，一惊一乍的，就像小白兔。

“摘果子。”

穗穗仰起头去看李兆，毫不意外又看见一双黑色泛着冷意的眼睛。

然而，她却没有那么怕了，郎君是个大好人，刚刚还救了她。

穗穗眨巴眨巴眼，真情实意地夸赞：“郎君好厉害。”

李兆嗤了声。

是个傻包子没得跑了。

“我问你看见我跑那么远干什么？”

穗穗愣了愣，嘴唇微张，显然还在反应中：“啊？”

李兆扫了她一眼，眼里烦躁，觉得跟个小包子较劲没意思，幼稚。

他随手一扔，剑就回了乌骓马身上，又点了点足尖，飞到了树上。

穗穗反应过来的时候发现郎君又上去了，她把解释憋进肚子，有些丧气地垂下头，继而又拿手轻轻捶了捶自己的头。

穗穗，你怎么反应这么慢啊。

她靠着树慢慢坐下来，腿哆嗦着，膝盖上的血洇到了裙子上。

穗穗忍不住小声抽气，疼痛先前像是被屏蔽了，此时才一股脑地涌上来，她扁了扁嘴。

她稍稍掀开裙子，除了腿疼，最严重的伤还是膝盖上。

膝盖上一片红肿，还有些瘀青夹杂着紫色，与周围皮肤对比起来简直是惨烈，穗穗轻轻一碰就倒吸了口冷气。

她也没有伤药，只能撕了裙子简单包扎一下。

不过裙子又哪那么好撕，穗穗撕不动，哪怕撕得红了脸也撕不动。

她没有办法，只能在身边摸了块尖一些的石头，准备划开。

这时候，树上传来了很轻的笑。

穗穗茫然抬头往上看，只能看见一角玄黑色衣袍，她很快低下头红了脸揪着衣角。

又丢大人了，穗穗，你怎么连块布也撕不动啊。

“马上有伤药和吃食。”树上又慢悠悠传来声音。

穗穗睁大眼，看向了不远处的乌骓马。

她动了动唇，眼睫下垂，实在不知道要怎么说才好，想了半天最后只能慢吞吞道：“谢谢郎君，郎君真是活神仙。”

活神仙？那是什么东西？

李兆躺在树上微微眯眼，面色怪异，突然觉得这小包子有意思。

怎么就活神仙了？

李兆重新闭上眼，日光落在他清瘦的手腕上，细腻的冷白像块上好的玉石，淡青的血管隐隐约约。

穗穗果然在乌骓马身上的布袋里找到了伤药、绷带、干粮，还有银子和金子。

她愣了一下，然后目不斜视直接错过金子银子拿了自己需要的伤药和一小部分干粮。

君子爱财，取之有道。

穗穗记得哥哥教过她的，做人做重要的就是德行，做事情一定要无愧于心。

她经历了钱财的诱惑，丝毫不为之所动，却在看到乌骓马稍稍顿了会儿，好想摸一下啊。

就摸一下?

这是她除了在马背上像货物一样被运着外，难得与乌骓马接触的时候，她看到乌骓马打理得黑亮的皮毛，炯炯有神的眼睛，长长的睫毛。

不为外物所惑!

穗穗心虚地移开眼，逼迫自己老老实实回到树下。等回了家，她问问哥哥能不能也买一匹马。

这马是郎君的，她不可以乱碰，那自己的呢?

穗穗闲了才发现，这位年轻郎君极其惫懒，一天只花很少的时间赶路，剩下时间大部分时候都在树上，话也少，很多时候没什么存在感。

但是有这位郎君在，却是极其让人心安的，毕竟连熊瞎子在郎君面前都只能逃窜。

这位郎君常常是惫懒的样子，一张脸上冷淡写到了极致，穗穗却心知他实实在在是个好人。

哥哥说，人千面，不妄断，却也说，穗穗觉得好，那这人便是好人了，好坏是观感，因人而异，最重要的是这人对你怎么样。

晚上，穗穗靠着树，时常又想起哥哥，树上的郎君今日要更寡言些，依旧毫无动静。

她轻轻叹了口气，看着月亮，想回家。

树上此时却传来了动静。

穗穗吃惊地发现，郎君按着额头居然下来了!

2.

李兆出手快狠准，直接掐了穗穗的脖子。

穗穗根本没来得及反抗，就感受到了一股子窒息感。

“咳咳咳……”她使力掐着年轻郎君的手。

“郎君，郎君！”穗穗气若游丝地喊，她对上李兆的双眼，再不松手她真的就要喘不上气了。

那双眼睛幽黑沉默，恍如在看一个陌生人，凉薄到了极致。

穗穗双手掰上李兆的手，想让他松开：“郎君，我是穗穗……”

掐着她脖颈的手越发紧了。

缺氧使得穗穗的眩晕感极其严重，她的手无力地攥上李兆的手，然后垂下。

李兆眼眸一动，松了手，穗穗跌倒在地上。

她捂着喉咙连声咳了起来："咳咳咳，郎君——"

然而还没等她说完，李兆的手就又掐上了她的喉咙。

穗穗背上刹那间溢出了冷汗，她欲哭无泪，怎么又来？

但是李兆这次掐得松松散散，她还能试着挣扎一下："郎君，你松手好不好？"

穗穗眼圈染上红，她声音怯怯的。

李兆依旧没什么表情："哭。"

一个字，在夜色中凉得很。

穗穗惊了，她眼圈红了又红，睫毛眨了眨，就是没有哭。

郎君到底是怎么了？难道是生病了？

如果郎君真的生病了，那她一定不能哭，一定要坚强一点点。

她的手轻轻探向李兆的额头，想看看郎君是不是发烧了。

"疼！"穗穗的手瞬间被李兆打了回去，红了一片。

年轻郎君眉眼几乎要和夜色相融，月光无垠，清夜无尘。他黑发黑衣，仿佛不是世间人，只有眼里的烦躁隐隐透露出些许："不哭就割了你的舌头！"

依旧是惊绝昳丽的样貌，语调也还是凉凉的，穗穗却发觉了一点不一样。

她试着掰开李兆的手，果然最终还是松开了，尽管年轻郎君微微皱眉，语气很凶："哭！"

穗穗这次是真的哭了，她抱着李兆原本掐着她喉咙的手，哭得上气不接下气：

"郎君你掐我。

"你掐穗穗干什么呀。

"郎君，穗穗怕，穗穗刚才好怕。

"郎君你是不是生病了呀？

"郎君你现在感觉怎么样？有好点了吗？

"郎君你生的什么病呀？"

"……"

李兆被穗穗抱着的衣衫被泪水打湿了一片，他僵硬了片刻，头里的叫嚣稍稍平息，逐渐缓了过来。

随后，李兆微微垂下眼，两根手指抬起穗穗的下颌："什么叫作刚才很怕？你哭不就行了？"

李兆今日晚上又发病了，他发病时谁也不认，只一个"杀"字，唯有杀戮到了一定时候，才会渐渐清醒。但是随着李兆年纪渐长，发病的间隔越来越短，那些人，都被他杀怕了。

他不喜人跟随，但是眼前这个小包子却是一个意外。

当初他就记得，这小包子哭了，他的头疾就会有所缓解。

穗穗巴掌大的小脸被李兆毫无预兆地抬了起来还有些茫然，她哭腔浓重，面上泪珠闪着晶莹，满脸都是，并不是京里贵女流行的什么梨花带雨的哭相，哭得跟演戏似的，但也好看不到哪里去，声音又娇又软，跟只幼猫一样。

穗穗哭了的时候便是专心哭着，反应比往日里还要更慢些。

她慢吞吞地抹着眼泪，唇委屈地扁着，显然是被吓得不轻。

李兆等得有些不耐烦，他抬起眼皮，俊美的脸上不再是无悲无喜的表情，他松了手，想把被穗穗抱着的手掌扯出去，拽了拽，却没拉动。

哭声让他脑子里的疼痛消停，却让他心里不甚高兴了。

“再哭就割了你的舌头。”

李兆等了一会儿，穗穗终于反应过来。

她微微打了个哭嗝，抹着眼泪，怯怯地问：“那郎君，到底是哭还是不哭呀？”

李兆瞥了她一眼，把被她拉着的手扯了出来，最后从衣袖里扔出张帕子，正好搭在她脸上。

“哭完了就睡。”

他只交代了这一句，就准备上树去。

穗穗也算对他有所了解，此时急忙扯住他的衣袖，微圆的黑白分明的眼睛向上抬起看向李兆，声音还带着哭腔：“郎君，你到底怎么了啊？”

穗穗哭了，一半是因为被李兆吓的，一半是怕李兆真生了病。

李兆没说话。

穗穗站了起来，手伸向李兆的额头，伸到一半又缩了回来，显然是想起刚刚被打了。

她纤细的眼睫上还盛着泪：“郎君，你怎么了呀？”

小包子真烦。

李兆好看的眉眼在月光下越发精致，浓稠的黑色仿佛化不开。他扫了穗穗一眼，一只手不耐烦地按上额头，冷声道：“不用你管。”

他本来准备甩开穗穗的手，却发现穗穗抓得更紧了。他更不耐烦了，垂头去看，只瞧见穗穗头上的红发绳动了动，白净的脸上泪痕依稀。

“郎君，你是不是有头疾呀？”

红唇张张合合，李兆这时是真的动了杀心的，习惯性的，他本想掐住穗穗的脖子，却发现上面已经有了两圈红痕。

一重一轻。

是他先前掐的。

李兆眯了眯眼，还没等他想好到底要怎么换个杀法，却发现穗穗松了手。

穗穗慢吞吞地擦净了脸："郎君，那你头疾发作时能不能别掐穗穗？还有，别总说要割穗穗的舌头，穗穗胆子小，怕疼还怕被割舌头。"

小包子说话的腔调惯来软绵绵的，带一丝丝哭腔更是如此。

李兆瞥了穗穗一眼，面上又辨不出喜怒，声音略沉："你不是刚刚还怕呢？"他似乎意有所指，"还被吓哭了。"

穗穗瞪圆眼，慢吞吞道："郎君，穗穗怕疼，就像你一样啊。"

她捂住嘴，闷声道："而且穗穗的舌头，你要也没用呀。"

李兆轻轻挑了下眉。

像他一样？呵。

李兆按了一下额头："我若是铁了心要割呢？"

穗穗有些不解，她略微歪了歪头："郎君为什么会铁了心要割舌头呢？"

李兆也没上树，他倚着树干，一双眸子黑沉沉的。他哼了声："有了嘴才叫聒噪。你若不会说话，我就得清净。"

穗穗吓得又捂住嘴，瓮声瓮气："郎君，穗穗睡着了，什么也没听到。"

她闭上眼，乖巧极了，除了眼睫毛一直颤动。

李兆微微勾唇。

他弯腰从地上拔了根草叶，又给揉碎了一截儿，然后往树的背面阴地里一扔，扎死了浑身草绿夜里隐匿得几乎看不出来的蛇。

弱小的就要死，迟早而已。

但是眼前这个小包子或许还算有意思，再多活一会儿吧。

李兆瞥了眼穗穗乖巧听话的模样，按了按额头。

穗穗发现，郎君那日之后白日里时常不上树待着，而是拿着剑不知道去哪儿了，等夜里回来的时候衣衫上总是沾了血。

穗穗每每瞧见血，便想起来郎君说要割她舌头。

她着实被吓得不轻，偏偏郎君似乎总撞在她吃晚膳的时候回来，吓得她晚饭都吃得不香了。

穗穗很体谅郎君的头疾，便想着不然自己提前点吃晚膳吧，结果郎君也提前回来了。

那往后点儿？

郎君又回来得晚了。

不仅如此，有时候晚上明明穗穗都已经睡着了，郎君却会下了树把她摇醒，让她哭，哭不出来就又吓她。

那时候的郎君最吓人，面上看不出喜怒，只有眼里的烦躁。

穗穗撑着脸想起这些，有些难得烦心。

"郎君，能不能不哭了呀？"她不是没问过李兆。

但是李兆躺在树枝上，凉凉一瞥："可以。"

他补充道：“想死的话。”

郎君的笑话一点也不好笑。穗穗觉得自己那么一点子伤心的事情完全不够应付了。

二丫抢了她的糖，她是难过，但是后来二丫还补了她一个小木人呢。

五甲割坏了她的风筝，她也不高兴，但是后来哥哥补了风筝，五甲也道歉了说自己不是故意的。

三壮倒是做了一桩大的，他拿了她的零用铜钱，也没道歉，但是她知道当时三壮爹娘病了要花钱抓药，也是自愿把自己存了半年的铜钱放在树下的。

她长这么大，除了被人给拐走，实在没什么特别可以哭的伤心事。

但是被拐这件事情也未必糟糕到极点，郎君好心救了她，沈秋姐姐好心照顾她。

穗穗一直是有心报答郎君的，却不知道自己要做些什么。

而现在，郎君头疾许是心情不好，想让她哭，她也是理解的。

她不高兴时，也不是很能理解别人的欢喜，反倒是看见别人也有些忧愁，便会感同身受，略略好些。就像村里李大娘头疼的时候常常和邻家的黄大娘斗嘴一样，斗完了，黄大娘也不高兴了，可李大娘头就不那么疼了，黄大娘也常常如此和李大娘吵嘴。

至于威胁，穗穗想起来郎君给了她吃食，也确实是要护着她出山的，能活到现在多亏了郎君。

嘴上几句话穗穗并不是多么看重，哥哥说过，有的人，油嘴滑舌，口蜜腹剑，骗得人团团转，就比如拐了她的人贩子。而有的人呢，虽然嘴上不讨喜，可人真当是好人。

穗穗轻轻叹了口气，说到底，还是哭的事情。

穗穗这几天已经哭够了被拐的事情，今晚怕是怎么着也哭不出来了。

唉，这可怎么办呢?

穗穗想了半天不得其解，慢吞吞地站了起来准备去拿干粮做午膳。

她起身的时候袖子里的铜钥匙碰到了手臂，她怔了怔，不久后眼睛一亮。

还有番椒啊!

3.

穗穗在低矮的灌木丛附近找了找，她总是运气不错，常常心想事成，不久便寻到了一丛野番椒。

穗穗挑了又尖又红的番椒，然后翻出手帕子，把番椒包好，使劲儿地揉了起来。

雪白的帕子很快浸上了层次不一的红色。

穗穗放在鼻尖轻轻嗅了嗅。

“阿嚏！”她打了一个重重的喷嚏。番椒的气味儿霸道蛮横不由分说直接闯了过来，她急忙把帕子放得远了点。

差不多了。

她把被揉碎的番椒倒在原地，拍净帕子，然后摘了片干净的叶子把帕子包了起来。她看了眼自己的手，觉得自己有必要去洗一下。

不过她不太晓得哪里有水。

山上有水的地方大多危险，穗穗只能先将就着忍忍，任由红色的番椒汁把指尖染得通红。

李兆果然是踩着晚膳的点回来了。

他怀里抱着剑，面容清冷，目不斜视就准备从穗穗身边过去，然后上树。

穗穗急忙伸手拦住他："郎君，这附近有溪水吗，我想洗个手。"

李兆五感敏锐，自然也嗅到了穗穗身上冲人的气息。他瞧了眼穗穗的手，原本十指纤纤若葱白，如今红了尖儿。

"你摘番椒作甚？"

穗穗羞怯地抿唇露出一个笑，小声道："我哭不出来。"

李兆飞快地瞥了她一眼，脚尖转了方向。

"郎君？"穗穗小碎步跟上去，捉摸不透他这是什么意思。

"跟着我，别丢了。"李兆还是那么寡言。

月光下，年轻郎君的身影拉得很长，他步子迈得快，穗穗要小跑才能跟上。

夜晚的密林静谧到了极致，连鸟叫声也没有，只有李兆和穗穗踩断枯枝落叶的声音。

密林深处是看不清的黑，树枝的黑影张牙舞爪，像噬人的野兽，往上看，葱茏的树枝树叶相遮映，墨蓝的夜空便显得小了，月亮孤零零的。

穗穗最是怕这样的时候了。

她左顾右盼，总是怕旁边的灌木丛会不会突然冒出个什么东西。她不由得加快了步子，紧紧跟在年轻郎君身后，垂着头，仔细看路，不敢再乱瞧。

穗穗磕上了年轻郎君略显单薄的脊背，年轻郎君纹丝不动。

她被吓了一跳，连忙往后退了两三步，进而捂着头，像只小兔子一样停下了，警醒地往四周看。

"郎君，怎么了？"穗穗紧张害怕得很。

李兆转过身，略微抬起眼皮子，泄露出眼里些许的烦躁："走路不看路？"说完他就转身继续走了。

穗穗抿了抿唇，她怕。

但是李兆那样说了，她就乖巧地离他远了一点。

穗穗，不要怕。

穗穗一直在告诉自己，她紧紧抿着唇，亦步亦趋地跟着李兆，瞪圆了眼睛只敢瞧着李兆的背影。

溪水在密林深处。

凉风徐徐，吹动树叶，发出簌簌的声音，倒像人在说话一样，可怜的穗穗肩背绷得像条直线，眼睛不停地眨呀眨的，手揪紧了裙角。

她怕。

李兆又停了。

这次穗穗及时刹住了脚，没有撞到李兆身上。

“郎君，怎么了呀？”她的声音有些抖，带着软绵绵的战栗。

倒叫人更想欺负。

李兆漫不经心地从她身上扫过，然后瞥了眼一边的草丛，手指了指前头的波光粼粼。

“喏。”

穗穗可算是轻轻舒了口气，终于到了。

她高兴地跑去洗手。

李兆站在原地，依旧是信手摘了片叶子，往草丛里随便一扔，草丛动了动，发出了吱的一声。

穗穗回头去看，发现年轻郎君抱剑站在原地，面色不耐烦：“弄好了没有？”

穗穗便忘了刚才听到的声响，应该只是错觉吧。她把手洗干净，然后站起身来走到李兆面前，期期艾艾：“郎君，我好了。”

李兆连颔首也没有，径直往回走，他似笑非笑地瞧了眼密林深处的黑暗：“跟好。”

穗穗“哎”了声，忙小跑着跟上。

李兆又走了一段，然后停下。

“在这儿等着。”

穗穗咬了咬唇，瞧了眼四周的黑暗，声音又软又乖：“郎君，你要去哪儿啊，穗穗能跟你一起去吗？”

李兆往后瞥了眼。

“不用了。”

嗯？穗穗是过了一会儿才明白李兆那句不用是什么意思。

黑暗的密林里悄然亮起了许多绿莹莹的幽光。

穗穗睫毛颤了颤，握着衣袖的手陡然抓紧，是狼，好多狼。

十五的月亮是黄澄澄的圆。

“嗷呜——”

“铮——铮——”是李兆抽出了剑，他站到了穗穗面前。

腥臭的狼血四溅开来，温热落到了穗穗脸上，穗穗瞪圆了眼，一动也不敢动。

血落到她脸上了！

剑光流转，袍袖翩飞。

李兆像是杀神降世，面上无情，手里收割不停。

穗穗腿软了，她惶然地睁大瞳孔，睫毛轻颤，嘴唇翕动，不知道自己到底在怕什么。

“不会闭眼吗？”

她听见郎君凉薄的腔调，恍如惊醒，赶紧闭上眼。

只有睫毛还在悄悄抖。

一场血腥的斩杀。

狼嗷呜的声音和惨叫声渐渐混合在一起，穗穗裙角发战，只觉得自己仿佛一闭眼，就是一个深夜。

终于没有声音了。

穗穗咽了咽口水，又听见窸窸窣窣的布料摩擦声，她大了点胆子：“郎君？”

没有回答。

穗穗慢吞吞地睁开眼，果不其然瞧见郎君黑衣黑发，剑入鞘，葱绿的草叶落满四溅的腥血。

穗穗觉得说话有点艰难，嗓子仿佛被人为施了禁言术。

李兆默不作声地从她身边走过去，面无表情。他额头疼得厉害，只这一场杀戮，不过开胃而已。

穗穗提起裙角跟上去：“郎君，等等我。”

李兆顿了顿，声音不耐烦：“快点。”

穗穗小跑着跟上。

月光下，年轻郎君的身影虽单薄但是坚韧可靠，穗穗觉得自己真是难得的好运气。

“郎君，你人真好。”她认真道。

入了夜，穗穗果然又一次被叫醒。

她困倦地打了个哈欠。

“哭。”年轻郎君站在她身边，玄色衣衫居高临下，睥睨姿势。

穗穗从草叶里取出帕子，凑近了眼。

穗穗红了眼圈，片刻后，眼泪唰唰唰地流了下来。

等到哭得停了，她就又拿着帕子往眼边凑，凄凄惨惨戚戚。

眼泪便又流了下来。

等到余光瞥到郎君不揉额角了，穗穗便自己停了，然后拿起手边的水囊补水，步骤熟练。

李兆的肩背线条慢慢放松了些，头不太疼了。他倚着树，神色散漫，觉得眼前这只小包子起码还算聪明，起码能在他这儿活了这么多天。

穗穗今夜并不是很困，主要还是今晚遇狼，当然也有番椒的后劲太大了的缘故。

她伸手揉了揉眼，却忘了自己手碰过番椒帕子，眼泪又唰地流了下来。

李兆就很服气，他嘴角微微上扬了一点，刚夸完她聪明，就又傻不啦叽的。

穗穗不敢再揉眼了，她只能任由眼泪流着。

李兆今晚的状态要比前几晚好得多，也没发病了，自然是快好了的。

他心情不差，微微瞧了眼小包子。

“你不怕我？”

穗穗水汪汪的眼睛瞧过去，她慢吞吞道：“不怕。”

今夜凉风温柔，穗穗歪歪头，也问李兆：“郎君，你为什么独自一个人出来啊？”

李兆捻了片叶子，一点点揉碎，他微微挑眉，有耐性答她两句：“为什么不一个人？”

“一个人的话，就会有点无聊。”穗穗实话实说，“不高兴的时候就没人让你高兴了。”

李兆抬眼：“高兴？”他轻轻嗤了声，“我为什么要高兴？”

穗穗愣住了。

高兴难道不是理所应当的事情吗？

李兆看穿她的想法，兴致缺缺把玩着手里的叶子：“你觉得高兴，不过是别人想让你高兴。”

他瞧了眼傻乎乎的包子，说这些干什么，她又听不懂。

李兆按了按额角，直起身子，准备回树上小憩一会儿，身后传来了轻轻怯怯的声音——

“穗穗想让郎君高兴啊。”

4.

李兆怔了怔，片刻后惫懒地抬眼，凉声道：“高兴？”他转过身，玄色的衣摆蹭歪了靴边的一朵小白花，“天下熙攘，利来利往，没有人会无缘无故割舍掉自己的利益舍得另一个人高兴，这些都是要还的，或早或晚。”

他眉眼间似有阴翳重重，一重又一重的面具解下，到头来，不过是个也会因为一句话皱了眉头的年轻郎君。

穗穗对长句子的反应慢得很，尤其这里边还有许多她不懂的地方，她有些蒙，揪紧了衣角，发上的红绳随着抬头的动作晃了晃。

“郎君，那就没有什么可以让你高兴的事情？”

李兆略微俯身，漆黑的眼眸盯在穗穗脸上。他微微勾唇，容貌刹那惊艳，飘动的发丝，白皙的皮肤，都成了那双眼睛的衬托，勾魂动魄，惑人心智。

淡色的唇微张。

“有啊，比如杀人。”

穗穗的反应这时才是真的慢到了极致，对面郎君的容颜蛊惑让她脑子里一直充斥着郎君真好看，他一定是神仙之类的想法。

李兆修长的手再次掐上穗穗的脖颈，慢慢地用力，从容不迫，淡红的嘴角慢慢上翘，然后蓦地松手。

“你看，这样我就高兴了。”李兆的声音低沉优雅，磁性隐约。

他眼皮子微微上撩，露出些许锋芒，混着惫懒，并不真切。

李兆慢条斯理直起身子，眼角余光扫了眼捂着喉咙咳着的穗穗。

他理了理衣袖，矜贵仿佛与生俱来，居高临下，嘴角的笑意消失不见，眼里寒凉和嘲讽尚存，面上无悲无喜。

穗穗慢慢地反应过来，郎君是以杀为乐?

深夜的风混着淡淡的花香，夜里的静谧独属于十五的月亮。

她温暾地想了想，试探着道：“那杀猪可以让郎君高兴吗？”

穗穗此时并不觉得“杀”这个字眼有多么恐怖，她只是苦恼疑惑，高兴是这么难的一件事情吗?

“只有杀人。”李兆瞥了穗穗一眼，等着她害怕惊恐。

杀人者让人恐惧，屡试不爽。

“杀人为什么会让郎君高兴呢？”穗穗想了想，“郎君杀人的话，别人都会怕郎君，而且死了人，郎君会难受的呀。”

李兆又扯了片叶子，留下光秃秃的枝头，他碾碎叶子，难受?

杀了人所以难受?

哼。

他掐碎叶子，面无表情：“我高兴。”

若是杀了人罪无可赦，那十八重地狱又如何?

李兆从马鞍旁边取出一个小陶瓷白瓶，里面都是磨得极细的姜黄色药粉，味道很淡，几乎不刺鼻。

他揉了揉额角，力使自己清醒得久一点，拔开瓶塞，往穗穗身上撒了点，像撒面粉一样，随意得很。

穗穗睡得困倦，自然是醒不了的。

姜黄色药粉覆在衣物上，难以被察觉，李兆玄色的衣袖掩唇，困倦地打了个哈欠，他虽然一天大半时间都在小憩，但是能睡着的时间少之又少。

李兆甚至有些时候厌烦入睡。

李兆撒的是驱虫蚁的药粉，效果极好，不出一会儿，穗穗周边土地上，小小的蚂蚁一只一只往外挪，离着穗穗远了一圈。

李兆把瓶子放回去，走回树下。

穗穗睡得正熟，偶尔发出几句细碎的呓语。

李兆顿了顿，在穗穗身边停下，蹲下身，从穗穗手里拉走沾了番椒的帕子。

他揪着帕子的小小一角，往灌木丛里信手一扔。

蠢包子。

他戳了戳穗穗的头，扯了扯她的红发绳。

杀猪？亏她想得出来。

“下次再乱说话，就割了你的舌头。”

李兆眉目凉薄，看不出情绪。

穗穗第二日起来的时候，昨夜种种就像是梦一样。她扁扁嘴，揉了揉脸，去马儿边取了干粮回树下吃。

杀人，总是可怕的。

她最开始也是被郎君吓得瑟瑟发抖，现在却平静多了，可见人的适应能力是多么地强大。

她不是很怕郎君，穗穗有些出神地想，真奇怪，郎君虽然杀人，可能未必是个好人，她却并不讨厌他。

两人连着跋涉了几天，穗穗注意到郎君晚上没有再喊醒她，也没有再揉额角了，不抱剑出去了，他又成了初见时冷冰冰的样子。

他们中间途经了瀑布，穗穗在瀑布旁难得洗了把脸，把自己弄得干干净净后，继续和郎君上路。

山上人迹稀少，但还是会遇见几个人。

这是一支有镖局护送的队伍，人数约有三十几个。

夹在正中的马车奢华极了，行走在山野间，招摇得很。

李兆又是在树上小憩，只有穗穗坐在树下。

一个长相彪悍的汉子先瞧见了她，骑着马和旁边人絮语几句才过来。

“小娘子，你是独自在这山里走吗？”

穗穗正拿着树枝在地上比画写字，看见有人过来，她悄悄用裙角把字挡住，小心翼翼地用鞋子擦掉痕迹。

汉子骑着马近了才发现，这是个年纪轻轻看起来十几岁的小娘子。

穗穗往背后的大树挪了挪，下意识地抬头去看，她怕生人。

汉子意识到自己可能吓到人了，忙放轻了语气：“小娘子别怕，我没有恶意。”

穗穗看见树上李兆垂着的玄色衣袖这才放心了不少，她慢吞吞地抬头去看汉子，然后又往后移了移。

彪悍的汉子摸了摸后脑勺，有点哭笑不得，他们搞镖局的自然是长得越吓人越好。

“你是？”穗穗小声问道。

“我们是镖局的，护着人过山呢。”

“嗯。”过了会儿，穗穗低头瞧着鞋尖，只含糊答了这一句。

彪悍的汉子发现这小娘子性格内向，胆子也小，似乎不太爱说话。

“我过来是想问问，那马是小娘子的吗？”汉子指着乌骓马问。他眼光不错，走南闯北，尤其爱马，这匹马，绝对是他此生见过最顶尖的好马。

穗穗摇了摇头。

“那是谁的？”汉子奇怪了，这附近明明只有这小娘子一个人。

李兆听了半天，这才不耐烦地下了树，声音慵懒倦怠：“我的。”

汉子浑身惊起冷汗，这树上居然还有人！他竟然没发现！

他抱了个拳算是礼貌，心里警惕：“您贵姓？”

李兆懒得理他，只瞟了瞟肩线紧绷的穗穗：“我渴了。”

穗穗刹那如获大赦，急忙小跑着去乌骓马边上给郎君取水。

她实在怕人怕得厉害。

大汉打量着李兆的装扮，估摸着是不是哪家郎君带着小婢女出来玩了。他苦笑道：“您的婢女胆子真小，郎君若是不愿意说姓名也无妨，我跟您直说，您这马，是顶顶的好马，不知道您愿不愿意给出了？五百两金子，我不少给，您看行吗？”

“不出。”李兆拒绝得干脆利落，他倚在树上，等着穗穗把水囊给他拿过来。

他拔了水塞，喝了两口水。

大汉注意到那水囊上金丝线绣着暗纹，华贵得紧，再加上李兆身上的玉带钩，他判断出这郎君也是个阔绰的主儿，不然加加价？

这匹马，今日错过了，就是这辈子也要遗憾哪。

“那我出六百两金子，您考虑一下？”

李兆眉眼微微下垂，不耐烦更甚：“不出。”

穗穗手里拿着水囊，瞧见李兆浑身低气压，眉眼间没什么精气神的样子，知道他此时心情不大好。她动动唇，大着胆子道：“郎君他不卖马，不缺钱。”

李兆瞥了穗穗一眼。

穗穗说话的声音越来越小，胆子早没了。

那汉子又摸了摸后脑勺，六百两已经是他能给出的高价了。他不舍地看了眼乌骓马，唉，人穷志短。

总归是没法子，好歹也算有幸遇见。

这时，又一位大汉骑着马过来：“老六，好了没？价格谈妥了？”

汉子摇了摇头：“人家不愿卖。”

穗穗又往后移了移，但她身后已经是大树，实在无处可躲避了。

她慢吞吞地蹙了蹙眉，嘴角不高兴地扁了一下。

穗穗揪紧了衣角。

李兆瞥了穗穗一眼，没说话。

那两个大汉交谈了一会儿，才驱马回到马车前。

穗穗轻轻松了口气。

但这事儿显然还没完。

因为那中间最奢华的马车上有人下来了，那人骑着一匹温驯的小白马朝着这边过来，身后还跟了十几个镖局的人和护卫。

刚刚过来的何老六也赫然在列。

穗穗简直要被吓坏了，她觉得自己无处可躲，低着眼，看着裙角，头都不敢抬一下。

“喂。”是穗穗熟悉的嗓音。

“郎君？”

“站我后头，当婢女就得有当婢女的样子。”李兆不知道什么时候已经离开了树，站直了身子。

穗穗乖巧地挪到了李兆身后。

有人在前头挡着，她心安了不少。

她微微抬起头，年轻郎君要比她高出好些，单薄的脊背套着玄黑的衣衫，发丝散落在衣衫上。他站也站得懒散，但从背后看，依然觉得他沉稳可靠，有种莫名让人相信的力量。

何老六此时心里无奈得很，这主顾不知道怎么就听到他和同行夸这马，非要过来看看，还说要买下。

可这买卖呀，也得对方愿意才行。

这边骑着白马的主顾终于是过来了。

“你这马，说吧，多少钱肯卖，开个价吧。”

主顾张口，连个礼也不行，瞧也不瞧人一眼，忒是自视甚高。

李兆目光冷了下来。

5.

李兆连搭理都懒得搭理，瞥了来人一眼就干脆地继续捻他的叶子，重新揉碎，让绿色的汁水一滴一滴落到地面上。

主顾是个三十来岁的男人，身上奢华的金丝袍跟套了个金光闪闪的麻袋一样，一个字，胖。

他手上每根手指都戴着或玉或金的戒指，晃眼极了，开口时，嘴里头的金牙也露出来。

“小子，开个价！还没你大爷我付不起的价钱！”金门牙还在吹嘘，说了小半天，说到口渴，才发现对面那嫩脸小子一言不发。

他眉头一皱，伸出手一推：“小子，你怎么回事？没家教吗？”

李兆看到那只向他伸来的手，眼底微寒，剑出鞘，径直一砍。

何老六眼疾手快，来不及拔剑，只能使剑鞘挡着："郎君，有话好商量，好商量，先把剑放下。"

李兆敛眸，众人这才注意到他身后的小娘子小心翼翼地拉住了他的袖口。

然而下一秒，李兆拍掉了穗穗的手。

他收了剑，声音若高山的寒雪，冷意经年不化："滚。"

何老六收回剑鞘，抖着手悄悄抹掉头上的汗——那郎君看着瘦，却真是个练家子，还有那眼神，让人发怵。

接了李兆一下，何老六如今虎口发麻，他是不想惹这煞神了。

但是金门牙的主顾显然不这么想，他方才三魂都被吓跑了，想他什么时候这么丢脸过？

这马，他买定了！正好送到相府，听说那位也喜马。

他直接把自己手指上的扳指拽下来，扔到地上："你一小子，大爷我不跟你计较，瞧见了没，这宫里的东西，换你那匹破马，绰绰有余！"

何老六眼皮一抽，格外后悔自己接了这差事，这主顾眼瞎了吗？

李兆果然眼神都没给一个。

穗穗白皙的手背泛着红，自从手被拍掉后，她就一直在后头揉手，啧，郎君的力气好大。

穗穗一边揉手，一边竖着耳朵听。

她悄悄看了眼对面的人，有点多。她是反应慢，又不是傻，这事儿十有八九善了不了，这要是打架的话，她和郎君会不会打不过呀？

穗穗愁眉苦脸，她从来没和人打过架，要怎么打？万一打不过怎么办？

金门牙等了一会儿，见李兆还不答话，气得涨红了脸，他什么时候脸这样被人踩过？

尤其还是个脸嫩的小子，后生！

"敬酒不吃吃罚酒！"金门牙阴阳怪气地哼了声，指挥着镖局的人，"去，给他们一点颜色看看！"

何老六急了，他们镖局的人几吊子水他会不知道？刚刚那郎君挥剑的速度，还有力度，他们哪个比得上？光是这轻描淡写的一剑，他到现在都用不了剑。

他忙出来打圆场，对着金门牙道："您别急，这小兄弟眼见着也是个爱马的，您做生意的，也知道做生意讲究个你情我愿，不强求哈哈，不强求。"

何老六毕竟是个练武家子，嘴笨得紧，说起来也尴尬，要他贬低那好马是万万做不到的，他只能道："不然，您再寻一匹？不就是一匹马嘛，您想要，多少人送还来不及。"

他知道轻重，但是金门牙可不知道。

骑在白马上的金门牙眼一横，嘴一张，唾沫横飞："少废话，大爷我给你掏钱，你们就得给大爷我办事。”他指着乌骓马，“爷就看上这匹了，就算是抢，你们也得给我抢了！”

李兆撩起眼皮，眸子黑沉沉的。

何老六还在犹豫，可和他同一个镖局的护卫却已经匆匆抱了拳，一句“得罪了”就举着刀剑上去。

刀剑无眼，会死人的。

穗穗脸色一白，但是她面前的郎君依然站得懒散，动都未动一下。

噌的一声，刀剑激鸣。

李兆单手持剑，挡住了一众攻击。

何老六忙在一边道：“郎君你就卖了吧，不就是一匹马，人命更贵啊。”

李兆垂下眼皮，轻嗤一声，他手腕转了转。

一力降十会，更何况比起这一群彪悍大汉，实则他自己才是那个会呢。

剑光流转，生生把前头的几个人逼得往后退了几步。

“好小子！”一个大汉可惜道，“不过对不住了！”

拿了主顾给的钱，就得听主顾的话。

后面又是一群人上来，李兆眸光一冷。

金门牙龇着嘴笑：“小子，爷今儿就教你做人的道理，别跟大腿横！出着钱让你卖你就卖了吧，非要自讨苦吃！”

一块石头好巧不巧丢在他嘴里，金门牙面色一变，抠着嗓子眼呕了起来。

李兆往自己身后看，穗穗正从地上捡了小石子砸人呢。

四目相对。

穗穗顿时停下，心虚地把手往后一背。

朝人扔石头不好，穗穗知道，可她又不会打架。

但是她哪里顶得住李兆，眼神乱飘，脸颊上渐渐飘上红，细声细气慢吞吞道：“我不是故意扔歪的。”

她本来只想扔那些拿刀剑打郎君的人，但毕竟是第一颗，没控制好，一不小心力气就使大了。

李兆很轻很轻地挑了下眉。

穗穗觉得自己可能是产生了错觉，竟然从郎君眼里看到了一点笑。但不等她仔细看，李兆就又转回头。

穗穗面上落了张棉软干净的帕子，顺着脸蛋滑了下去。

“擦擦手，脏。”李兆 剑挑翻了偷袭的。

穗穗忙用拇指夹住帕子一角，空出一只手把石子天女散花似的扔了出去。

金门牙捂着喉咙，简直要硌硬死，什么破石头。

他一口唾沫吐到地上，然后指着自己身边的侍卫：“你们也上！”

十几个彪形大汉把树的四周团团围住，金门牙自信，别说是人，苍蝇也别想给跑了！

穗穗擦了擦手，确保都干净了才又轻轻拉了拉李兆的衣袖。

“郎君，他们人多势众。”她紧张地盯着四周，怯怯的一双眼眸中满是担忧。

穗穗没想过卖马。

马是郎君的，郎君不愿意卖，自然是谁也不能让他卖的。

穗穗看着一圈儿的人，咽了咽口水，提出建议：“不然咱们走吧。”

㞞样儿，有什么好怕的。

李兆轻轻嗤了声，被穗穗拉着衣袖的手直接背在身后，只右手持剑。他扫了眼窝在他身后揪着他衣衫紧张兮兮的小包子，嘴角微勾：“看好了。”

刀光剑影，眼花缭乱。

穗穗一刻也不敢眨眼，几息之间，就听见痛呼声此起彼伏。

彪形大汉一个一个倒下，原本被围成铁桶的树下此时稀稀落落，只有几个站得靠后的还立着。

李兆也没打算放过他们，他顺手揪了旁边一丛树叶，然后夹在指间轻轻一甩。

彪形大汉痛呼一声，捂紧手腕，双膝被击中直接失了平衡跪倒在地。

何老六煞白着脸，他要是刚开始还想着主顾人多势众怕欺负了人，现在就完全颠倒了，这少年郎君，哪里是他们这些人能招惹得起的?

李兆余光扫过来，何老六不由自主地往后退了几步。

他尽管虎口疼得握不住剑，却还是下意识地摸向了腰间的剑柄。

何老六此时万分后悔，他应该拦下的，现在好了，非要挑衅人家，人家一不高兴，就把一队人马全灭了。

看这郎君的眼神说要杀了他们，何老六也是信的。

他舔了舔唇，有些焦躁。

何老六尚且如此，更别提直接大放厥词的金门牙了。李兆眸光一扫，金门牙浑身一哆嗦，差点栽下了马。

金门牙伸出手指指着李兆：“你你你！你敢动爷你就死定了！”他虚张声势，声音空大却疲软无力，“你小子知道爷上头是谁吗？”

他自吹自擂：“爷上头可是京城的相府！你要是敢动爷，小心相府那位逮着宰了你！”

金门牙越说越起劲儿，他想起来自己到底是为什么才想买马的，又看了看地上躺了一地的废物，个个蜷在一起，没死，嘿，这小子不敢下死手一定是怕相府!

他咳了咳，嫌恶地踢了脚躺在地上的护镖汉子：“没用的东西！”然后才瞪向李兆，“知道吗?你那马是要给相府的，快点献出来，爷不跟你这种没见过事儿的计较。”

但他说不怕李兆是不可能的，是以说话时一直不敢对上李兆的眼。

李兆垂下眼。

山中无老虎，猴子称大王。

这是穗穗第二次听见相府那位了，上一次是在人贩子那里听到的。她不知事，蹙着眉尖儿轻轻碰碰李兆的手："郎君，京城相府那位是谁呀？"

哥哥不喜欢提起京城，她对京城的事情知道得就更少了。

金门牙显然也是听到了，他不敢看李兆，却瞪了眼穗穗："京城相府那位，可是我朝第一人，你个黄毛丫头竟然这么见识浅陋，连京城相府都没听说过！"

穗穗并不信他的话，相府不就是丞相，上面肯定还有皇帝，丞相再大能越过皇帝?

于是，她看向了李兆。

李兆沉默了一瞬，给出了一个答案："猴子。"

穗穗瞪圆了眼，郎君说京城相府那位是猴子?

为什么呀？穗穗不解。

6.

金门牙惊了，一边的何老六也惊了，如今朝廷相府一家独大，哪里敢有人这般编排!

"你你你！"金门牙指着李兆，结结巴巴说不出话。

李兆一眼望过去，金门牙顿时噤声，这小子到底是谁，连相府也不怕!

穗穗不懂他们为什么都这副害怕模样，忍不住问："可是郎君，相府之上，不还有皇帝吗？"

李兆没再理穗穗，他朝着金门牙走去，手里持着的长剑还滴着血。

金门牙咽了咽唾沫："你不能，你不能，我跟你说，我是相府那位的表弟，表弟你知道吗？"

他夹紧马腹，余光瞄向后方，却发现没人了。他直接从袖子里拿出所有的银票："只要让我们走，这些就都是你的！"

李兆一剑就把银票斩得零碎，他继续往前走。

何老六咬了咬牙，最终还是拦在了李兆前面，护住了主顾。

"郎君，是我等有眼不识泰山，多有得罪，还请郎君海涵。"

"滚。"李兆微微撩起眼皮，淡色的唇动了一下。

李兆最终还是站在了金门牙前头，他出剑的速度很快，剑尖挑起一块石头，直接送进了金门牙的嘴里。

金门牙嘴巴被菱角分明的石头硌开，嘴角处血流了下来。他张大嘴巴想吐出石头，却发现嘴里上方那块皮肉像是被生生扯了一样疼，他吐不出来了!

"相府，算个什么东西？"

金门牙惊恐地盯着眼前眸子黑沉的郎君，他一哆嗦从马上直接摔到了地上，捂着嘴，咳得撕心裂肺，血点儿飞洒在周边的草上，嘴角直接裂了，他到底招惹了哪个人？竟然连京城相府都如此不放在眼里。

李兆连目光都懒得分出一丝去看金门牙，他当然也没错过金门牙怨毒的神情，不过是相府的一条狗，有什么可在意的呢？

何老六却慌了，他看向穗穗，喉头干涩："这位小娘子，能否劝劝你家郎君……"

何老六这话说得极没底气，讪讪得很。

穗穗站在原地，眉眼之间有些许迷茫："为什么呀？为什么要劝郎君？他做了坏事，郎君在罚他，有错吗？"

何老六噎住，低声道："可是这主顾终究没伤你们性命，况且……"

穗穗听到这里，眉尖蹙起。她不赞同地摇了摇头，慢吞吞道："并非如此。"她瞧了眼栽下马的金门牙和持剑的郎君，轻声道，"有些事情，如果发生了，那才真是没法儿谅解了。他想伤害郎君和我，那怎么回报他，也应该由郎君和我来决定吧。"

何老六还不死心："小娘子，你心肠软些，积德行善，别计较呀，不是说要以德报怨吗？"

穗穗眨巴眨巴眼，纠正他："是以德报怨，何以报德？以牙还牙，以血还血。"

哥哥说了，出门在外，首要保护的是自己，不能委屈了自己成全别人。

穗穗咬了咬唇，手揪上裙角："我不想原谅他。"她直接背过了身。

何老六颓然地低下了头。

李兆走过来，站在穗穗面前："背着身干吗？"

穗穗这才慢吞吞地扭过身子，躲在李兆身后。

何老六对上李兆的视线，眼神绝望，他怕是要死了。

李兆讽刺地微微勾唇，想死？呵。

他把因为用剑而褶皱的衣角慢条斯理抚平："今日我心情好，不杀人。"他望着何老六，"你以为，无为你就是个好人了？逼迫一个小姑娘，哼，亏你能做得出来。"

李兆眸光凉薄，他扯下了何老六最后一层遮羞皮。

何老六低下头，臊得满脸通红，他自诩不做坏事，还算好人一个，可是面对恶行，一味纵容，无疑为虎作伥。

李兆吹了个口哨，乌骓马撒开四蹄跑了过来，亲昵地蹭了蹭穗穗的衣袖。

穗穗这些天一直有悄悄给乌骓马分过干粮，她自以为她不说就谁也不知道来着。可是……穗穗也悄悄垂下了头。

李兆瞥了乌骓马一眼，然后上马，一把捞起了穗穗。

两人渐行渐远，一个火折子直接点燃了不远处奢华的马车。

直到见不着人影了，何老六才迈着僵硬的步子朝着金门牙走去。金门牙身上的银票被斩碎在一边，金门牙仗钱欺人，如今没钱了，拥有的也失去了，这是他的报应。

何老六摸了把脸，又去看其他兄弟。他自欺欺人被揭穿了，心心牵挂的镖局名声也毁得干净，金门牙不会放过他们镖局，他良心也会永久受到煎熬，这是他的报应。

他一屁股蹲在地上，魁梧的汉子捂着脸，泪水顺着下颌流了下来。

“郎君高兴了吗？”穗穗怯怯地问道。

李兆恹恹抬眼：“你见我杀人了吗？”

没杀，哦，那就是不高兴。穗穗闭嘴，乖巧极了。

傍晚的时候，两人到了一个小镇上，他们终于出山了。

李兆在客栈门口停下，他把马交给小二，人径直进了门。穗穗犹豫了下，也跟着踏了进去。

“两间上房。”李兆将一颗银角子直接扔在柜台上。

打算盘的掌柜忙答应着，给了钥匙。

李兆只拿了一把，上了木制楼梯才发现小包子没跟上，他转过身，眉眼冷淡显得有点凶：“快点。”

穗穗这才拿起了另一把钥匙，跟了上去。

李兆原先是在山上不爱下树，如今是在客栈里不出房门。

穗穗沐浴过后下楼吃晚饭，一张脸白白净净，眉眼温婉地低垂着，一看就是个乖巧的好姑娘。

“郎君不吃饭吗？”她问店小二。

店小二把菜都端齐了才有空回她：“可不是。那郎君门口放着的饭菜动都没动，都冷了呢。”

穗穗眨了眨眼，郎君难道真的是仙人，所以从来不用吃饭？

她用罢晚饭就去找掌柜的打听甜水村，可惜一无所获。掌柜的见她年纪小，心生可怜，压低声音问：“怎么了？难道是那人拐了你？”

穗穗忙摇了摇头：“不是，是郎君救了我，我想回家。”

掌柜的只有个独女，还有个外孙女，约莫也是这么个年纪，见了穗穗便忍不住偏爱些，安慰道：“这也不打紧的，多去问问，总有人知道。”

穗穗蔫巴地点头：“伯伯，这里有没有我能做的活计啊？”她想攒些钱，一是还了郎君的房钱，二是也为回家攒点盘缠。

掌柜的给了她一个轻省的活计，让她去帮着厨房打下手。

穗穗露出了一个笑，努力呀穗穗，很快就能回家了。

掌柜的托人给穗穗找了身麻布衣服，比不上穗穗原先的衣服好，但也算是干净整洁的，穗穗之前的衣服划得破破的，实在不适合穿了。

穗穗这便开始了卖工攒钱的日子。

帮厨的王大娘是很稀罕穗穗这样好看又柔弱的小姑娘的，她总是会给穗穗午饭时多夹一块肉啊什么的。

“可惜我家是个穷小子，爱乱窜，像穗穗这样的小娘子才是我心尖儿好呢。”

穗穗抿了个小小的笑，被夸赞当然是开心的。

她站起来，看向从前面回来的店小二：“郎君还是没有吃吗？”

店小二把手里满满的饭菜展示给穗穗看：“喏，动都没动，你这恩人也真是奇了怪了。”

穗穗应了声，接过饭菜，放到后厨。

她轻轻地眨了眨眼，郎君难道真的是神仙吗？她到后厨小三天了，从来没见郎君用过饭。

穗穗洗完盘碟，便上了楼走到李兆门前。

“郎君？”穗穗轻轻唤了好几声，眼前的门才开了，露出一张昳丽冷淡的脸。

李兆眼尾微微发红，他还是一身玄衣裳：“干吗？”

“郎君，你不吃饭吗？”

李兆的屋子并没有燃香，床铺整齐，桌上茶是冷的，就像没有人住过一般。

李兆手指抵住额心，倒了凉茶一口饮尽：“有事？”

穗穗眨眨眼，动手给换上热水：“郎君你不用吃饭吗？”

李兆哼了声：“什么时候轮到你管我了？”

穗穗噤了声：“那郎君你是神仙吗？”

李兆不耐烦地挑眉，没好气道：“我是罗刹。”

郎君的不悦显而易见，穗穗又想噤声，她怕。

李兆站在门边手抵着额角。他身形高挑，玄色的衣袖滑落，露出的手腕腕骨凸出，手掌的线条清瘦，青色的血管隐约，皮肤是玉一样的冷白。

穗穗抿唇，而后垂下头，慢吞吞轻声道：“郎君，你是觉得饭菜不好吃吗？”

李兆瞥了穗穗一眼，抵着额角的手指更用力些了。出山后，他头疾更严重了，一直留在屋子里调理。

李兆松开抵着额角的手，不动声色地封了自己浑身几处大穴。

“我不喜吃，你这身衣裙颜色真丑。”李兆打量了穗穗两眼，“谁给你的？”

穗穗乖乖答道：“我去做帮厨了。”

她更在意李兆前边的话：“郎君是不喜欢吃这些饭菜吗？那郎君可有喜欢的？若郎君有喜欢的，穗穗给郎君做，权当报郎君恩情呀。”

李兆扫了她一眼，他什么山珍海味没吃过，不喜吃就是不喜而已。若是报恩，倒不如日日在他屋里哭来得合适些。

血腥味儿从喉头上涌，李兆眸色微微一变。

穗穗反应过来的时候已经到了门外，她敲着门：“郎君，郎君你怎么了？”

“随便做吧。”

李兆靠着门，抹掉了嘴角溢出的血。

7.

李兆又去倒了茶，入口却是热的。

哦，那小包子给他换了热水。

他从袖子里拿出小瓷瓶，药丸倒在掌心，只有十几粒了。

李兆敛眸，想起太医院那群人次次心痛疾呼这病药石罔救，还有底下那只声势最浩大蠢蠢欲动的猴子，他眸色越发低沉。

烦。

李兆倒了六粒药丸回去，剩下的化水服用。

他解了大穴，慢慢调息。

都想他死，他就不想死了。

鸦黑的睫毛遮住李兆眼里暴戾躁动的神色，他薄唇紧紧地抿着。

穗穗下楼去后院的时候，一直在想自己应该做些什么饭菜，直到她看见了自己放在灶火屋角落的木桶才有了想法。

就甜酒酿吧。

穗穗轻轻叹了口气，到了木桶边，把盖子掀开。

王大娘凑过来：“穗穗，你这不是要做米酒吗？这时候开了干吗？赶紧给盖上呀。”

穗穗前几天得了空的时候就买了不错的糯米，蒸了藏起来，原本准备等发酵成了酒去街上卖钱的。

“不做了，做甜酒酿。”穗穗道。她挽起袖子，用大木勺把里头清亮的酒水盛出来。

她之前是想给回家多攒些盘缠的，卖米酒也是一个法子，但是郎君胃口不好、精神不济，她想起来村里小孩子最喜欢吃的甜酒酿是很开胃的，便决定改了米酒做甜酒酿。

“甜酒酿发酵期短，但可没米酒赚银子啊，穗穗你怎么了？今儿个缺钱？大娘借你呀你这丫头。”王大娘站在她身边。

王大娘是见着穗穗这小娘子有多尽心在做米酒的。

穗穗买了不错的糯米，在清水里浸泡了六个时辰，干完活儿就过去拨弄着泡，勤快地换水。要做米酒，米是要熟的，泡过的糯米要置于灶上，蒸熟成饭，这个时候雪白的糯米才会更加饱满湿润，做出的米酒才能入了味道。

穗穗这小姑娘为了借灶，晚上熬到了亥时，不耽误客栈生意了，抱着柴火才开始蒸米。

那天正好王大娘值晚班，还跟穗穗聊了许久。

等到米熟了，整个灶火屋子都盈满了糯米的清香，小姑娘晚上为了借灶没顾上吃顿热乎的饭菜，此时明显有些馋了。王大娘便劝穗穗多少吃点米饭不碍事，穗穗还是拒绝了，说要做米酒赚银子回家的。

等到米饭凉了，穗穗就拿了木棒让它们松散些，但她力气小，搅了小半个时辰才搅开，别人想帮忙，这小姑娘就抿出个腼腆的笑说不用。酒药还是王大娘给的，没要穗穗的钱，她是打心眼里心疼喜欢这小娘子。

等到酒药撒匀，密封做好，已经是丑时末了，穗穗这才上了楼，可不过两个时辰，她又得下来去打下手了。

唉，到底是怎么了？王大娘心里奇怪。

穗穗这时已经取了枣，然后把酒酿烧开一起滚了起来。

“这都已经春末夏初了，你若是要卖钱，也该做凉的才是啊。”王大娘道。

甜酒酿有凉热口，确实是夏日吃凉口的多，凉口风味更为清爽，但是穗穗捉摸不定郎君肠胃情况，怕吃凉了坏了肚子，所以特意加了枣煮成了热的。

“大娘不用担心。”穗穗露出个笑，“钱可以攒得稍稍慢些。”但是郎君大恩大德，即便郎君不说，她也是应当报的。

穗穗是把李兆当恩人来看的，郎君救她离了人贩子，带她出了山，还给她交了住客栈的银两，郎君人是顶顶好的人。只是好像生了头疾，生了头疾时便不太高兴，性子又要更冷淡些，若是哭了便能让郎君舒坦些，其实她也不记恨。

但是比起郎君的恩情，显然她回报得少了些，本来卖米酒的钱也是要用来还郎君给她垫付的房钱的，值当值当。

穗穗也就只心疼了一会儿，便缓过了神，等到甜酒酿做好要出锅，稍微放凉可以入口之后，她给王大娘先盛了一碗：“您尝尝。”

她从木架子上找了只好看的瓷碗，清洗干净倒上热乎乎的甜酒酿，雪白的米粒在略显清透的甜酒汤里漂浮，红枣被煮得浓了，香甜的气味被彻底激发，整个灶火屋子都是好闻的。

王大娘眼瞧着穗穗这么经心，微微摇了摇头。穗穗的恩人她也瞧过，看上去像个冷淡不好亲近的，也不知道怎么就成了穗穗的恩人。

王大娘端起了陶碗，也不用勺子，直接饮了一口：“挺好喝的，比我做的强。”

王大娘这可不是假话，她有些吃惊，她自己也做甜酒酿，却没穗穗做得好。

穗穗得到夸奖，嘴角又轻又软地翘了起来，然后把甜酒酿盛到碗里，又特意多加了几颗枣。

“大娘，剩下的给佟伯端一碗，谢谢你们照顾了。”

佟伯就是掌柜的。

穗穗在整个客栈里熟些的还是这两位，他们像极了村里的叔伯姑姨，对她很是照顾，她怕得也少些。

穗穗回来的时候发现郎君正靠在床头，她把甜酒酿放到桌子上，发现郎君还没动。

她瞧过去。

李兆望着窗外，不知道在看什么，玄色的衣衫衬得他肤色格外白，眉眼极致的黑，美得惊艳，眼角眉梢藏着冷淡，像是化不了的经年积雪。

穗穗想起郎君几天没好好吃饭了，便陡然觉得这肤色有些过分白了，眉眼惊艳之中又有些脆弱。

“郎君，吃饭了。”

李兆漆黑的眼珠看向穗穗，赶人的意味非常明确。

穗穗：“……”

不知道为什么，面对郎君的时候，她反应比面对其他人要快些，总能察觉郎君的情绪。

“郎君不如尝尝。这是甜酒酿，挺开胃的。”穗穗轻声道。她怕她走了这甜酒酿还是和往日的饭菜一样，分毫未动。

李兆瞥了她一眼，最终还是从床头懒懒站了起来。

他不喜欢吃食，于他而言，大部分食物都食之无味。可惜没等他饿死，就要先头疼死。

装甜酒酿的并不是客栈用的陶碗，而是有些精致的瓷碗，应该是小包子特意寻来的。

李兆拿起勺子沾了一小点碰了碰唇，眉眼倦怠，应付的意味简直不能更明显。

“吃了，你走吧。”

穗穗眉眼略微耷拉了些，她抿唇：“郎君，真的很好吃的。”

李兆一只手懒懒撑着下颔，抬眼瞧着眼前有些无措的穗穗，或许是想起来京城那些人的缘故，他不自觉地比较了起来。

小包子心思外露，什么情绪都写在脸上，根本就不用猜，这样的人在宫里根本活不过两天。

他食指骨节轻轻敲了敲桌子，瞧着小包子低眉垂眼忽然不太高兴。

蠢包子。

穗穗还在绞尽脑汁地想，她小时候闹脾气不愿意吃饭的时候哥哥是怎么哄她的来着?

但是穗穗丝毫想不起来，她向来乖巧，哥哥很少在吃饭的时候哄她。

于是，她只能面露苦恼地抬起头，生疏又笨拙地轻轻扯了扯郎君的袖子，再次重复了一遍之前的说辞：“郎君你尝尝，真的好吃。”

她声音软绵绵的，拉着李兆衣袖的指尖微微泛着红，是端热乎东西被烫出来的。

李兆盯着小包子，瞧见她白净眉眼间的苦恼有些不高兴：“你不高兴什么？”

吃不吃是他的事情，这小包子怎么比他还难受？呵。

“不吃饭对身体不好，郎君应该按时吃饭。”穗穗眼睛清澈剔透，像面镜子。

真扯。

可更扯的是李兆居然从这里面看到眼前小包子说这话是真心的。

“你凭什么管我？”李兆的声音低沉发凉。

穗穗一字一字纠正：“不是管，是关心郎君，穗穗希望郎君过得好一点。”

李兆站了起来，穗穗只到他的肩膀。他低头，一点也不掩饰眸子里的焦躁，盯着穗穗的眼睛：“为什么？无亲无故，为什么？”

四目相对，穗穗反应又要慢些，她纤长的眼睫毛轻轻一颤：“郎君救了穗穗呀，而且，为什么要有缘故呢？”

穗穗一眼撞进李兆那双深沉如墨的眸子里，她像个孩子，眉眼干净纯稚：“哪怕郎君不救我，我也希望郎君好好的呀。”

李兆挑眉，等着她继续。

穗穗大着胆子：“郎君，就像见花欣喜，见美愉悦，虽然仅有一面之缘甚至不识得，也希望这些好好的。”

“可我想杀了你。就算这样呢，你还能这样希望我好吗？”他头疾发作时六亲不认，是真的动过这个念头。

李兆一句话，穗穗面上血色褪了个干净，像张纸一样，白生生的。

李兆并不觉得这穗穗不记仇，相反，从小包子和何老六的对话里，他觉得这小包子很有脾气。

“郎君是个好人。”穗穗慢吞吞道，“穗穗觉得郎君是个好人。”

“哪怕我杀人？甚至想杀你？”

“嗯。”

“什么缘故？”

穗穗眨巴眨巴眼睛，大大方方，慢慢道：“无缘无故。”

李兆愣怔刹那，眸子里泛起丝丝波澜，但不消片刻，又归于冷淡的平静。

他不信。

但是穗穗毫不自知，又扯着衣袖让他吃甜酒酿。

像猫在撒娇，声音也软，动作也轻。

李兆坐了下来，漫不经心地舀了甜酒酿放进口中。

不动声色地，李兆握着勺子的手颤了下。

第三章

/ 我给你银子，你给我做饭。/

1.

穗穗最终还是收走了一只空碗，她收拾好正准备关门出去的时候，李兆忽然出声了。

“我给你银子，你给我做饭。”

他坐在桌前，单手撑着下颌，眉目低敛，还是那副冷淡眉眼，穗穗却觉得郎君或许心情好了些，看起来好接近多了。

她停下步子，眼睛像月牙一样弯了弯：“郎君能吃得下就最好啦，银子就不用给了。”

穗穗合上门，步子轻快地下了楼。

李兆躺到床上，闭着眼，墨发铺展，皮肤白极了，但唇难得有了些血色，稠丽的眉目间只剩点冷淡，暴戾和烦躁都藏在眼眸里，瞧不着了。

“何解？”

玄色的衣裳全是浸透了的血，剑上煞气浓重。

穿着袈裟的方丈双手合十，发须皆白，眉眼慈悲：“命。”

他又道：“喻韫，莫执着。”

李兆猛地睁开眼，他盯着空无一物的桌子，勾了勾唇，眼里暗色沉极了。

眼皮子下垂，李兆按住额角，他不是李喻韫已经有很长一段时间了。

至于执着?

无可执着。

李兆重新闭上了眼。

穗穗自然是记得打听怎么回家的，消息最灵通的莫过于南北行商，但是等她走到街上，看着两边的行贩却不知道怎么问，于是她退而求其次，去了茶楼。

茶楼门口停着两匹骆驼以及数匹马，只吃个午饭而不留宿的话，茶楼往往是行商的第一选择。

她戴着帷帽，点了最便宜的茶，在大厅里找了个边角位置坐下，留出心神听着四周的人说话。

“京城那位还没回去？”

“没呢，要我说这都一个月了，还没回去怕就是死在外头了。”就在穗穗身后，一个精干瘦弱的男子低声道，“我刚从那边回来，听说宰相大人和礼部已经在准备办丧事了。”

男子对面的行商忙道：“哎哟，那可是国丧啊，这一趟跑完回去我得赶紧娶亲了。”

男子挤挤眼：“我比你还赶呢，下午就走，你第几春啊？”

行商蒲扇般的大手一挥，喝了口酒，比了个“五”。

两人心照不宣地笑了起来。

穗穗这便知道京城那位指的是当今陛下了，可是说陛下就说陛下，怎么还这么像提起什么禁忌不可明说的存在？

关于当今陛下，穗穗知道得不多，大抵只晓得他刚登上皇位不足两年，还是新皇。

说书先生正巧讲的也是同一个人的事情，当今陛下。

“陛下受头疾困扰已久，于是和群臣约定说出去寻药一年，一年为期。现如今，朝中无人知道陛下去了哪儿，不过有密闻说，前不久南边有一个锦衣富贵的公子，不少人当时都遇到了来着。”

说书先生摸摸山羊须，喝了口水继续道：“容貌俊美，举手投足霸气侧漏，呵斥人时令人胆寒，还到了县令府上，斩了死刑犯，或许各位看官中间就有人曾经得见天颜只是不知道呢。”

穗穗理解一大段话反应慢极了，但是别人可不慢。

“我当时见着了，一定是那位，我还听说斩死刑犯时那位头疾发作了呢。”

“老兄你运气不错，项上头颅还在，容貌俊美，令人胆寒，应该就是那位了，幸好前段时间没去南边。”

众人七嘴八舌。

穗穗被绕得有点晕，新皇患有头疾……容貌俊美……哦，大家都怕他……

还有，新皇到底死了没有？

但这些并不是关键，听个趣儿就完了。茶水上来，穗穗犹豫了又犹豫，搬着椅子微微侧过身，找到了身后那精瘦的男子。

“郎君好。郎君听过甜水村吗？”穗穗鼓起胆子打招呼问。

那精瘦男子瞧到小姑娘过来搭讪还觉得奇怪：“哪个字？没听过。”

他对面的行商喝了酒醉醺醺的：“哟，小娘子啊。”伸手就去扯穗穗衣袖。

穗穗被吓得一惊，小退了好几步。

精瘦男子赶紧拦住行商："这是良家女子。"

行商醉眼迷蒙，大着舌头："良家？嘿嘿，良家好啊。"

精瘦男子见状赶紧呵斥穗穗："还不快点走？一个小娘子，身边也不带人，来这儿干什么？"

茶馆是三教九流之地，什么样的人都有，大行商一般会开个包间，图省事儿安静，至于楼下大厅坐着的是什么人，那就不一定了。

穗穗脸色煞白，捏着衣角，声音被吓得小得不能再小，对着精瘦男子飞快地道了声谢，抿唇小跑着出了茶馆。

她今日是向客栈的佟伯告过假的，并不急着回客栈，最要紧的是她还没打听出来怎么回家。

穗穗脸色越发白了，她越是反应过来，越是觉得难过。

她也不知道为什么，格外地想哭，格外地想回家找哥哥。

眼眶一点一点变红，微圆的眼眸里水雾隐约，纤纤睫毛慢慢地落下，穗穗攥紧了袖子里的钥匙。

不能哭，穗穗你已经不是爱哭包了，你是个大姑娘了，不能哭了。

藏在衣袖里的手背轻轻顶了两下另一只手的手腕，温柔得像是在安抚，然后松开钥匙。

穗穗伸手把衣裙上的褶皱抚平，找了处能看见茶馆门口的地方站着等着。

繁华的镇子上，长街上马儿来去，挑担的货郎有说有笑地从穗穗身边过去，天色渐渐变暗，穗穗不时地抬头。

那替穗穗拦下行商的精瘦男子可算出来了。

穗穗忙小跑着过去："谢谢郎君。"

男子没想到有人在这里等他，被吓了一跳，继而认出穗穗，板脸教训："你站这儿吓我作甚？你这小娘子做事也忒是不懂章法，你家人呢？"

穗穗垂下眼睛："郎君，你知道甜水镇甜水村在哪儿吗？"

闻言，男子皱紧了眉："不知道。你要是和家人失散了，也该去官府报官才是，你这样打听要到什么时候。"

"我没银子了。"佟伯说像她这样的，没权没势，官府报官一是要付一笔银子，二是也不大可能理会她。

男子也想到了她这般的难处，但是谁也做不了善心的菩萨，他无奈地叹了口气，语气软和些许。

"这地方乱，你要来打听，也要找个人陪你一起。"

穗穗点了点头，头上的红绳晃了晃："好，谢谢你，那我走了。"

男子这才眉眼温和了点，他不是没怀疑过眼前的小姑娘是个骗子，但这个疑虑现在被打消了，这小姑娘实在不是骗人的样子。

“等等。”

穗穗晚间做的小米粥，王大娘给她送了点莲子。小镇靠南，水域不少，这时候正盛产莲子，百姓都爱吃，莲子安神，穗穗就也在小米粥里加了点。

小米是郎君早上的时候不知道从哪儿拎出来的，穗穗特意煮得久了点。煮出来后黄澄澄的小米粥黏稠，雪白的莲子或浮其上，或坠于底，像只白天鹅一样。

碗也换了，也是李兆给的。

王大娘顺嘴问了一句：“这小米挺好，你这恩人是哪儿的啊？对了，贵姓？”

穗穗搅动小米粥的手一顿。

她眨巴眨巴眼，她也不知道。

晚间，穗穗去给郎君送饭菜。

“怎么这么愁眉苦脸的？”李兆虽冷淡，但是有远超乎常人的敏感。

当然，穗穗也算不上愁眉苦脸，只是情绪不太高，笑得少了一点点，她毕竟一下午一无所获。

穗穗把碗筷摆好，也在桌子边坐下。

李兆瞥了她一眼，敢在他的旁边坐下，小包子胆子长了啊。

穗穗毫无所觉，她听见李兆的问话也只是觉得郎君真是好敏锐，什么事情都瞒不过他。

“郎君，你叫什么呀？”穗穗避开回家的事情不提。之前她也问过李兆甜水村，但是李兆也不知道，何必再让郎君听她说她的不顺呢。

穗穗轻轻呼出一口气。

李兆没错过穗穗的动作，胆子果真是长了，小骗子。

他拿着勺子搅动粥，眼皮子懒懒下搭：“不告诉你。”

“那郎君你是哪里人啊？”穗穗再接再厉。

“也不告诉你。”

烛火摇晃，灯下看美人，穗穗被映得脸颊微红，眸子里像含了水似的，只是双手撑着脸，还微微歪头，头发上的红绳露出来一截儿。

“唉，郎君。”

她也不说怎么了。

很拙劣的手段，李兆心想，但他还是上钩了。

“有想法？”他淡淡一瞥。

所谓灯下看人，李兆不觉自己也被镀上了层暖色，眸光里的冰冷大打折扣，而穗穗一个有些反应迟钝的小娘子怎么会意识到呢？

于是，她点了点头。

真长胆子了，李兆眸色深了深，慢条斯理地喝着粥。

穗穗还在嘟囔：“郎君起码告诉我个名姓也是好的。”

李兆烦了，抬眼，四目相对，他不耐烦地道：“我姓李，双字喻韫。”

穗穗只跟王大娘说郎君姓李，王大娘早把灶间的事情忘了，因此只是更为笃定穗穗的恩人不一般：“姓李好啊，李是国姓呢。”

李兆没怎么费工夫就知道穗穗下午告了假去了茶馆，而茶馆的事情从来就不是什么天知地知你知我知的事情。

夜深人静，天地悄悄，幽冥之中，李兆解了缰绳牵出马，他理了理马上的鬃毛，飞身而上。

或许是晚间风大，头疾又有发作的趋势。

2.

李兆最后悄无声息地停在一处客栈前，玄色衣衫几乎要融进浓重的夜里。

月光投射出窄窄的一道亮线，床上的银铃叮叮当当地响。

行商猛地从梦里惊醒，大口地喘着气儿，眼神惊恐地看向角落里若有似无的人影。而躺在他床上的风尘女子尤还不知，半睁着睡眼，手臂水蛇一般缠上大腹便便的行商。

“怎么了？爷。”

行商一把推开她，粗暴地把人推下床，也不管衣衫整不整齐。

“去。”他一脚狠毒地踢向女子露出的青紫脊背，一点力气都没吝啬。

女子轻轻皱眉，向前趔趄两步，但也不敢发作，只能一边往角落走，一边媚笑：“爷，什么都没有啊，您可弄疼我了。”

行商咽口唾沫，揉了揉眼再去看，发现角落里又什么都没有了。

难道真是自己看错了？

女子此时已经扭着腰往床的方向回来了，她坐到行商腿上，在行商心口用手指画着圈儿：“爷，您这第五房妻妾都娶了，什么时候才能把莺莺也娶回家啊？”

行商想，或许真是自己虚惊一场，而美色当前，他分了心，眼里闪过一丝讽刺，一个烟花女子，还想进他家？

行商笑了笑：“这不就快了，快了。”

他搂着女子往床里倒，既然醒了，就做些事情压压惊。

行商想起来自己下午碰见的那小娘子，咂摸两口，虽然戴着帷帽没看见脸，但是光那身形窈窕，杨柳细腰，怎么都比床上这货色要强得多。他泄愤似的向女子扑了过去。

女子便发出银铃似的笑声。

但是她脸上的笑容定格在下一秒，随后瞳孔放大，惊恐浮现。

月光隐约，行商几乎凑到了女子脸上，瞧见这女人瞳孔里有两个人影。

一个是他，另一个是谁？

他睁大眼，疼痛传来，他也就只能想到这里了。

扑哧一声，就像尖刀入番茄，温热的液体洒在女子的脸上。

“啊！”她发出尖厉高昂的短叫。

行商满是油光的脸倒到她身前，她手脚忙乱地推开：“救命啊，杀人了！”

断掉的手指以诡异的形状蜷缩在地毯上，滚动两下，彻底没了声息，血流汩汩，鲜红浸透木质的地板。

肥头大耳的行商死在了一处客栈，第五房妾室最终没能娶进门，而眼见着他被杀的女子呢，却连凶手长相都没来得及看清。

仵作连夜赶到了客栈，验过尸体后道：“此人十根手指被一起削掉，削口整齐，凶手用的应该是剑，剑术应当很精妙，是在人死前削的，说明和这人有深仇大恨，之后又一剑贯心，手法熟练，动作很快，说明凶手可能先前犯过类似案件。”

衙役闻言眉眼凝重，一阵忙碌。

穗穗敲门送早膳的时候发现郎君似乎是刚醒，睡眼惺忪，眼尾发红，发丝凌乱还没来得及梳理。

“郎君是昨晚没睡好吗？”她顺嘴一问。

李兆懒洋洋地在饭桌边坐下：“沈秋没跟你说过，少管闲事才能活得久一点。”

穗穗眨巴眨巴眼。

李兆挥挥手，赶她出去。

穗穗给郎君换了热水方便他白日饮茶，才慢吞吞地出去，她回头掩门时发现郎君衣袖半掩松松垮垮打了个哈欠。

看来是真的没睡好啊！穗穗若有所思，轻轻合上了门。

郎君似乎一直都休息得不太好，以至于之前是一直待在林子里，现在几乎全天在客栈里。

“买药材呀小娘子。”药堂的掌柜停下拨算盘，抬头热切地看向穗穗。

穗穗承受不住这样的热情，悄悄往后退了一步，犹豫一下，咬着唇又迈了进去，小声道：“我想买当归，还有甘草。”

药堂掌柜殷勤地为她介绍：“你瞧，这当归可以吧。店里还有一批甘草，你若一起买了，我给你便宜点。”

穗穗看向老板打开的油纸包，里头的当归个头不小，发须少，气味浓郁，是不错的。

掌柜见她脸上神色，便有了八九分把握：“那就替你包了？”

他又从下面拿出一个小油纸包，把两个油纸包系在一起，跟穗穗道：“另一个包里是甘草。这样，当归十五钱，甘草七钱，共二十二钱，这价位，哪儿都没有吧。”

穗穗拦住殷勤的掌柜，轻声道：“我还没看甘草。”

掌柜的手一顿，满脸褶子堆在一起笑道：“哎呀小娘子，我们当归这样，甘草也差不了，我都打上结了拆了多麻烦，我们店你尽管放心，不好你来退就是。”

穗穗这便缩回了手，她提着药出门，掌柜的在她身后眉开眼笑地数钱。

王大娘瞧见她手里的药包，忙问：“生病了穗穗？”

穗穗摇摇头：“是郎君好像有点睡不好。”

她打开药包，当归还好，只是甘草……

“哟，这甘草怎么是这颜色的啊？你是不是去街头那家药堂买的？”王大娘一拍大腿，“忘了跟你说了，他家那掌柜的，心肝儿都是黑的。”

甘草发了霉变成暗褐色，霉味浓重，茎秆粗硬，说明变质了，药效全没了，是用都不敢用的。

王大娘可惜地叹了口气，咒骂那药堂掌柜两句，然后安慰穗穗：“这当归还好，甘草……你便权当花钱喂狗了。呸，那黑心掌柜。”

穗穗轻轻地颤了颤眼睫，慢腾腾地把甘草重新包起来，垂着头：“我先出去会儿。”

王大娘知道的时候已经过去整整一刻钟了。

她急得拍大腿，这傻姑娘，怎么去找药堂掌柜的去了，人家肯定不会认啊。

果然，那药堂掌柜翻脸不认人，根本不承认穗穗是从他家药堂里买的甘草，还反过来倒打一耙，说穗穗当街污蔑他，误他做生意，要把穗穗告到官府去。

王大娘心里担忧。

街头药堂人人知道他坑，但谁也动不了是有原因的，药堂掌柜正是如今镇上县衙里县令的妻弟，衙门的人要是真来了，穗穗是铁定要被关进牢里的。

自古民不与官斗啊，她没法子，也不能得罪县太爷，来来回回走了好几步，咬了咬牙，去前院上了楼。

“李郎君在吗？”王大娘敲了好一会儿门，毫无动静。

她急得要死，不会人不在吧。

她喊道：“李郎君，穗穗出事了。”

门刹那就开了。

一个黑发黑衫的郎君站在门内，肤色冷白，眉眼被映衬得墨色更浓，眼皮子微微垂着。

“怎么了？”

王大娘没上过学，不识几个大字，但也被李兆样貌惊艳一刹，这小郎君好俊俏。

李兆不耐烦，略略抬眼，手指抵上太阳穴：“怎么了？”

这一眼浑若一盆冻水冷刀子戳骨头，王大娘浑身战栗一下，瞬间清醒，对李兆的印象除了俊俏，还多了不好惹。

王大娘快速把事情的来龙去脉说了一遍。

“穗穗这小娘子太天真了。”王大娘最后道，“为了几文钱，和那些人对上真是……”

李兆的目光重新落到王大娘身上，冻得王大娘一哆嗦，瞬间噤声。

他挥了挥手，门重新关上，王大娘被彻底隔在了门外。

李兆食指并着中指抵住眉心，垂眼，是他看走眼了？这小包子胆子还挺大。

他倒了杯热水，慢慢饮尽，淡色的唇慢慢洇上血色，稠丽的艳色像是在白纸上渐渐晕染开，他轻轻地勾了一下唇。

不过，这样更好。

穗穗从没想到有人能当着官府衙役的面，毫不羞惭地说谎。

药堂掌柜倒打一耙，把脏水都泼到穗穗身上：“就是她，敢闹我的场子，砸我的生意。鬼知道她从哪儿买的甘草，您看，她都污蔑到我头上了啊，这让我怎么营生啊。您说砸了我的招牌，她该不该赔！”

药堂掌柜的指着穗穗，痛心疾首：“她不仅得赔我，还要去牢里住一段时间！这种事情她都做，世风日下啊，官府可一定要还我公道！”

穗穗没和人争过口舌之辩，这时手足无措显了劣势，嘴笨极了，分明心知药堂掌柜处处污蔑，却不知如何为自己辩解，她只会重复道：“你说谎！”然后小声把事情经过讲出，却发现别人指指点点，只对着她。

药堂掌柜的说得唾沫乱喷：“你有证据吗？小娘子，我瞧你年纪小，竟然就敢说谎了。你家人呢？你也忒是没有家教！我倒要看看什么样的人能教出你这么个撒谎成精的丫头！”

穗穗这下是真的气了，她分明说的是真话，没有撒谎！

穗穗红了眼，难得失了仪态，伸出手指指回去：“你胡说，分明是你在撒谎。”

街上围了一圈人都心知这小姑娘怕是涉世未深被药堂掌柜的给坑了，但又慑于药堂掌柜和官府的关系，不敢站出来，指着穗穗觉得这姑娘实在不知变通。

衙役围了上来，他们个个都知道药堂掌柜和县太爷的关系，便有人劝：“小娘子你赔掌柜的点钱，再说几句软话，这事儿不就过去了？”

“是啊，原本也就几个铜钱的事情。顶多也就是你一两天的工钱，意思意思就是了。”

眼眶附近红色渐渐加深，穗穗咬紧唇，使劲儿把眼泪眨回去：“我不，明明是他在说谎，是他在说谎。”

3.

衙役彼此对视一眼，这就没办法了，也可惜这小娘子，只能带回去了。

药堂掌柜的还在大放厥词，更是得意至极：“呸，等着你那没家教的家人来赎你吧。”

街上众人见状心生不忍，唉，确实是几个铜钱的事情，给药堂掌柜可不结了吗？

衙役准备押着穗穗回县衙去，药堂掌柜的耀武扬威地跟在后头：“没家教就是没家教，撒谎成性，也不知道是哪个教出来的。”

“我。”人群中忽然让开了一条道。

年轻郎君从人群中走出来，玄色的衣衫行走间摆动，身形高挑，五官俊美非凡，只是眉眼冷漠惫懒，好像没什么能入他的法眼。

凡人承受不起他一瞥，连眼神都像淬了冰雪，只需一眼，凉意渗骨。

穗穗看过去，是李兆。

四目相对。

李兆错开穗穗的眼，走到她身前：“松开。”

押着穗穗的衙役松了手，穗穗得以活络开。

“郎君，你怎么过来了？”

李兆还是一如既往地言简意赅，他扯着她的衣袖到了掌柜的身前，声音凉极：“过来，打回去。”

药堂掌柜的目眦欲裂，伸着手指，难以置信：“你敢！”

李兆轻嗤一声，不是谁都有资格让他放在眼里的，他又对穗穗道：“打回去。”这次的嗓音更为低沉了。

穗穗抿了抿唇，她抬眼张皇地望去，发现周围一众人指指点点，她朝着李兆的方向挪了两小步。

药堂掌柜的简直气得半死，他也顾不上脸面，扯着嗓子对着衙役就开始喊：“你们愣什么呢？就由着我被这般辱骂啊！你们吃的是干饭吗？脑子里是不是灌了水？小心我一个个给告到县太爷那里去！”他磨了磨牙，指着李兆，“谁要是把他给逮回去了，铜钱两串……哦不，三串！”

衙役没怎么犹豫，围了上来。

“袭击官府可是死罪，郎君你不如束手就擒。”

李兆出来的时候并没有带剑，当然，他只是用惯了他那把剑，并非是没了剑就什么都不会了的废物。

他从穗穗手里拿过甘草，信手一拈，暗褐色的甘草就如同长了眼似的朝着衙役而去，直接呛进了他们嗓子眼儿里。

衙役捂着嗓子咳得厉害，不过几息，药堂掌柜就失去了他最大的依仗。

药堂掌柜往后退了退，忽地抄起木棍使尽力气，满脸涨红就朝李兆抡过去。

然而李兆举重若轻地伸出两根手指，夹住木棍，他微微撩起眼皮子，掌柜的直接摔倒在地上。

“各位亲朋，大家都看看这是什么人啊。”药堂掌柜的见势不妙就开始哭诉，“我家不仅要被人泼脏水，还要被人如此侮辱。苍天厚土可曾长了眼？”

李兆毫不客气地把不知道何时扯住他衣袖的穗穗推出去，一个字：“打。”

周围人还在指指点点，但穗穗并不那么怕了。她倒不是会打人的，从小到大做过最坏的事情怕也就是跟着李兆拿着石头砸人了。于是，她学着郎君的样子拈了纸包里剩下的甘草，一片一片朝着蹲倒在地的药堂掌柜砸去。

起初准头也不够，总落在药堂掌柜的衣裳上，药堂掌柜的也躲，穗穗扔得很慢。

李兆见状，从穗穗掌心直接拿了片甘草，指掌相触，穗穗是热的，李兆是凉的。

李兆使着甘草朝着药堂掌柜的身上某处一扔，药堂掌柜的瞬间便不动了。

“扔准点。”李兆淡淡道，“若是不够，我再买点甘草。”

穗穗愣怔了片刻，掌中仿佛还残留着凉意。

她咬了咬唇，手攥成拳。

穗穗拾起甘草就往药堂掌柜的身上丢：“我没撒谎，就是你家的甘草！”她轻轻地呼出一口气，眨巴眨巴眼睛，“我不是没有家教，也不是撒谎成性。”她这次一下子抓了两片甘草片丢向药堂掌柜的，“你颠倒黑白！”仿佛所有的委屈都能倾泻了，“我明明没有做错事情！”

甘草像雨点一样落到药堂掌柜的身上。

“我没错。

“我不道歉。”

小娘子的声音渐渐带上哭腔：“我为什么要道歉哪，明明是你冤枉我。”但是随着手中甘草渐渐轻了，那些无力和软弱仿佛也没了。

穗穗一把一把的丢向掌柜的，一点力气都不吝啬。

药堂掌柜的眼神仿佛要喷火了，他此生从未受过这样的奇耻大辱，他气得青筋在额头上一点一点鼓起。

他眼珠子恶毒地瞪向李兆，恨不能杀了李兆，这仇他记住了。

药堂掌柜是出了名的睚眦必报，小心眼儿得很，旁边围观的人窃窃私语。

李兆却不在乎，他连一丝目光都不给药堂掌柜，就看着穗穗砸。

满满的油纸包终于空了，暗褐色的甘草落满掌柜的衣衫、头发和脸，腐朽的霉味儿直冲进他的鼻腔，他瞪着李兆，怒火熊熊。

李兆扔给穗穗一张帕子，走到了药堂掌柜的身前。

他本想让小包子扇人两巴掌的……不过这样也行。

李兆终于舍得分一点余光给药堂掌柜。

“不是问家教吗？我教的，就这样。”

他立在药堂掌柜的身畔，挡住了光线，半边脸庞虽俊美却犹如恶鬼。

药堂掌柜的瞧见他眼里的不屑，一股热血从脚底直接冲上脑顶，他猛地张开嘴，哇地吐出一口血，直接晕死过去。

穗穗冷静过来又怕了。她下意识地牵住李兆的衣角，李兆带着人堂而皇之地离开了。

穗穗站在桌子前，李兆瞥她一眼：“愣什么？不会倒茶？”

穗穗慢吞吞地应了一声，提起茶壶给李兆倒茶。

屋内恢复了寂静，只有浅浅的呼吸声。

穗穗低头盯着脚尖，她不知道该说些什么，她又给郎君添麻烦了。

“谢谢郎君。”

李兆啜了口茶，然后才慢慢抬眼：“不会大声点？”

“谢谢郎君。”穗穗更加局促不安，手指轻轻扣紧。

李兆把茶饮尽才放下。

“你就由着人说你没家教？”

穗穗噤声。

末了，她轻轻摇了摇头。

李兆眼底凉意未去，他盯着穗穗。

“包子任人揉捏。”

穗穗没听懂：“啊？”唇瓣微张。

这小包子真愚笨，李兆气了。

罢了罢了，榆木脑袋自然不会开窍。

他哼了一声，直接躺到了床上：“你去吧。”

穗穗后知后觉，但是她还来不及吃惊就被李兆关到了门外。

绿豆粥煮得黏稠，甘甜微苦，咕嘟咕嘟地翻着小气泡，穗穗将托王大娘买的甘草撒了进去，使着木勺子搅拌。

王大娘犹豫了一会儿还是踏进了灶房。

李兆往日未曾怎么出过门，所以尽管今日街上闹了场，官府暂时也查不到他那里。

但王大娘是实打实知道的。

“穗穗呀。”王大娘坐到穗穗身边，给她递柴火，“你那恩人到底是什么人哪？”

穗穗今日经了大悲大喜，反应不快，而且绿豆粥气泡破裂的声音又挡了她听觉，她没听清，愣了一会儿才道：“嗯？”

王大娘却当穗穗是不愿意说，心知是自己问得太唐突，可她还是忍不住：

“穗穗，你要离你那恩人远一些。”

穗穗这句是听清了的，她使着旁边的湿布巾擦了擦手：“怎么了？”

恩人郎君真是大好人。

“吓人。”王大娘意味深长，“我这几十年光阴，见过的人也不少，但哪有他这么吓人的？”

客栈里的客人南来北往，刀疤脸的侠客，凶悍的盗匪，甚至官府通缉的杀人犯……王大娘都是见过的，但是从来没有一个人，能把她吓得这般不轻。

容貌俊美，却犹如恶鬼。

穗穗闻言毫无心机地笑了笑，红唇抿着，脸上微微露出个小酒窝，水雾柔化了她脸上的神情：“郎君人很好的。

“今日也要谢谢大娘了。”

王大娘摆摆手，知道穗穗怕是不信，无奈了：“眼前这都是小事情，可你招惹了药堂掌柜，他可不会放过你们。”

穗穗点点头，往绿豆粥里加了两块冰糖，香甜之气便越发浓郁。

“你可千万别得罪他们，咱们人小言微，比不上他们。”

穗穗眨眨眼：“可是大娘，不是他们错了吗，为什么官府不明断呢？”

王大娘摆摆手：“可别说了，在他们那里，哪有什么对错？听大娘说，能大事化小，小事化了就这样吧，千万别跟他们计较，讲什么道理，要命的哟。”

穗穗把冰糖熬化，绿豆粥盛了出来。

王大娘继续道：“这不是对错的事儿了，这是计较不得，越讲道理越吃亏呀。”

穗穗垂下眼帘，知道王大娘是为她好，乖乖应下：“我记得。大娘，记得喝绿豆粥呀。”

王大娘瞧着穗穗懂事的样子，忽然长长叹了口气。

“郎君要走啊？”穗穗眼里露出点迷茫忐忑，“那郎君还回来吗？”

纤长眼睫下垂，穗穗眼巴巴瞧着郎君。

李兆喝了绿豆粥，浑身微暖。

本来头疾就隐隐要犯，今日又动了武，药也吃得差不多了，他得去稍远一些的城镇买一点新药。

“嗯。”

“那郎君能不能带上穗穗？”

“不能。”李兆毫不犹豫地拒绝。

“哦。”穗穗乖乖应下，头却低了，像蔫了的花一样。

夜风浅淡，微凉。

“唑——”额头被重重弹了一下，穗穗瞪圆了眼。

4.

李兆走得悄无声息。

“李大娘今早辞了咱们客栈，跑对面去了。”王大娘一见穗穗就开始长吁短叹。

穗穗从前头回来，见到佟伯愁眉苦脸，连着王大娘也是，心中奇怪：“怎么了？佟伯再找一个厨子就是了呀。”

王大娘没精打采地搅着粥：“镇上再过两天就要过夏节了，哪里能找来那么个合适的厨子呢？”

“夏节？”穗穗把碗筷都放进水池里，挽起衣袖边洗边和王大娘聊。

原来，夏节是镇上特有的节俗，这一日，是要仙人花车游镇的。仙人花车游镇会一一品鉴镇里的美食。前几年，他们客栈一直凭借李大娘一手肉丝浇鱼颇受好评，甚至被赐了肉丝浇鱼牌匾，名气这才逐渐大起来，生意也渐渐红火。

对面客栈刚开两年，自然比不上他们客栈客源多，但是夏节这么一个好机会，自然是不会放过的。

这不，李大娘不就被挖走了？

王大娘倒也不怨李大娘：“她家郎君要娶亲了，人家问她家要这个数，李大娘急着呢。”

穗穗眨巴眨巴眼睛：“我记得她家郎君年纪也不算大呀。”

王大娘叹了口气，低声道：“你这是忘了咱们陛下呀，这就只剩一个月了，万一就国丧了呢。”

穗穗这才了然。

客栈的流水大部分被佟伯置换成了房产，一时间客栈的钱实在不太够借给李大娘，而对面客栈财大气粗，就挖了人。

“万一陛下就回来了呢。”穗穗嘟囔两句。

王大娘点点头：“这可不，万一人真没了底下闹了，最后遭苦的还是咱们。”

穗穗把碗上的水用布巾擦净，认真地点头。

“那为什么那么多人怕陛下呀？”

王大娘笑了笑：“咱们听到的，都是别人想让咱们听到的，你瞧瞧，陛下虽然只不过执政两三年，但是咱们也没再受过战乱之苦，离乡颠沛之苦。”

王大娘是经历过那段日子：“那些时候，咱们镇上好多流民，都是北方南下的，离了家，就跟乞丐似的。

“这平稳日子，还是再多过两年好。”

穗穗放下衣袖，想了想，唇上抿出一个有点羞怯的笑：“若是真这样，我也想让陛下活得久一点。”

王大娘嗔她两句：“行了，这种事情都是老天爷管的，你小小年纪操什么心？”

穗穗弯弯眼。

佟伯运气不错，最后还是找到了人，是个长得憨厚的汉子，姓郑，王大娘要穗穗唤他郑叔。

穗穗和生人待一起，总是有点怕的，不过郑叔还挺理解，经常饭后给穗穗再做点小甜食。

“芝麻糖，尝尝。”

穗穗道了谢，她口味偏向清淡，不重油盐，不重荤腥，不重甜，但是郑叔心意是很好的，穗穗慢慢就习惯了。

芝麻糖酥酥脆脆，在手里还带着点温热。

郑叔在一边蹲着抽旱烟，瞧着穗穗就笑：“我小些时候就馋这一口甜的。”

穗穗咬了一口，糖晶破碎，甜意沁满：“好吃。”

她眼睛亮晶晶的，郑叔得到了极大的满足，眯起眼又抽了一口烟：“我跟着师傅最开始学的就是炒芝麻糖，炒了十几年了。”

穗穗的口腔里芝麻香味浓郁，将味蕾全部占满，真是好，这芝麻糖是真好。

焦脆得恰到好处，边角微黄包裹住芝麻，闻的时候芝麻香很浅，但是尝起来就霸道极了，浓郁又不甜腻，很是适合当零嘴。

饶是穗穗对甜食并无偏爱，也忍不住多咬了几口。

郑叔见状更是满足，他舔了舔唇，自豪地道：“我师傅就传了我这么一道亲传，可就这一道，让我安身立命了十几年。”

好厉害！穗穗眼睛更亮了。

郑叔笑了，烟抽完，他站起身，抖抖烟灰将烟杆子在石头上磕了磕，钻进厨房。

为了夏节到来，他得多练几遍自己的拿手菜。

夏节很快就到了。

长长的街道边，绿色的柳树丝绦拂满凉风，落下一片阴凉。

郑叔代表他们客栈上报的重点是芝麻糖，而对面客栈像是在挑衅一样，报的是肉丝浇鱼。

今日客栈是不招待客人的，穗穗得了佟伯一天假，说让王大娘领着她出去看看仙人花车游镇。

穗穗在腰间挂了个小小荷包，换了身鹅黄色的衣裙，高高兴兴地和王大娘一起出去。

今日果然热闹，天高云远，阳光正好，浓密的树荫中已经渐渐有了蝉鸣，但是人声更鼎沸。

转入正街，穗穗瞧见小贩在长街上摆起了摊，卖力地吆喝着：

“糖葫芦哩，红彤彤的糖葫芦甜滋滋哩。”

“山桃花嘞，有情人的山桃花，月老庙摘的山桃花，月老保佑！”

“糖水糖水，不甜不要钱！客官尝一尝呗！”

“……”

穗穗看得眼花缭乱，人人面上带着笑，拖儿带女出街玩来了。穗穗瞧到了人最多最热闹的地方，那是玩杂耍的。

也不知道用了什么法子，那人嘴一张，竟然能喷出火，耍大刀的也不少。

穗穗目不转睛，王大娘笑着看她，拉着她：“走走走，咱们先买点零嘴，慢慢转。我跟你说，仙人花车是上午，下午就该品鉴了。上午就痛快玩，中午再回去也不迟。”

穗穗哎了声。她并没有乱花钱，钱是要攒着回家的，因此她只给自己买了根糖葫芦。

两人就这样逛了半天，穗穗脸颊红扑扑的，嘴角一直都带着笑。

没多久，王大娘带着穗穗到一处做米酒酿的小摊上坐下，这处视角不错，生意也火得很。王大娘没让穗穗掏钱，在桌上放了几个铜板要米酒酿。

穗穗想说不用，她之前做好的一大桶除了给郎君，剩下大部分给了王大娘托她低价卖出去，只有一些还留着。

王大娘凑过来耳语：“你尝尝她家的？”

米酒酿很快端上来，穗穗拿起勺子抿了一口，很轻很轻地眨了下眼。

王大娘见状就笑：“就是你做的那批，我出给她家了。”王大娘从衣袖里拿出一个小钱袋子给了穗穗。

穗穗匆匆反应过来，眼里的惊喜怎么也藏不住：“谢谢大娘。”她并没有直接接过钱袋子，“大娘，你也拿一些，总不能让你白忙活这么久。”

王大娘笑笑，她果然没看错，穗穗这孩子，心思干净得很。

“大娘不用，这些钱，没多少。”

中午，她们回了客栈却发现客栈里愁云惨淡，佟伯呆呆地望着门口。

“这是怎么了？”王大娘问。

原来，上午她们出去的时候，对面客栈来了人，要把肉丝浇鱼的牌匾给拿走。

“做肉丝浇鱼的厨子到了哪家，这匾自然就该归哪家。”对面客栈的掌柜理直气壮得很。

佟伯难受了一个上午，这牌匾从他开客栈时候就一直在了。

王大娘听了这话直接去后院提了菜刀就冲着对面客栈喊：“哪个杀千刀的，呸！你们往常玩那些小花招当老娘不知道啊。”

对面掌柜的面皮一抽，从客栈里出来，皮笑肉不笑：“王大娘子，你年纪长我些我不跟你计较，但是那牌匾合该归我家了呀，你说是不是，李大娘？”

瑟瑟缩缩的李大娘从对面客栈里探头出来，看着对面的老东家，尴尬得很，只一瞬就错开眼。

“我呸，狗拿耗子多管闲事。那牌匾在我们客栈好些年头，怎么就成你的了？怎么着，年纪小就能不要脸？你这种王八羔子，老娘见多了。”

这么多年，王大娘纵横小镇一张嘴骂街还从没输过。

对面掌柜破了功，阴恻恻地磨磨牙，也不做表面功夫了：“是吗？左右上午不给下午给，今儿你总是得给的。”

佟伯拉住拿着菜刀就想砍上去的王大娘，示意穗穗把菜刀夺下来。

两人好不容易安抚住了王大娘，佟伯道：“不就一块肉丝浇鱼的匾牌嘛，咱们家拿了这么多年，不稀罕了。”

王大娘胸口起伏，显然气得不轻。

郑叔这时候从后厨出来，还是提着他那杆子烟：“没事儿，没了这个匾，我给你们换个芝麻糖的。”

佟伯叹了口气：“哪有那么容易？肉丝浇鱼那道菜李大娘当时是跟着我家那御厨留下的手记做的，也是练了七八年，才做得七七八八。”

郑叔摸摸后脑勺，咕哝两句：“没事儿，我也是御厨教的芝麻糖。”他笑了笑，露出一口微黄的大白牙，整整齐齐，“巧了，我练了十几年。”

王大娘惊了，佟伯也惊了。

穗穗没有惊，因为她小心地提着菜刀实在手足无措得很，什么都没听进去。

不拿刀做菜的时候，锋利的刀口就很吓人啊。

郑叔拎过了菜刀，救了纠结的穗穗，他就是为了菜刀才从后厨跑出来的。

穗穗终于松了一口气，她眨巴眨巴眼睛，看着突然精神起来的王大娘和佟伯，后知后觉，刚刚发生什么事了吗？

王大娘有了底气，她拿出利落劲儿带着穗穗把客栈打扫得整洁一新，迎接下午的仙人品鉴。

而对面的客栈里，掌柜的喊来了几个地痞悄悄交代了几句，他面上闪过一丝阴霾，不管怎么样，这次夏节他们要全面碾压对面那家，不能有一点儿失误。

是王大娘先发现不对劲儿的——郑叔是不是这道菜做得太久了些？怎么一直在后头不往前院来呢？

她们到了后院才发现倒在地上昏迷不醒的郑叔，要紧关头，郑叔的手臂折了！

王大娘咬牙切齿，呸，对面那群杀千刀的王八孙子！

5.

王大娘去灶上一瞧，锅里的芝麻糖泛着焦糖色，显然是炒得久了，火候过了。

要知道，她们就靠这一道芝麻糖啊。

王大娘麻溜地提起桌案上的刀，腰里别一个，双手各持两个，气势汹汹地去了前院。

她去找对面客栈讨公道了。

佟伯脸色灰败地追出去，怕出了事难以收场，他对穗穗匆匆丢下一句：“你看看你郑叔怎么样了。”

他估计着人只是晕过去了，对面客栈不会闹出命案来。

半个时辰后，粗粗擦过脸上血迹的郑叔坐在桌前，他沉着脸抽烟。活了三十余年，向来老实憨厚几乎没怎么骂过人的郑叔吐出了句：“龟爹娘养的王八孙子。”

佟伯愁眉紧锁，却还是安慰似的拍了拍郑叔的肩：“好好休养，医郎说了也不过个把月的工夫就会好。”

郑叔眼圈微红，沉默地抽着烟。

原来话最多的王大娘倒不怎么说了，她刚刚也不是没找过对面客栈，人家一句不知道让她一口气提在那里憋着，有火儿也撒不出来。

过了一会儿，她才很长很长地叹了口气，耷拉着双肩，像是认了命一样：“今年算了，等明年吧。”

她对自己有自知之明，她那厨艺也不过尔尔，就一般能下嘴的程度，是绝对比不过专门在灶间忙活的李大娘的。

穗穗放在桌上的双手绞了绞，纤细的手指互相拧着。她悄悄低下头，轻声道：“不然让我试试吧。”

这一句轻声在无人说话时便乍如平地惊雷。

桌上三人都望向穗穗，心思各异。

穗穗只说了这一句便觉得不太妥，她没什么拿得出手的菜肴，只是听了王大娘的话，心里难受得很。

然而，她咬了咬唇，将手从桌上移到衣裙上，脊背挺直了些，坐得端端正正，然后抬头，纤长的眼睫眨了眨，她鼓起勇气再次重复道：“让穗穗试试吧。”

王大娘和佟伯自然是很喜欢穗穗的，他们也尝过穗穗做出来的小粥，风味自然不用怀疑，但是正式到了灶间就是另一回事儿了。

郑叔把烟杆子移开，最先下了决定：“我教你做芝麻糖。”

有什么其他的路可以走呢？没有了。

王大娘心知自己不行，也知道穗穗年龄小，未必知道里头深浅，但还是忍不住，对这个她很喜欢的小姑娘留有期待。

万一，穗穗真的做到了呢？

既然决定下来，时间便很紧迫了。

郑叔在厨房里看着穗穗动手烧锅，沸腾的水滚过有些发红的铁锅，蒸腾的白雾袅袅。

郑叔瞧准时机：“加芝麻，快些。”

话音刚落，穗穗已经握着一大把白芝麻下了锅。

穗穗动作很快，郑叔难免荒谬地想，穗穗是不是早就知道此处应该下锅？

芝麻的香气渐渐煎了出来，半熟的芝麻煸炒中变成微黄色。

“铲子上抹油。”这就是郑叔做芝麻糖的小窍门，要想芝麻糖后面不要过分黏腻，适量加油，炒得更分散，香味儿比起市面上卖着的，更是霸道了不少。

依旧是郑叔话音刚落，穗穗便已经做好。

太快了，以至于郑叔心里那个荒谬猜想怎么也甩不掉，他深吸一口气，他到这里也不过几天事情，芝麻糖算来算去，也没做几次。

可是这个抹油的姿势，下锅的角度，火候的控制……都太像了，除了稍稍有些生疏，几乎要完全赶上他了。

他噤了声，一时忍不住想要试探一下。

火舌灼烧着锅底，芝麻的浓香越发霸道。

该加蜂蜜了，郑叔心想，他下意识地看向穗穗，却发现小姑娘果不其然捧着蜂蜜罐子剜了一大勺放进锅里。

蜂蜜和芝麻的比例也刚刚好。

此时，郑叔就算不敢信也得相信了。他年轻的时候师父就说，有一些人，天生就是为了菜肴制作而生。

琥珀色的蜂蜜和焦脆麻香的芝麻混合在一起，郑叔接下来见到穗穗学着他的模样用铲子搅圈。

细节也处理得几乎完美。

中火熬制出来的蜂蜜糖浆并不会很腻，搅过圈后蜂蜜更为稠浓，还不会提前结块，等到成了芝麻糖，也不会多了气泡。

郑叔完全相信了，这手法是他师父亲传啊。

若不是他见着小姑娘才几日，也不敢相信竟然她才学了不到五日，这还是第一次上手做。

郑叔出声得便少了，他只是看着穗穗做，偶尔提点几句。

王大娘中间进来瞧瞧情况，她是不甚懂做芝麻糖这么多窍门的，只是郑叔脸上激动的表情怎么也无法让她忽视。

怎么了这是？

王大娘心里疑惑，但是鉴于时间有些紧，她没敢分神问。

穗穗脸上被火光映出暖色的红，她手腕有些酸，但是依然目不转睛专注地盯着糖浆的熬成。

一把红糖撒进去。

沙沙的红糖逐渐融化，琥珀色慢慢变成偏向深红的浓色。

她轻轻呼了一口气，高度集中的精神松散开，关了火，倒在模具里定了形，等着放凉。

这时，她才转头回去看郑叔，面上忐忑不安，等着指点。

郑叔对着她点了点头。

穗穗抿着唇露出一个轻轻的笑，然后她听见郑叔道："接下来，做肉丝浇鱼。"

穗穗：？？？

郑叔没有时间解释，她一头雾水地架锅烧水，然后是——杀鱼。

穗穗咽了咽口水，拿着刀靠近了水盆里上下翻腾的鱼。

穗穗坐下，兜着胆子把手放进水里，鱼拍了拍尾巴，好巧不巧，滑腻的鳞片蹭过穗穗掌心，穗穗整个人噌地松了手里的刀，从位置上站了起来。

她愁着脸，她不敢杀鱼。

郑叔难以置信，他看好的苗子啊。

穗穗顶多处理过彻底凉透的猪肉……确实是没有处理过杀鱼的。

灶房再次陷入沉默。

好巧不巧，这时门外来了位风尘仆仆的客人。

"我要喝粥。"

门口的光线一时被挡了大半，郑叔正愁，看都没看，直接回绝道："今日不营业，郎君去外边找个酒馆或者食楼吧。"

穗穗慢慢瞪圆了眼。

她看向门外那个高挑的身影，眉眼弯弯。

"郎君。"

6.

李兆有些不耐烦地抬头，尾调微微上扬："嗯？"

还是懒洋洋的，似乎没什么精神。

穗穗霎时便忘了那条还在翻腾的鱼，擦了擦手就往郎君面前站："郎君，吃芝麻糖吗？"

她把刚凝固放凉的芝麻糖倒模，用刀切成薄薄的琥珀色细条，献宝一样捧到李兆面前。

李兆拈起长条，放在嘴里慢慢嚼碎，浓烈的芝麻香占据了全部的口舌感官。

紧随其后的是淡淡的香甜。

郑叔看得心酸，明明他也算半个师父，可是小姑娘却先把糖捧到了一个年轻俊美的小郎君面前。

所以这世道，这么看脸吗？

穗穗并没有忘了郑叔，她也捧去给郑叔尝。

酥脆浓香，郑叔笑得眼睛都眯成了一条缝。

穗穗看向李兆，一脸期冀："好吃吗？郎君。"

李兆瞥了她一眼，没说话。

穗穗似乎猜到了，笑弯了眼，纤长的眼睫眨呀眨的。

但是，肉丝浇鱼还是要做的，鱼还是要杀的。

穗穗愁极了，她轻轻扯了扯李兆的衣袖："郎君，我不敢。"

"嗯。"李兆靠着门，丝毫不动容。

穗穗撒了手，垂头丧气地坐到了凳子上。

她为难得很，实在怕极了，忍不住又问了一遍："郎君，你真的不来帮帮穗穗吗？"

小姑娘的嗓音软糯糯的，咬字尾调是南方特有韵味的长。李兆在京城长大，听起来便觉得太温软了些，像他那只猫在撒娇一样。

他轻轻挑了下眉："嗯。"

郑叔在一边急得发慌，这时间紧得很："不然叫王大娘来杀吧。"说完，他便去前院寻王大娘去了。

穗穗苦恼地盯着水里的鱼："郎君，你也怕杀鱼吗？"

李兆微微抬起眼皮子，杀人都杀过了，害怕杀鱼不成?

他不跟这小包子见识。倒是她自己，弱小成这个样子。

李兆又想起那只猫来，也是傻乎乎地蹭着他，然后一剂毒药，直接被送上了西天。

弱小的东西，不管好坏，总是很容易被毁掉。

他冷冷瞥了眼穗穗，垂眸，连鱼都不敢杀，太弱了。

穗穗发觉自己似乎说错了话，郎君又不搭理她了。见四周无人，她站了起来，颇有些哄人意味的轻轻拉了拉李兆的衣袖。

"喻韫哥哥？"

恰如一枚石子丢进春日的湖里，波澜无声无息地泛荡开来。

"你别生穗穗的气了呀，穗穗以后不问了。"穗穗很少哄人，动作做得不太熟练，咬字有些忐忑不安。

听到"喻韫"两个字，李兆黑沉的眸子里滔天波浪瞬间涌起又落下，他没管自己的衣袖，漆黑的眼珠子一动不动地瞧着穗穗。

"你叫我什么？"

比起素来寡言的时候，李兆罕见地多说了几个字。

穗穗眨巴眨巴眼睛，乖巧地复述："喻韫哥哥，你别生穗穗的气，穗穗不是故意的。"

"喻韫，莫执着。"方丈住持的话又重新在李兆耳边响起。

头疾忽然犯了，李兆伸手抵住额心，蹙紧了眉头。

他说了，他在意的都死光了，所以无可执着。

李喻韫这个名字也死了，李兆心想，早就死掉了。

穗穗反应慢了一拍，紧接着她看见脊骨挺直的年轻郎君刹那红了眼，唇色尽褪，微微泛白。

仿佛一刀一刀慢慢切割着神经，但是李兆素来忍耐惯了，只失态了一瞬，便又放下了手，转身就要走。

穗穗还牵着他的衣襟。

他面色漠然："松手。"

穗穗终于反应了过来，她试探着道："郎君？"

李兆抬眼，眸子里的冷淡尽显无疑，杀气隐隐约约。

穗穗拉着他的衣袖，示意他先坐下，然后不等他回答就转身去灶房里翻找些什么。

李兆刚欲转身走人，就看见穗穗手里拿着什么红彤彤的东西飞快跑了过来。

"郎君你坐下呀。"她边说话边掰断手里的东西。

李兆袖下刚刚攥紧的手指松开了，杀意淹没在眸子里，他闻到了番椒的气味。

郑叔把王大娘拉了回来着实费了一些工夫。

他寻到王大娘时，王大娘正对着对面客栈骂山门呢。

"哎哟，穗穗，你怎么眼睛红了？"

穗穗没敢说话，怕露出哭腔，只轻轻摇了摇头，示意自己没事，眼睛却还瞧着李兆。

王大娘看见李兆脚步一滞，踌躇了一会儿才进了灶间。

王大娘挽起衣袖提刀去杀鱼，郑叔正在一边跟她说注意事项，知道事情紧急，两人都专心得很。

穗穗又拉了拉郎君的衣袖，她不知道郎君为什么又犯头疾了。

是她不该喊他的名字吗？那郎君现在好点了吗？

黑色宽袖被风吹得荡起，李兆额前的碎发被拂开，露出一双懒散的眼睛。

穗穗什么都没看出来，她咬咬唇，不知道该说什么好。

此时，李兆垂眸去瞧她："想问什么？"

他的眼睛纯黑，比墨色还要浓，但是里头情感又极其淡薄，平添了些凶戾。

穗穗轻轻打了个哭嗝，面色红了些，然后小声问："郎君好点了吗？"

李兆看着她："还有呢？"

穗穗抬起眼："郎君，你的头疾，能医吗？"

眼皮子撩起，李兆的嗓音低沉："就这些？"

"嗯。"穗穗快速答，生怕自己又打嗝。

李兆靠在门上，闭上眼，他微微勾了勾唇，嗓音里似乎有点愉悦："不能医治。”

他反问道：“你不怕我？我杀过人，而你连杀鱼都不敢。”

穗穗仰着头，眨巴眨巴眼睛，眼里的水雾隐隐约约浮动：“因为郎君杀了人，所以要怕郎君吗？”

她像是个懵懂的孩子，在认真地请教。

人生的前十几年，穗穗被保护得很好，像是一张白纸，从来没被染上颜色。

李兆心想，或许药堂掌柜的冤枉就是这小包子受过最大的委屈了。

李兆微微睁开眼，黑眸凉薄：“我有时候想杀了你。”

他勾唇：“包括现在。”

白纸最终都会被染黑，想留下这漂亮的白色，只有一个办法。

7.

穗穗的小拇指勾了勾，她眨眨眼，轻轻笑了笑："郎君，穗穗会怕自己没命，但是不会怕你呀。”

李兆余光看过去，等着小包子解释。

穗穗慢慢道：“郎君自己未必想患头疾啊。”

李兆鸦黑的睫毛闪了闪，这是在替他开解吗?

人们的恶意就像一张网，罗织着心底最狠毒不堪的一面，哪怕心怀一点善意，也犹有限度，英雄千古后还会被唾骂，更何况李兆这种视人命如草芥的模样呢?

李兆忽然想起来他在边陲见到的老太太。

丈夫死了，家中一个独子，含辛茹苦养大，身体败落，然后生了病，初几年，独子捧药衣不解带在床前伺候，但是好景不过三年五载。

李兆瞧见老太太的时候，她已经被扔在边陲小镇上拄着拐杖独自过活了，整日衣衫褴褛，独子据说步步高升，每年邮回家些银两，却再未回来过。

久病床前，血缘浓于水，尚且无孝子。

而他们不过是阴错阳差，李兆眸色渐沉，他不信了，人心莫测，三五年便改头换面。

“记得做粥。”

他丢下话，转身踏进了一地阳光中。

黑色的衣袖随风招展，穗穗发觉人好像清瘦了点，随时可能乘风而去一样。

王大娘从里头走出来：“鱼杀好了。”

穗穗点点头，使着刀把鱼切成不过一两寸的薄片，然后改刀，一部分切成丝条状。

穗穗选取猪身上肥瘦最得宜的里脊切成二指长的条，加盐腌制一会儿，青笋木耳切成细丝备好。趁着等腌制的工夫，穗穗淘了点糯米洗净，然后另开了灶火煮上。

“穗穗？”郑叔不晓得这是要干吗，肉丝浇鱼可没这一项啊。

“郎君想喝粥，顺便做个粥吧。”穗穗手上利落得很，待糯米下了锅就把腌制好的猪肉条撒上料酒再次腌制，加上葱姜蒜等调料稍稍揉搓，使得更入味儿些。

灶上的热油已经烧好，穗穗拿着筷子抵住锅底，细密的小泡从下泛起，油温正好，她顺着锅边让肉丝溜下去，肉丝温滑，待到变白了些才捞出来用漏木勺子放在一边沥干。

换油，黄澄澄的花生油再一次溅起小泡，穗穗把鱼条溜边放进去。这时，另一边灶上的糯米也烧熟了，穗穗把鱼片放了进去，改成小火，慢慢地炖煮。

一直粗枝大叶觉得自己还算豁达的郑叔头次红了眼。

刚刚穗穗掀锅盖的时候，他都瞧到了，雪白的鱼片没入浓稠的糯米汤中，水雾都是香喷喷的，穗穗还丢了大红枣进去增味儿呢，更好看了。

郑叔是真的红眼，那小子谁啊？连帮忙杀个鱼都不愿意，穗穗却对他那么好。

鱼丝煸炒出了香味儿，穗穗才捞出来，这时，原本黄澄澄的油透亮更甚。郑叔凑近闻了闻，肯定地点了点头。

入味儿了。

接下来是花椒爆香，葱蒜蓉、姜番椒，整个灶间香味儿勾魂夺魄，郑叔摸了摸肚子，他竟觉得有些饿了。

红油提亮，青笋黑木耳，最后是肉丝，搅拌均匀后，关火，小火翻炒，淋上提前做好的酱汁，是南方爱的酸甜口，然后加上细葱丝，接着勾芡翻搅装盘。

味道浓郁的酱汁流淌过鲜嫩的肉丝、薄如黑丝绒的木耳、青青新笋，然后汇入微白的油中，勾魂的鱼香隐隐约约，却找不到来源，微焦的葱花爆香酥脆，与想象中的辛辣不同，整道菜色是酸甜口，肉丝入口，滑嫩无比，鲜到了极致。

“成了。”郑叔不住地夸奖。他看着锅里剩下的肉丝浇鱼，盘算着等一下分点吃，然而穗穗下一秒就把剩下大部分肉丝浇鱼盛进了碗里。

他们都是吃过午饭的，而郎君，肯定没有吃午饭啊。

穗穗擦了擦额头上的汗，然后掀开锅盖瞧了眼，鱼片粥煮得正好。

她心里有数，拈了盐撒进去，又放进去些青菜，用勺子搅拌均匀，又盖上盖。

郑叔酸了，这世道果真是看脸。

青菜像翡翠一样碧绿，鱼片粥像玉一样雪白，小火一点一点煨得香浓极了。

“接下来做什么？”穗穗看向郑叔。

郑叔忙把自己流连在鱼片粥上的目光收回来，轻轻咳了咳，含糊道：“看着做吧，凑够三菜两汤或者四菜一汤，你累不累，不然让王大娘来做？”

穗穗想了想，点了点头，她确实手腕有些酸软了。她留意到郑叔咳嗽，便叮嘱他：“郑叔，你多注意身体啊。”

郑叔笑道：“知道知道。”

他心里暖流划过，好久没人这么关怀过他了。

穗穗等鱼片粥的青菜熬好，然后关了火，盛了碗先端给郑叔。

郑叔忙道“这怎么好意思”，同时手却诚实地接下了。

完成了重头菜，穗穗空出了时间，她把鱼片粥和肉丝浇鱼装好，想了想，然后又拿了点芝麻糖。

端着鱼片粥本来美滋滋的郑叔：“……”

穗穗并没有很贪嘴过芝麻糖，郑叔是知道的。

他突然觉得手里的鱼片粥不那么香了。

穗穗提着食盒上了楼，敲门。

“郎君。”

她把饭食摆好，给李兆又倒了杯茶，然后在桌边坐下。

李兆已经懒得跟她计较这些。

穗穗双手撑着脸，窗口的阳光有些晒眼，透过菱形的格窗在地上投出暗色的斜影，桌上的绿萝枝叶鲜绿舒展，屋里凉爽。

风徐徐地吹了进来。

穗穗移了目光。李兆单手持着白瓷勺在盛粥，黑色的袍袖稍稍卷了些，露出的手腕在暖色的光线下不再是冷白，而是泛着玉一样温润的质感，隐隐约约能看见淡青的血管。他喝得并不慢，但是举手投足，动作优雅，有着说不出的矜贵雅致。

穗穗眨巴眨巴眼，慢慢地弯唇，光影落在眉目间，缱绻温柔。

“看什么？”李兆撩起眼皮子，淡淡扫了穗穗一眼，放下瓷勺，换了筷子去夹菜。

穗穗反应了会儿：“郎君真好看。”

李兆垂眸，夹了肉丝慢慢地嚼：“别看。”

似乎是沾染了阳光，他的嗓音越发惫懒。

穗穗后知后觉：“影响郎君吃饭了吗？”

她收回眼，乖乖地瞧着自己的手指，绞着玩。

李兆瞥了她一眼：“这几天可有人来闹事？”

穗穗摇了摇头：“王大娘说了我这些天最好别出去，尤其是街口那一块儿。”

李兆挑挑眉，这小包子倒是谁的话都听。

穗穗把凉掉的水慢慢顺着盆壁倒进绿萝里，仿佛这样，绿萝就能更加生机盎然。

“郎君，你去过京城吗？”穗穗忍不住和李兆闲聊。

仔细想想这倒也真是她和李兆难得的相处时间，出山前，李兆常年躲在树上，出山后，大部分时间都在客栈里。

穗穗好些时候更像一个人，所幸她还算习惯。

李兆颇有意味地抬眼，那可真是太熟了，但出口还是言简意赅：“嗯。”

“郎君去过的地方好多，那你见过陛下吗？”穗穗纤细的手指拨弄着绿萝的叶片。

李兆眉心微微一跳：“见过。”

穗穗惊讶地瞪圆了眼：“郎君，那陛下还好吗？听说陛下和你一样患了头疾。”

李兆瞥她一眼：“不知道，你问他作甚？患了头疾他总归要死。”

穗穗发现郎君吃完饭，又是一副恹恹的神情，连声调都是懒洋洋的。

“也不一样。”穗穗道，“我在茶馆里听人说，陛下归京的时间只剩一个月，有人便急着娶妾室，也有李大娘那样的，急得给她家郎君找姻缘。”

他的死影响这么大吗？

李兆皮笑肉不笑地牵了下嘴角：“所以？”

穗穗觉得，郎君和她见过的所有人都不一样，郎君似乎没什么在乎的，对什么都兴致缺缺，从不好奇。

“郎君，陛下到底能不能回去呀？”

“不知道。”李兆的眸色很淡，阳光照得头发丝儿都是分明的，他说，“无所谓。”

穗穗攀谈失败，于是她又换了一个话题。

“郎君知道秦国公府吗？”她的声音很轻，像往常一样软乎乎的。

可是李兆却瞧见问这话时，小包子的手指拧在一起。

他惫懒地抬头，露出一双黑眸，尾调懒洋洋上扬：“嗯？”

穗穗微微咬唇，正准备重复，门外却传来了敲门声。

是王大娘。

“穗穗，仙人来了。”

穗穗站起了身，跟着王大娘下了楼。

约莫是刚过午时三刻，热热闹闹的街道都被清空，穿着粉袖的小丫头和穿着蓝袍的小童子早早站在街两侧。

童声在阳光下显得悠长。

“仙人驾到。”

上午被人潮簇拥远到看不见的仙人要出场了吗？

穗穗探头也向街口看过去。

撒花的秀美女孩儿成对拐出街口，紧接着，一辆巨大华美的车驾驶进了街道，如此一来，原本看起来还算宽敞的街道便显得狭窄了不少。

佟伯和对面掌柜都出来了，在门边候着。

“娘娘。”

穗穗眨巴眨巴眼，仙人是位娘子吗？

绣花鞋，百花撒金裙，银红色的宽袖，腰间系着同色丝绦，脖颈间是小巧精致的金色长命锁，发髻高绾，鬓边留了两缕碎发，一双凤眼，一对细眉，红唇微点，发上的钗头凤细流苏晃动。

这娘娘毫无疑问，是很好看的美人。

李兆站在窗边，微微瞥了一眼，有些惊讶。

她都已经沦落到这种地步了？

片刻，李兆又收回眼，眉眼漠然。

8.

“娘娘好漂亮啊。”穗穗轻轻感叹，看着她扶着婢女先进了对面的客栈。

王大娘也有同感：“今年的娘娘怕是历年里头最好看的一个了。”

“今年的？仙人娘娘年年都不一样吗？”穗穗有些疑惑。

王大娘点头：“是历年都不一样，都是寒山寺的僧人请下来的仙人。”

穗穗眨巴眨巴眼。

娘娘刚进了对面客栈不足一刻钟，对面客栈忽地就热闹起来了，众星捧月般的，娘娘踏出了门，旁边粉衣丫鬟朗声道：“肉丝浇鱼，赏。”

“去请那位做肉丝浇鱼的厨娘到府上做客两天。”蓝衣的小厮低声吩咐下人。

谢天谢地，到了这穷乡僻壤之后，他家主子终于愿意吃口东西了。

佟伯得到消息，今年的娘娘格外挑口，也就对面的肉丝浇鱼动了一筷子。

其余菜色，那是连瞧都未瞧一眼的，对面客栈的掌柜觍着脸去问，就得了一句——

“垃圾。”

佟伯难免紧张起来，两家客栈看不对眼不是一天两天的了，当然互相查过彼此的底细，对面客栈做饭什么样，佟伯心里门清儿。虽然不是什么山珍海味，但是小菜可口。

可如今……

娘娘这时候走进了客栈的门。

她行走间很是端庄文雅，红唇微抿，广袖飘飘，脸上看不出来什么表情，众人看她的眼神越发敬重，果然是仙人的做派。

菜肴一道一道端上来。

娘娘拿起了筷子。

众人屏气敛息，眼睛眨也不眨地盯着她的动作。

娘娘夹起了肉丝浇鱼！

佟伯盯紧了娘娘的表情，想从里面看出点端倪来。

然而一无所获，他心里那口气提得更高了。

穗穗掌心里略微有些湿漉漉的，纤长的睫毛眨呀眨，泄露出小姑娘内心的紧张。

娘娘夹了两筷，才移向了其他菜色。

琥珀色的芝麻糖自然没被冷落。

尝了两根，这娘娘又看向其他菜色，然而，不过放在鼻端闻了闻，娘娘就又放下了筷子。

一刻，两刻……

对面客栈掌柜等得有些不耐烦了。

他从衣袖里拿出银子塞到仆从手里："客栈里情况怎么样了？"

粉衣小丫鬟欢天喜地收了银子，撇了撇嘴，低声道："肯定是太糟了呗。娘娘从京城远道而来，什么山珍海味没吃过，嘴挑着呢。"

她凑过去，声音压得更低："这位身份可不一般，性子也不一般得很，谁敢糊弄这位，都要吃不了兜着走。"

对面掌柜的听到这里嘴角得意地扬起。

蝉声断断续续。

娘娘终于冷着张脸出来了。

对面掌柜的急慌慌便跪倒在娘娘前头，娘娘步子一顿。

那张精致漂亮的脸上浮现出不耐烦，她本就心情不好极了，竟然还被人拦了路："干吗？"

"求娘娘主持公道。"对面掌柜的大声道，生怕周边人不能被吸引过来，"多年前，仙人娘娘因为他家肉丝浇鱼好吃，所以——"

对面掌柜的没能继续说下去，因为娘娘红唇翕张两下："少废话，说正事。"

对面掌柜的一时间惊呆了，但这是京城的贵人，他又得罪不起，只能重新编套说词，几句话就说完，不敢再惹娘娘嫌弃。

"小人想让您给评评，我们两家哪家的肉丝浇鱼更好吃，若是我家赢了，便把匾还给我家。"

佟伯气得脸色涨红，呸，忒是不要脸。

什么还？

娘娘撩了撩鬓边的碎发："哦？"

"请娘娘明鉴。"对面掌柜的眼见就要跪在地上磕头了。

娘娘抬了抬手："担不起，我可担不起。"

娘娘是很温柔娴静的长相，连嗓音也是标准的秀丽端庄美人似水，只是一张口，颇有些不搭称。

对面掌柜的觉得今年这娘娘长得虽然要漂亮些，可是实在脾性不行，尤其是那话，说得不中听。

可这要求是他请的，他也不敢置喙什么，只能伏低了身子，做足了姿态：“请娘娘裁决。”

这边事情闹大，街口来围观的人便不少，也有不少客栈的住户打开了窗，站在楼上指指点点。

佟伯对对面掌柜的险恶用心一清二楚得很，越发恼火。

让对面掌柜庆幸的是，虽然娘娘的话不中听，总像在讽刺，却很直截了当地允了他的请求。

这下，所有人的目光又重新集中到娘娘身上了。

对面掌柜信心满满，娘娘方才冷着脸出来便更使他确信佟伯的客栈肯定得罪了娘娘。

那只戴着红宝石柔软白皙的手，直直伸了出来：“自然是——”

对面掌柜的心里痛快极了，瞳孔睁大，血流上涌，脸上藏不住的激动。

“他家。”话音落，那只漂亮的手直接转了方向，指向了佟伯的客栈。

对面掌柜瞳孔猛地缩了。

“怎么可能！”他失声直接说了出来，“您明明是冷着脸出来的啊，而且他家当初会做肉丝浇鱼的厨子已经走了，新来的大厨胳膊也折了，怎么可能是他家？我不信！”

娘娘压根儿懒得搭理他，他不是要她评理吗？她都评了。

她提着裙角就往车驾方向走。

然而对面掌柜抓住了她的衣裙：“怎么可能，娘娘你怎么能与他们沆瀣一气！”

对面掌柜的红着眼，他怎么也想不通，也不愿意相信。他指着佟伯：“你们竟然敢买通仙人！”

娘娘的面色渐渐沉了下来。

旁边伺候的蓝衣小厮和粉衣丫鬟心里大呼不妙，正准备上去把对面掌柜的拖走。

然而娘娘要比所有人都快。

她挽起衣袖，直接利落地给了对面掌柜的两个巴掌。

巴掌声让整条街都寂静下来。

众人无一不瞪圆了眼。

站在窗边的李兆微微挑眉，她倒还是那么个老样子。

穗穗扳着客栈的门探出半个头，眨巴眨巴眼，光是看着她都觉得疼。

王大娘更是“嗞”了一声，喃喃道：“今年的仙人娘娘怎么是这么个性子。”紧接着她反应过来，怒火汹汹，“好啊，我就知道是对面客栈做的好事，你郑叔的胳膊果然是被他找的人打折的！”

娘娘的两巴掌力道并不小，直接把对面掌柜打得一蒙，还不等他反应过来继续卖惨，看起来纤弱文静的娘娘直接弯下腰拎起掌柜的衣领，把人拎直了：“你让我评，我评了，你还想怎么样？”

对面掌柜的眼里都是被当街扇巴掌的火儿：“你和他们串通好了，谁信啊，你明明冷着脸出来，回头却说他们家好吃，这里面有黑幕！我要告官！我要告官！你和他们串通好了！”

他使力地挣扎，但是娘娘的力气并不小，牢牢桎梏之下，他就像条待宰的鱼，丑态百出。

秀美温柔的娘娘把人毫不留情地甩到了地上：“你什么东西，敢质疑我？我冷着脸，只不过是没买到厨子。”

对面掌柜的被摔得眼冒金星，反驳道：“不可能！他家厨子胳膊都断了！不可能比我家好吃！”

佟伯和王大娘这时候站出来：“你怎么知道厨子摔坏了胳膊？”

郑叔走了过去，磨磨牙：“我要报官！”

形势有颠倒的趋势。

对面掌柜的心知自己失言，咬了咬牙：“你甭管我怎么知道，他摔坏了胳膊做不了饭，你家的饭菜还能有谁做？”他指着王大娘，“就这个半老徐娘？我呸！你们谁信？街坊邻居，你们谁信哪！”

王大娘气得要疯，她一手拎起菜刀，冲着对面掌柜的指她的手指就挥过去：“龟孙子，你再说一遍？”

郑叔和佟伯连忙拦住她。

对面掌柜咽咽口水，缩了缩脖子：“有本事你们说，你家饭菜谁做的？有没有买通仙人娘娘你们自己难道不清楚？”

娘娘可不高兴了，她买厨子没买成回头还要看疯狗叫唤。

“喏，你不是想知道？就她。”

随着娘娘指向门边露出大半的小姑娘，所有人都看了过去。

穗穗：“……”

她有点怕，右脚往后一撤，就要躲回客栈里去。

娘娘三言两语解释完毕：“本小姐吃了她做的饭菜，想买她做厨子，怎么着？没买到还不让姑奶奶不高兴了？”

第四章

/这个决定太难做了/

1.

穗穗这下不得已露了脸，进退两难。

人群里一个身影悄然离去。

“比不过就是比不过，怎么老匹夫你连认输这点风度都没有？”娘娘出口讽刺得很，她漫不经心地戳着长指甲，漂亮秀美的脸上笑意盈盈。

现在，谁也不会把她当慈悲端庄的仙人娘娘了，真的是，太幻灭了。

对面掌柜的脸涨成了猪肝色。

他嗫喏着狡辩：“不过是一个小姑娘，连点名声都没有……”

娘娘瞥他一眼：“难道你的意思是，姑奶奶我睁眼说瞎话？”

对面掌柜的声音越来越低，他怎么也不愿意相信，最后粗着脖子大声喊：“娘娘，您是神仙般的人物，但是小人真不知道您到底撒谎没撒谎，小人知道，要想证明，不如比一比？”

他喘了口气儿，凶煞得很：“要是他们赢了，小人绝无二话！”

娘娘拨弄着手上红色的蔻丹，瞧了眼天色，这时候做，说不定还能赶场晚饭呢，正好让那小子出来吃一顿。

“行。”娘娘便答应了。

站在窗前的李兆瞥了眼那穿金戴银仙气飘飘的娘娘，微微挑了挑眉。

下一秒，娘娘警惕地看向客栈的楼上。

什么都没有。

她下意识地摸了摸脖子，刚刚总觉得脖子有点凉，难道是错觉不成?

穗穗像是被人抬上了轿子，上也不是，下也不是。

她绞紧手指，心知自己不过只会几道家常菜，哪里来的那么多菜色和别人比较？再者，做出来好吃不好吃还两说呢。

阳光的热度稍稍褪去，绿荫浓重，街上直接起了灶点了火烧了锅。

李大娘颤颤巍巍地从对面客栈出来，她是真的什么也不知道，如今对上穗穗，格外心虚。

她也是没办法才背离了老东家。

为了公平起见，由娘娘直接颁布做哪道菜。

“软兜长鱼。”

听见菜名，李大娘稍稍定下神，掌柜的说了，只要她能赢，就直接发给她一笔眼下急需的彩礼钱。

李大娘想起自己家的郎君，心一狠，挽起袖子磨了磨刀，不管怎么样，得让大郎先娶了媳妇。

穗穗听见菜名则是直接一蒙。

软兜长鱼?

什么鱼?

怎么名字这么奇怪?

她一脸迷茫地站在灶前，手足无措。

见状，对面掌柜的简直得意地想吹口哨。

编，叫他们编！呵呵。

不管那道肉丝浇鱼到底怎么回事，对面掌柜的恶狠狠想，总归这次他们要吃不了兜着走!

还有这破娘娘！一个女人瞎猖狂什么?

坐在高台上气定神闲喝茶的娘娘也有些不懂，这小娘子怎么不做?

穗穗掌心都是温热的湿汗，她颤着手提起刀，却因为手滑，刀直接掉在了地上。

郑叔和王大娘都急得不行，王大娘不会做，干着急，郑叔有心无力，不能示范，简直要郁闷死。

刀掉的瞬间，人群响起了哄笑声。

穗穗攥紧了刀。

怎么办？怎么办?

没过多久，李大娘那边已经开始处理起鱼来，她手法利落娴熟，一看就是老手，周围人啧啧称奇。

穗穗想过是不是要跟着李大娘做，但是太远了，远到她根本没法辨认李大娘怎么处理的。

厨子总是要留两手藏私的。

穗穗急得简直要掉眼泪，她不经意间红了眼圈，咬着唇，到底要怎么做。

坐在一边的娘娘忽然精神一振，有杀气!

她瞬间切换状态，成了“他”。

绿叶夹着一张信纸以迅雷不及掩耳之势落到了穗穗的灶上,“娘娘”瞪圆眼,怎么可能——怎么可能这么快！他根本没来得及出手阻拦！

而在他脑海里，一个女声悠然吹了个口哨：“哟呵，这小妹妹不一般啊。”

“娘娘”蹙紧了眉头，不自在地抖了抖肩——她怎么又在脖子上戴什么金链子！

“那不是金链子！”脑海里一个女声大声抗议，“真是没品位。”

“娘娘”越看越不顺眼，直接扯了下来，低声骂了句。

一边的粉衣丫鬟和蓝衣小厮自然注意到了，是公子醒了。

蓝衣小厮忙上前：“公子。”

“娘娘”点了点头。

这边灶上，穗穗正所措时却瞥见灶上多了封书信。

她伸手取了下来，把叶子放在一边，展开了信纸。

纸上的墨迹还未干，是一手遒劲有力的字，锋芒毕露，上面粗略写了软兜长鱼的做法。

穗穗慢慢地瞪圆了眼，她看完信，又瞧了眼那翠绿的叶子。

说来也是有意思，她直接想到了李兆，郎君似乎很爱揪叶子。

她飞快地瞥了眼郎君的窗户，然后深吸一口气，擦掉掌心的汗。

李兆靠在窗边，懒散地瞧了两眼，他自幼过目不忘，不过一道菜谱，记背都是轻松得很。

毕竟是他暂时的“药”，小哭包的眼泪可不能用在这种地方。

磨刀、去骨、切片。

穗穗有条不紊地做着。

坐在高位上的“娘娘”看了一会儿就觉得没意思：“吃饭的时候再喊我。”他直接在脑海里道，然后快速闭上眼，再睁开眼时，就又换了一个人。

娘娘把刚刚被扯下来的金长命锁戴了回去，摁着锁骨，拿了面镜子仔细看:“多好看啊，那小子真不懂。”

粉衣丫鬟注意到，上前不确定地问：“娘娘？”

“嗯？”娘娘还在拨弄脖子间的长命锁。

丫鬟这才确定了。

刚刚是怎么了？公子怎么突然跑出来了？

软兜长鱼是淮扬名菜,特地选用了端午前后的笔杆青,色泽好看,鱼肉鲜嫩,清鲜可口，软糯入味，实在是一绝。

穗穗照着信纸上的步骤一点一点来，丝毫不敢马虎，洗姜切片，取三指长的细葱挽结，剥蒜衣，剁蒜蓉。

清水、粗盐、香醋、葱结、姜片一一下锅，穗穗烧旺了火等着沸水一开，便将长鱼下锅。

木盖盖好。

李大娘此时已经领先穗穗许多，穗穗瞧见她已经煮了鱼直接捞了出来。

穗穗并不是不心慌，但她看着信纸上的每一个字，不断地重复，渐渐笃定心安。

那双原先发着颤的手稳了下来。

三分钟后，穗穗打开盖子，又加了清水，勺子轻轻推动给鱼翻了身，然后继续盖上了盖子。

王大娘忍不住心生质疑："我瞧方才李大娘没加水直接捞出来了啊。这鱼煮久了，就老了啊。"

郑叔紧皱着眉。

坐在高位上的娘娘见穗穗动作忍不住微微惊讶。

咦？这手法她似乎在京城皇宫那位那里见过。

除了皇宫，怕是天下再也没有能真正做出淮扬菜的名厨了啊。

这小妹妹，真是越来越有意思了。

2.

穗穗却顾不上别人的想法，又过了一会儿，她小心翼翼地把鱼捞出来，动作极轻，目不转睛，生怕破了鱼皮鱼肉。

李兆站在窗口，瞧着穗穗谨慎的手，挑了挑眉，转身倒床上去了。

他微阖着眼，鸦黑的睫毛随着平稳的呼吸颤动着，眉头松开了。

而穗穗接下来开始烧锅，熟猪油的咸香勾得周边人不由自主地摸上了肚子，深感肚腹空辘辘。

蒜片炸香，清淡淡的却霸道极了，直冲冲地往人鼻子里闯。

娘娘微微眨眼，她拈起桌上的小茶饼，郁郁不乐地咬了两口就放下，她很饿，但是不想吃这些东西。

李大娘的进度则要快得多，她用勺子盛了料酒、味精、酱油一一搅进锅里，然后取了水淀粉，直接痛快勾了芡，装盘，淋香油，撒胡椒粉。

完了，她擦了擦手，对着新东家点了点头。

穗穗并不慌于蒜片炸香了就直接下鱼，她小幅度地颠着锅，力使铁锅受热均匀了才拎着鱼尾顺着锅沿滑了下去。

她改了尖刀，控制着力道在鱼的身上画十字花刀。

穗穗擦了擦头上的汗，扫了眼纸，下料酒酱油，焖上锅盖，等到里头咕嘟嘟地响，才掀开。

雪白的雾气像长了眼睛一样直往人鼻子里钻。

融了鱼肉后蒜香霸道张狂，鱼肉的鲜香光闻着就让人想流口水。

笔杆青的脊背乌光烁亮，远远看着，郑叔咽了咽口水。

“穗穗这姑娘，深藏不露啊。”

但是还没完，穗穗不比李大娘勾芡勾得痛快，实际上她有点犹豫，因为纸上写着：“淮扬软兜长鱼，鱼肉清香鲜嫩，汤水雪白，小葱细碎。”

也就是说勾芡要避开鱼肉，重点在于浓汤。

穗穗没了办法，只能使着长筷，一点点小心地拨弄，虽然这笔杆青看似如若完鱼，但其实她先前十字花刀把鱼身分成了十几块，只有鱼皮还连着，这下确实要谨慎。

穗穗换了小勺，调温火，勾芡。

汤色越发浓了。

穗穗的小勺几乎不敢碰到鱼肉，只能在下面慢慢地一圈一圈勾着芡。

她终于做好了。

“您可以留一份，娘娘说了是赏您的。”粉衣婢子早早赶过来，恭候一边轻声道。

穗穗眨巴眨巴眼睛，她使着长筷微微一掘，笔杆青从中间断裂开。

正好用来感谢郎君。

她把笔杆青装好，放进了食盒里，递给王大娘。

坐在高台上的娘娘视力远超常人，看得清清楚楚：“这小妹妹怎么一口气拿了这么多？她吃得完吗？”

“要你多嘴那句赏。”脑海里，吊儿郎当的公子音响起。

他最终没能休息，硬生生闻着香气，挨到了吃饭的点：“身体让我，快点儿。”

娘娘翻了个白眼。

之后，他伸手拽了拽脖子上的长命锁：“她怎么又给戴上了。”

但是“娘娘”并未纠结这件事情，因为软兜长鱼被盛上来了。

水晶碟里，鱼肉鲜嫩，炖得滚烂但是依旧很有弹性，芡汁略浓，胡椒粉点缀其间，光看颜色就勾得人食指大动。

……

“娘娘”直接吃了半条笔杆青。

穗穗做的。

吃饱喝足了，“娘娘”这才换了人。

“留下她做厨子吧。”

“娘娘”听到脑海里的声音，微微抬眼，打量了眼穗穗，招了招手：“小妹妹。”

对面客栈的掌柜煞白着脸。

因为高下立判。

李大娘做的那一盘，“娘娘”从头到尾都没尝过一口。

而那小姑娘做的呢，“娘娘”吃得干干净净。

“若不是亲眼所见，姑奶奶我都怀疑你是在御膳房做了好多年的淮扬厨子。”“娘娘”对着穗穗道。

完了完了！

对面掌柜的眼前一黑。

高下立判啊。

此时周围便有人起哄，对着对面掌柜的唾骂，说他不知道哪儿来的脸居然还想要那块肉丝浇鱼匾。

对面掌柜的一双怨毒眼瞪过去，那人噤了声。

而佟伯深深地舒了一口气，他瞧着客栈上头高高悬挂的匾，老泪纵横，跪在娘娘身前：“谢娘娘大恩大德。”

那匾，丢不得啊。

对面客栈掌柜的恶狠狠地瞪了佟伯一眼，站起身准备走人，那匾今日是没戏了。

娘娘像是有所意会，指了指那块匾：“本来是先前的仙人娘娘赏他们的，姑奶奶没这个脸夺了。”

她慢条斯理地甩甩衣袖：“不过你们若是这么想要，今年姑奶奶我做娘娘，赏两块，一块肉丝浇鱼，一块芝麻糖，都给佟家客栈。”

她看向对面掌柜的身影，念出他们家的客栈名字：“至于他家，就赏一块肉丝浇鱼第二吧，既然这么想要。”

第一第二对街做生意……

想也不用想都知道但凡能找第一不找第二。

这明晃晃的肉丝浇鱼第二更像是在讽刺羞辱，这匾赏了还不如不赏呢。

旁边粉衣丫鬟听了娘娘吩咐，连忙吩咐周边的人速速做匾，今日力争挂在客栈门上。

“咳咳！”

对面客栈掌柜的刚站直了身子就又歪了过去，直接气出了一口心头血，吐在青石板上，一闭眼晕死过去。

娘娘管也不管，提着衣裙绕过躺在地上的黑心掌柜，又折回来：“小妹妹，你真不跟姐姐走？”

声音是能滴水的温柔，就是刚看完她把对面掌柜说得吐血的穗穗都觉得有点毛骨悚然。

穗穗嗖地收回了手，背在身后，乖巧地摇摇头，慢吞吞道：“我要回家。”

“姐姐帮你找家人。”娘娘觉得自己拿出了从未有过的耐心。

穗穗怕生，长得好看也不行，她往后悄悄退了一步：“我还要报恩。”

娘娘还不死心，这穷乡僻壤找一个好厨子实在不容易得很，不然那小子回头又要跟她闹了。

“报恩？我可以替你给你恩人银子啊。”

穗穗眨巴眨巴眼，自从被拐了之后，她就越发警惕了。

“郎君他不缺银子。”

漂亮的娘娘蹙起了眉：“一个郎君救了你，不要银子报答，难道还想你以身相许不成？”

穗穗：“……”

王大娘欢欢喜喜地进了客栈，扶着佟伯，深觉扬眉吐气。

呸，叫对面那群龟孙子猖狂！

郑叔进了后厨去端茶水。

娘娘二次遭到拒绝，显然比第一次脸上表情更不好。

穗穗甚至能看到她在做深呼吸，穗穗有些害怕，刚想后退——

客栈外突然传来了密密麻麻的脚步声，一群衙役带着刀剑闯了进来，直接逼向穗穗。

“给我拿下犯人，重重有赏！”领头的衙役大声吆喝着。

娘娘不高兴了，这段时间她躁狂的情况频繁增多，她指挥着小厮丫鬟：“呸，给姑奶奶拿下，也不看看到谁门前撒野来了！”

衙役显然也是略微听说今年这仙人娘娘底细的，从京城来的人物，他们可不敢得罪。

领头的衙役抱了拳：“娘娘，您有所不知，这犯人，前些日子杀了和她产生过龃龉的茶馆行商，前几天还在街上影响人家做生意，打了官府的衙役，藐视官威，目无法度，早已经有了案底，如今是重刑犯，让小人押回去关进大牢吧。”

娘娘微微歪头，指着穗穗：“你说她？她杀人？”

衙役眸光一闪，垂下头：“自然是。”

娘娘叉着腰放声笑了笑，手腕上的钏环叮叮当当乱响：“就她那个小身板，不被人杀了就不错了，还杀人？你当姑奶奶没长眼睛？”

衙役低着头：“她是县太爷亲自交代的重犯，还请娘娘不要拦着小人办差。”

娘娘在一边的茶桌上坐下，修长的手指敲了几下，看向穗穗。

“跟我走，我保你不进大牢，怎么样？至于你那恩人，钱多不压身，我多给他些银子打发就是了，你家人我自会帮你寻，行吗？”

穗穗白了小脸，纤长的眼睫眨呀眨的。她哆嗦着唇，怎么也想不到自己会和命案扯上关系。

“我没杀人。”

王大娘提着菜刀微微拦在穗穗身前，她再不知道穗穗这小姑娘多清白那就说不过去了，连鱼都不敢杀，怎么会敢杀人呢？

“肯定是你们弄错了，穗穗这娘子我一直看着，乖巧得很，怎么会杀人呢。”

衙役面对王大娘这种平民就要趾高气扬多了：“官府的案牒还能作假不成？你要想问，去问县太爷呀。”

他瞪着王大娘，嚷嚷道：“知道包庇案犯什么罪名吗？连坐知不知道？”

衙役的嗓门儿非常大，客栈的门口围满了人，指指点点，评头论足。

佟伯也为穗穗说话：“怎么可能呢？穗穗这小娘子怎么会杀得了人呢？您通融通融。”他往衙役手里塞银子。

衙役根本不屑一顾，扯着大嗓门：“知道什么叫知人知面不知心吗？”

客栈外头指点的声音越来越大。

娘娘转了转杯子，美目流转：“你可要想好，小妹妹，进大牢容易，出大牢就难了。至于清白不清白，你一张嘴可不一定能说清哟。”

王大娘皱紧了眉，她微微推了推穗穗，指指娘娘，低声道：“快些去找娘娘。”

穗穗犹豫了。

“小妹妹如果不放心，姐姐可以给你恩人很多银子呢，来吧。”

穗穗朝着娘娘的方向看过去，而娘娘含着笑温声诱哄，胜券在握，笃定这小妹妹会跟她走。

3.

穗穗揪着衣角，摸向怀里的铜钥匙，她总觉得这一走怕是回不了家要给好看的娘娘做一辈子饭了。

但是如果不跟娘娘走……

娘娘说了会帮她寻找家人，还会给郎君很多银子作为答谢……

穗穗垂下眼，低着头，发上的红绳甩呀甩，她慢吞吞地往娘娘的方向挪去了。

娘娘嘴角的笑意越来越大。

然而此时，木阶上传来脚步声，在寂静的客栈内，声音十分明显。

“谭四。”

短短两个字，娘娘通体发寒，瞬间切换，视线从穗穗身上移走，僵硬地转过了头。

木阶上，黑衫郎君半敛着眉眼，黑色的发丝仍然未束，散在身后，飘在耳畔，高挑，苍白，寒冷，鸦黑的眉眼锋芒毕露。

他轻轻一瞥，嗓音凉得很，就像是被晒久了的绿叶透出点恹懒的阴凉：“你是觉得我缺银子吗？”

见鬼！

“娘娘”谭四现在一点也不想知道自己怎么会遇到这位，在这么一个穷乡僻壤的小客栈里。

谭四脑海里此时已经炸翻了锅。

“他还活着！”

“他怎么会在这里！”

“他好像很生我们的气！”

“啊，快跑啊小子。”

谭四心想她说得倒美，可是往哪儿跑呢。

“郎君。”穗穗见着李兆，忍不住红了眼眶，她小跑着到了李兆身边，“穗穗没杀人。”

李兆瞥了穗穗一眼，他当然知道，因为人是他杀的。

他直接坐到了谭四对面，重新复述一遍：“谭四，你觉得我缺银子吗？”

谭四不由自主地咽了咽口水。

周边的丫鬟小厮并不明白为何自己主子那么紧张，但是晓得已经很多年没有人敢这么称呼自己主子了。

“大胆，你可知道你面前的是谁？”丫鬟厉声呵斥，“这是大名鼎鼎的明光将军，你竟敢直呼他的名讳——”

丫鬟没能继续说下去，因为她家将军谭四直接把人打晕了。

谭四把丫鬟搬到一边，一点也看不出先前吊儿郎当的样子，讪讪道：“您当然不缺银子。”天下都是他家的，他怎么可能缺银子？笑话！

谭四挺直身子，往后瞄了两眼，计划着一会儿怎么跑路。

脑海里，女声再次道：“谭小四你怕甚！他这样喊你你打他啊，怎么总是有贼心没贼胆呢？”

谭四哼了声，心里也道：“可不是，你要打得过你上？”

脑海里的女声消停了。

谭四摸摸鼻子，觉得自己实在倒霉透顶，行了礼：“您怎么在这儿？”

李兆微微撩起眼皮子，谭四顷刻间就有些腿软，暗骂自己不争气。

“让他们滚。”李兆把穗穗之前装软兜长鱼的食盒打开，持着玉筷子慢条斯理夹了蘸汁。

谭四看见李兆的动作简直要跌破眼球，他一言难尽地瞧了眼穗穗，想起之前自己感受到的杀气，心有余悸。

这位居然都能不厌食?

谭四想起来之前这个身体对那个小姑娘一口一个“小妹妹”，只觉得浑身皮疼。

他的脑海里，女声略微心虚：“我也是为了你嘛。”

谭四脸疼，觉得自己恐怕活不过今天。

上次跟这位抢东西的——雌，已经被挫骨扬灰了。

在众人的眼中，事情变成了这样，一个陌生的郎君下来，坐那儿吃饭，然后仙人娘娘突然呵斥衙役走人。

领头的衙役有些蒙，他还记得自己来之前，药堂掌柜抱着自家姐夫也就是县太爷的腿，最后县太爷亲自发了话，人是一定要带回去的。

眼见娘娘现在急着和人叙旧，何不趁此机会带走案犯呢？说不定他还能就此在县太爷面前搏个出脸的机会。

“那娘娘，我就把人带走了。”

于是，衙役大跨步子朝着穗穗而去，眼见就要把人抓走。

谭四心道事情坏了，这衙役着实瞎了眼，先是就那样手无缚鸡之力的小姑娘怎么可能是重案案犯，再者是这时候还敢动这位要保的人，真是勇气可嘉，眼睛真瞎。

衙役的手刚要碰到穗穗的手臂，一个茶杯直接砸了过来，他意图抓穗穗的那只手断掉了。

衙役痛呼一声，瞳孔睁大，难以置信，继而直接从腰间拔出刀，对准了那个正在吃饭的陌生郎君。

“小子，你以为你是谁？你居然敢动我？”衙役看到自己断手的一刹，全然失去了理智，他双眼充血，瞪得极大，“不管你是谁，如今天高皇帝远，我们县太爷想要的人你都敢拦，你这条命，还是别要了好！老子杀了你！”

衙役冲着手下一群呆瓜大声呵斥：“还不快上！他阻拦咱们办案，要是抓不住，你们一个个，吃不了兜着走！”

一群衙役犹豫着围了上来。

李兆自从扔出了茶杯，便再无动静，如今一群人围上来，他也不过轻飘飘瞥了眼谭四。

谭四无奈。

谭四知道自己再不动手恐怕就要和衙役一个下场了。

唉，死道友不死贫道。

他动手起码能留衙役们一条小命。

穗穗惊了。

“你是将军？”

谭四闲闲把玩着指尖的杯盏：“嗯。”

这时候他用的是男声。

穗穗吓了一跳：“娘娘你是郎君？”

谭四本想开玩笑再吓吓这胆子小得跟芝麻似的姑娘，但是想法刚一冒出，他就脖子一凉。

啧，至于嘛，这么护着！

谭四再不愿意还是老老实实切换了，让“她”上场解释。

“我是谭四娘，他是谭四郎。”

穗穗一愣。

两人共用一具身体真是闻所未闻。

穗穗吃力地理解了现状，想了想，有些好奇："那你们两个，谁是明光将军呀？"

已经是谭四娘的娘娘冲她眨眨眼："都是。"

穗穗抛出了自己最好奇的问题："那你们是男还是女啊？"

谭四娘眸光一闪："这重要吗？只要我们愿意，男女有什么要紧的？"

夜色渐深，门开了又关了，李兆出去了。

穗穗犹豫了一下，她最想知道的还是郎君的事情："娘娘，你认识郎君吗？"

谭四娘也正好奇，这个小姑娘到底是怎么和李兆扯上关系的，从头发丝儿看到脚底，李兆怎么看都不像是会善心大发救人于水火中的人。

他不杀人就不错了，谭四娘心道。

她要有心机得多，一点点从穗穗嘴里套话："你喊他郎君？你难道不知道他的名字吗？"

"李——"穗穗慢吞吞拉长声音。

"嗯？"谭四娘挑挑眉，等着这姑娘慢慢说。

"喻韫。"

话音刚落，砰的一声。

谭四娘直接摔到了地上。

李喻韫？

她面露惊恐，这不是大魔头原来的名字吗？竟然连这个都告诉了这小姑娘。

看来这小姑娘着实不一般。谭四娘眼里复杂，李喻韫这个名字可是京城的禁忌。

在对穗穗的重要性认知刷新后，谭四娘就换了话题，毕竟知道得越多，死得越快。

她倒更好奇这小姑娘到底哪里特殊了。

长得白白净净，看起来毫无攻击力，难道大魔头喜欢这一款？

不等谭四娘脑补发挥，门又开了，李兆回来了。

她急忙退场，让谭四郎顶上。

谭四郎心里叫骂坑人，却还是下意识地对上了李兆的眼睛。

李兆大多数时候没什么精神，但是今晚他刚刚擦过脸，一双眉眼的墨色便浓得不可忽略。

他的眼皮很薄，看人时，有种薄纸割裂般的锋利感，眼里墨色又沉又浓，像沉黑的旋涡一样，只一眼，你就知道，这个人，你得罪不起。

"说完了？"

完不完都得完，谭四郎挺直脊背，绷紧肩膀，男声压低："嗯，解释完了。"

李兆瞥了眼穗穗："米酒酿。"

穗穗眨巴眨巴眼，刚消化完谭四事情的她显然反应慢极了，过了一会儿，才软软道："好，郎君。"

她看向谭四郎，征求意见："郎君要吗？"

谭四郎：想吃但不能要。

节操诚可贵，美食价更高，若为小命故，两者皆可抛。

"他不要。"李兆一口替谭四回绝。不知为何，当他听见小包子唤谭四也叫郎君时，烦极了。

穗穗乖巧地点了点头："郎君稍等。"

烛火飘摇，穗穗走了，屋里就只剩李兆和谭四了。

谭四站起来，恭敬地抱拳行礼："陛下。"

而被他唤作陛下的李兆，眼底有烦躁的迹象，喉结上下滚动。李兆瞥他一眼，又变成懒懒散散谁都没放在眼里的样子。

"你怎么在这儿？"

谭四问李兆："您既然还活着，可是寻到治疗头疾的良药了？"

李兆垂眼，想起小包子哭得梨花带雨的模样，坐在椅子上手指抵着头应了声。

谭四惊喜，陛下的头疾据说无药可救，如今竟然真的尚存一线生机！

"那一年之期已到，您该回去了，相府蹿跳得厉害啊。"他劝道，"京城不少人都觉得您死了，谣言四处都是，您要是回去，这些就都不攻自破了。"

李兆五感敏锐，他听到木阶上有动静，便做了手势示意谭四闭嘴。

"她回来了。管好嘴，滚。"

他手指抵着头，鸦黑的睫毛遮着眼，落下一片浓重的阴影。

谭四忙不迭从窗户上直接翻了出去。

他落到街道上，身手矫捷，然后后怕地拍了拍心口。他今日的作为要是放在一年前，被扒皮抽骨也不是不可能，今天能捡回一条小命可真是万幸。

"难道是陛下脾气变好了？"谭四郎琢磨。

脑海里女声不屑地嗤笑一声，怎么可能。

谭四郎要拐出街道前下意识抬头回望了下刚才的房间。

窗纱上映着一高一低两个影子，确实有人上去了。

陛下的武功又精进了。谭四感叹。

穗穗把米酒酿端到桌子上，她鼻尖微微有点红。

"郎君，我没杀人。"

李兆揉了揉额角，觉得这小包子的脑袋真是神奇，一个下午，她居然纠结的是她没杀人。

"嗯。"李兆低低应了声，拿起小勺搅了搅米酒酿，衣襟上略微有些湿色，紧贴着躯体，勾勒出线条锋利的锁骨。

穗穗眨巴眨巴眼睛，坐在那里静静地看李兆吃米酒酿。

“还有什么事？”李兆抬眸。

穗穗其实想问的很多，比如郎君到底是谁，比如娘娘怎么会和郎君认识？

但是关于这些她什么都没有说，她低着头，纤长的眼睫颤了颤，声音忽然带上了些许哭腔：“谢谢郎君。”

李兆顿了顿，放下小勺，冷淡的脸上写满不耐烦：“哭什么哭？”

穗穗小声抽泣，她今日是被吓坏了。

差一点就要被关进大牢，她从来没去过的地方，也丝毫没有想进去的意愿。

她明明没杀人，可是却成了凶手，她想辩解，却发现别人不听，是郎君又一次救了她。

“穗穗给郎君惹麻烦了。”她断断续续道，豆大的眼泪一颗一颗流了下来。

李兆觉得头疼。

这小包子哭了不是能缓解头疾吗？怎么眼下又疼起来了？

小姑娘肩膀一耸一耸的，发上的红绳也微微颤动。

李兆敲了敲桌子：“再哭就把你舌头割了喂狼。”

穗穗打了个小小的哭嗝，然后一边捂着嘴，一边沉默地流泪。

她搞不懂到底哪里出了错，为什么官府会认定是她杀了人。

书里边的官府不都是大青天大明镜的吗？

穗穗面对一群凶悍说要抓她走将她投入大狱的衙役，真的很怕，她怕回不了家，她怕死在狱里。

她不知道自己到底做错了什么。

郎君救了她，但是她心知自己又给郎君添了大麻烦。

穗穗想到这里，难过极了，郎君现在和官府对上了，她给郎君添了大麻烦，明日要是官府来了，郎君该怎么办呢？

“郎君，不然你还是让穗穗下了狱吧。”穗穗抹着眼泪，轻声说，鼻尖的红更显眼。

她眼尾也是淡淡的艳红，衬得一双圆圆的眼睛更加无辜可怜。

李兆微微叹了口气。

“你杀人了吗？”

4.

“没杀呀。”穗穗低声道。穗穗没做过的事情自己是从来不认的，她心里委屈，但是想得慢也只能慢吞吞辩解，“我就在茶馆遇见过他，连交谈也没交谈过。”

她想起来那天行商的作为，贝齿咬住浅红色的唇，简直一刹那委屈到了极点。

“我没有杀人。”小姑娘难得没了精气神，眉眼低垂，一张巴掌大的小脸上全是泪痕。

李兆慢悠悠搅着米酒酿，听着穗穗说完才道：“那你进大狱干什么？替人顶罪？”

穗穗嗫喏两句，眼眶里水雾盈盈，眼尾发红，可怜兮兮的：“可是我给郎君添麻烦了呀。”

李兆不懂，被人诬陷后得救了，却为了他还要再次进去？

蠢包子。

他撩起眼帘，懒懒道：“那也用不着你。”

他黑沉的眸子映出穗穗的身影，淡色的唇瓣因为米酒酿染上些许光泽：“跟我去京城吧。”

穗穗愣怔。

京城？

穗穗怀疑自己是不是听错了。

她抬头，就撞进了李兆一双黑眸中。

年轻郎君眉眼锋利，线条利落，鸦黑的眼睛望过来，让人倍感压力。

可穗穗还是想回家，她想找哥哥。

穗穗感受到自己袖子里的钥匙，很轻很轻地道：“郎君，穗穗想回家。”

李兆没说话。

穗穗有些紧张，她并不是忘恩负义的人，别人对她好，她便也愿意对别人好。

郎君于她有大恩，郎君的条件她应该是要答应的。但她从小就被养成了单纯的性子，哥哥秦斐从来没有教过她委曲求全，而是跟她说，她如果不愿意做一些事情，那就不要做。

她不愿意去京城，她想回家，于是她还是说了出来。

李兆并没有生气，这果然是个傻包子，换了别人，今天的事情早该能看出来他身份不一般。

若是求前途显贵的，早早就攀了他，求着和他一起。

若是被一句恩义挟制过分重于恩情的也会答应他。

只有傻包子这样的，才会拒绝，恩情在先，却并不会因为人言可畏而罔顾自己想法。

李兆微微抬眼：“去睡吧。”

次日，客栈一大早就被包围了起来。

佟伯怀揣着忧愁上了楼：“穗穗。”

穗穗也在窗口瞧过，自然也看见了将这里围起来的衙役。

“佟伯。”穗穗给他倒了茶水，又把点心推过去。

佟伯从衣袖里拿出一个钱袋子：“一会儿从后门逃吧。”他慈爱地看着穗穗，把钱袋子递过去，“佟伯知道你不会杀人，赶紧逃吧。这是路上的盘缠，你去驿站，去那边花点银子打听，总能知道自己家在哪里的。”

穗穗一瞬就红了眼。

她逃了佟伯怎么办?

昨天那个衙役可是说这是连坐的罪名，若是她逃了，便是有口难言，再也不能说自己是清白的，连坐的佟伯就会被投入大牢。

穗穗摇了摇头，少见地不听话，她不能走。

佟伯叹了口气：“你是个好孩子，可是这世道未必是同一个好字，你得先把命保住呀，穗穗。佟伯不知道你的恩人什么身份，能不能保住你，他能认识娘娘显然也是个有身份的，但是有身份的人不一定靠得住啊。”

佟伯笑了笑，然后从袖子里拿出另一个小袋子，是喷香的芝麻糖：“你郑叔和王大娘也都是这么想的。”

穗穗揪着衣带，她不能走。

“穗穗走了你们怎么办？”

佟伯摇了摇头：“花钱消灾就是了。换个地方办客栈，银子还会慢慢攒起来，人命可就只这么一条啊。”

他知道穗穗向来善解人意，从来没让人为难过。

这么好的丫头，怎么会去杀人呢?

佟伯把东西都放在桌上：“时间不多了，你快些，大家都希望你好好的。”

他出去了。

穗穗看着小袋子装得鼓鼓的芝麻糖和铜钱碎银子，眼泪在眼眶里打圈儿。

天刚刚亮没多久，郎君这个时候应该还没有起来。

穗穗轻轻地呼出一口气，她不能总是给大家添麻烦，郎君想让她去京城，可是她不想去，她报答不了郎君太多，自然也不能要求郎君替她再担待那么多麻烦事情。

穗穗换了身衣服，只拿走了装着芝麻糖的小袋子便下了楼，她去了后门，在一片无声的寂静里，低着头小跑出去。

灶房里忽然亮了火星子，是郑叔的烟杆子，小姑娘年纪还小，什么事情都没做，总不能让她担待这些，郑叔心想，跑得远点，别再回来。

李兆的眼下有淡淡的青痕，黑色的大袖衫上褶皱隐约，他自然也瞧见了围了客栈的官兵，但是同样的，他并不放在眼里。

奇怪的事情发生了，约莫是巳时，官兵无声无息都退了。

李兆面色一变，他推开门下了楼，第二次同掌柜的佟伯说话：“穗穗呢？”

佟伯正在擦匾，见状疑惑地皱眉：“她不在楼上吗？”

李兆的脸色冷下来，他知道凌晨的时候这人上去过，而小包子没过多久就下去了。

“我要实话。”李兆拿起柜上的钥匙往墙上一丢，那铜制的钥匙便深深嵌进了墙缝里。

他烦躁极了，并不想和人打什么太极。

佟伯吓了一跳，他阅人也算不少，王大娘当初和他说穗穗的恩人如何如何可怕时，他也并不在意，然而此时见了这素来没精打采的人微撩起的眼睛，他知道若是自己再不说，恐怕真的会没命。

那双眼睛里有藏不住的凶戾烦躁，让人丝毫不怀疑下一秒的死期。

“她走了。”佟伯磕磕绊绊道。

得了答案，李兆看也没看一眼佟伯，直接出了客栈门，他吹了声口哨。

四蹄雪白的乌骓不一会儿便旋风似的跑到了他面前。

李兆翻身上马，鸦黑的长发纷飞，大袖衫迎风激荡。

他眼底的凶戾和冷淡再也藏不住，直接闯了出来，像是一匹野兽。

傻包子。

乌骓风一样地疾驰而去。

客栈里，王大娘扶起佟伯。

佟伯似乎终于有所察觉，往楼上去了。

穗穗的房门只是虚掩着，一推便开了，屋子空荡荡的，整洁如新，仿佛从来无人住过。

只有桌子上的钱袋子格外显眼。

一个猜测瞬间成真。

佟伯深深地叹了口气，不住地摇头：“这傻孩子。”

王大娘倒吸一口冷气：“穗穗这小姑娘没走？”

佟伯拿起钱袋子：“她怕连累我们啊。”

穗穗没逃，她直接去了衙门喊冤。

然后，她被投进了县衙的大狱。

县衙的大狱自然和客栈没法比，只有一些脏乱的稻草随便铺着，一束阳光透过小窗照进了污秽里。

铁栅门被衙役上了锁：“在这儿好好待着吧。”

脚步声渐渐远去，只剩下穗穗，她一个人，孤零零地被扔在这间牢房里。

穗穗往铁栅门的方向移了移，她抓着铁栅门，只敢站巴掌那么大的地方，其余的位置，都不敢去。

她是冤枉的。

可为什么他们都不问呢？

穗穗站了很久，明亮的双眼四处张望，绷得死死的神经简直要崩溃掉。

然而没有一个人，只有牢房深处女人嘶哑的吼叫：“放我出去！放我出去！”在曲折黑暗的长廊里回声阵阵，仿若魔音。

湿冷的牢房里只有那么一道光。

穗穗眨巴眨巴眼睛，微微抬起头，告诉自己不能哭。

可她腿疼了，钢铁一样的人也经不起这样站。

她才十四岁。

牢房湿冷阴暗，地上干涸的血迹和稻草暗沉的颜色混在一起，穗穗看见稻草微微动了动。

她攥紧了铁栅门，逼迫着自己酸痛的腿再站一会儿。她错开眼，纤长的睫毛抖呀抖的，不敢去想那稻草下面有什么东西，但是显然不是她逃避就可以的。

因为紧接着，一只黑色的红眼睛老鼠就吱吱呀呀地从稻草下面蹿了出来到墙角那边，直接没了身影。

“啊！”穗穗捂着嘴不让自己发出太大的声音，眼眶里蓄满了泪。

她一个腿软，直接背靠着铁门滑了下去。

一只黑老鼠击溃了她所有的心理防线。

湿冷的牢房里，那一点光照亮的只不过是有着血手印的脏墙，凌乱的稻草里破烂的衣服布条，地上被抓出来的灰印子，腥臭的气味儿和浮在空气中的灰尘。

穗穗抱紧了膝，背靠着栅栏，低声哭泣。她到底年纪小，见过的事情不多，却乍然不足一月，先后被拐，又进了大狱。

低低的呜咽声响起来。

泪痕渐干，穗穗哭得累了，擦擦脸，抱着膝，睁着一双圆溜溜的眼睛四处打量。

阴冷潮湿的大牢里突然响起了脚步声。

穗穗站起来抓着栅栏扭身去看。

她没想到会在这里碰见一个熟人——药堂掌柜的。

“你怎么来了？”穗穗问道。

药堂掌柜冷哼一声。

衙役哈巴着腰打开了铁栅门，药堂掌柜走进了牢里。

他拿着手帕捂住鼻子，一脸嫌弃：“真臭。”

穗穗攥着铁栅门的手渐渐紧了。

药堂掌柜抬眼看向穗穗：“小娘子可还好？”

穗穗当然没有傻到认为药堂掌柜的心怀好意，她警惕地往后退了退：“你来干什么？”

风吹过寂静的庭院。

原本应该插科打诨的衙役横七竖八倒在地上，不省人事。

最后一个衙役举着刀，瑟瑟发抖地往后退：“别过来，你再过来我就喊人——”他刚说一半，就意识到县衙里能喊的人几乎一息之间都倒在了这个可怕的黑衣郎君前。

李兆根本没让他说完，直接伸出手掐住他的脖子。

李兆的速度太快，以至于衙役根本没来得及拿刀去挡，便先感受到脖子一凉。

咯噔一声，刀直接掉在了地上。

衙役被李兆单手举了起来。

“救命，不要，别杀我。”衙役由于缺氧很快涨红了脸，艰难地从喉咙里吐出几个字眼。

李兆的手渐渐收紧。

衙役的眼睛往上一翻，眼见就要没了声息。

李兆陡然松了手。

衙役捂着喉咙痛苦地咳了起来，他死里逃生，大口地呼吸，哪怕嗓子生疼，濒临死亡的记忆也实在太过深刻。

眼前的黑色衣摆越逼越近。

衙役手脚并用往后退：“别过来，别过来！”

他怕了，他怕了。

零碎的黑发被风撩起，露出一双冰冷摄人的黑眸，李兆微微抬起下颌：“今天上午有个小娘子过来了，现在她在哪儿？”

只不过一眼，衙役却重新感受到了濒临死亡的那种痛苦，他屁滚尿流地站起来：“饶命，饶命。我带您去。”

李兆出来得匆忙，连剑也未曾带上。

他从袖子里拿出帕子，擦了擦手，白色的帕子便轻飘飘地落到了地上。

他抬了步子跟着衙役走。

“这是大牢，我只知道那小娘子下了狱，不知道她在哪一间。”衙役开了大牢的门，双腿打着哆嗦。

李兆没管他，沉着脸径直往大牢里边去了。

长长的甬道漆黑，油灯闪烁着微光。

李兆直接御起轻功，足尖轻点，不过几息就掠了过去。

岔路口有三条路。

但是李兆没有纠结，因为他听到了穗穗微弱的呼救声。

他面色顿变，飞快地朝着中间的甬道掠了过去。

穗穗身上沾满了血，她半倒在血泊中，面色苍白，那双可以称之为灵动好看的圆眸紧紧闭着，纤长的眼睫毛一动不动。

衙役放下鞭子，虽然心有不屑，但还是巴结地看向药堂掌柜：“这样，您瞧，行吗？”

药堂掌柜的眼睛里精光一闪：“她还能活着吗？”

衙役露出一个谄媚的笑：“这您尽管放心，这伤我们见多了，没一个能熬过今晚的。”

药堂掌柜这才哼了一声：“一个小贱人，给脸不要脸，买我的药是她的福分。”

他瞧了瞧穗穗那张沾满血污的脸，盯着五官看了看。

“若是她活过今晚，就送去杨花楼。”

杨花楼，整个镇上最出名的青楼。

衙役心道这掌柜的真狠毒，面上却殷勤地点了点头。

两人谈话的时候，穗穗闷哼一声，从巨大的疼痛中醒来。

“我是冤枉的。”她握紧手里的铜钥匙，对衙役坚持道。

声音极小，微弱得像是随时都会熄灭的火苗。

衙役低声咳了咳，遮过了穗穗的声音。

药堂掌柜只瞧见穗穗的眼睫毛颤了颤，忙指着人问道：“她是不是要醒了？”

衙役赔上笑，踢了倒在血泊里的小姑娘一脚。

这一脚力气不小，穗穗直接再次疼昏了过去。

“哪能呢，您看错了吧。”

药堂掌柜将信将疑，他抄起鞭子，又往穗穗身上甩了一鞭。

没反应。

药堂掌柜的这才安心。

他刚准备转身走人，一只手直接掐住了他的喉咙。

5.

衙役厉声呵斥：“你是谁？竟敢擅闯县衙大牢！来人哪！”

李兆淡色的唇很轻很轻地勾了勾，在余光扫到穗穗的刹那，眼神直接冷了数百倍。

“你们动了她。”这是一个陈述句。

衙役捞起趁手的鞭子就向李兆打去：“快松手，不然就别怪我手下无情。”

衙役的鞭子舞得看起来颇为吓人，但是一鞭两鞭，无论他怎么抽，发出惨叫的永远都是挡在李兆身前的药堂掌柜。

“你们对她用了什么？”

衙役惊恐地发现，随着他一鞭一鞭地甩出，那个黑衫郎君居然离他越来越近了。

而且，这么久了，还没有人进来。

这时，李兆甩开掌柜，像个脏手的垃圾一样扔进了角落里。

他身形变幻几下，速度快得惊人，直接到了衙役身前。

然后，他伸手。

衙役如同李兆之前杀过的无数人一样拼命地挣扎，蹬着腿，满脸涨红。

但是李兆却感受到了截然的不同。

比如，他从来没有这么生气过。

凶戾在这张锋利俊美的脸上显露，李兆微微使了些力气。

然后，他撒开了手。

衙役扑倒在李兆脚下。

衙役捂着喉咙，吐出一口血，却发现自己怎么也说不出话来了。

喉咙的疼痛让他整个人像一只虾一样蜷曲着身子。

无法反抗，差距太大了。

药堂掌柜在一边早已看得心惊胆战，害怕不已。

李兆淡淡地看了过来。

药堂掌柜浑身一僵，不敢乱动。

“还记得我吗？”李兆朝着药堂掌柜而去。

他的声音不大，却极其凉。

药堂掌柜浑身一颤，肥肉乱晃，他立刻跪下。

“饶命啊，您饶了我吧。”他痛哭流涕，深惧死亡。

他认出了李兆，那个让他恨极的人，当街让那个小姑娘往他身上丢甘草。

他恨，但是他更怕。

肥胖的药堂掌柜只恨这个时候自己不能蜷缩得更小一点，他哭得鼻涕眼泪混在一起，似乎是在真心反省：“我错了，您饶了我吧，是我有眼不识泰山。”

药堂掌柜狠狠心，直接往自己脸上开始扇巴掌。

李兆没说停，他便不敢停下。

本来就肥头大耳，如今更是涨了一圈，活生生就像个猪头。

他扇得越来越慢，巴掌越来越轻。

李兆似笑非笑。

突然，亮光一闪，药堂掌柜眼睛一亮，高声疾呼：“快杀了他！”

一柄刀已然到了李兆身后。

李兆眸色加深，随着药堂掌柜的话音同时落下的，还有那柄刀，它直接被插进了持刀的衙役的手掌中，将人钉在地上，不得动弹。

药堂掌柜面色大变，他多少通点药理，知道哪怕神医在世，衙役那手绝对无救。衙役额头青筋鼓起，鲜血很快流满了手掌。

药堂掌柜狠狠往自己脸上又扇了一巴掌，想博得同情，暂时换一条小命。

可李兆突然出声了：“除了鞭子，你们还用了什么？”

药堂掌柜这时连忙撇清自己：“我没动手，都是他动的！”他指着衙役，“他用鞭子抽她，他还踢了她。”

衙役恼极了，若不是因为药堂掌柜，他哪里会惹上这种事情。

“他也用了鞭子，还要把那小娘子送进青楼，任人玩弄，不得脱身。你别信他，抽鞭子都是他让我抽的，他说这小娘子得罪了他，要让她生不如死。”衙役也开始揭发药堂掌柜。

死也要拉上个垫背的，衙役红了眼。

药堂掌柜气急：“你胡说！你踢了她，还把她腿骨快踢断了。”

“呵，你扇了她好几巴掌，你还想划花她的脸！”

“……”

两人互相揭发，李兆眸子里的黑色越来越沉，凶兽随时都可能破笼而出。

他看向药堂掌柜，把鞭子扔过去：“抽死他，我就让你活着。”

衙役眼底充血：“王八东西，你敢！”

药堂掌柜毫不犹豫，拿起鞭子狠狠抽过去。

一鞭又一鞭。

衙役起先痛呼出声，怒骂着假仁假义的药堂掌柜，过了一会儿，声音越来越小了。

药堂掌柜抽红了眼，他怕得要死，对生的贪求使他手上的力气越来越大，根本不顾往昔和衙役的一点微末交情。

衙役渐渐没了声息，他大瞪着眼，死死地看着药堂掌柜的方向，像在诅咒他。

药堂掌柜下手越发重了，他终于没了力气，腿一软，直接摔到了地上，对上衙役那双死不瞑目的眼睛。

“啊！”他惊呼一声，丢下鞭子，屁滚尿流地往牢门的方向而去。

“他死了，我要走！你说了你放过我的！”药堂掌柜颤着声音道。

李兆很轻很轻地勾了勾唇，从角落里踏了出来。

他慢条斯理地理了理自己的衣袖：“是啊，我说让你活着。”

药堂掌柜忽然意识到让他活着和让他完好无损地出去的区别。

他打了个寒战，瞥见死不瞑目的衙役：“你放过我，我认识县太爷，我不让他杀你。”

李兆走到他面前：“你好像是个药堂掌柜。”

李兆以往从来没将这样的人放在眼里，更不要提记住他们了。

很荣幸且不幸的，药堂掌柜成了第一个。

“十二正经。”李兆蹲了下来，从衣袖里拿出把小刀。

这把刀是他在去其他镇取药的时候买的，很像小包子爱用的尖刀。

小包子说，尖刀划十字花刀会很漂亮。

薄薄的刀刃贴着药堂掌柜的脑门下滑，凉意瘆人。

药堂掌柜的头皮发麻。

李兆不急不忙地移动着尖刀，到了胸口忽地刺了进去，破了衣物，一个漂亮的十字花刀顷刻成型。

药堂掌柜疼痛得想要蜷了身子，但是李兆直接拔了钉住衙役的大刀钉在了药堂掌柜的头侧。

只要稍稍移动脑袋，命就没了。

然后，李兆一用力，尖刀直接捅了进去勾出一小截儿经脉。

“少阳三焦经。”李兆道，然后尖刀继续下滑。

少阳三焦经是十二正经之一。

药堂掌柜简直要疼晕过去，他忽然明白了李兆那句十二正经的意思。

十二个花刀渐渐成型。

药堂掌柜身上的十二正经寸寸断尽。

他大口喘着气儿，疼得说不出来话：“你说过让我活着的。”

李兆黝黑的眸子瞥了他一眼：“别急，还有八奇脉。”

奇经八脉，如法炮制，寸寸断裂。

李兆的速度不快，尖刀慢条斯理下滑。

除了疼，更让药堂掌柜心悸的是身体里渐渐流逝的生命力。

他感受不到自己的腿了。

他什么也看不见了。

他的手好疼。

手筋和脚筋自然是保不住的，经脉已断，他已然是个废人了。

药堂掌柜煞白着脸，凭着感觉就向刀撞去。

但是李兆怎么会如他所愿呢。

李兆轻松拔出刀，然后低声道：“别急，还有骨头呢。”

他眼睛里一片暴戾，凶兽已出，绝不回笼。

指骨，被一寸寸碾断了。

那种蚀骨的疼痛铺天盖地朝着药堂掌柜而去，永无止境。

腕骨被掰断。

肋骨被敲折。

骶骨、胫骨、腓骨……

无一幸免。

药堂掌柜如今粉身碎骨，只有副空荡荡的皮囊和只能感受到疼痛的脑袋。

生不如死。

李兆丢下尖刀，站起了身。

李兆走到穗穗身边，解下了黑色的大袖衫，覆到穗穗身上。

李兆眼底的暴戾还在，动作却不自觉轻了些。

穗穗被抱了起来。

她若有所觉，睁开眼，气息微弱。

“郎君。”她低低地唤了一声。

那双圆溜溜的眼睛在血污中依然干净好看。

李兆顿了顿，没应。

穗穗却仿佛确定了，眼睛重新疲惫地闭上，手轻轻地揪紧了一小角那玄色的衣衫。

药堂掌柜的还在地上像个没头苍蝇一样乱爬。

李兆怀抱着穗穗，微微皱了皱眉，然后伸出脚，毫不犹豫地踩碎了药堂掌柜的膝盖。

药堂掌柜发出一声惨叫。

他彻底痛晕过去。

可是晕得了一时，晕不了一世，但凡他醒着，如蚀骨髓的痛苦将永远如影随形。

李兆面不改色地踏出了牢门，怀里的小姑娘不自觉向他的方向躲了躲。

李兆用手指勾上了黑色的大袖衫遮住小姑娘的眼，挡住了略有些刺眼的阳光。

实际上，李兆进去并没有多久。

他进去的时候，县太爷急忙求了谭四说有人擅闯县衙。

谭四毕竟是有府兵的将军。

如今他已经派人包围了整个县衙，县太爷跟在他身后点头哈腰，等着人出来。

身着黑色劲装的李兆从县衙中用黑色袖衫抱着什么人出来了。

县太爷急忙指着人：“快上，就是他！”

府兵团团围住了李兆。

谭四今日着了一身蓝色的劲装，高束着发，身边只跟了小厮，显然是谭四郎为主。

他其实不耐烦这破事儿，但还是借了兵，此时大摇大摆在府兵的簇拥下出来。

好巧不巧，他对上李兆沉黑的毫无情绪的眼。

李兆脚下留了一串血脚印。

谭四郎心惊胆战，暗骂县太爷丑人多作怪，早知道是这事，打死他都不能来。

而且，他要没看错的话，这位大魔头——

现如今六亲不认。

棘手了。谭四郎暗暗运功，做起准备。

“都后退。”他喊道。

府兵都乖乖后退了。

只有县太爷，还指着李兆在骂：“大胆，你居然敢擅闯县衙，这是藐视帝王威严朝廷威严要千刀万剐的，你知不知道？”

李兆抬起眼，冷冰冰的眼。

6.

谭四郎带着人往后退了生生十米，县衙门口便留出了一片以李兆为中心极大的空地。

“让大家一会儿都麻溜点，赶紧跑，千万别回头，知不知道？”谭四郎对着旁边的小厮低声道。

小厮点点头。

谭四郎挥了挥手，小厮带着人又往后退了一点儿。

现在的李兆显然是头疾发作了，谭四郎发愁得很，他也没有任何能够全身而退的把握。

真倒霉，今天出门忘看皇历了。

想让李兆头疾发作暂缓，恢复些理智，只有两个方法。

第一：拖。

头疾发作后，李兆六亲不认，几乎见人就杀，之前在京城的时候，整个皇宫，帝王居住的宫殿是正中心也是最空旷的地方，如若无事，一般无人踏足。

可是眼下，谭四郎拖不了，即便不管县太爷，可这镇上处处都是人，要是真让大魔头出去了，就完了。

第二：打晕。

谭四郎掌心出汗，这更是痴人说梦，大魔头天赋惊才绝艳，普天之下，能一对一和他对打百招不败的，不好意思，没有。

他能坚持五十招就不错了。

而且，这一年过去，明显大魔头更强了。

恐怕现如今，他连五十招都接不下。

谭四郎觉得要完。

脑海里，一个女音响起：“陛下抱的是谁？”

谭四郎愣了愣，陛下还会抱人？

不是只会杀人吗？

谭四郎终于想起来，他抓住给县太爷通报府衙被闯消息的衙役：“你们怎么招惹到的他？你们抓了谁？”

这个衙役本来就被李兆吓过，他苟活一命匆匆逃出来本想找县太爷卖个好，谁想竟然连县太爷的靠山都不敢对上这个闯入县衙的年轻郎君。

“是个小娘子，镇外驿站行商被杀事件的凶手。”衙役哭丧着脸。

谭四郎深吸一口气，丢开人。

这群人可真不长眼睛，一戳就戳马蜂窝！

此时，李兆怀里抱着人直接逼近了县太爷。

他身形高挑，因为抱着穗穗，冷白的皮肤上沾上了艳丽的鲜血，红与白，衬映出一双凶戾冷淡的眼。

他把穗穗的头往自己的方向按了按，然后伸出手，直接掐上了县太爷的喉咙。

李兆无视了县太爷的挣扎，他面上没有任何表情。

很轻很轻的骨头碎裂声音。

李兆像扔垃圾一样把人丢开，重物落地的声音让谭四郎觉得牙疼。

李兆面不改色地继续往前走，他抱着穗穗，朝着谭四郎而去。

鲜血顺着衣袖滑落，滴在青石板上如溅开的靡丽死亡之花。

谭四郎心里暗骂了一声。

他比了个手势，示意自己的府兵赶紧跑，然后对上了李兆。

谭四郎觉得这事情绝了："打不过怎么办？"

脑海里的女音响起："他单只手啊，单只手你都打不过？"

谭四郎要疯了："你行你上！"

谭四娘不再说话，笑话，她连谭四郎都打不过，打什么大魔头，送菜呢。

两人已经闪电般地交起了手。

谭四郎额头上细密的汗浮现，拿刀的虎口一震，割裂般的痛感来袭。

反观李兆，两指夹刀，面上漠然。

谭四郎：天赋高了不起啊。

谭四娘心急如焚，再这样下去，他们双魂一体，就该没命了。

战况越发焦灼。

谭四郎大口喘着粗气儿，他快要不行了。

然而李兆身法鬼魅，下一秒就出现在他身畔，一只手直接掐向了他的脖颈。

令人窒息，空气越来越稀薄。

此时，谭四娘紧急踢了谭四郎，占据了身体的主导权。

"陛下。"她艰难道，"您怀里的人，可是穗穗？"

李兆漆黑的眸子里空荡荡的。

他盯住了谭四娘。

谭四娘掰着李兆的手，拼命地呼吸："陛下，您得送她去医馆，她伤很重，再不救，就要死了。"

医馆的医郎还能记得大门被直接卸了的恐惧，明明是中午时候，他该午休不接诊的。

胡子花白的医郎在旁边黑衫郎君的注视下，长针都拿不稳了。

他看向另一个一直捂着喉咙的劲装郎君："您和这位郎君能不能出去，老夫要施针了，您二位在旁边，老夫容易分神。"

谭四郎捂着喉咙觉得做人太难了。

但出乎他意料的是，李兆直接走了出去。

他惊喜地跟上去："您还记得我是谁吗？"

李兆瞥他一眼，手指抵上太阳穴，没说话。

谭四郎放下心，这是头疾发作完了。

过了一会儿，医郎从屋子里出来："针已经施过了，老夫去开药，人晚上就会醒。"

李兆进了屋子。

谭四郎则跟医郎去结账，他脖子间的瘀痕医郎看得清清楚楚，可不就是人手掐出来的吗？

于是，医郎问了一句："您要报官吗？"

谭四郎后知后觉，报官？镇里的府衙晕了一片，去哪儿报？更何况他自己就是官，而且，屋里那位才是最大的官，找谁报？

谭四郎摆摆手，面对医郎的怀疑艰难地辩解："这是一点小玩闹，无伤大雅。"

医郎：你们年轻人可真会玩。

谭四郎再次捂住喉咙，跟上医郎："大门多少钱，一并结了吧。"

穗穗觉得自己恍若踩在云里。

她好像看见了哥哥。

秦斐刚从隔壁村子回来，今日他领了脩金，路上路过小集，给她买了新的头绳。

新的头绳下面缀有铃铛，一晃就叮当当清脆响。

她高兴极了，放下筷子先去换了新头绳，对着铜镜四处乱照。

"谢谢哥哥。"她眉眼弯弯，歪了歪头，头上铃铛晃呀晃。

秦斐轻笑："这样穗穗就不会丢了。快吃饭吧。"

吃完了饭，她收拾碗筷，秦斐把藤椅搬了出来。

"穗穗，把隔壁叔伯送的苹果切了。"

"哎。"

傍晚是令人舒适的凉，她躺在藤椅上，小口地吃着苹果。

秦斐跟她讲各种事情，又问今天给她留的课业做了没，字写了没有。

她把字拿出来，秦斐夸她比昨天又有进步，然后教她认星星。

夏日的夜空宁静美丽，星星仿如宝石被敲碎散落遗失在各处，璀璨温柔。

"那是北斗七星。"秦斐道。

她掰着指头一个一个数："穗穗知道，天枢、天璇、天玑、天权、玉衡、开阳——还有一个，是什么来着？"

她说得很慢，但哥哥依旧很有耐心地听，她在想，哥哥也不打断她。

“是瑶光对不对？”她终于想了起来。

哥哥笑了起来：“嗯。”

秦斐指着北方最亮的一颗星星道：“穗穗，你看，那是紫微星。”

她眨巴眨巴眼睛：“好亮啊，哥哥。”

秦斐笑了：“紫微星又叫北极星，它在正北的方位，是帝王的化身。”

“陛下住在天上吗？哥哥。”她又咬了一块苹果，含糊道，“天上冷不冷啊？”

“紫薇星可不是陛下，只是大家都把它当作陛下，它的下面，就是京城。”

她打了个哈欠：“京城就是哥哥以后要去的地方吗？大家都说哥哥会进京赶考。”

秦斐也夹了块苹果：“这谁知道呢？”

……

穗穗手里还揪着那么点玄色衣衫，她脸上不知道何时已经都是泪。

“哥哥。”她唇瓣张了张。

也多亏李兆不仅五感敏锐，还学过唇语，这才辨认出小包子在那儿软糯糯的一声一声地喊哥哥。

小包子是有一个哥哥，她一心一意想回家找哥哥。

李兆抵着额头，头疾发作后仿佛针扎的痛苦，他心情不太好。

“喊了哥哥难道哥哥会来救你？”

傻包子。

可她哭得实在令人心疼。

巴掌大的小脸上全是泪，纤长的睫毛含着泪颤抖，她扁着唇，委屈巴巴，可怜兮兮的。

血污擦净了，露出她干净纤细的眉眼。

李兆记得，眉如月，皓齿明眸，小包子大部分时候都是眉眼弯弯傻兮兮笑着的。

有什么好高兴的？李兆心想。

但是见了小包子哭得难受，他更不喜欢。

李兆从穗穗腰间扯下了装芝麻糖的小袋子。

他打开袋子拿出根芝麻糖，掰碎成小段，然后放到穗穗唇边。

他把芝麻糖推了进去，指尖碰到了小姑娘柔软的唇。

穗穗的唇并不是很艳丽的红色，而是浅淡的微粉，就像她的长相也并不是所有人中最出挑的，但是最让人舒服和喜欢的。

没什么攻击性，李兆心想，他见过的美人太多，各有特点，他却一个也记不住。

软糯糯的包子才是最无害的，可能这才是这小包子招人喜欢的原因吧。

口腔里沁入淡淡的甜，穗穗没再继续哭下去。

李兆忽然看向了自己的手，意识到自己做了什么，他把芝麻糖放到一边，面色沉了下来。

他重新坐到床的另一边。

不然杀了吧。

李兆心想，太弱了，他不需要一个这么弱的累赘。

左右这么弱，早晚都要死。

还不如死在他的手上。

李兆垂下眼皮，伸出手，向那弯脆弱的脖颈掐了过去。

漆黑的眸子里波澜渐生，李兆知道，哪怕按日期算，自己今日也不该头疾发作的。

这解药似乎成了毒药，留着有什么用呢?

想到这里，他掐着穗穗的手微微使了点劲。

生命向来脆弱，他只要再用点力气，就可以悄无声息地把这个潜在威胁除掉了。

这是味毒药，还是味愚蠢脆弱的毒药。

留下她，他就有了软肋。

李兆漠然地注视着穗穗的脸，当初那只猫被毒死，而现如今不会再有这样的机会了。

他不会给任何人留这样的机会。

太弱了，绝对不能留。

李兆慢慢地用力。

“郎君？”

与此同时，穗穗迷迷糊糊地睁开了眼。

7.

李兆定定地看着穗穗。

穗穗脑袋还是像糨糊一样，思考起来格外费劲儿，况且她也没有精力去思考。

按照医郎的诊断，她应该晚上才醒，如今也不过是中间烧糊涂了，隐隐约约地醒了。

她半迷蒙着眼，感觉发热乏力得厉害。

她不是要死了吧。

眼前一角黑色晃了过去，她下意识地抓住那点衣袖：“郎君。”

穗穗丝毫没有发现现下形势的不对，她声音又轻又软，还带点发高烧糊涂的娇。

李兆像是突然感受到她身上的热一样，松开了掐住她脖颈的手。

但是他没能收回去，因为穗穗揪着他的衣角。

“郎君。”穗穗觉得自己仿佛在云里飘荡，身子时而很重时而很轻，她看李兆也看得不甚清晰。

往日灵动的眼睛半敛着，蕴满了水雾。

穗穗觉得自己恍如在做梦，她会不会死呀。

她还没来得及回家呢，穗穗有些难过地想。

“郎君，佟伯给我结的工钱我藏在了屋里的花盆下头，总共四百五十钱。”穗穗气若游丝，“里头有两百钱是还郎君的房钱，剩下两百五十钱……”

“郎君，”穗穗忽然声音带上了隐隐约约的哭腔，眼角清泪顺着脸蛋儿淌了下来，“郎君帮我带给哥哥，好不好？”

意识被渐渐地剥离去，穗穗慢慢地闭上了眼。

李兆看着自己还被小包子抓着的衣袖，漆黑的眼珠子忽然动了动。

他从旁边的盆栽里摘了片叶子，信手一划，衣袖断开，柔软光滑的布料下垂。

李兆盯着穗穗的脸，又立了一会儿才踏着步子出去。

小包子没事，死不了。发热是正常的，等到晚上再次醒来就会退烧。

所以那是烧糊涂了的人说出的胡话。

可是李兆还是去验证了一下。

他足尖轻点，不过几下，就进了小包子之前在客栈住的屋子。

房间里总共五个花盆，他在最后一个花盆下找着了一小袋铜钱。

四百五十钱，正好对上了小包子说的数目。

李兆把袋子扔到袖子里，从窗户一跃而下，悄无声息地回去了。

两百钱是给他的，两百五十钱是给自己哥哥的。

小包子算得可真清楚。

李兆回了医馆，谭四郎在门口等着他。

“踢雪已经给您牵回来了。”谭四郎道。

乌骓马通体乌色唯独四蹄雪白，所以名字叫“踢雪”。

“嗯。”李兆面色淡淡。

谭四郎一无所觉，谭四娘却敏感得很：“陛下好像不太高兴。”

谭四郎：？？？

大魔头一天到晚都没个表情，到底怎么看出来高兴不高兴的?

见谭四没走，李兆忽然撩起眼皮：“伸手。”

谭四郎不敢不从，伸出了手。

然后，他眼睁睁见着大魔头从袖子里拿出钱袋子，数了五十一钱放在他掌心。

“嗯？”他发出疑问。

李兆却没管他，系好钱袋子再次扔回袖里，抚平衣袖上的褶皱，神情惫懒地走进了医馆。

懒散得不成样子。

“陛下又高兴了。”谭四娘道。

谭四郎：？？？

他捧着铜钱疑惑了：“这五十一钱，是药钱吗？不对，药钱五十一钱也不够啊。”

两个谭四同时陷进了疑问。

谭四郎：大魔头给我钱干什么？

谭四娘：陛下给了钱然后就高兴了？

李兆把钱袋子放在了穗穗枕边，却发现她还揪着那么点衣袖。

傻包子。

他现在并不想杀了她。

李兆躺在窗边的美人榻上，闭上眼。

边城的狼烟已经烧了太久，李兆去的时候，正是饥荒和兵乱。

“太子殿下。”

李兆面前放着一碗清如水的稀粥，边城断粮已经近半月。

吃完粥，他便与随行来的人一起在边城熟悉地势。

“喻韫。”和李兆一起去的是他当时的好友，好友看着边城兵荒马乱民不聊生温声说，“一将功成万骨枯，我不想做大将军了。”

军队断粮已经是最靠后的了，最先开始断粮的是城中百姓。

城中百姓瘦若枯骨，拽着家中小儿在街上走，小儿哭啼无人管，只待在街上相中重量一致的，便换了去。

卖妻卖女，仍不得活，便易子而食。

为了一个馒头头破血流算得了什么，若是吃不饱，连明日的太阳都见不到。

饿殍遍野，哀鸿满城。

少年的时候，李兆还是李喻韫，他当时也说：“不能打仗了。”

随之而来的是源源不绝的刺杀，以及敌军攻打。

太子殿下更像一个吉祥物，放置军中，安定军心，从不上战场。

他的好友去了，回来的时候没了双腿，是李喻韫亲自给人合上的眼下了葬。

好友说不想当大将军了，一将功成万骨枯，但他还是上了战场，马革裹尸。

军中有了战俘，但是养不起战俘。

天要亡人，缺粮啊。

大将军跟他请求：“殿下，坑杀了吧。”

若是饿着，这群战俘人数也不少，恐怕会出大乱子。

李喻韫当时是怎么做的呢？

战俘也是人。

他拒绝了，他是佛家的弟子，慈悲世人。

可是当战俘因为饥饿起了乱子，当他们嚷嚷着杀了第一个城中百姓时，这位少年一直习武却从未杀过一个人的太子殿下提起了剑，直接杀红了眼。

他后悔了，后悔没有坑杀。

温热的血，搏动的心脏，一切都渐渐褪色。

李喻韫筋疲力尽，他跪倒在那死亡的百姓身前。

他忽地拿起了剑，朝着自己的胸膛刺了进去。

李兆猛地睁开眼，呼吸乱了一刹。

那是李喻韫，已经死了的李喻韫。

天已经黑了。

李兆从榻上起来，手抵着额角，坐在桌边倒了杯茶。

他眉眼没精神地下垂着，昳丽的面庞看不出来是什么表情。

他静默地坐着，翘长的睫毛敛住了眼底的神色，烛火飘摇在鼻梁上落下阴影。

屋子里只有穗穗的呼吸起伏，浅淡平稳。

李兆看过去，小包子脸上的潮红都已经退了，他走过去手背碰了碰她的额头，确实退烧了。

谭四郎端着粥进来："陛下，这位姑娘应该快要醒了，这粥等会儿让她喝了吧。"

"你在这儿等着。"李兆道，他踏着步子出去沐浴去了。

谭四郎瞧着躺在床上的小姑娘，也不知道该替她感到庆幸还是不幸，招惹了这么一个大魔头，醒来怕是还不知道要怎么办呢。

而且大魔头居然还抱着她，唉。

谭四郎想了许多有的没的，这最后一个月，京城里头那些人恐怕现在也提心吊胆吧。

李兆并未花费多久时间便回来了，他忽然问起来："你离京的时候，相府在干什么？"

说起这个，谭四郎就愤愤不平，他一个将军怎么离得京到了这种穷乡僻壤，可不都是相府的手笔。

谭四郎抓住机会就给相府上"眼药"："清除异己，拉拢了御史大夫、秦国公府。"

谭四郎迫不及待地问："陛下还回京吗？"

也不怪谭四郎这般问，他们这位陛下是绝对不能以正常人的思维衡量的，所以还是问问比较放心。

果不其然，李兆沉默了一会儿：“不一定。”

谭四郎惊了。

而李兆还是一副无所谓的样子，他好像对什么东西都提不起兴致，生也是，死也是。

他揪着花盆里的叶子，一点一点碾碎。

谭四郎不敢再问，知道得太多死得快。他低声嘟哝了一句：“相府已经在和礼部协商准备办您的丧礼呢。”

李兆似笑非笑看了他一眼，把手里的绿叶慢条斯理地掐碎。

谭四郎：！！！

穗穗醒的时候已经近乎亥时了，她浑身生疼，睁着圆溜溜的眼睛仿佛下一秒就要哭出来。

太疼了。

她看着四周陌生的装潢，努力挣扎着坐了起来。

“你醒了？”

穗穗艰难地转了个头，这才看见谭四郎，还有郎君。

原来不是错觉，穗穗心想，真的是郎君又救了她。

她想说谢谢，但是刚一开口，嗓子火辣辣地疼。

穗穗说不出话来，她只能指着喉咙示意两下。

谭四郎赶紧给她倒了一杯热水。

天哪，她可终于醒了，再不醒，恐怕大魔头会让他把全镇的医郎都半夜喊起来。

穗穗喝了茶，又喝些清淡的流食，终于觉得力气渐渐回来，身子慢慢地暖了起来。

屋子里静悄悄的。

穗穗说不了话，李兆不爱说话。

唯一一个能说话的谭四郎不敢说话，总觉得自己格格不入。

此时已经过了人定，谭四娘在脑海里狂轰乱炸。

“要早睡啊，不然明早会有黑眼圈的，小子，你要是敢晚睡我就杀了你。”

明日是谭四娘用身体，谭四郎借机准备溜。

“那……我先走了。”

李兆应了声，谭四郎端着穗穗喝粥的碗闪退。

屋子里此时便只剩李兆和穗穗了。

穗穗动了动手臂，忽然觉得有些硌，她掀开被子一看，是个钱袋子。

是她的工钱袋子。

凉风徐徐吹了进来，李兆见状眸光一闪，手抵上额头，干脆闭目养神。

穗穗虽然不知道为什么钱袋子在这里，但还是很高兴。

她打开袋子，数了数钱。

咦，怎么少了五十一枚？

8.

钱怎么少了？穗穗怎么也想不通。

“郎君，这是你放在这里的吗？”穗穗试探着出声问道。

她用过了饭，干涩酸痛的嗓子好多了。

李兆微撩起眼，面无表情：“嗯。”

穗穗眨巴眨巴眼，不知道该说些什么了。她想了想，从袋子里拿出两百钱：“郎君，这二百钱是你替穗穗垫付的房钱呀。”

李兆嗓子有些暗哑，他拿了过去：“嗯。”

末了，李兆又问了一次：“你不和我去京城吗？”

这次，穗穗犹豫了。

她不知道自己应该去哪里找哥哥。

她连自己现如今大概离家多远都不知道，而最糟糕的是，甜水村隐居深山，官府的登记上涉及了舆图，不会展示给她看。

穗穗像个异地的人，只能徒劳地在镇上一日一日打听“您听过甜水村吗”，然而最终一无所获。

纤长的睫毛颤了颤，穗穗抿出一个小小的笑：“如果不行，我就报官试试吧。”

她的声音很轻很轻，带着点儿自己也没听出来的没底气。

李兆“嗯”了一声。

穗穗忽然想起来：“郎君你吃饭了吗？还有县衙那边，最后到底怎么办了？”

李兆只答了她最后一个问题：“县衙那边谭四处理。”

提到白天的事情，李兆的眸色暗了下来。

“你去县衙也没有用，他们根本不会听你的解释。”

穗穗低下了头，抿着唇，不说话。

李兆等着她。

穗穗最终还是轻声道：“可是郎君，王大娘和佟伯都信穗穗，穗穗不能给你们找麻烦。”

“因为别人信你？”李兆沉声道，“就因为一句话你就要去县衙束手就擒？”

他站了起来，立在穗穗床头。

灯烛飘摇，李兆清瘦高挑的身姿被光线勾勒出来，从穗穗的角度看，能看见他流畅利落的下颌线和不辨喜怒的眸。

穗穗慢吞吞辩解道："不是束手就擒，是去官府解释……"

她的声音越来越中气不足。

谁家去解释，竖着进去，横着出来?

"人是我杀的。"李兆蓦然出声道。

穗穗惊极，倒吸了一口冷气，抬头看过去。

李兆依旧没什么表情，黑发散落在身后，眉眼漠然地抬着："尽管如此，你也要去？"

四目相对。

一双眼眸漆黑，一双眼眸干净澄澈。

李兆先错开："不要做蠢事。"

"郎君杀人了？"穗穗此时才后知后觉地反应过来。

"嗯。"

穗穗没再问。

但她也没颤抖害怕激动到让李兆滚。

在某种程度上，是李兆给了官府借口带走了穗穗。

穗穗本来顶多与行商发生了口角，如若人不死，饶是药堂掌柜再想把穗穗送进大牢也不太容易。

李兆淡色的唇抿成了一条直线。

风慢慢地吹了进来，良久，穗穗轻轻叹了口气："郎君吃饭了吗？"

诚然，是郎君给了药堂掌柜的理由。

但也不过是条导火线而已，药堂掌柜黑心卖药才是整件事情的起因。

至于行商，穗穗觉得有待商榷。

郎君并不是视人命为草芥的魔头，从来都不是。

李兆微微抬眼："我不需要你替我顶替什么罪名，管好你自己，别做傻事。"

他直接迈着步子出去。

因着穗穗的伤，她在医馆要停留半个月。

李兆没走，自然谭四也走不了。

医郎总觉得自己是不是没把招牌写对，他家是医馆不是客栈!

谭四娘给穗穗带来了些水果，李兆昨晚之后似乎生了穗穗的气，找不着人了。

只有踢雪乌骓的存在表明，他一直都在。

"给娘娘添麻烦了。"穗穗一直想给娘娘道个谢，"可惜穗穗现在身无分文，实在很难报答娘娘。"

谭四娘摆了摆手："姑奶奶不差钱。"

穗穗抿嘴笑了笑，腼腆又羞怯。

谭四娘今日穿了身淡红色的牡丹织金裙，发髻也绾的是精巧又复杂的堕马髻。

她注意到小姑娘头上有些褪色的红绳。

“我给你束个发吧，小姑娘家的，总这样也不行。”

不等穗穗反应，谭四娘就手快地先开始了。

小姑娘年纪小，束个简单的双丫髻就行。

三下五除二，谭四娘心灵手巧就给弄好了。

她把红绳往一边一放，准备等会儿扔了去，却被穗穗喊住。

“娘娘，这根红绳我还要用的。”

谭四娘愣了愣，坐到穗穗身边：“你缺钱？”

穗穗握着红绳笑了笑：“这是哥哥给我买的。”

谭四娘只知道穗穗原先是走丢了的，今日却知道得更详细了些。

她摸了摸穗穗的头：“穗穗真可怜。”

穗穗讲述了自己一路上的遭遇。

“郎君救了我，还带穗穗出了山。”

谭四娘有些心疼：“陛……郎君孤僻些，难为你了。”

穗穗圆溜溜的眼睛看过去，谭四娘一片心虚。

“我的意思是，虽然郎君有些孤僻，可他还是个好人。”这话说出去，谭四娘自己都不信。

可是穗穗却道：“郎君很好。”

小姑娘的眼睛明亮亮，她一直记得秦斐的教导，从心。

于她而言，好就是好，不好就是不好。

谭四娘很喜欢穗穗，她问穗穗：“你想去京城吗？”

穗穗摇了摇头，眼睛黑白分明。

谭四娘叹了口气。

那天在府衙门口，千钧一发，生死一线之际，是穗穗唤回了李兆的神智，让她得以留下一条命。

谭四娘不难推测出，穗穗的特殊。

其实有太多太多的痕迹了。

比如那半条软兜长鱼，那碗米酒酿……

还有，穗穗为什么能一直活着跟在李兆身边。

可是穗穗不愿意去京城，本来就算是绑，她也应该给陛下绑去的。

但是，她下不了手。

“郎君也是京城人吗？”穗穗忽然问了一个问题。

她从来没有怨过李兆，因为哪怕进了大牢，李兆也不想要她替他顶了罪名。

郎君从来没有对她起过谋私的恶念。

穗穗天生较常人反应慢一些，可是对于别人的情感体察，却敏感得很。

郎君对她如何，一桩桩算下来，她很清楚。

郎君可以不管她的，但还是去县衙救了她。

郎君救她的次数，实在太多。

穗穗又不是没心没肺的傻姑娘，也不是恩将仇报的白眼狼，自然是要想方设法报答郎君的。

而谭四娘这一声叹息，能说出来的东西太多了。

比如她为什么被三番五次地问着要不要去京城？

只有一个答案，她很重要。

穗穗又知道李兆患有头疾，也知道自己哭了郎君头疾会好一些。

但是单单的头疾分量又不太够，穗穗想了想，若是这头疾，危害到命了呢。

“他是啊。”谭四娘答道。

恍如尘埃落定，穗穗把一切都串起来，新皇，头疾，嗜杀，命。

娘娘说自己是将军，能使唤将军的有几个人呢？

“穗穗？”见穗穗不说话，只盯着某处空无一物瞧，谭四娘连忙晃了晃手唤穗穗。

穗穗眨眨眼，回过神来：“娘娘，京城往来的行商多吗？”

谭四娘奇怪穗穗为什么突然问这个，但还是答道：“京城非常繁华，比这个小镇要繁华数十倍，也很大，那里市坊分明，行商往来，热闹得很。西域的，南羌的，金发碧眼的，黑皮肤的，哪里的人都有。”

穗穗静默地眨了眨眼，她很难做出决断。

回家和郎君，哪一个她都想要。

她看了看外头的日头：“娘娘，我们去做饭吧。”

李兆回到屋子里的时候，发现屋子里放着一个食盒。

不是谭四弄的，他不喜吃东西，谭四是知道的。

那就只有一个人了。

李兆掀开食盒，里面有一个薄薄的小碟子和碗。

碗里的是绿豆粥。

碟子里面的是葱油饼。

穗穗毕竟受了伤，做什么复杂的菜式绝无可能，便只弄了点家常菜。

李兆沉默地坐下，拿起勺子，慢慢地舀了起来。

蠢包子。

但他嘴角微微上扬了一点。

穗穗这边就要犹豫得多。

京城……要去吗?

穗穗左右为难，她当然不觉得自己能衡量好利弊，但是也不觉得自己莽撞做了决定就不会后悔。

她已经思考很久了，各方面的利弊都已经捋过一次。

只剩做决定了。

她在屋子里找到一把小石头，手里握着红头绳，轻声道:

“哥哥，你会去京城考试吗？”

“哥哥，穗穗不知道该怎么选了。”

她一句一句地诉说自己的烦恼，有太多的不确定了。

她眨眨眼，用力把泪水憋回去。

她越是想，越是怕自己回不了家，见不着哥哥。

这个决定太难做了。

穗穗闭上眼，颤颤巍巍地伸手抓了一把石头。

第五章

/伴君如伴虎/

1.

穗穗眨巴眨巴眼。

她趴在窗边，只露出一个脑袋，想不通："为什么？"

李兆抬眼。

他留她一命还不够，为什么她还想跟着他?

扔在荒山野岭让她长她的，已经是他最后的底线。

"我不去京城。"李兆道，"你也不用跟着我。"

穗穗比了比手指。

郎君不回京城吗?

"这两天我就会走。"年轻郎君半垂着眼从穗穗面前走过去，丝毫都不停顿。

玄色衣衫勾勒出他清瘦的身姿，黑发在走动间扬起，漆黑昳丽的眉眼，淡色的唇，他眉眼间仿佛堆积了千年的雪，无人可以接近。

穗穗一愣。

她看着桌上散落的石头，有些发愁，郎君怎么那么像天气，说变就变呢。

"他说他不回京城？"谭四娘反而觉得是在意料之中。

毕竟是大魔头，干出什么事情都不奇怪。

穗穗撑着下颌点了点头。

"郎君说他这两天就走。娘娘，你知道他要去哪儿吗？"

谭四娘摇了摇头，从来没有人能猜到李兆的想法。

伴君如伴虎，不是闹着玩的。

穗穗长长地叹了口气，低垂着头，有些沮丧。

谭四娘揉了揉她的头："怎么了？"

穗穗苦着脸摇了摇头："没事。"

她透过窗看见庭院里系着的马儿，可能就是从始至终都没摸到马，有点遗憾吧。

谭四娘决定在医馆中多留几日，至于李兆，几日后就再也没人见过他，连着踢雪乌骓也一并消失了。

谭四娘是个非常会玩的人，常常带着穗穗一起解闷儿，投壶、藏钩、射覆……

她今日带着棋盘来了：“今日玩双陆，你会吗？”

穗穗飞快地点头，双陆可以说是打发时间的第一选。

双陆的棋盘名叫博局，因两侧左右各有六梁，故名双陆。运用的棋子叫作双陆子，分白黑两色，做捣衣杵状。博时掷采骰子，然后根据点数行马，白马自右归左，黑马自左归右，马先出尽为胜。

穗穗时常和秦斐一起玩这个，秦斐非常会玩，但是奈何双陆很看运气。

后来他就很少和穗穗一起玩了。

而这个原因，现在谭四娘也体会到了。

“陆。”骰子又一次反转到了这个扎心的面上，穗穗顺顺畅畅地使着棋子绕了路，下了棋盘。

如今，穗穗只有一枚马还在棋盘上了，而谭四娘还足足有三枚。

谭四娘欲哭无泪，倒不是她走的路线有问题，而是运气的事情。

再会玩也架不住穗穗次次出“陆”啊。

谭四娘被打击到了，一次是陆，两次是陆，可是三次四次……整一盘双陆下来，她根本就没见过穗穗投出过小于“伍”的点数！

谭四郎也起了兴趣，他在京城的时候没少男装打扮往赌坊去，十赌八赢，也是很自负自己的手气的。

“让我来。”谭四郎道。

谭四娘让出了身体主控权。谭四郎扯了扯让他有点不自在的璎珞：“你怎么又戴这些玩意儿？”

谭四娘翻了个白眼：“好看。快点儿，别瞎浪费时间。”

谭四郎便和穗穗重新开了一盘。

“陆。”穗穗的。

“叁。”谭四郎的。

“陆。”穗穗的。

“肆。”谭四郎的。

“陆。”还是穗穗的。

“壹。”谭四郎微微眯起了眼。

“陆。”穗穗的。

“叁。”

“陆。”

“壹。”谭四郎现在不是很想说话。

谭四郎沉默地看着棋盘，穗穗已经只剩最后一枚马了。小姑娘许是看出谭四郎面色不佳，所以并未走最直接的路，而是费心费力绕了棋盘一圈，但是纵使如此，在她绕完一圈后，谭四郎依然还有两枚棋子。

穗穗捏着棋子的手顿了顿，不然再绕一圈吧。

而谭四郎已经在脑中天人交战。

“那骰子真是你带过来的？”他可谓被全方位打击了一遍。

谭四娘幸灾乐祸：“当然。”

谭四郎抿紧了唇。

他就不信了。

于是，他又和穗穗来了一盘。

穗穗仍旧是“陆”“陆”“陆”“陆”……完结了一整盘。

而这次，穗穗下完马的时候谭四郎还有足足四枚棋子。

谭四郎难得涨红了脸，眼中激起了熊熊的胜负欲：“再来。”

一刻钟后。

谭四郎耷拉着头，没再说话。

穗穗眨巴眨巴眼，怯怯地问：“谭四郎？”

谭四郎和谭四娘区别还是挺大的，穗穗几乎立马就认了出来。

谭四郎没说话，他还在持续地怀疑人生中。

想他谭四郎在赌坊少说也纵横了七八年，运气好的没少见过，但是那都在常人接受范围内啊。

而他对面的小姑娘，那手气，是常人能接受的吗？

谭四郎并不是只懂动用武力的莽夫，相反他极擅运算。

他大概算过，总共投了约莫五十九次骰子，他有十七次投到了“陆”，总共有四十八次投到了“叁”以上，这已经算是很不错的运气了。

可是货比货得扔，人比人想死。

他对面的小姑娘，有起码五十次投到了“陆”，剩下的次数，基本都是“伍”。

这手气。

谭四郎现在意识到，大魔头身边果然没有正常人。

同样都是人，恐怕当时女娲娘娘一手花了半天捏的他，两手花了一年精雕细琢捏的穗穗和大魔头吧。

谭四郎陷入深深的自我怀疑中。

他心灰意冷退了线，谭四娘上了线。

谭四娘本来有被穗穗打击到，但是当穗穗更加深刻地打击了谭四郎后，她就觉得，那点打击算什么呢。

谭四娘幸灾乐祸。

好像又换人了，穗穗心想，因为明明刚刚浑身散发着一种“活人勿近”的人，忽然捂着嘴笑了起来。

“娘娘？”

谭四娘心情不错地应了。

穗穗眨眨眼：“谭四郎没事吧。”

谭四娘摇了摇头：“放心，他不会有事的，又不是第一次了。”

“不是第一次？”穗穗问道。

谭四娘挑眉：“还有李郎君啊。小时候谭四郎不懂事，非要找郎君单挑，被揍了一顿后躺在床上养了一个月就老实了。”

穗穗睁大了眼睛：“娘娘，你很小的时候就认识郎君了？”

还有谭四郎……

谭四娘耸了耸肩，把璎珞调好位置：“对啊。”

只不过，当时的陛下还不是这个样子，否则按照谭四郎的挑衅，小命没了也不过是弹指间的事情。

“谭四郎当初非要挑衅别人，觉得自己武学天赋高，打遍天下无敌手，自然不服气还有人比他厉害的。”谭四娘道，“不过，天赋高不高这种事情，还要分你遇到的是谁。”

四郎不是天赋不高，而是恰好遇见了恐怖的大魔头。

穗穗和谭四娘随后就不再打双陆了，太过碾压了。

谭四娘想了想：“你会下围棋吗？”

穗穗点点头，哥哥教过她的。她眨眨眼，诚实道：“不过我玩得不好。”

和哥哥玩，一次都没赢过。

哥哥他不放水，因为他说这是君子六艺，输赢在其次。

谭四娘笑了：“行啊，那等我拿下棋盘。”

围棋就要玩得久些。

谭四娘是家中从小就培养的下棋，棋力自然不错，只不过穗穗这小娘子，还真是谦虚啊。

她年纪不过才这么大，棋艺就已经这般不错，看得出来是有围棋高手教过的。

谭四娘好奇：“谁教你下的围棋？”

也不怪谭四娘问起来，棋路如人，或许正是如此，下棋也叫作手谈。

穗穗的棋路和她本人温暾无害的性子不太一样，斯文外表下不经意间就露出一丝锋芒。

谭四娘觉得挺有意思。

“我哥哥教的呀。”穗穗对着棋局冥思苦想。

“你哥哥今年多大啊？”谭四娘问道。

“哥哥已经及冠两年了。”穗穗捏着棋子在盘上落下。

谭四娘点了点头，研究起棋局来。

光阴很快消磨过去，夜幕渐渐降临，风吹过树冠，发出沙沙的声音。

谭四娘执棋的手微微一顿，她忽地变了方向，朝着窗外掷过去。

“谁？”

谭四的肩膀微微绷紧，警惕地看向四周，已然切换到了谭四郎状态。

一柄小小的飞刀甩了进来。

谭四郎一脚踢起棋盘，挡住杀过来的飞刀。他侧着身，本来准备拉着穗穗就跑出去，但还是微不可察地停留了一下，攥住了穗穗的手腕。

他可不想回头被大魔头再揍一顿。

谭四郎从腰间抽出一个小小的烟筒，拉开，房间里很快布满了烟，一束蓝色的烟花绽放在医馆上方。

谭四郎在烟雾的遮挡下拉着穗穗往门口跑去，两人刚刚离开原地，那处的屋顶就塌了，几个黑衣人跳了下来，用布巾捂着鼻子持刀逼向他们。

两人直接跑出了屋子来到庭院里。

此时庭院静悄悄的，医郎夫妇屋子的灯还亮着，人却不见了。

随着两人跑出来，一并出现的还有更多黑衣人。

灌木丛里，树上，房顶上，到处都是黑衣人。

“他在哪儿？他去哪儿了？”黑衣人的声音喑哑低沉。

他们是杀谁的？

答案唯有一个，李兆。

雪白的刀光映出穗穗有些苍白的脸。

刚刚跑得太快，她被衙役踢过的腿骨隐隐发疼。

她紧抿着唇。

谭四郎把穗穗护到身后：“别乱跑。”

穗穗咽了咽口水，点了点头。

形势对他们很不利，谭四郎并未带什么兵器，提什么空手接白刃？他又不是李兆那个大变态，武功高到那个地步。

谭四郎暗骂几句，然后低声道：“你知道哪里有兵器吗？”

穗穗想了想，轻声道：“灶房的菜刀。”

谭四郎护着穗穗微微往后移：“一会儿我说跑，就赶紧跑。”

穗穗攥紧了系在手腕上的红绳，尽力忽略腿上的疼痛，不想让谭四郎分心，她怯怯地应下：“嗯。”

一群人围了过来。

“跑。”谭四郎当机立断，找到了那个缺口。

他扯着穗穗冲了过去，拔下头上的各种钗子，朝着黑衣人扎去。

他从来没有像现在这么庆幸过谭四娘这么爱戴首饰。

金钗、步摇……但凡稍稍尖锐点的东西都被他扔了出去。

这还不够，他一把拽下脖颈间的璎珞，扯断线，像撒珠子一样抛了出去。

若是李兆，可以做到一珠杀人，可他不行，顶多三珠伤人，还控制不好方向。

谭四郎意识到自己想了些什么，又连着骂了好几句。

血液溅开。

谭四郎不能空出手抓着穗穗了，只能是穗穗扯着他的衣角。

谭四娘今日穿的浅色裙子上很快洇满了血迹。

有谭四郎的，也有黑衣人的。

两人终于跑到了灶房，谭四郎身上已经挂满了彩，他一脚踢开灶房的门，然后紧紧关上。

谭四郎拎起菜刀，静等黑衣人追过来："你躲好。"

穗穗知道自己现在是个累赘，只能尽量不给谭四郎添麻烦。

黑衣人很快杀了过来，小小的灶房成了战场。

谭四郎一手举着铁锅一手拎着菜刀："敢打你爷爷。"他跟黑衣人在一处混战。

一人不敌百。

他又不是李兆那种大变态。

谭四郎渐渐落入下风，大魔头再不来他们就都没了。

穗穗也能看出谭四郎的动作越来越慢，与此成正比的是，他衣裙上的血越来越多。

不能再这样了。

娘娘会死的，穗穗心想。

她的眼睛看向了一边的油和水缸。

她使出浑身的力气举着磨刀石砸向了水缸。

这动静自然不小，不少原本围在谭四郎周边的黑衣人都朝穗穗逼了过来。

穗穗终于砸破了水缸，她把油倒了出来。

油的密度比水小，因此会浮在水面上，这个道理穗穗不懂，但是她做惯了菜，是知道油水不容的。

一大缸子的水可不少，很快浸湿了整个地面。

同样浸湿了整个灶房的还有油。

穗穗一边倒油，一边把火折子扔到了堆在灶房角落的柴火里。

浓烟重重。

火星子四处蔓延。

穗穗举着火朝着谭四郎跑过去。

她手里还提了一罐油，见人就撒，然后点火。

谭四郎终于得以喘息。

他大喘着粗气儿，该说什么？

能和大魔头待在一起的果然不是一般人。

房子要塌了，谭四郎抓着小姑娘的手腕就往外跑，同时接过她手里的火折子，直接扔向了背后的灶房。

两人筋疲力尽。

但是，还没完。

知道对手是李兆的情况下，被派出的这些黑衣人当然也不同凡响，否则也不会把谭四郎逼得连连后退。

穗穗白着脸，谭四郎手臂被人砍伤了，如今连菜刀都提不起来。

她咽了咽口水，缓慢但毫不犹豫地站到了谭四郎面前。

雪白的刀光一闪而过。

穗穗纤长的睫毛颤抖，她害怕地闭上了眼睛。

铿锵的激撞。

“后退。”穗穗听到了一个熟悉的声音。

李兆回来了。

他拿着剑立在她身前，玄色衣衫轻轻飘荡，眼里是不可察的愠怒。

对谭四郎来说难以解决的黑衣杀手在李兆手里也不过如此。

李兆提着剑被人团团围起来，然后半炷香之后，地上倒了一具具尸体，整整齐齐，就像被割的韭菜。

大幸的是，医郎夫妇还活着，只是被下了迷香。

谭四娘在另一个屋子换药，只有穗穗和李兆在同一个屋子里。

“没事吧。”李兆眉眼冷冰冰的，比以往更为摄人。

穗穗摇了摇头：“我没事。”

可是李兆看向了她的手。

穗穗仿如触电般缩回了手，她的掌心都是燎泡，举着火折子以及倒油，怎么可能自己一点也不沾染呢？

有些燎泡破了，直接磨出了血。

李兆从袖子里拿出一个小瓶子：“自己擦上。”

穗穗接过药，道了声谢。

“郎君，他们想杀你。”穗穗吃力地拔药瓶的小红塞，半垂着眼，“郎君，为什么那么多人想杀你？”

李兆拿过小瓶子，轻轻一用力，塞子被拔出来了，然后才递给穗穗。

他看着穗穗掌心的燎泡，微微抬起眼：“不知道。”

“那郎君还是别回去了吧。”穗穗道，“如果京城不好，郎君不回去就不回去了吧。”

李兆看着她笨手笨脚地给自己撒药粉。

他很轻很轻地挑了下眉，然后拿过药瓶，摁住穗穗的手腕，给她均匀地撒上药粉。

“不值得难过，别哭了。”

穗穗不知道何时已经无声地哭泣，她的声音细细弱弱，像是一只小猫：“郎君，别回去了。”

李兆给穗穗的手缠上绷带，他眉眼间的漫不经心仿佛与生俱来，散漫是他一贯的作风。李兆本来不准备回京城想随便找个地方死的，生和死对他而言，仿佛一直没什么差别。

然而此时，他抬起眸，漆黑的眼珠里映出穗穗的眼眸。

在穗穗的那双眼眸里，李兆轻轻勾了勾唇："他们不想我回去，我就回去。”

这很“陛下”。

谭四娘接到消息的时候觉得毫不意外，越有人盼着陛下死，陛下就越死不了。

谭四娘几乎能预见到等回了京城，那群人知道了消息该有多追悔莫及，他们不动手，可能这位祖宗级别的魔头就自生自灭了，但是他们一动手，这位祖宗级别的大魔头哪怕一只脚已经踏进了坟墓里，也要走出来。

他就是不让别人如愿。

而让谭四娘惊讶的是，与他们同行回京的还有穗穗。

这是穗穗和李兆约法三章的结果。

2.

三章如下:

第一，李兆帮穗穗寻亲人。

第二，穗穗等到李兆病好了便可离京。

第三，其他情况下，穗穗不能跟着李兆。

这三条都是李兆订的。

“没问题的话，就跟我一起去京城。”

穗穗点了点头。

而远隔千里的京城，相府。

“这只有不到十天了。”年轻阴郁的男子坐在椅子上，“各位大人，你们如果这时候不忙一点儿，是期盼着国无君吗？国不可一日无君，一年之期一到，就是丧礼举办最好的时候。”

他的身侧坐了四五位穿官服面色各异的人，他们都是被一句话请到这里来的。

事情已经如此，确实国不可一日无君。

至于陛下，应该不会再回来了吧。

就算回来，他们也有理有据啊。

终于，一个中年官员做好了决定："那就谨遵相国大人教诲了。"

附和声也紧随着响起。

"我等这就去筹办丧礼事宜。"

"至于新君，那应该怎么选？"一位宗人府的官员问道。

所有人都等着高居首位的阴郁相国发言，他慢条斯理地捻了捻玉佩上的流苏："新君就从宗室里头过继一个，我记得渤海王一家不是还有个私生子流落在外？"

"去给请回来。"他扫视着犹豫的众官员，含笑的眼睛像毒蛇一般，"皇家血脉仅存这一支，我们别无选择。"

下面的官员皱紧了眉头："可是那私生子是个傻子啊。"

而且，生他的母亲与外人有染，其身份血统不能保证啊。

一时间，交头接耳，议论纷纷。

男子敲了敲桌子，屋子里再次安静下来。

"各位大人的忧虑陈某都明白，但是本相已经察验过了，他确实是皇家血脉。"

众官员心有疑窦，与那私生子生母有染的一家早已被盛怒的渤海王灭了口，而整个皇室包括渤海王在内，几乎早已在这两年因为试图谋逆造反死光了，世上只有一个正统的皇家血脉——当今陛下。

可陛下已经消失一年，相国大人又是如何查验的？

"难道你们不信本相的话？"男子端起茶杯悠悠啜饮，然后下一秒就丢到了门上，杯盏碎开，温水四溅，"谁端的茶这么热，拉出去杀了喂狗。"

婢女的哀号求饶声在屋外响了起来。

相国叹了口气："这婢女笨手笨脚，惊扰各位大人了。各位大人可还有疑问？"

众官员眼神一闪，自此谁都不敢问了，陛下走了，如今整个玉京，相国一家独大，招惹不起，招惹不起呀。

"无。"

相国的脸色终于稍缓，他抬起头，露出一双阴郁的眼："那就去做吧。"

众官员都走了，年轻的相国才扶着桌子从座位上起来。

他瘸掉的腿这两天总是疼。

也是，阴天了。

他咧嘴笑起来，是办丧礼的好日子。

李兆，你现在是不是已经死在乱葬岗里了?

他按着腿，这样想着居然腿也不是那么疼了。

相国磨了磨牙，他等这一天，等得太久了。

众官员效率不低，京城的丧礼声势浩大，在一年之期的最后十天办开了。

街道上家家纨素，皇家寺庙也得了吩咐开始敲钟。

就好像，李兆已经死了一样。

这样的声势一直持续了下去。

倒数第十天，无事发生。

倒数第九天，无事发生。

……

倒数第三天，无事发生。

倒数第二天，无事发生。

陛下这是真的回不来了，官员们几乎能够确认了，他们提了整整好多天的心终于放下，喜不自禁地开始准备明日正式的丧礼。

三宫六院也慌了。

能托关系的托关系，实在不行就自个儿偷偷买通侍卫跑，反正，总比留在宫里等着明日陪葬强。

礼部一边在准备丧礼，一边在找人缝制新的龙袍，昨日，龙袍已经经由渤海王那个私生子，呸，是准陛下试过了。

不合身的地方正在紧赶慢赶地修，一切都会在一年之期的最后一天弄好。

这场丧礼的浩大前所未有，不少世家达官贵胄多多少少都捐了银子在里头。

魔头终于走了。

仅仅是新帝刚即位的两年，他们就被层层削爵，但凡做任何事情都逃不过魔头的法眼。仗着自己是皇亲贵戚身份的，早被处死了一大批，整个皇室的人几乎死光了。

铁血手腕，说一不二。

他们恨这位陛下，他喜怒无常，只凭喜好做事情，患有头疾，杀人无数，对他们而言，就如同魔头。

他们恨他，但是又怕他，所以他们不敢妄动，整整等到了这最后一天，才欢欢喜喜捐了银子庆祝新帝驾崩。

皇家寺庙的钟声敲足了整整九百九十九下。

由于不知道陛下如今龙体到底在何处，所以礼部做的是衣冠冢，棺材里只有这位新帝用过的衣服以及饰品。

新帝像一座大山。

他们被压了整整三年，终于死了，死在头疾也好，其他也好，终于死了。

今日所有人都感觉舒了一口气，仿佛一切尘埃落定，不会再有任何变数。

街上抬着棺游行的队伍绕着整个京城走了一圈，唢呐吹着百鸟朝凤，似喜似悲，整个京城都能听得到。

而此时，相国独自进了皇宫。

整个皇宫唯独紫微宫是最特别的存在，这座宫殿位于整个京城的正中心，但是人烟稀少，侍卫宫女都极少来到这边，因为这里是李兆的寝宫。

相国推开了铜制的大门。

烛火幽幽。

两边同样是铜制的宫灯，呈大约三尺长的树状，树杈上点着蜡，照亮了不长的甬道。墙壁上刻画着凶神恶煞的不具名野兽，铜铃大的眼睛一直瞪视着这位外来来客，极具威慑力。

相国并不怕，他已经想了很久这一天了。

相国拄着拐杖，一瘸一拐地走进去，在寂静得仿佛是死了一样的紫微宫里独自往前走。

他丝毫不意外这里没有任何声音。

紫微宫是李兆的寝宫，人人怕他躲他还来不及，怎么会有人过来呢。

甬道尽头是另一扇门，打开门，真正的紫微宫正殿显露出来。

这里烛火辉煌，墙壁上每隔一臂长就设有一方烛台，如此环绕整个宫殿的两侧，青铜剑悬挂在正殿的正墙上。

唢呐的声音到这里就几乎听不到了。

“李兆！”相国走到了最中心，丢掉了手里的拐杖，他先是慢慢地念，然后渐渐激动起来，脸上露出了狞笑，“李兆，你终于死了！”

他仰着头，对着穹顶狂笑，却在看到穹顶那一道剑痕时微微缩了脖子，抿紧了唇。

他要把紫微宫的穹顶拆了。

对，拆了紫微宫穹顶，李兆死了！

他不会回来了！

相国拾起拐杖，一步步蹒跚着登到那个最高的位置上，仅仅离它一阶之隔，他伸出手，试图去摸那把剑。

天子之剑，帝王之剑。

“相国，大事不好了！”

此时门却忽地被推开，他的贴身小厮连滚带爬闯了进来。

“怎么了？慌慌张张，不成样子。”相国缩回手，不悦地皱起眉。

小厮高声道：“有人说，陛下回来了，他就在城门口，百官都去觐见了！”

相国霎时冷了脸，他拄着拐杖敲敲地面：“快点！过来背我！”

京城的进出这几日盘查得极其严格。

若是李兆一人，说进去也就进去了，但是不行，他还带着穗穗。

有点麻烦。

“去跟他们说，我在这儿等着他们。”李兆让谭四先进去。

而穿着淡粉衣裙的穗穗看着眼前这座气势磅礴的城池，微微瞪圆了眼：“这就是京城吗？”

她看见谭四运着轻功进去，忍不住奇怪：“郎君，你是不是忘记给娘娘信物了？”

“没有。”

“那别人怎么相信他？”

李兆低垂着眉眼，仍旧是不大精神的样子。

“为什么不信？”

穗穗觉得自己有些晕乎乎，还是不要纠缠这个为好，于是她高高兴兴地去和小黑白说话去了。

“小黑白”是李兆的那匹踢雪乌骓，穗穗给起的名字。

穗穗路上问过郎君能不能摸一摸那匹踢雪乌骓，她实在馋了好久。

李兆当时正在用膳，只微微抬眼：“它不踢你就行。”

马会踢穗穗吗？

当然不会。

当穗穗拿着做好的饼子喂给踢雪乌骓时，踢雪乌骓直接乖顺地低下了头，任她摸来摸去。

看见这一幕的谭四郎简直不敢相信，他当时和踢雪乌骓整整磨合了三四年，才不被它一蹄子踢飞呢。

众所周知，好马性烈。这匹踢雪乌骓更是其中翘楚，脾气就不用说，谭四郎敢发誓，这匹马除了在李兆手里，也就只有在穗穗手里会这么乖顺了。

其他人嘛，高兴的时候一蹄子踢飞，不高兴的时候两蹄子踩死，爱搭不理，高贵得很。谭四郎有时候都觉得马随主人，踢雪乌骓和李兆如出一辙。

他不信邪，正准备伸手摸一摸，踢雪乌骓突然不吃饼子了，看向了他。

谭四郎注意到踢雪乌骓的蹄子已经在地上刨起了土，这是暴躁的前兆。

他收回手，假装无事发生。

穗穗当然是不晓得自己手下的马会这么烈性，相反，她觉得小黑白实在性格温柔。

她从褡裢里找出之前做的小肉干喂给小黑白，又摸了两下鬃毛，手感超级棒。

穗穗抿出一个轻轻的笑。

这时，京城门口，一群官员喘着粗气儿跑了出来。

他们在看见李兆的时候面色一变，刹住了脚步：“陛下？”

3.

守卫京城的侍卫觉得自己要死了，他把皇城的主人拦在了城外。

哗啦啦一下，瞬间周边跪了一群人。

“陛下！”

那群外头套着丧服的臣子还有些难以置信，硬生生停着脚步在城门口，呼吸加速，血液上涌，难以接受。

李兆微微撩起眼皮，也没说话，他静静地瞧着这群迫不及待地给他办丧礼的臣子。

只一个动作，众官员头上冒出了冷汗——他怎么还活着?

“走吧。”李兆收回眼。

“是，陛下。”一个官员下意识地回道，说完便觉得受宠若惊，因为按照这位新皇脾性，直接就会进去，哪里会同他们费口舌?

李兆顿住脚步，瞥了说话的官员一眼：“不是说你。”

官员承受不住压力，暗骂自己嘴快：“哦哦。”

李兆向后看着穗穗，不耐烦道：“快点儿。”

穗穗牵着小黑白连忙跟上。

众官员惊。

陛下身边什么时候有活人了？！

“备顶轿子去。”嘴快的官员脑子也转得快，他很有眼力见儿，这里离皇宫还远，总不可能走过去。

尤其是这位跟在陛下身边的小娘子，瘦瘦弱弱的。

“算了算了，把我过来的马车清出来，快点儿。”他想了想吩咐身边的小厮。

四面的官员随着李兆进城的脚步，额头上的汗越来越多。

怎么办?

城内纨素，唢呐还在吹着呢。

要让这位进城看见自己的丧礼?

他们恐怕见不到明日的太阳。

一群官员心里急得如同热锅上的蚂蚁团团转，但是面上又还要故作老成稳重。

穗穗跟在李兆身后，觉得好有意思。

这些大人身体不好吗？怎么走得那么慢？步子也提得颤悠悠的。

是因为太努力政务工作，所以弄垮了身体吗?

穗穗眼里闪着淡淡的疑问。

进了城，这座城池的繁华热闹就可见一斑。

井井有条的街道，宽敞的青石板路，精雕细刻的建筑美轮美奂，层台累榭，琼楼玉宇，就好像她在书里读到过的，还有远远只能看见的巍峨高耸的城墙，琉璃瓦闪着七彩斑斓的光。

穗穗瞧得目不转睛。

她的脚步放慢了些。

李兆漫不经心地瞥了她一眼。

官员们都松了口气，这位终于走得慢了一点，但愿底下能弄得快一点，尽快把丧礼的东西都收拾好。

转过正街，道路更是无比宽敞，能容下三辆马车共行。

然而好巧不巧，抬着棺木吹唢呐游街的队伍正好走到了此处。

众官员听见唢呐声心里一惊："快让他们停下来！"

但是不用他们说，吹唢呐的抬棺材的都已经停了下来。

原因无他，领头的小内侍是认得李兆的。

怕不是见了鬼吧！他抬着棺材的手一松，由于受力不均，巨大的棺木直接摔到了地上，磕破了上面精美的漆面。

李兆伸手探向了腰里的剑。

大事不妙！

众官员一个一个揩着头上的汗，完了！

他们一个个垂着头弯着腰，尽力缩小存在感，却不知道自己抖得跟个鹌鹑似的，就是这样，也硬生生屏气敛息，一点声音都没发出来。

陛下喜静。

嘴快官员的马车这时候也清好了，从不远处驶了过来。

李兆微微抬眼，面上漠然："谁的？"

嘴快官员简直想给自己两大嘴巴子，什么时候来不好偏偏这时候来？

以己度人，他要是出远门回来发现自己府宅上已经欢天喜地给自己办丧礼，呵呵呵。

这时候，一众比他资历老的官员都不敢说话，他就更不敢了，可是偏偏……

嘴快官员官袍下的腿哆嗦着，办丧礼一不小心就办成自己的了。他出列，低着头道："是臣的马车。此处离皇宫甚远，臣思量着想请这位小姐上马车到宫门口。"

叫你巴结叫你狗腿！遭报应了吧！

嘴快官员的内心是崩溃绝望的。

正当他以为自己保不住小命的时候，李兆微微扬起下颌："去坐马车。"

这是对穗穗说的。

穗穗牵着小黑白还有点怕，她都不认识这群人。

于是，她舍了小黑白，下意识地揪着李兆的衣角：“郎君，这是去哪儿啊？”她圆溜溜的眼睛警惕地看着马车，小声咕哝，“你不会是想把穗穗卖了吧。”

虽然知道李兆是陛下，是新皇，但是其实穗穗还没什么概念，她被拐得有点怕了，怕一个人，怕不知道要到哪里去。

李兆压制下心里的不耐烦，多说了几个字：“去皇宫，我一会儿就到。”

至于卖了？呵，就这几两肉，能卖多少钱？

李兆想了想：“谭四娘。”

不是谭四，是明明确确要谭四娘。

此时明明是谭四郎的谭四忍辱负重切换了身份。

“陛下。”

李兆看向穗穗：“她和你一起去，这总行了吧？”

穗穗眨巴眨巴眼睛，不是很情愿地松开了他的衣角：“好，那郎君要快点。”

比起谭四，其实她更相信的还是李兆。

李兆垂下眼，盯着那摔在地上的棺木：“嗯。”

穗穗和谭四娘上了马车，马车吱呀吱呀地走了。

天知道官员多希望那马车上坐的是自己，如此就不用这般心底发凉，还抖着腿。

他们此时心思各异，但是无一不心头浮上疑问——

那小娘子到底是谁？

陛下虽然说语气不好，仍旧不耐烦，但是他们和陛下打了两三年交道，谁也没见过陛下特别有耐心，除了杀人的时候。

而单从陛下的语气根本不足以证明这小娘子的一般，那小娘子真当特殊极了，竟然敢扯着陛下的衣角而没被弄死，单这一条，还不够吗？

还有陛下的那匹踢雪乌骓……竟然被她牵着。

但这些都是随后的事情了，眼下最要紧的还是先保住性命。

李兆修长的手指摩挲着剑柄，另一只手则抵上额头。

众人心底发凉。

“来说说吧。”李兆扫视了一眼，淡淡道。

众官员心里警铃大响：危！

相国到的时候李兆已经骑着踢雪乌骓，哦，现在叫小黑白，走了。

只有吓得不轻、议论纷纷的官员还在原地。

他们才不会承认自己现在是腿软了呢。

地上的血迹被擦掉，保住性命的无一不庆幸。

见到相国过来，他们的面色不太好。

都是相国逼着他们，不然他们怎么着也要等到一年之期彻底过去才敢出手，现在倒好了，相国没事，他们该死的死，该完的完，削职的削职，流放的流放。

“相国大人，你这做得可不地道啊。”众官员十分愤懑。

相国自然能感受到，他皱紧了眉：“他真的回来了？”

还装！众官员气得吹胡子瞪眼，除非相国本来就知道，否则他们实在无法理解为什么所有人都来城门了只有相国没过来。

资历最老的官员捻着胡须：“陛下难道还能作假不成？”他吹胡子瞪眼，语气有些冲，“老朽身子骨不好，先回去了。”

他在边上侍卫的搀扶下直接走了。

而后其他的官员也纷纷找了借口请辞。

小厮擦掉额头上的汗，小心地觑着自家相国大人的表情。

果不其然，相国大人的脸直接黑了。

小厮低下头。

相国直接丢了拐杖，站在空荡荡的街上。

这群废物！难道是他逼着他们办丧礼的吗？有贼心没贼胆的东西！

相国语气阴毒：“李兆！”

小厮恨不得自戳双耳，相国他怎么能直呼陛下大名！

相国掐着小厮的胳膊，喉咙里发出嘶哑低沉又古怪的笑声：“他回来了啊。”

小厮吃痛，却不敢发出声音，只得死死咬着牙。

与此同时，皇宫门口。

穗穗抬头看见流光溢彩的琉璃瓦：“那是什么呀？好漂亮。”

谭四娘耐心地跟穗穗解释。她很喜欢穗穗，实在话是，相处了几天怎么可能有人不喜欢穗穗这样的小娘子呢？除了陛下那种大魔头。

她解释道：“这是琉璃瓦，皇家专供，不过现如今皇家只有陛下一个人，你可以认为陛下专用。”

马蹄声渐渐传了过来。

穗穗眼睛一亮，她回头，果不其然看见了小黑白和纵马的李兆。

玄色的衣衫随风鼓荡，黑色的发丝飘在身后，冷淡的眉眼间有种惊心动魄的凶戾美。

高傲、孤独、凶戾、昳丽、懒散。

很难想象，这些复杂的特质糅合在一起形成了这么个人，名唤李兆。

穗穗冲着李兆招了招手：“娘娘，郎君他们过来了。”

谭四娘自然也瞧见了。

几人一并进了皇宫，李兆的脸就是最好的凭证，无须其他信物。

穗穗在外面的感叹又显得浅薄了点，因为整个皇宫里面，才是将美发挥到了极致。

雕梁画栋，五步一楼，十步一阁，廊腰缦回，檐牙高啄，精巧仿佛夺天地造化，道路两旁百花争艳，迷了眼。

而最最夺人眼球的还当属正中心的高高楼阁，孤峻地插入云霄，一眼看不尽。

“那是什么地方？”

谭四娘顺着穗穗的手指看了过去：“紫微宫。”

紫微宫？

“不是塔吗？为什么叫紫微宫啊？”

谭四娘眨眨眼：“这我也不知道，危楼高百尺，手可摘星辰，叫摘星楼说不定还会更恰当些。这个地方，是陛下的住所。”

穗穗皱着小脸：“那爬上去岂不是很累？”

谭四娘失笑。

几人绕过华清池，很快走到了紫微宫前。李兆推开门道：“你带她去转转。”

谭四娘点头：“那陛下，穗穗住哪儿？”

好问题，李兆从来没想过这个问题。

“皇宫那么多地方，难道没地方住？”李兆径直往里走，他要去睡觉。

穗穗偶然瞥见里头壁画上的凶兽，吓得收回了眼。

沉重的铜门再次关上，李兆的身影消失不见。

穗穗眨巴眨巴眼睛，很是好奇：“娘娘，紫微宫里是什么样子啊？”

谭四娘摇摇头：“我也不知道。陛下处理政务在楼下，我们也就只去过紫微宫的正殿。上面才是陛下的休息之地，据我所知，没人去过。”

“我带你到其他地方看看吧。”谭四娘道。

穗穗点了点头。

池水清波见底，红色和花色的锦鲤在里头嬉戏，自由地摇摆着尾巴，可能只有这种七秒钟记忆的东西才会不怕李兆。

然后是真正繁花锦簇的地方，进而是各式的宫殿。

宫女倒是还在忙忙碌碌地进出。

“那里都是什么人？”穗穗问道。

“三宫六院，七十二妃。”谭四娘总觉得自己在教坏小朋友。

“真的有七十二妃吗？”穗穗有点惊讶，养人好费钱的。

谭四娘蹙着眉想了会儿，发觉自己着实没什么印象，李兆登基后养着这些后妃，活像养了一团空气，一群寂寞。

从来没听说陛下宠幸过谁，早些年还有人想闹幺蛾子，杀了后这群后妃就乖乖的，大门不迈二门不出，跟守着青灯古佛的尼姑也差不了太多。

“这还真没什么人数过，不过人挺多的。你不用在意，大部分都是平级的贵人，只有三个封了妃，不过没封号，就以姓名互称，谭妃两个，封妃靠的是家世，出身谭国公府，听说她们还是表姐妹，姐姐就叫谭妃，妹妹叫小谭妃。还有一个是秦国公府出来的，叫秦妃。不过秦国公府这些年越发没落，子弟中竟都是些酒囊饭袋，没一个中用的，秦妃封妃靠的就不是家世了，是靠——”

靠什么呢？谭四娘顿住，她艰难地想了一会儿，都怪李兆这些妃子太消停了，她一点印象都没有。

“我也忘了，我只记得秦妃好像身子骨不太好，常年养病，一年里连宫门都没怎么迈出去过。”

穗穗听着攥紧了手指，她忽然抬起眼：“秦国公府出来的秦妃？”

谭四娘点了点头：“怎么，她一个病秧子，你对她感兴趣？”

秦妃太过深居简出，谭四娘知道的消息也不多。

穗穗摇了摇头：“我们继续往前看看吧。”

她们一路上发现好多宫殿都是空着的，但是宫女还在。

“这是什么地方？”

谭四娘微微沉了脸：“这也是后妃们居住的地方。”

至于没人……怕是听见李兆死了怕陪葬早早给跑了。

哼。

谭四娘错开眼：“没人可能是跑出去了，没事儿，过两天就回来了。”

可不就是得回来。

各家都在长吁短叹，陛下回来了，那好多事情都要改。

首先是四处挂着的纨素，都撤了，换上大喜的红绸子。

庆祝陛下回来。

然后是昭告天下，张贴皇榜，表明陛下回归，尽量表表忠心。

最后就是家里这些女儿了。

有接回来的，也有偷偷跑回来的。

接回来的自然是要哄着送回去，虽然是心头肉不舍得，但是陛下鲜问候后妃，趁着还来得及，赶紧回去也就没事了。

至于跑回来的，为了以防万一，做个态度，当然是打一顿再送回去。

秦国公府今夜灯火通明。

秦妃抠着椅子扶手的雕花，指甲劈了。

“陛下身边带了一个女人回来，那我还得回去，父亲。”

4.

为了方便被照顾，穗穗住在后妃住的储秀区域，离紫微宫有点远。

谭四娘把她送到。

穗穗一个人住在这偌大的宫殿，有些怕：“娘娘，你能不能留下来陪着穗穗呀？”

谭四娘很遗憾，她觉得自己大概是不能的，毕竟小命还是要爱惜的。

她原先觉得大魔头眼里只有两种人：死人、活人。

现在她依然觉得大魔头眼里只有两种人：穗穗和其他人。

这里的其他人不分性别，不分类型。

虽然她是女孩子，但还是要避避嫌。

“没事儿，你先睡一晚上。”谭四娘道，“明天你若是想见我，就和陛下说。”

当然，更可能的是，说不定明早陛下就直接让穗穗换个离紫微宫近一点的地方住了。

谭四娘不舍地离开穗穗：“我明日再来看你。别怕。”

第二日天刚蒙蒙亮，穗穗就已经醒了，一半是她习惯早起，一半是宫殿外面有着窸窸窣窣的动静。

她去窗边看了看，发现昨日原本没什么人的宫殿此时都点着灯，隔着窗纱能瞧到里面人影晃动，很是忙碌的样子。

人都回来了吗?

娘娘好神奇，这都能说得对。

穗穗坐在屋子里，双手撑着脸等天亮，京城原来是这样的一个地方啊。

她微微蹙了蹙细眉，扁扁嘴，摸了摸肚子。

有点饿。

桌子上有现成的点心，但她不是很敢吃。

京城什么都很好，皇宫也建得很漂亮。

就是太大了，好像只有她一个人。

隔着长长的高高的宫墙，穗穗瞧不到一点外头的景色，她慢吞吞地抬头，去看正中心的高楼。

紫微宫。

郎君就住在那里。

云层有些厚，今日说不定会下雨，穗穗心想。

还是等娘娘来吧。

她眨巴眨巴眼睛，她有些想哥哥了，也想见着郎君和娘娘，她不想一个人住在这么空的宫殿里。

曦光隐隐约约透过云层落了下来。

打更声传了出来。

门被敲响了。

“小姐？”外头的声音有些熟悉，是昨日谭四娘指派的宫女，说让她先照顾穗穗。

穗穗从榻上跳下来，跑去开了门。

“小姐已经醒了吗？”宫女本来是准备悄悄进去的，却发现门开了，露出一张干净纯稚巴掌大的小脸。

穗穗点了点头，眨巴着眼睛，并不说话。

宫女把水盆放在架子上。

穗穗自己净了脸，擦干后乖乖地坐到了梳妆镜前的凳子上。

宫女失笑，她并不知道这个小姑娘是什么底细，只是昨日谭将军指派了她来，能住在这里，显然也是经过陛下允许的。

但是，小姑娘到底是个什么身份住在这儿的，谁也不知道，所以婢子就道她一句“小姐”，等到有什么册封文书下来了，改口也不迟。

不过她倒是没见过这么好伺候的主子，一双眼睛黑白分明，心思也干净。

她在宫里做了十几年了，难得见这样的小姑娘，乖巧到让人忍不住喜欢。

“小姐想绾个什么发髻？”

穗穗眨眨眼，她并不知道都有什么发髻，往常时候也就随便编个发。

宫女许是看出来了，她问：“小姐可及笄了？”

穗穗摇了摇头。

宫女有些吃惊：“那小姐年龄不大，就绾个垂鬟分肖髻或者垂挂髻好不好？”

她不自觉中语气就带上哄人的软，主要也是这小姑娘忒是好看，白净净的，性格也好。

穗穗点了点头。

宫女笑了笑，最后绾了一个垂鬟分肖髻。

结鬟于顶，自然下垂，束结肖尾，垂在肩上，温柔又好看，灵动又轻盈。

宫女拍了拍手，便有人捧着珠宝盒子依次进来。

“小姐今日想戴什么钗簪？”宫女笑吟吟地问穗穗。

女孩子天然喜欢亮晶晶又好看的东西，穗穗也不能例外。

她最终挑了支花丝景泰蓝簪。

铜镜里的穗穗当真是漂亮，像是玉石被擦去了蒙在上面的尘土，那份恰如其分的美被完完全全展现了出来。

温和高贵，仿佛与生俱来。

美饰配华服，花团锦簇的衣服简直要把穗穗的眼睛迷乱。

她最后穿了一件简洁的鹅黄色纱裙，自己穿的。

然后，穗穗终于说出了今天的第一句话，她怯怯着，揪着衣裙眼睛圆圆的：“姐姐，我能见见谭四吗？”

宫女简直要被一句姐姐甜晕了心。

“您说的是谭将军吗？”宫女道，“今日应该是有早朝的，您可以在御花园等等看。”

御花园离紫微宫还有一段距离。

穗穗问：“为什么不是在紫微宫外等呢？”

宫女帮她理了理衣裙，又挂上玉佩，看着小姑娘可爱又迷茫的样子，轻轻叹了口气：“紫微宫是陛下的寝宫。”

而人人都惧怕陛下。

实际上，因为御花园离紫微宫比较近，后妃们连御花园都不是很常去的。

穗穗没吃早饭，她先在宫女的陪伴下去了御花园。

这里能远远看见紫微宫。

“门是关着的，看来今日不上朝。”宫女遗憾道，“您要是想见谭将军，要经陛下许可的。”

穗穗也瞧见了，一众官员在那里等了一会儿，更子敲响，他们便没再等，直接走了。

穗穗读过的书里，大多都说帝王很是勤勉，热爱政事，每日早朝，虽然套在郎君身上有点难以想象，但穗穗还是觉得奇怪：“为什么郎……陛下会不上朝？”

她半路改了口。

其实她最想见的还是李兆，但是又不知道能不能贸然就说要见郎君。

所以，她才先问能不能见娘娘。

“陛下不上朝，可能是头疾犯了吧。”宫女道，“往常一般都是这样子，但是陛下出行了一年，不知道头疾好了没有。”

穗穗眨眨眼，郎君犯了头疾吗？

她想去紫微宫看看，却被宫女拉了回来。

“小姐，您不知道，陛下若是真犯了头疾，您过去，就只有一个‘死’字。”宫女劝道，“这天瞧着等会儿就要下雨了，不然咱们先回去吧。”

穗穗想说自己可以哭，可以治李兆头疾。但是她还记得，郎君跟她约法三章，说过这些内容都不许透露出去。

她最终还是被拉回了殿里。

迟来的膳食被端了上来，穗穗因为不习惯别人伺候她布菜，所以让人都下去休息了。

她无心吃饭。

宫女没说错，是该下雨了。

没过一会儿，雷声隐隐，乌云翻腾，豆大的雨滴纷纷砸落。

穗穗翻出了伞，准备偷偷去紫微宫。

郎君如果真的犯了头疾，她就要过去。

风雨交加。

穗穗撑着伞没有惊动在侧殿用膳的宫女，蹑手蹑脚直接出了宫殿去。

李兆的情况不太好。

他的手抵着头，头疾发作起来像是在脑子里翻江倒海，每一寸神经都像被刀子割裂。

窗子是打开着的，他没去关上。

原本淡色的唇如今更是浅淡到没有血色，他肩线绷紧，有一种锋利突出的美感。

大雨瓢泼，冷风吹了进来。

李兆闭着眼，手背上淡青的血管微微凸出。

空旷的紫微宫里忽然发出声响。

有人来了。

李兆睁开眼，眸光半垂，漆黑的眼珠透着冰冷，微微映出外面暴虐的天气。

凶戾隐约。

杀。

杀光、杀死、杀净。

他站了起来，拿起佩剑下楼去。

穗穗的衣裙湿透了，拿了一把伞根本没什么用处，今日的雨太大了。

也是万幸，李兆居住的紫微宫往常连个活物都不会在附近，更别提现在了，所以无人发现她。

她使了好大力气才推开门，却直接被里头雕在墙壁上栩栩如生的凶兽吓得腿软。

宫灯的火焰因为风的涌进晃了晃，越发衬得墙上凶兽的可怖。

郎君住的宫殿好生不一样，穗穗心想。

她怕极了，但依旧要往前走。

郎君头疾若是发作了，穗穗是一定要过去的。于是，她只盯着自己脚尖，一点也不敢往四周看，小碎步快速往前走。

她终于走完了，又是一扇门，她推开就到了一个空旷的大殿中。

千灯燃燃，青铜剑高居正首。

雕梁画栋，比外面任何一处都要精美，正中有一个青铜制的香炉，沉沉的檀木香缭绕在整个大殿中，然而，空无一人。

穗穗还记得昨日娘娘跟她说的，那这里，应该就是紫微宫正殿了。

可是郎君在哪儿，娘娘一点也没提到过。

穗穗不知道要往哪里去，她抬头看，只见到剑痕交错，穹顶高悬，这分明像是一间被封闭了的屋子。

那郎君会住在哪儿呢？

“郎君！郎君！”穗穗唤了几声，然而毫无动静。

郎君到底在哪儿?

穗穗四处打量，应该是有路的才对。

怎么好端端的宫殿，会设计得这么复杂呀。

穗穗苦着脸，一边拧干自己身上的水，一边四处找楼梯。

最后，她把目光停在了香炉上。

香炉的烟是向西飘的。这说明，东面应该是有路的。

穗穗拿着伞，拨开层层帘幕，向东而去。

她终于看见了楼梯。

穗穗没怎么犹豫，踏了上去。

紫微宫的二楼也是宫殿的造型，但是比起外面的雕梁画栋，则要简约不少。

不过，依然是空无一人。

穗穗打量完正准备转身继续往上爬，却撞上了人。

她身后什么时候有人的?

穗穗本就怕，此时更是忍不住直接跌倒在地上。

她抬头，是持剑的李兆。

5.

穗穗捂着心脏，那里怦怦怦跳得厉害。

“郎君，你怎么吓穗穗呀！”明明是抱怨，软糯糯的南边口音倒像是撒娇一样。

穗穗想从地上起来，却发现自己脚崴了。

她眼睛眨巴两下，仰头看向李兆：“郎君，你头疼吗？”

李兆站在远处，手指依然是按着剑的样子。

好吧，穗穗知道答案了，郎君又不认得她了，说明头疾又发作了。

纤长的睫毛抖了抖，穗穗眼睛里很快蕴满了水雾。

李兆清醒过来的时候，发现小包子哭得满脸都是泪，低着头抱着膝，仿佛受了天大的委屈。

他记得他把小包子的番椒帕子全丢了，所以，这是真的在哭?

穗穗眼眶红了一圈，秀气的鼻尖泛着红，肩膀微微颤着，哭得上气不接下气。

李兆觉得不可思议，明明连他要杀了她的时候，小包子都没哭成这样过。

头疾发作的时候哭能够缓解疼痛，但是他清醒过来了便不必要再继续哭了吧。

“别哭了。”李兆的嗓音在雨天更沾染了些湿凉。

可穗穗断断续续道了句“郎君你好了呀”之后仍然在哭。

李兆恹恹地丢掉手里的剑，实在是不懂穗穗为什么还在哭。

“再哭就割了你的舌头。”他道。

本来想着吓吓小包子就不会再继续哭了吧。

结果，穗穗可怜兮兮地抿着唇，眼眶的泪越流越多，顺着脸庞沾湿了下颌。

怎么了这是?

李兆愣怔住，怎么还哭得更厉害了?

他很轻很轻地皱了下眉：“别哭了。”

然后就发现，小包子还在哭。

难道是耳朵出问题了?

“秦穗穗。”他头一次喊穗穗的名字，声音犹如玉石相激，带着点儿蕴藏许久的凉意。

穗穗哭得上气不接下气。

“怎么了? 郎君。”她结结巴巴地说。

李兆再次很轻很轻地皱了皱眉，耳朵没问题。

“别哭了。”他再次道。

可是穗穗并没有停。

李兆没了办法，他忍下烦躁，懒散地在穗穗旁边盘腿坐下。

“怎么了?”

“什么怎么了?”穗穗一边哭，一边用那双因为泪洗更为干净澄澈的眼睛看着李兆。

“我问你哭什么?”李兆有点压不住脾气，微微挑了下眉头。

穗穗眼泪流得更快了，她抱着膝，呜咽的声音细小得跟只幼猫一样。

“郎君，你吓到我了。”短短一句话，穗穗说得极其费力。

李兆听得简直耐心全无，他眼里的不耐烦显而易见。

但是那点子伴随不耐烦升起来的凶戾在听见穗穗貌似更大的哭声后不得不消弭掉了。

服了。

李兆懒懒撩起眼皮子，听着穗穗哭。继而，他勾了勾唇，露出一个笑。

他可真是要被磨到没脾气了。

李兆手肘压在膝上，手腕微弯，脸压在手背上，一边听着外边雨声，一边听着紫微宫里小包子的哭声。

穗穗全然不知道李兆在想什么。

她只是被吓到了，只是有点难过，只是想哭。

等她觉得有些累了，就慢慢地停下了。

穗穗摸了摸肚子，她有点饿了。

还有脚，有点疼。

李兆可终于算是等到小包子哭完了哭够了哭足了，他真是不知道小包子既然这么能哭，怎么当初还要用番椒水帕子呢?

他轻轻松松地站了起来，站在穗穗身畔对比下越发显得高挑。

“起来。”他对穗穗道。

穗穗一边捂着嘴防止自己打哭嗝，一边摇了摇头。

薄红的唇抿着，只是小小的身子一起一伏的。

穗穗脸颊染上些红，她觉得哭得太久了有点丢人。

趁着不怎么打嗝儿的工夫，她飞快松开手，道了句：“郎君，我脚崴了呀。”然后又捂住嘴，生怕自己当着郎君面再打嗝。

李兆手指抵着额头，头疾发作的余波还未完全过去。

按照往日，他现在心情自然不会好到哪里去，不过今天倒还出乎意料不错。

穗穗身上还穿着被雨淋湿的衣裳，她猝不及防地打了个喷嚏。

李兆瞧着穗穗忙不迭又把嘴捂住的动作，轻轻勾了勾唇。

穗穗眨巴眨巴眼，她真的生气了，捂着嘴，瓮声瓮气道：“郎君，你怎么能笑话我呢？”

李兆挑挑眉，嘴角那点笑意很快没有了。

“没笑。”

穗穗瞪圆了眼，郎君眼睛明明还是笑着的。

李兆看了看穗穗崴了的脚，细瘦的脚踝略微有点红肿。他从袖子里拿出一个小药瓶撒上些药粉，没什么大事，过个一两天就又能活蹦乱跳了。

他上完药：“还能走吗？”

穗穗秀气的细眉飞快地蹙了下，她道：“能。”

下一刻，李兆直接拦腰抱起了穗穗。

他足尖轻轻一点。

不过踩了几下就到了整个紫微宫的最顶层。

他把穗穗放到了美人榻上，然后倒了杯茶，啧，凉的。

李兆用内力烘热，才给了穗穗。

“快点儿。”他不耐道，“崴着的是脚，又不是手。”

穗穗没理他的不耐烦，美人榻靠着窗，能够看见外头的雨丝。

李兆把支着窗子的木棍撤了。

穗穗抱着茶，小小地抿了一口：“郎君，这是第几层啊？”

“九。”

李兆给自己也倒了杯茶，顺便拿出药瓶倒出几粒药丸，一口抿下，凉意直沁肺腑，头好像也清醒了点。

“你怎么过来的？”

穗穗还在惊叹九层好高啊，听见郎君问话连忙回道：“宫女姐姐说你今日没上朝说不定是头疾发作了。”

宫女姐姐……

李兆微微瞥了穗穗一眼，想起来客栈掌柜以及帮厨的娘子对穗穗的偏爱，心想这小包子看不出来倒是挺招人喜欢。

“你住哪儿了？”

穗穗还在打量这第九层，没有楼梯了，那便应该是紫微宫的最高层了，她只觉得住在九层仿佛就住在天上，从窗子里往外看外头一片雾蒙蒙的水色。听见李兆问她，她把自己的住址报了出去。

李兆虽然离宫长达一年，但是他的惊才绝艳不仅表现于习武天赋上，他几乎过目不忘。

穗穗报的地名是那群后妃住的地方。

李兆面色稍沉。

今日雨下得那么大，小包子跑过来衣衫全湿了，李兆想了想，算了，权当为了方便头疾发作时能尽快缓解。

“你住到紫微宫二层吧。”

穗穗的心神刹那从打量第九层的布置中抽了出来，她瞪圆了眼，微张着唇：“第二层？”

李兆颔首。

“不认路？”

当然是认得的，毕竟才在第二层崴了脚。

李兆站起身，找出一件玄色的大袖衫丢给穗穗。

“自己换了湿衣服。”

穗穗睁大眼。

李兆背过身，直接下了楼。

6.

玄色的衣衫对穗穗而言实在是宽大得有些过分了。

她腰肢纤细，大袖衫多在腰上缠了一圈就成了近乎直裾的模样。

还有袖子，也要长些，她便挽了起来些许，稍稍动作就能看见空荡荡衣袖下隐隐约约白皙细腻的肌肤。大袖衫袖口有些许银丝勾勒闪烁，但是这微不足道的光比起纯黑色映衬出肌肤晃眼的白，实在不足以引起人注意。

至于下摆部分，穗穗也没办法，她只能小心翼翼地提着衣摆，像偷穿了大人衣裳的小孩儿，乖巧地坐在美人榻上等着人来接。

小小莹润的耳垂并未戴耳坠，穗穗怕疼而秦斐对这种事情很是随意，就没让穗穗打耳洞。

是以现在，那白皙柔软的耳垂空无一物。

但是显眼得很，薄红烧烫了耳垂，像是要滴出血。

“郎君，好了。”穗穗揉了揉耳垂，总觉得有些痒，揉搓带来的血色浅淡，整个耳郭都是薄薄的浅粉淡红。

李兆略微刻意地错开了眼。

大袖衫的领子交错着，露出了一小截儿锁骨，白皙纤细又不容人忽略。

他眼底的烦躁更甚。

“你一个人过来的？”

穗穗点了点头，像是被揭穿了谎言时的手无足措，怯怯道：“宫女姐姐不让我来，穗穗偷偷跑出来的。”

话刚说完，穗穗的肚子就闹抗议了。

她还没吃早饭呢！

此时不仅是耳垂，整张如玉的面庞都烧烫了。

穗穗捂着肚子，眨巴的眼睛里简直蕴满了水雾，太丢人了。

只能希求雨声再大点遮挡一点儿。

可是天不随人愿，就算天愿意，李兆五感敏锐也是不争的事实，哪里会区分不出来。

他一只手撑着下颌，露出清瘦的腕骨，此时倒不避讳了，看着穗穗，轻轻挑了下眉：“饿了？没吃早饭？”

穗穗一直低着头，羞窘得想钻到地下去，她胡乱点了点头：“出来得急，没顾上吃。”

可惜紫微宫太高，离地远着呢。

李兆嘴角扬起一点笑，又飞快敛下。

“稍等一下。”

久违地，御膳房收到了他们陛下的亲召。

一时间，御膳房的人简直不敢相信自己的眼睛耳朵，天知道，陛下厌食多久了。

哪怕是技艺再精湛的厨子，也毫无用武之地啊。

御膳房因为一道诏令重新忙了起来。

他们一定要竭尽所能，使尽浑身解数。

一道道菜色流水似的在暴雨中送到了紫微宫。

人都重新退下了，李兆才抱着穗穗下来。

他不耐烦地扯开纱幔，这些回头还是让人卸了吧。

穗穗坐到了层层台阶上的高位。

饶是她懂得浅薄，也知道这个地方坐着有点烫。

青铜剑在她身后的墙上挂着，她总担心青铜剑会不会掉下来砸到自己。

综上所述，穗穗不是很想坐在这里。

她揪揪李兆的衣角，现在两人身上几乎是同一款式的纯黑色大袖衫，黑色与黑色相撞。

“嗯？”李兆懒懒地撩起眼皮，“怎么了？”

穗穗规规矩矩地坐在位子上，过分乖巧，问李兆能不能换个地方坐。

李兆瞥她一眼。

好的，不能。穗穗坐立不安。

见小包子眼神频频偷偷瞥着剑，李兆轻嗤一声，怎么胆子这么小，连把剑都怕?

他直接把剑取了下来。

“还有问题？”他眸色漆黑，盯着穗穗。

穗穗瞬时停了动作，摇了摇头。

御膳房的人贴心设了桌案，穗穗看着眼前流水般的山珍海味，忍不住咋舌，不要银子吗?

她就算一道菜只夹一小筷子也吃不完便饱了啊。

穗穗自从离家之后，深知银子的贵重，为了省钱回家，连个像样点儿的首饰都没怎么买过。

乍一见这么丰富又从未见过的菜色，穗穗有些不知道如何下手。

她下手左右为难，哪一个都想尝一口，李兆却只是动了几筷尝了两口就不再动。

殊不知，动两下筷子也已经是难得，往日里，御膳房几乎没听过传召，偶尔听了，也是原样呈上原样下去。

李兆又召了宫女带着穗穗去沐浴。

紫微宫的正殿之上建了八层，是李兆独居，而侧殿里则是温泉池。

穗穗觉得紫微宫的路太绕了，饶是她记忆力还算尚可，那甬道里各处的机关简直层层叠叠，绕得她头脑发晕。

于是，在上午一场痛快淋漓的暴雨后，有一个小娘子搬进了紫微宫二层的消息便传遍了宫里。

大谭妃在自己宫里建了小佛堂，每日里捻着佛串念经是常年做的。

小谭妃在午后登门：“姐姐，有人住进了紫微宫。”

大谭妃慢慢睁开眼：“莫生妄念。”

小谭妃终究年轻气盛些，憋不住事情：“姐姐，可是这整整一年，我们这一支都被打得抬不起头，府里的开销都快要顾不住了。”

大谭妃看着她，一双眸子宁静无波：“所以？”

小谭妃咬了咬牙：“姐姐，若是陛下管——”

大谭妃打断她：“陛下不会偏帮任何人。”

小谭妃有些激动：“可是姐姐，你难道就要看着弟弟独自一人支撑不下去吗？”

大谭妃闭上眼睛，念了句佛偈。

她低声道：“陛下肯保我们姐妹已经是大恩。爹娘叔伯的军功都已经给了他，他自己若是不争气，大罗神仙来了也不管用的。男儿不自己打拼出一片功业总坐在家里吃祖宗的底，早晚有一天要倒。”

大谭妃对小谭妃道：“你莫过分宠惯他。”

秦妃宫殿。

秦妃捻着草莓一点点捻爆。

“你们可看清了那人长什么样子？”她拿着帕子擦手，嘴角笑意带着诡异的温柔，令人毛骨悚然。

宫殿里宫人刹那都跪了下去。

除了宫里，宫外也不消停。

有人住进了紫微宫的消息像插了翅膀般在整个京城贵胄间流传，众官员想起来昨日在陛下身边见着的那个白净小姑娘，心思各异。

陛下从未碰过后宫，更准确地说，除了三妃以外的其他贵人，陛下几乎都以养蛊的方式养着，从来不管，任她们去斗，回头看哪个官员不顺眼又嫌杀了麻烦就往哪个官员府邸上插一个。

但就算是三妃，也从来没进过紫微宫啊。

而这个新来的小娘子，竟然直接住进了紫微宫二层！

穗穗搬进紫微宫的事情像是一个信号，在整个京城掀起了轩然大波。

相国大人很暴躁，因为他没见过穗穗，抓人去问，有人说她白生生，有人又说她没那么白，有人说她个子娇小，也有人说她个子高挑……

还有人说那个小娘子有异族血统！

相国直接让侍卫把人拉下去砍了。

对此一无所知的穗穗着实是安逸了好久。

她脚伤好了便想问李兆自己能不能出门去御膳房，她始终记得郎君颇为不喜欢吃饭。

她这几日吃饭的时候总是郎君看着她吃，自己却不怎么动筷子。

唉！

穗穗慢吞吞一层一层往上爬，除了吃饭的时候郎君会下来，其他时间郎君都在儿层。

太高了，穗穗爬得有点累，到了后头，走两步，歇两步。

她要是能像郎君那样咻一下上去，再咻一下下来就好了。

郎君为什么要住那么高呢？

穗穗爬楼梯的时候想了很多事情，她发现往上除了第九层，其余各层与第二层布置大同小异，看起来是不怎么住人的。

她终于到了第九层。

穗穗觉得现在她已经是个废穗穗了。她可能就算下去了也要缓好久才能给郎君做饭。

她估摸了下时辰，就算歇一歇她也能赶上午饭的点。

九层很是安静，只有书页翻动的声音。

李兆难得没有睡，而是懒散倚在榻上翻书，他翻得很快，几乎是一会儿一本的样子。穗穗就不行，她得一个字一个字慢慢看。

穗穗忽然想起来，自己似乎有挺久没怎么练过字了。

哥哥要是见了，一定会劝她再勤勉些不要落下功课的。

李兆翻了半天书，发现站在楼梯口的人还没动。

“有事？”他捻着树叶再次翻过一页书。

穗穗回过神。

“郎君，我能去御膳房吗？”她眼巴巴地看着李兆。

李兆把书丢到一边。

“随便。”

穗穗点了点头，她实在太累了，要休息一下才能下楼。

她慢慢调匀呼吸。

然后，她整个人飞了起来，凉风从下往上吹。

是李兆，他直接拎着她的衣服后领使着轻功往紫微宫正殿去了。

“啊——”穗穗后知后觉瞪圆了眼。她吓得不轻，只觉得郎君万一手抖了怎么办?

她怕极了，下意识地环住了李兆的腰。

李兆的手一顿，松开了。

穗穗被陡然增加的下坠感又吓了一跳，她环着李兆腰的手又紧了点。她瞪圆眼，控诉地看向李兆，怎么还松手了呢?

要不是她抱得及时……穗穗后怕。

李兆似笑非笑地看了她一眼。

一阵下坠中，穗穗紧紧抱住了李兆，像是窒息之人抱住水中浮木。

她的头贴紧了李兆的衣襟，听见被风鼓荡吹起衣袖的声音时，还听见了另一种声音。

李兆的心跳。

一颗心离她很近，在胸腔里像它的主人一样肆意地跳动。

繁复的纱裙层层落下，像柔软的花瓣闭合。

怎么就抱上了?

拿着棋盘的谭四娘费了好大力气才没发出尖叫声。

李兆淡淡瞥过去，谭四娘闭紧了嘴。

穗穗反应偏慢，在原地停了好一会儿才后知后觉地松开手。

她偷偷瞥着自己的手，恨不得砍了算了。

但是又不舍得，还怕疼。

李兆轻嗤了一声："能站稳就自己站着。"

穗穗有点经不起刺激，她直接后退了小几步。

完了，她把郎君给非礼了。穗穗苦着小脸想。

7.

轻薄和非礼。

穗穗讪讪地低下了头。

"郎君，对不起。"

这是她第二次对李兆道歉。

第一次是李兆在树上，她冒昧看了人。

但是李兆的反应和第一次是一样的，他直接踮起足尖，整个人飞快地掠了上去。

穗穗轻轻叹了口气，然后对上了一脸复杂的谭四娘探究的眼神。

谭四娘领着她去了御膳房。

"穗穗，你年纪还小，不用着急。"谭四娘简直操碎了一颗老母亲的心。

穗穗这么可爱，怎么能配给李兆那个大魔头呢！

穗穗辩解道："没有。"

谭四娘揉了揉穗穗的头："你起码要再长高些，等到及笄了再做打算啊。"

穗穗：真的没有。

穗穗百口难辩，有点郁闷，只能低着头闷声走路。

御膳房很快就到了。

有谭四娘陪着，穗穗做一切都顺顺当当的。

"娘娘想吃点什么？"她问。

谭四娘终于将视线转移回了吃饭上，那半条软兜长鱼全给那小子吃了，她可是一点都没吃到。

"我想吃麻婆豆腐。"是的，与喜欢酸甜口的谭四郎不一样，谭四娘喜辣。

麻婆豆腐是家常菜，穗穗偶尔吃惯了清淡口味想要调剂一下也是会做几次的。

除了豆腐，穗穗还瞧见了点喜人的东西——香椿芽。

此时已经过了谷雨近一个月了。

谷雨的时候正是吃头茬香椿的最好时候，香椿刚经了雨冒出，芽尖鲜嫩，无论是蒸、煎、炸或者凉拌，都很是利口。

不过少有人家特意种植香椿，村子里一般都是够自家吃两次就行了，再想要就得去找野香椿，所以香椿的价格并不低。

入了夏，还能瞧见香椿，真是惊喜。

见到小娘子目光落到了香椿上，宫人忙介绍道：“这是山上寺里送来的香椿。”

人间四月芳菲尽，山寺桃花始盛开。

山上山下，好似截然不同。

香椿拌嫩豆腐，也是季节时令美食一道。

因为香椿拌豆腐是凉菜，所以穗穗先做这道菜。

点火，烧半锅水。

洁白细小的盐粒没进水中瞬间不见踪影，香椿是要先用盐水烫一遍的，这时候盐不用太多，只是为了去个涩味儿，这不能烫得太久，烫得久了香椿芽叶就老了。

长筷子在雾气腾腾的水中翻搅，穗穗把香椿都捞了出来，然后再放入清水过一遭。

穗穗提起刀，将香椿切碎剁成末。这时候的香椿余温尚存，植物本身的清香味儿散发出来，青青翠色堆在一处看着就水灵喜人。

穗穗在碗里加了点盐和香油，将香椿末稍稍腌制，提鲜入味。豆腐也要用水烫过一遍才好，捞出来后穗穗把刀在清水中过一遍，将嫩豆腐切成大小一致的薄块，用刀小心地铲起放进盘中，时间充足，她顺便摆了个盘。

薄块儿豆腐用的是南豆腐，口感软嫩细腻，穗穗一水儿在盘中摆成花状，然后再撒上一半腌制好的香椿末儿。

因为从热水中捞出香椿的时候香椿叶子刚刚变绿，所以剁成末了也是水润的青色，薄碟上搭配着豆腐的乳白，像是白色陶瓷胎底上了青色的釉。

最后再点几滴香油。

剩下的一半香椿末则挤干水分，然后加盐、香油、凉开水兑成碗汁，若是吃的时候觉得单豆腐味道有些淡，也可以直接蘸了汁尝。

穗穗沾点碗汁尝了尝，有些淡了，她又加了点盐。

香椿拌豆腐是鲁菜菜系，御膳房做鲁菜的师傅看着穗穗，觉得这小娘子虽然手生，但是味觉还挺灵敏，度量也把握得好。

香椿拌豆腐是小菜，可小菜里也有大学问。

捞香椿的时机，兑碗汁的分量，她把握都算不错的了。

然后接下来是麻婆豆腐。

这道菜是川菜。

大部分川菜讲究的是“辣”，当然一般不辣的川菜穗穗也没吃过且吃不起就是了。

穗穗刚准备去提猪肉，做川菜的厨子就拦住她：“用黄牛肉，那样做出来更好吃，小姐。”

穗穗看向谭四娘，谭四娘点点头：“确实是用黄牛肉更好。”

麻婆豆腐是要用到肉的，猪肉偶尔还能吃得起，但牛肉是一年也不见得能吃上的。

更别提牛肉里面算顶顶好的黄牛肉了。

穗穗竟然有些馋了，她都忘了牛肉到底是什么味道了。

麻婆豆腐用的也是南豆腐，南豆腐含水多口感好，但是相应的也就容易碎。穗穗将它小心切成两指甲盖儿大小的方块，然后下到加了少许盐的水里过一下，捞出后放在清水里静置。

然后就是麻婆豆腐的精髓所在了。

麻、辣、鲜。

锅里下了少许油，穗穗看准油热了先煸炒花椒出香，整个御膳房霎时被这股霸道的麻味儿占据了。

豆瓣酱下锅，炒出微咸的香味，然后加入辣椒油，翻炒出看起来就爆辣的红。

黄牛肉切成小粒儿，肉里的油脂都被煸出，牛肉先成了灿灿的金黄色，等到红油也浸润透了，就会变成鲜润诱人的红色。

将牛肉捞出放在一边备用，下红辣椒粒，细细的艳红，只切了几根，穗穗就被辣得眼眶微红，活像哭过一圈。

这辣椒好霸道。

穗穗又加了点朝天椒干粒，俗称小米辣子，下了锅，此时锅里一片艳艳的红。

最后才是豆腐，穗穗推铲的时候格外小心谨慎，南豆腐实在脆弱，做麻婆豆腐做得好的，豆腐块块而分明，做得不好的，人家以为是在做豆腐末也是有的。

盐，酱油，生抽，生姜末，蒜末，一一入锅。

等到豆腐的色泽也变成了凝艳的红，就可以下牛肉粒了，翻炒几下，再用淀粉勾芡，然后收汁。

盛到碟子里，再加上葱花，撒上磨细的花椒粉些许。

终于完了，穗穗有点想揉眼。

谭四娘赶紧拦住她：“先净手。”

穗穗乖乖地去净手，然后轻轻揉了一下眼。

小米辣好霸道。

再看那做好的麻婆豆腐，真是除了上面点缀的一点绿，就是火辣的红色。

花椒的麻味和辣椒的辣味混合着往鼻子里冲，但是最勾穗穗的还是那一小点牛肉粒。

真的，好久没吃牛肉了。

她用帕子擦干手，准备把菜放进食盒。

“就只做这两道吗？”御膳房的大厨忍不住出声问，怎么能让陛下就吃这些呢?

穗穗愣了愣，没想到大厨会跟她说话，反应慢得很：“嗯。”

大厨想了想："小姐可会做汤粥？比如三皇粥？参皇养生汤？黑菌芦笋汤？"

穗穗是会做粥的，比如小米粥、大米粥，顶多再加上个鱼片粥。

大厨的问法让她有些蒙，她回答："我会小米粥，行吗？"

大厨："……"

这些菜色说到底都不过是些家常菜，难登大雅之堂，怎么能就这样给陛下吃呢！

"那除了粥汤，其他的呢？"

穗穗蒙了，难道香椿拌豆腐不是菜吗？难道麻婆豆腐不是菜吗？

谭四娘知道大厨什么意思，再者说穗穗确实需要露一手让御膳房这些人服气，仅仅开胃小菜是不行的。最重要的是，她发觉自己还是馋那道软兜长鱼的。

"穗穗，加道软兜长鱼吧。"

穗穗如法炮制，再次做了那道软兜长鱼。

好巧不巧，软兜长鱼就是这位御膳房大厨的拿手绝活，他看着穗穗处理细微的动作，有些傻眼，那手法不是他独家绝学吗？

他可从来没有外传过啊。

旁边的厨子也多多少少看了出来，挑挑眉头打趣他："好啊，你什么时候收徒了？"

冤枉啊，大厨因为没有看得过眼的厨子一直没收过弟子啊。

大厨只能去问谭四："将军，这菜……"

谭四娘是知道的，说："没事儿，陛下给她的方子，她看一遍就会了。据姑奶奶知道的，她这是第二次做。"

谭四将军的话大厨自然相信，大厨打量着穗穗，眉头越来越紧，然后忽地松了，抿紧了唇。

穗穗擦了擦汗，装好盘转身的时候却看见一直盯着她的大厨。

她有些怕，往谭四娘背后躲了躲。

"娘娘。"小姑娘嗓音有点颤。

谭四娘失笑："你这样吓着她了。"

向来严肃的大厨只能调了调表情，尽力使自己和蔼可亲点儿："小姐，你可想再多学几道菜？"

旁边的师傅看着快要笑成朵花来表现自己和蔼可亲的大厨简直忍俊不禁。

大厨还在尽量表现自己的亲切："我可以把我这辈子会的菜都教给你。"他这一辈子没看得过眼的徒弟，没想到临到头竟然还是撞上了一个。

交给那些平庸厨子，乱改了去，倒不如交给一个有天赋的孩子。

穗穗想了想，她到京城实在是没什么事情的，除了给郎君做饭，还有就是郎君头疾发作时哭一哭，剩下的时间一抓一大把。

皇宫里的厨子是天下最好的厨子，穗穗也希望自己厨艺能够更好一点儿。

穗穗有些意动了。

大厨这便表现了浑身解数，做了一盅三皇粥也装进食盒里。

“你尝尝，若是想学了，就来找我。”他道。

谭四拎起食盒，带着穗穗出了御膳房。

这是中午时分，后妃派人来取饭的也不少。

“这是哪一宫的宫女，怎么能比我家贵人取的还要丰盛？”一个紫衣宫女见状瞪着眼训斥。

她是识得三妃宫殿中的宫女的，她们明明都已经取饭走了，可是她们后面出来这位拎着三层食盒，俨然也是嫔妃的份例。

可宫里，除了三妃，只有贵人。

她便替自己家贵人抱起不平来。

她指着穗穗：“你们两个哪一宫的？”

8.

穗穗还没反应过来，谭四娘先冷了脸：“你哪个宫的？”

谭四娘今日是便装入宫，宫女自然没有认出来品级，毕竟谁能把御膳房和将军联系起来呢。

宫女一贯趾高气扬，三妃中，大谭妃以及秦妃都不管事，小谭妃也就偶尔来了心情看顾，但也是不会轻易得罪人的。

说起来贵人中，还是她家贵人最大。

“我是李贵人宫中的。你们是哪一宫的，竟然敢越了品级违了宫规！”

后妃之中，无一人有封号，就导致大家总是以姓互称，在三妃中还好，毕竟就大小谭直接区分了，贵人中，就麻烦多了。

而李这个姓氏，实在是太常见了。

宫里的贵人，姓李的少说也有七八个。

谭四娘难得地沉默了，她在脑海的旮旯角里翻腾半天，也硬是没想出来哪个李贵人。

紫衣宫女见状，直接准备上手抢了食盒，谭四娘一脚把人踹了出去。

“好啊你们，还敢动手！”宫女气得恼了，嚷嚷道，“跟我走，去见我家贵人，我倒要看看你们两个怎么敢逾越品级！”

穗穗看了看食盒，有些难办：“可是这位姐姐，我们还要去吃饭。晚了菜就该凉了。”

宫女气得面红耳赤：“吃饭？还吃饭？吃什么吃！”

谭四娘皱了皱眉，她本来不想在皇宫闹的，可是她那个暴脾气哟，现在真控制不住。

正当她准备报身份动手时，一道声音传了过来。

“这是在干什么呢？”一个瘦弱弱的病美人被搀扶过来。

宫女连忙跪了下去："秦妃娘娘。"

谭四娘挑了挑眉，把穗穗拉到身后，直接抱了个拳算是见礼。

秦妃是认得谭四的，道："将军回来了呀。"

跪着的紫衣宫女一慌，提饭盒的竟然是谭四将军！

完了，她惹到惹不起的人了。

谭四娘面色冷淡："嗯，娘娘若是无事，谭四先告辞。"

她带着穗穗就想走。

秦妃忽然喊住了她："你身后这小姑娘护得倒紧实，不知道是哪家的？"

穗穗眨眨眼，心里有些许说不清道不明的复杂感受，她悄悄地看了一眼秦妃。

谭四娘把探头的穗穗揪回去："不是什么紧要的人物。娘娘身体弱，今日风大，不如还是先回宫吧。"

秦妃掩唇咳了咳，轻声道："可是住进紫微宫的那位小姐？"

谭四娘瞥了秦妃一眼："娘娘还是多关注自个儿身体吧。"

她带着穗穗直接走了。

秦妃捂着胸口站在原处不动，袖下的指甲尖抠入掌心。

"查，给本宫好好查，这紫微宫的小丫头到底是个什么来历！"

"娘娘，秦妃娘娘怎么了吗？"穗穗问道，娘娘好像不想让秦妃娘娘和她接触。

谭四娘拎着食盒："左右不是什么好人。这个点儿，哪有散步到御膳房的？估计是御膳房的哪个小内侍跟她通风报信，她故意挑好了时候过来。"

谭四娘最讨厌这种玩小心机的人。

纤长的睫毛微微下垂，穗穗抿着唇，想了会儿："那以后穗穗躲着秦妃娘娘走。"

谭四娘挑挑眉："你可别小瞧秦妃，她只是瞧着病弱些，整个秦国公府可都是听她的。"

今日秦妃显然是冲着穗穗来的。

不行，回头要跟陛下说一声，这些后妃一年没处置，总有不老实的。

两人一路回了紫微宫。

麻婆豆腐还热着。

黄牛肉果然好吃，穗穗吃完后，唇上像是涂了一层胭脂似的，三皇粥也好喝，鸡蛋、皮蛋、鸭蛋的蛋黄揉在一起，还有猪肉。

穗穗突然意识到，进了皇宫之后，她好像每一天都能吃上肉。

李兆见着穗穗吃得挺开心，微微撩起眼皮子，给自己也盛了碗粥。

但是依然，只是浅浅一口，就又放在那里不喝了。

谭四娘则是无辣不欢，吃辣吃得过瘾极了。穗穗瞧见那豆腐上沾了好多小米辣，结果娘娘还是一筷子送进嘴里，面色都没变一下。

娘娘好厉害。

相对于谭四娘能明显看出来更爱吃肉，更爱吃辣而言，李兆就表现得不甚明显。

他每道菜都夹了几口。

但是也说不上来对哪道菜会偏爱一点。

穗穗想了想，她或许应该问问郎君有没有什么忌口以及喜欢的。

用过饭菜后，谭四跟李兆说了会儿话便走了，只留下穗穗。

“秦妃找你了？”李兆靠在美人榻上，半睁着眼，日常是一副没什么精神的样子。

穗穗点了点头。

“你和秦国公府什么关系？”

李兆又不傻，这小包子当初特意问起秦国公府，肯定多多少少有些缘由的。

他的眸色漆黑，但或许是刚吃完饭，懒散居多，那股子冷戾在日光下冲淡了。

穗穗有些犹豫，她到底要不要告诉郎君呢？

她咬住唇，不自觉地加深。

哥哥偶尔也会提起来他们的爹娘亲人，甜水村里好多人家一到过年门户就热热闹闹的，只有他们家还是兄妹两个人，穗穗不是没有问过。

“爹娘都走了，但是没关系，哥哥照顾穗穗。”那时候秦斐也不过十三四，穿着短了半截儿的衣服在灶台边上忙活着给穗穗做粥喝。

“那我们的其他亲人呢？我们没有其他亲人了吗？”

秦斐摸摸她的头，温和地笑：“有的，等到穗穗长大了就知道了。”

她眨巴眨巴眼睛，秦斐耐心地多说了点：“现在他们都太远了，在京城呢。等穗穗长大了，哥哥就带着穗穗去京城，去秦国公府，好不好？”

再多的穗穗已经记得不太清了，只是年纪小的时候，提起京城就会想起秦国公府。

再长大些就再没问过。

“行了，别咬了。”李兆瞥了眼，制止穗穗再想下去，“不知道想不想说就再等等，你再咬嘴就破了。”

穗穗后知后觉地吃痛。

“咝——”她轻轻倒吸了一口冷气，使着手指小心翼翼按上去，果然流血了。

她苦着脸，太笨了她。

李兆都不知道要说些什么好，怎么自己都能把自己伤着？

他有些烦躁，直接从榻上下来。

“真蠢。”他低声道。

穗穗没听清，仰头去看他：“郎君，怎么了？”

李兆闭上眼又睁开：“秦妃的事情你不用管了，晚上我要开宴，你来不来？”

开宴的地址只有一处，当然是楼下。

有时候穗穗真的觉得郎君特别神奇，他似乎总把自己关在一处，一点儿都不喜欢往外边去。

“今天是什么日子吗？郎君。”穗穗问。

“我生辰。”李兆道。

第六章

/ 妄动者，杀。/

1.

生辰?

没等穗穗反应，李兆就已经一走了之。

生辰是要送生辰礼的，给郎君送什么呢?

穗穗托着下颌在窗边冥思苦想。

宫人临时得了吩咐赶紧置办起宴席来，陛下是这个时候过生辰的没错，但是这不是有好几年都没怎么过了。

怎么突然就说要过了呢? 宫人心里嘀咕，众臣心里也嘀咕，陛下很少开宴，每次开了都没什么好事，这次又是什么事呢?

宫宴并不办在紫微宫，而是紫微宫附近的一处宽敞宫殿。

差不多还有一个时辰才能开宴的时候，除了相国以外的众臣都已经到了宫宴所在宫殿，此处张灯结彩，好不热闹却越发衬得他们面如菜色。

他们为什么来得这么早?

因为上一次宴席迟到的臣子，撞上陛下心情不好直接赏了一丈红。

陛下今天到底是要干什么? 他们无一不紧紧张张把自己库房里的好东西都带了出来准备做生辰礼，生怕有一丝纰漏就小命不保。

也有几个老臣看着生辰礼的帖子有些出神。

陛下原来不是这样子的。

那时候每年办生辰礼，当时陛下还是太子。

饶是相国，也赶在生辰宴开始前的半个时辰姗姗来迟。他恨李兆，他想杀了李兆，但是他又和众臣一样，打骨子里惧怕这个高高在上凶戾至极的魔头。

相国神色郁郁，直接拿着酒自饮自酌了好几口。

丝弦雅乐，已经在拉响。

高阶上的座位还是空的，今夜的至尊还未落座。

除了众臣，后宫妃子也被邀请来参加这场宫宴，这可是破天荒地头一次。

还有那个住进了紫微宫的小娘子，不少官员心底都开始琢磨，要不要再往宫里送两个女儿?

李兆是迟来的。

他依旧是一身黑色的大袖衫，眉目冷然，眼里微微有些不耐烦，就算长相昳丽，所有人对他的第一印象还是，杀神来了，大魔头来了，他好像心神不太好，危，危，危啊。

但是这次他的背后并非空无一人了，而是多了个低着头的小娘子。

作为从未出现过的场面，穗穗这个特殊存在当然吸引了所有人目光，尤其是后妃们。

穗穗实在怕得慌，怎么这么多人盯着她看啊?

她越走越慢，头简直要钻进地缝里，什么也瞧不见看不着才好。

李兆余光瞥了穗穗一眼，脚步略微顿了顿。

“眼珠子要不要了？”他声音不大。

群臣却被吓得有的以袖掩面，有的拿着酒杯，有的彼此互相尴尬堆笑，眼神四处乱瞟，就是不看穗穗和李兆。

李兆凉凉一句话，一众臣子霎时都老实得像个鹌鹑。

相国闷声灌酒。

穗穗怯怯抬起了眼，她想张口喊郎君，却又发现不合适。

“快点。”李兆回过头，神情恹恹。

穗穗提起裙角快了几步跟上。

她从没穿过宫装，精美的裙摆没到了脚踝下。

李兆敛眸，步子放慢。

穗穗在高阶前却步了，她看见谭四娘坐在下首的第三四个位置。

李兆瞧了她一眼，凉声道：“不会上台阶？”

穗穗再次跟上。

她在李兆身边的空位坐下。

直到两人坐定了，底下一众人才敢把乱飘的眼神收回来。

“众卿都到了？”

负责统计宫宴人员的礼部官员忙低着头道：“都来了。”

李兆嘴角一勾，底下众臣看得心底发麻。

这杀神要干什么?

“孤生辰宴，你们都来了，孤很高兴。”李兆手肘抵着桌案，手撑着头睥睨着下面一众人，“辛苦众卿了。”

感受到陛下的目光从他们每个人的脸上扫过，再看看陛下嘴角皮笑肉不笑，众臣都不自觉挺直了脊背，避开与李兆的眼神对上，连声道："不辛苦，不辛苦，为了陛下应该的。"

"哦。"李兆拖长了声音，"那孤是不是应该犒劳一下诸位？"

"不敢，不敢当。"众臣子心里更慌了。

李兆点出个人名："御史大夫常金山，孤记得你是十五年前及第，上个月刚抬了新妾，是吧。"

御史大夫硬着头皮站起来，拱手低头："是。"当时他为了避开所谓"国丧"，特意加急纳的。

那房新妾是他养在外头许久的外室，如今肚子有了响动，自然是要抬进家里的。

李兆点点头："那正好，孤宫里的李贵人，顺便赏你了。"

御史大夫听闻噩耗，忍不住晃了晃身子。

众所周知，陛下的后宫大多是各家当初趁着陛下在边城打仗时送进宫里的女儿，无一不是精挑细选，工于心计得很。

陛下养着跟养小玩意儿似的，任她们互相斗，然后再把她们赏赐出去。

被陛下赏赐的官员，内宅不宁都是轻的，家破人亡也不难。

很快，一个让穗穗眼熟的紫衣宫女搀着一个飞扬跋扈的美人出来了。

御史大夫抬头谢恩，对上李兆漆黑的眸，心底发凉。

陛下是不是知道了？御史大夫在李兆出游的一年里帮着相国做了不少事情，得了李兆的赏赐还不如说得了李兆的惩罚。

怎么好巧不巧，就是他呢？

接下来，李兆的举措彻底验证了他的想法。

"大理寺少卿。"

"吏部侍郎。"

"……"

御史大夫心底凉意越来越重，他两眼一黑，就要晕过去了，可是刚被陛下赏赐的李美人靠在他怀里，不轻不重地掐着他的胳膊。

"大人想什么呢？"

相国的脸越来越黑。

看着下面一众臣子面色不佳，李兆的心情愉悦了不少。

他们不高兴，他就痛快了。

后宫宫妃的宴席上，人渐渐少了。

"剩下的，凡妃以下，从哪家来的回哪家去，孤这些年也不能白养着她们，一人三十金。"

李兆这一句话宛如平地惊雷。

相国噌地抬起头。

李兆这是在遣散后宫?

为了谁，不言而喻。

秦妃的指甲嵌进掌心的嫩肉里。

她深深呼了口气，安慰自己要沉得住气，没关系，她还留在宫里呢。

但是，还没完。

李兆把玩着手里的酒杯，看着一边小包子懵懵懂懂的样子，她竟还在吃饭?

真当宴席是用来吃的?

他眸光不自觉带上点笑。

“秦妃。”

秦妃瞪大了眼，她在宫婢的搀扶下起身：“陛下，怎么了？”

“你回秦国公府去吧。”李兆收起那么一点子笑，面无表情道。

穗穗停下了筷子，刚刚郎君说得她都不太懂，但是秦妃和秦国公府……

秦国公惊了。

“陛下，可是秦妃娘娘的病……”秦国公在秦妃的眼神示意下不得已站了起来。

李兆冷声道：“她做了不该做的事情。”

秦妃捂着心口难以置信，泪水如同珠子一般在脸庞滑落。她哽咽道：“陛下，您是要了妾身的命啊。”

她多病京城人人皆知，若不是有皇宫御医的照料，如何能活得这么久?

陛下这不是赶她出宫，这是要她的命啊。

李兆一双黑眸完全没有丝毫波澜：“秦国公。”他的眉眼仿佛沁了千万年的寒雪，永久不融。

他直接让秦国公把人接走。

秦妃不得已只能自己上了，她在宫婢的搀扶下从屏风后走了出来，弱柳扶风似的，仿佛随时会折断。

她面上一副哀恸，不敢抬头，生怕暴露自己眼中对坐在陛下旁边的女人的嫉恨。

“陛下。”她跪在大殿之中，哭声凄切，“您是忘了妾身的父亲吗？”

她只能挟恩持报。

秦妃说的父亲其实是她的叔父，是前秦国公。

前秦国公英年早逝，其夫人也没撑几年便疯疯癫癫撒手人寰，他家唯一的公子也走失了。

秦家血脉稀少，与前秦国公关系最近的还是秦妃一支。

这一支眼见绝了，秦妃自愿入到已逝的前秦国公一支里，称呼前秦国公为父亲，称前秦国公夫人为母亲，续下了这一支的香火。

而后，秦妃查出患有绝症，为了延长寿命，现秦国公，也就是秦妃亲生爹爹才把秦妃送进了宫。

秦妃算得很精明，前秦国公对陛下有大恩，陛下不会看他唯一的血脉不管。

“你威胁孤？”李兆冷声道。

他抬起眸子，看向秦妃。

秦妃浑身一凉：“妾身不敢。”

李兆半垂着眼，依旧是一副没精打采的样子：“有恩于孤的是前秦国公，你算谁？”

秦妃眸子慌乱，不对，不该是这样的，陛下原来明明不是这样的。

他虽然不怎么过问后宫的事情，但是他给她封了妃啊。

他是记得前秦国公的恩情的。

否则，她封不了妃。

要错也该是错在，她忘了，陛下的骇人之处。

秦妃藏在袖子里的手指攥紧，她抬起泪水蒙眬的眼：“陛下，求求您，就这一次。”

是她错了，她不该妄动，也不该先提起前秦国公。

可是李兆懒得搭理她。

“拖下去。”

三个字，曾经位列后宫三妃之一的秦妃，就不再有了。

秦妃这下真的慌了：“陛下，陛下，妾身真的错了，求您看在妾身父亲的分上，饶了妾身这一次吧。饶了妾身这一次吧。”

聒噪，李兆撩起眼皮子，他看着眼前哭哭啼啼的秦妃，眸子里没一点感情：“孤养了你近三年，是看在前秦国公的面子上，可本来孤欠前秦国公的，和你有什么关系？若是还有下次，那双招子还有手，都留下来吧。”

2.

秦妃怔住。

她本来想说有恩报恩，不是理所应当吗？前秦国公于陛下有恩，陛下就应当时时刻刻照顾着他的家人哪。

她是前秦国公的女儿，陛下明明能救她，不就应该救她吗？

可是陛下现在，为了一个不知道从哪儿冒出来的小姑娘就要不顾恩情要了她的命。

秦妃忍不住打了一个寒战。

陛下出游了一年，她们似乎都忘了陛下到底是个什么样的人物。

那一副昳丽到极致的皮囊下，是一颗冷到极致的心。

可越这样想秦妃越不甘心，那凭什么是一个乡野出身的小姑娘？

她咬着唇哭喊道：“陛下，您这样，父亲就算在九泉之下也不会安歇的！”

这句话穗穗听着极其不舒服了。可是她什么也不知道，也不敢妄评，她只能悄悄地瞄着郎君的面色。

李兆并没有因为秦妃的话而动容，他自然记恩，却不会花让自己堵心的代价去报恩。

“若是前秦国公不满，他自会找孤。”

李兆坐在高台上，眉眼尽是不屑与桀骜。

他不信轮回，不信命数，有着一个帝王应有的杀伐决断。

这一刻，黑发散在年轻郎君身后，他着玄色的大袖衫，眉眼肆意散漫，俊美锋利。他的决定，无人敢置喙。

“陛下，你自私自利！”秦妃发了疯似的喊。

李兆眉眼冷然：“舌头割了吧。”

席上一片寂静。

最后，秦妃堵着嘴被拖了下去，秦国公一家也匆匆离席。

事情处理完了，此处的饭菜李兆又不会吃，自然是要走的。

“吃完了吗？”他回头问穗穗。

穗穗忙反应过来，点了点头。

“走吧。”李兆站起身，直接带着穗穗回了紫微宫。

“郎君，你讨厌秦国公府吗？”穗穗轻声问。

饶是她懂得不多，也知道秦妃刚刚是在挟恩持报。

穗穗忽然有些慌了，她自己貌似和秦国公府也有些关系，郎君若是知道了，会不会讨厌她啊？

李兆一边走一边揪着旁边茂盛树丛的叶子，慢慢在掌心碾碎：“不喜欢，也不讨厌。”

穗穗有些疑惑。

李兆这时心情还算不错，他解答了穗穗的疑问：“前秦国公对我有恩，但也就是这样了。”

诗书礼经可不是这样教的。

诗书礼经教的是，祖辈福荫庇护子孙。

“于我而言，前秦国公死了，我报给谁呢？”

月夜澄澈，月光如水。

穗穗忽然感受到了一股莫大的哀伤。

郎君和别人都不一样，穗穗知道，这不一样的地方太多了，说不完道不尽。

郎君说，人死了，恩情便报不了。

那不能报恩的郎君是怎样想的？

那些恩情郎君不会忘，只能一层一层地堆压叠积，时刻记着。

欠一个死人的远比欠一个活人的更难回报。

有人选择荫蔽死人的妻儿，良心或许早晚有一天能够得到解脱，可有人不会这样选。

比如郎君。

他看似散漫实则脊背立得挺拔，人人道他自私自利可他从未忘过，他只是觉得，没有什么道理。

“我欠前秦国公的，我报给前秦国公就是了。”李兆道。他忽然转头，看见穗穗怔怔的双眼，刹那便明白了小包子在想什么。

李兆摘下一枚叶片在指尖揉搓碎，然后松开手将它丢入泥土中。

“秦穗穗。”李兆低声道，“你知道有的人是怎么死在我剑下的吗？他们总觉得我心底尚存良善。”

穗穗这一刻是被惊到了的。

准确地说，她脖颈后直接被吓出了冷汗。

四目相对。

李兆漆黑的眼珠子一动不动地盯着她，太近了，那双眸子里的凶戾暴躁不耐烦一览无余。

“所以，别犯傻，嗯？”李兆收回眼，小姑娘就是不经吓，他站直身子转了回去，随手掐了一朵花。

同样是慢慢地揉碎，鲜红的汁液沾在冷白的手背上，像是血痕。

穗穗慢吞吞地眨眨眼。

“穗穗，坏人从来不说自己是坏人。”秦斐这样教过她。

那好人呢？是不是从来不说自己是好人？

穗穗晕晕乎乎地想，郎君是好人，她一直都这样相信，起码于她而言，郎君是好人，无可挑剔的好人。

“可是，郎君还是好人啊。”穗穗小声咕哝道。

李兆并未听到。

他在前面走着，穗穗踩着他的影子尾巴，小碎步地跟着。

紫微宫。

一份三皇粥和一份长寿面摆在李兆面前。

“郎君，生辰快乐。”一张字迹陌生的字条放在旁边，“这是生辰礼。”

不可能是其他人的，李兆看着那手有些稚嫩的字迹，把字条折了起来放在一边。

“出来。”

李兆是直接使了轻功上的九层，而谁承想，小包子居然不老老实实地待在二层也跟了上来。

刚刚白警告了。

一边的楼梯，气息喘得不算太匀的穗穗悄悄扒着箱笼边露出了一双亮晶晶的眼睛。

“郎君。”

李兆揉了揉头，他觉得自己可能猜错了，只不过是同样姓秦而已，而他居然白日的时候还派了暗卫去查当初前秦国公夫人死的时候是否怀了孕。

最重要的是，看着前秦国公可谓是运筹帷幄，怎么会有这样的一个女儿？

傻包子。

但不管她到底是不是，都并不影响李兆送秦妃出宫去，做了不该做的事情，就要接受惩罚。

穗穗看见李兆手指抵头的动作，眨巴眨巴眼。

“郎君，怎么了？头疾又发作了吗？”她关切地问道。

李兆刚转过身，下一秒就看见穗穗跳了起来。

“蚂蚁！”

箱笼上一只蚂蚁不知道从何处跑了出来，眼见就要爬到穗穗手上。

因为过敏的缘故，穗穗最怕的就是这些虫子离她太近。

她松开手径直往后退了两步。

箱笼靠近楼梯，穗穗一不小心一脚踏空。

她就要摔下去了！

穗穗惊慌失措地伸着手试图抓住一些东西。

她抓到了。

轻薄的大袖衫，修长又骨节分明的手。

冷得像块玉，却让人安心。

“郎君。”穗穗揪着李兆的衣襟，看着身后高高的楼梯，有些后怕，嗓音里带上些许哭噎。

“你别生穗穗的气好不好？”

3.

世家的马车一大早挤满了宫门口，毕竟培养出一个工于心计点儿长得又好看的女儿也不容易。

他们在宫门口一手交钱一手领人回家去。总是能再嫁的，光收彩礼钱，也差不多能收回来的，更别提真心心疼自家姑娘的父母亲人了。

穗穗上午要去御膳房跟着大厨学手艺，从御膳房的窗口能瞧见宫婢背着细软扶着贵人出去。

美人成群结队，其实还是很赏心悦目的。

不过，做饭菜的时候要专心。

大厨也发现了，穗穗在厨艺方面简直就是灶神下凡点了灵通，一学就会，光演示一遍，这小姑娘就能学得七七八八。

这可就了不得了。

他欢欢喜喜地跟其他师傅炫耀，但其实还有点小姑娘太优秀而引起的苦恼，他自己所擅长的是淮扬菜系，由于发扬在淮和扬州一带，淮扬菜系里大多原料以水产为主，若是小姑娘需要跟其他人一样一道菜学个两三年才能差不多，那光淮扬菜八大名菜就够折腾了。

可是收的弟子太聪慧了，光是淮扬菜也不太够。淮扬菜主张口味清鲜平和，走的是咸甜口的路子，未免有些太过单一。

他想着，要不然，等小姑娘学好了八大菜就让她也学学其他师傅的菜系，技多不压身嘛。

穗穗不知道，自己陡然就被大厨安排了寻常厨子一辈子都搞不定的重任。

她只知道，今天这道松鼠鳜鱼真是绝了。

松鼠鳜鱼，同软兜长鱼一样，也是淮扬八大菜之一。

鳜鱼音同桂鱼，因此这道菜秋季在京城很是兴盛，不少学子都为了求取个蟾宫折桂的好彩头特意在考前点这道菜食用。

不过整个京城，绝对不会有比大厨做得更好的了。

半尺多长的鳜鱼在盘中昂首翘尾，背部划出的花刀经过油炸后炸开来，好像松鼠毛茸茸的尾巴。

淋上点番茄水儿，油光水亮，酱汁在鱼身上往下慢慢流，色泽浸润处成了诱人的红色，穗穗夹了一小口鱼肉放进嘴中，方入口，浓郁的酱汁就化开了，满口生香，但丝毫不艷鱼肉的清鲜，外酥里嫩，酸甜可口。

大厨擦擦手：“怎么样？”

穗穗点点头，眼睛亮晶晶：“好吃。”

大厨笑了笑，待到穗穗多吃了两口吃完了，才道：“你也来试试吧。”

西塞山前白鹭飞，桃花流水鳜鱼肥。

吃鳜鱼最好的季节是春季，此时已经入夏，但谁让这里是皇宫呢？有了香椿叶，也不差这一条好鳜鱼。

穗穗方才只顾着吃，却忽视了第一个问题，她要杀鱼。

“不敢杀鱼？”大厨蒙了。

穗穗点了点头：“它还是活的。”

大厨陷入了沉默。

这可就真的是在难为大厨了，他拎起鱼给穗穗做示范。

“看好了，不吓人的。”大厨提着刀给鱼剖腹切肚，去鳃，然后是鳞和鳍，最后取出来内脏。

当然，这是一般杀鱼方法，这道松鼠鳜鱼还需要将鱼头剁了，拍扁。

大厨瞧着穗穗的表情，下刀的手突然也觉得有点不太利索。

而隔壁的师傅，三下五除二，直接掰了一只鸡的脖子放血，然后拔毛。

大厨叹了口气，他觉得这个他可能教不了穗穗。

“这样吧，这两天你先回去学杀鱼，三天后我来检查。”大厨哪怕再心不甘情不愿也把他们师徒学遍整个御膳房大厨拿手菜系的星辰大海征途往后推了推。

弟子最重要。

穗穗无法，只能接了任务回紫薇宫去。

这次路上认识穗穗的人就多了，可惜一个两个的，都避她避得远远的，好像她是什么危险物品一样。

这可不就是嘛，流言已经在皇宫以及整个京城传遍了。

三妃之一的秦妃就是因为想跟小姑娘搭句话才被割了舌头赶出皇宫的。

这哪是危险物品啊？明明是要命的毒药。

然而穗穗一心想着自己不敢杀鱼，低头沉思着，什么都没发现。

她这般垂头丧气，李兆自然是发现了的。

但他不问，等着小包子来跟他说。

结果，他坐在窗边的榻上微垂着眼等了小半个上午，也没等着穗穗来问。

穗穗去问谭四了。

她总觉得假如她向郎君问了怎么杀鱼这道题，郎君大概会直接告诉她答案。

不带过程的那种。

可是她也知道答案啊，刮鳞去鳃，挖内脏再去个鳍，最后再剁个鱼头。

如果是问怎么杀人，或许郎君才是真行家。

那么便没有人可以求助了，只有谭四。

而恰恰好，或许谭四才是最知道这道题该怎么解开的人。

“不敢杀鱼？”谭四娘蹙紧了眉，“哪个不要命的敢逼着你杀鱼？”

小姑娘只用漂漂亮亮站在那儿就行，而现在她居然一脸苦恼地在问她，该怎么杀鱼。

可是谭四娘耐不住穗穗用那双水汪汪灵动的眼睛眼巴巴瞧着她，她没抗住多久就败倒在了穗穗的软磨硬泡之下。

“我没杀过鱼，但我杀过人。”谭四娘道，“将军的称号就是因为杀人杀多了有了功勋才来的。”

谭四娘坐在穗穗身边，慢慢地讲述。

“起初我也不敢杀人，可是当时我没办法了，我爹死了，我娘性子软，那就只剩我要撑起来。可我一个女儿家，能做什么呢？顶多联个姻。”谭四娘自嘲道，“就是那时候，四郎来了。”

谭四郎出现在她最无助的时候。

“我阿娘以为我疯了，可我知道，这是一个绝妙的机会，是不是？”

谭四娘从小就偏爱各种武术练习，自己底子并不算差，她差的是那么一个性别。

“在那之前我想着如果实在没办法可能就要像花木兰一样了。我开始有意识学着一个男人的作为，可是没办法，我始终理解不了他们到底怎么想的，有些事情又为什么要那样去做？”谭四的声音很轻，不知道什么时候又变成了有些清冽的男声，“可是我不一样，我不需要学。她怕杀人，那我先替她杀了第一个人，她有我在，便是男儿。”

谭四郎的眉宇中是傲然：“后来，她不用学了，她只是试着把自己剥离开，让出了一部分作为我，我是她创造的，专为她的女儿身解决问题。”

谭四郎看着穗穗，有些桀骜不驯：“她杀人时，只是将军，懂吗？”

穗穗愣住。

4.

清冽的男声变成了略带柔和的女声：“知道了吗？穗穗，做将军时，我不是谭四娘了，害怕杀人的是谭四娘，不是明光将军。”

穗穗眨巴眨巴眼。

谭四娘瞧了眼日头，从高墙上跳了下来，牵着穗穗的衣角往前走：“而你在做菜的时候，和平常也不一样，走吧，我带你去试试。”

穗穗回到紫微宫的时候，发现李兆已经在二楼等着她了。

自从穗穗上次从楼梯上差点摔下去，李兆就把吃饭的地点改到了二楼，每日到了三餐点，李兆都会准时出现。

是以穗穗也不觉得奇怪。

“郎君，今晚做了鱼肉羹和鲫鱼汤。”她把饭菜从食盒里提了出来。

“你下午去哪儿了？”李兆把书丢在一边，从榻上下来，他在这里等了整整一个下午。

穗穗在一边低头盛汤：“下午和娘娘一起了。”

李兆在桌子边坐下，漆黑的眼珠子一动不动地盯着穗穗，小包子的脸上已经没有了下午时的困扰。

李兆的手指有些焦躁地敲在桌子上。

穗穗把汤盏推向李兆的方向，然后自己也盛了碗，慢慢地喝。

她什么也没发现，迟钝得很。

李兆看着雪白的鱼汤，眼里的暴躁越发重了。他搭在桌上的手指越敲越慢：“孤不喜欢吃鱼。”

穗穗有些茫然地抬起头：“嗯？”

“孤不喜欢吃鱼。”李兆咬重字音。

穗穗愣住，郎君什么时候不喜欢吃鱼了？

她终于注意到郎君的面色不太好，这是怎么了？

“那郎君，我给你重做，好不好呀？你有什么想吃的呢？”

穗穗的声音又轻又软，她抬起眼，眸子里倒映出李兆的身影，里面是不掩饰的关切和担心。

李兆垂下眼睛，绵密翘长的睫毛在眼睑上垂下阴影。

他眼底的焦躁减轻了点，终于舒坦了些："我想喝玉米粥。"

那就煮玉米粥。

穗穗打着灯笼往御膳房去了。其实天色并不暗，夏日的夜晚总是来得晚些，但是怕回来的时候天黑了，穗穗便提前带上了灯笼。

出乎她意料的是，李兆也踏出了紫微宫，跟着她一起往御膳房去了。

"郎君今日怎么看起来心情不太好啊？"穗穗问。

李兆在她身后慢悠悠地走，他腿长，一步便抵得上她一步半。

他继续摘叶片摘花，慢慢地碾碎丢弃，听到穗穗问话，他微微撩起眼皮子："我哪里心情不好了？"

穗穗抿抿唇，有点疑惑，她不知道问题到底出在了哪里。

李兆看着穗穗被灯笼的光映出的影子，有些恶作剧似的踩上去。

"你今天下午找谭四干什么去了？"

"杀鱼。"穗穗毫无所知背后有个幼稚的人踩着她的影子不松开，她的声音轻快，"我不会杀鱼，娘娘教我杀鱼呀。"

"杀鱼有什么难的？"李兆轻哼了一声，想起来小包子上次也是不敢杀鱼，上次还记得找他来杀，这次就什么都不会了，人还越活越倒退了。

穗穗对李兆的回答并不意外："嗯。"

李兆丢掉手里的花，眼底的烦躁又渐渐涌了上来。

他又一次摘了新的叶子，微微用力，碾碎。

沿路丢弃的叶子和花越来越多。

穗穗一无所知。

两人就这样一路到了御膳房。

看守御膳房的小内侍见了李兆腿都在哆嗦："陛下。"

陛下此时看起来心情好像很不好的样子，他结结巴巴地张口："您是想要吃什么？奴才去找大厨。"

这个点，很多大厨已经下了值，并不在御膳房了。

穗穗眨巴眨巴眼："不用找了。"

小内侍赶紧把门打开。

黄澄澄的玉米粥在锅里翻滚起来，咕嘟咕嘟地冒着小泡，香甜的气味儿弥漫在整个御膳房。

穗穗盖上锅盖，让它煮得更黏稠一些。

"郎君还想吃什么？要做个小菜吗？"

李兆靠在门边，闻言抬眼："你想吃什么？"

"我……"穗穗想了想，"我想吃糖葫芦。"

她几乎脱口而出。

红红的，酸酸的，甜甜的，脆脆的。

她说完就后悔了，皇宫里哪有糖葫芦这种东西呢？

"听到了？"李兆看向外头的小内侍。

小内侍急忙点点头："嗯嗯嗯。"

"不用的，郎君，太晚了。"穗穗想拦住李兆，"我可以等明天让娘娘给我带一串。"

又是谭四。

李兆轻飘飘扫了眼还站在原地的小内侍，小内侍赶紧溜了去买糖葫芦。

李兆进了御膳房。

咕嘟咕嘟的玉米粥在火上沸腾，小泡破裂时发出小小的噗噗声。

"谭四怎么教你的？"

穗穗闻言有些愣怔，郎君怎么又问起了下午的事情呢。她想起来娘娘下午告诉她的事情，这些事情应该算是私密了吧，不能说。

于是，她眨巴眨巴眼睛，抿着唇露出一个轻轻的笑："郎君，玉米粥是不是熟了呀？"

这话题转移得拙劣。

李兆撩起眼皮子，逼向穗穗，他还是散漫的，只是那一点锋芒，透过漆黑的眸子，毫无保留地展现了出来，唇抿成了一条直线。

显然是不太高兴的。

穗穗瞪圆了眼，她有些苦恼，细眉微微蹙起："娘娘跟我说了一些关于四郎和她的事情。"这些事情是不能说的。

李兆停在穗穗身前，轻轻说了一句："谭四郎喜欢谭四娘，你知道吗？"

看着小包子瞪圆了眼，一副难以置信的样子，李兆心头的焦躁得以缓解。

穗穗还在反应中。

李兆耐心等着。

厨房中忽然传来了点焦煳味儿。

"啊，玉米粥。"

穗穗连忙打开锅盖，搅动起来，玉米粥煳了个底。

她有些垂头丧气："郎君，你可能要再等一会儿才能喝粥了。"

看着穗穗懊悔的神情，李兆很轻很轻地挑了下眉："就这样吧，我不挑。"又问，"你明日还要去寻谭四吗？"

穗穗摇了摇头："娘娘已经教了我，剩下的我要自己练习。"

李兆不动声色地点了点头："那我看着你。"

穗穗把玉米粥装好，露出一个笑："嗯。"

李兆用轻功带着穗穗回了紫微宫。

短短几息，简直快得很。

“在这儿等我一会儿。”李兆道，然后他踮起足，很快没了踪影。

不消一炷香的时间，他就又回来了。

“喏。”

穗穗惊喜地抬眼，从李兆手中把艳红红的糖葫芦接了过去。

“谢谢郎君。”她的眉眼弯弯，“郎君真好。”

李兆很轻很轻地嗤笑一声。

居然还喜欢吃糖葫芦。

真是幼稚。

他提起食盒上了二楼。

5.

这么喜欢糖葫芦吗？李兆心想，有什么好吃的。

穗穗咬破外层的冰糖，甜滋滋的感觉沁入了心肺，她整个人肉眼可见地欢喜了很多，话也说得多了，眉眼总是弯弯的。

傻包子。

夜已经深了。

李兆从紫微宫九层一跃而下，再次御着轻功出了宫。

门二次被敲响。

做糖葫芦的王小二揉着眼端着油灯去开门。

“谁啊？”他咕哝道，“这大半夜的。”

开了门，他吓了一跳，面前的郎君高挑清瘦，眉眼墨色极浓，一身玄色的大袖衫，像是要融进黑夜似的。

“郎君还要糖葫芦？”王小二想起来了，傍晚的时候这郎君也来了一次，匆匆买走了最后一串糖葫芦。

后来，皇宫的内侍也来买糖葫芦了，可惜他家也没有了。

宫里的贵人居然也会想换换口味尝尝糖葫芦？

李兆点了点头。

王小二打了个哈欠：“不行啊郎君，糖葫芦都卖光了，没有了。”

李兆直接抛出一锭银子：“够吗？”

王小二瞪大眼，简直不敢相信，他狠狠掐了自己胳膊一下，掂了掂银子的分量，是真的。

他心里乐开了花，脸上露出笑，忙打开门让人进来：“您稍等。”

李兆走在屋檐上慢慢地咬着糖葫芦吃。

也不是多好吃的东西。

山楂和糖。

也不是多金贵的东西，她怎么就能那么高兴呢？

风吹动李兆的衣衫，星子三三两两散落在李兆身后，他虽然不是很喜欢，但还是慢慢把糖葫芦吃完。

紫微宫那位终于二次上朝了。

“河南道附近山匪作乱，来往行商苦不堪言。”

“岭南道想要修路，但是如今工部拨不下来款。”

“北方的鞑子蠢蠢欲动，最近试图和吐蕃联系。”

“……”

终于有人发现，那把悬在墙壁之上的青铜剑不见了。

“陛下，天问剑呢？”一位老臣诚惶诚恐地站出列。

“孤收起来了。”李兆懒懒散散地坐在高位上，玄色衣衫层层委顿落在地面上，衬得他越发白。

他仍旧是不着冠，散着发的样子，唇色浅淡，眉眼极浓。

隐隐约约透出些凶戾。

相国眯起眼，瞧向原本挂着天问剑的位置，果然空空如也。

“陛下，天问剑是国之重器，挂在紫微宫正殿方显我朝威严。”

天问剑世世代代相传，是皇室的象征，民间传言，得天问剑者得天下，天问剑的重要性丝毫不亚于玉玺。

紫微宫正殿的穹顶上剑痕纵横，是每一任帝王登基时用天问剑留下的，是另一种意义上的碑铭。

而最深的那一道，来自李兆。

剑痕锋利，锐意势不可当。

可如今，重宝天问剑消失不见了，老臣难免操心：“不知陛下把它收到哪儿了？若没有什么充分原因，不然还是放回来吧。天问剑事关国势啊。”

天问剑是暴雨时穗穗在紫微宫头次用饭时李兆收起来的，不然小包子老是担心剑会不会掉下来。

“孤担心它会砸到孤。”李兆撩起眼皮，“这理由充分吗？”

众臣：“……”

“至于国势，当孤是死的？你们居然要靠一把剑？”

李兆脸上毫不掩饰嘲讽之色。

一些老臣低下了头。

“缺银子就让行商捐，路是他们走的，便宜是他们讨的，总不能只张个嘴皮子吧。”

“河南道的山匪，哼，难道这殿里没一个将军不成？带兵灭了就是。你们难道还要孤教吗？”

“北方的鞑子和吐蕃。”李兆嘴角挑起一个弧度，“直接告诉他们，要打就打，孤还活着，没死呢。”

李兆火力全开。

早朝很快结束了，臣子一个一个从紫微宫退出去，无一不是神色低迷。

对此，在宫外等候的长随毫不奇怪，但凡陛下上了早朝，他们自家的大人次次都是这样。

人都走了，只有李兆一个。

穗穗扒着楼梯慢吞吞出来：“郎君。”

李兆闭着的眼睛睁开，他看了过去，慢悠悠应了一声：“嗯？”

穗穗有些疑惑，她刚刚也听到了一点：“为什么他们有这么多问题要问郎君呀。他们都不会吗？”

闻言，他嗤笑一声：“不是不会，是不想会。”

怕担责，怕得罪背后的人物。

觉得不值得。

嫌麻烦。

都是原因，李兆太过于洞悉。

“走吧，去杀鱼。”他揉揉额头，从座位上起来，他没忘了要带着穗穗杀鱼。

穗穗面上冷静，握刀的手很稳，她依次刮鳞，去鳃，去鳍，去内脏，剁鱼头。

重新过水洗净后，穗穗将鱼放在案板上，按住鱼身，用刀把鱼肉贴着骨头片开，然后将鱼翻面，如法炮制。

一根洁白的鱼骨被剥离了出来。

旁边的大厨露出满意的神情，看得出来，小姑娘费了心思去练，鱼骨上只附了薄薄一层鱼肉，像一层纸一样，很均匀。

穗穗将鱼肉的一面朝上，鱼皮的一面朝下，改刀准备剞鱼肉。

先直剞，再斜着剞。

剞是非常考验手法的，力度要控制得当，不能太小，小了剞不到鱼皮，炸出来形状不如松鼠，愧对松鼠鳜鱼的美名，太大了鱼皮就会断裂开，整道菜就废了。

穗穗转动手腕，使着巧劲儿，这是李兆教她的。

她用尖刀剞了许久，最后轻轻呼出一口气，将鱼肉翻过来，鱼皮上呈现一种菱格般漂亮的纹路。

大厨点点头，到这儿剞得好这道菜就成了一半。他脑子里开始回想方才小姑娘的手腕转动，这手法他倒是没见过，巧得很，一会儿要问问。

盐、胡椒粉和料酒调匀，在鱼身上抹匀腌制，然后穗穗又抹了一层湿淀粉，这样炸出来的鱼肉口感会更酥脆。

不用干淀粉是因为干淀粉的厚薄容易涂得不均匀，外加容易掉。

油热了。

穗穗用筷子顶着锅底，看到筷子处冒出小泡。

七成热，刚刚好。

穗穗拎着尾巴把鱼顺着锅边慢慢送了下去。

鱼肉慢慢变成了微黄色，形状已经定好，转大火，方才的剞花刀便充分显了作用，鱼肉一小块一小块向外凸出，像松鼠尾巴的绒毛一样。

炸到金黄色，穗穗把鱼捞了出来。

鱼头用厚刀扁了几下，料酒去腥，沾上淀粉也下了锅，同样是炸到金黄色捞出。

然后是蘸汁。

大厨师承正统的淮扬菜，用的是蒜瓣末、笋丁、香菇丁、豌豆、虾仁等做的蘸汁。

这也是所有松鼠鳜鱼蘸汁做法中最复杂的一类。

糖用来提鲜，醋用来调味，酱油用来调色。不过主要用到的还是番茄，只有番茄汁的红色最是好看。

穗穗挤了不少番茄汁，下锅，加淀粉，微微勾芡，番茄汁便变得黏稠了。

大厨看着穗穗勺子上挂着的番茄勾出来的芡，挂而不滴，说明芡勾得刚好。

他脸上笑意更浓，这道菜成了九分。

葱段煸出浓香，然后捞出来，葱油味儿就够了，蒜瓣末、笋丁等下锅，然后是虾仁，鲜香味儿并不霸道，却将味蕾调动到极致。

将这些煨进鱼头。

然后是炸松子，用来撑起鱼头和作为装饰。

金黄圆润的松子被捞出锅，穗穗用筷子小心翼翼地挑动鱼头，将松子放在下面。

鱼头鱼尾翘得高高的，鱼身呈现出一种膨胀的金黄，淋上调好的酱汁，变成了浓郁诱人的红色。

终于好了。

穗穗擦了擦汗。

谭四娘最先忍不住，她拿起筷子挑了一小口。

鱼肉并没有因为炸过就失去了水分，番茄的酸甜味儿浸入了口腔的每一处，因为炸过，鱼肉外酥里嫩，口感极佳。

一块入口，满口浓香。

谭四娘又夹了两块才停手。

“娘娘若是喜欢，不如都吃了吧。”

谭四娘可不敢，还有陛下呢。

“陛下不吃吗？”

穗穗摇了摇头：“郎君说自己不喜欢吃鱼。”

谭四娘：我怎么没听说过陛下不喜欢吃鱼？

不过想来陛下的话作不了假。

大厨拉着穗穗问她剞花刀的时候手腕到底是怎么转的。

穗穗便详细解释了怎么转的。

大厨当即拿了一条鱼过来实验，果然使得力气更能够控制得当。

“这法子好，谁教的？”大厨好奇地问穗穗，他想去请教一下这个人还有没有其他精妙的刀法。

穗穗抿出一个笑：“是郎君呀。”

“郎君？”大厨的话噎在嗓子眼儿里，他突然想起来面前的小娘子说的郎君不会指别人，只会是陛下。

让他向陛下请教？

算了，他还是留着一条命好好在将淮扬菜发扬光大的路上努力吧。

李兆只知道穗穗今日去做松鼠鳜鱼了，但是午饭的时候，桌上没有一道菜是松鼠鳜鱼。

他漫不经心地问：“你不是去做松鼠鳜鱼了吗？”

“嗯，娘娘很喜欢吃，说我做得好吃。”穗穗提到这个就笑得眉眼弯弯，“娘娘把整一份松鼠鳜鱼都带回去吃了。”

李兆神色恹恹。

“谭四喜欢吃鱼？”

穗穗摇了摇头：“我不知道，约莫是吧。”

李兆攥紧了筷子，手里的筷子碰到桌子的刹那便断了。

穗穗惊了：“这筷子也太不结实了。”

李兆敛眸：“没事，换一双就是了。”

下午的时候，整个京城都知道了，陛下赏了明光将军府整整一百条鲜鱼。

谭四娘看着池塘里的鲜鱼哭笑不得，她问旁边的内侍：“陛下可还有其他话？”

内侍和善地笑了：“陛下说了，您既然喜欢吃鱼，在吃完这些鱼前，就别换其他口味儿的饭菜了。”

6.

穗穗坐在窗边，托腮看着外头高大的凤凰木。

紫薇宫外沿着边儿种了十几株凤凰木，穗穗来京城的时候还未开花，现如今，却已经开了花。

凤凰木都生得很高，她问过宫人，凤凰木是要长上六七年才会开花的，花开了便极其张扬漂亮。

艳艳红色丝毫都不吝啬地大方展现，冲着阳光最炙热的地方生长，古书上说凤凰木的花色就像凤凰身上染了烈火的尾羽，灼灼逼人的漂亮。

繁密的绿叶有着淡淡的香，叶形修长又好看，就像传说里凤凰的羽毛。

入了夏后，这几天便陡然热了起来，穗穗的衣衫越来越轻薄，可她还是热，哪怕冰盆就放在离自己只有一臂远的地方还是热得不像样子。

她自小就最是怕热的。

李兆中午的时候照常下来用膳，却发现穗穗吃完饭额头上就热出了点汗。

“有这么热吗？”冰盆可就放在桌下。

穗穗认真地点点头，小鸡啄米似的，脸颊鼓鼓的，她都快要被热化了。

李兆失笑。

穗穗瞧着李兆就羡慕多了，郎君的身上还是玄色的衣衫，总没她这身纱裙凉快，可是郎君显然并不受天热烦扰。

好想像郎君一样啊。

“今年也该是时候去行宫了。”李兆悠悠道，“想来行宫应该是要凉快多了。”

穗穗两眼亮晶晶的，山上真的凉快多了。

李兆要去行宫的消息很快传开，不过百官心里清楚后宫大小谭妃根本不会随行，唯一陪着陛下去的，还是只有陛下带回京的那个小娘子。

说来也真奇了，这位小娘子还是头一个能入住紫薇宫的。可惜，到现在也没个封号什么的。

不过，陛下为了她直接驱逐秦妃显然是很了不得的，算算也是年纪到了，陛下明年就要及冠，正是应该血气方刚的时候，今年的秋季应该是有秀女大选的，不少家族都在做准备。

如果是其他皇帝，好色点的，世家根本不用自己送，不好色点的，也有的是方法把自家女儿送进宫，比如和太后攀攀亲，比如举行宴席时带上，让陛下多熟悉熟悉也好。

然而，当轮到了李兆做皇帝，这些，通通行不通。

如今的陛下孑然一身，和他有点血缘关系的基本都死了，唯一活着的那个是某王爷的私生子，人还是个傻子，被相国试图推成新帝的当日李兆就回来了，如今已经被李兆直接记到了相国名下。这走关系，没得走。

至于宴席，众所周知，陛下开宴席，没好事儿，上次开宴被送了美人的御史大夫刚过一月就被查出受贿的罪证，全家流放了。带着自己家女儿去宴会是送菜呢还是送菜呢？

有谋算的都把时间拖到了秋后，反正总是要选秀女的，届时送进去，就稳妥多了。

相国府。

相国得知李兆要去行宫的消息后拄着拐杖从位子上站起来。

“秦妃怎么样了？”他声音嘶哑，像条毒蛇。

“秦妃被割了舌送回秦国公府后便再没出过门，这一个月来，秦国公府购买了大量药材，应该都是用来给秦妃治病的。”

相国脸部的肌肉抽动一下，笑得僵硬：“秦妃这个女人可是狠人，把陛下去行宫的落脚点找人透露给她。”相国眸光里都是算计，“如今她被割了舌，离疯也差不了多远了。”

说不定会有意外之喜。

长随点头应是。

屋外，侍卫又来敲门：“大人，那傻子又闹了。”

傻子是渤海王的私生子，又被李兆亲自下诏记到了相国名下，这就只能养着。

他的存在无时无刻不提醒着相国搞出的一幕闹剧，假丧礼，假准皇帝。

相国听到他的消息，心里硌硬得很，直接拿起桌子上的砚台就往门上砸去，“只要活着就行，具体怎么做你们这群废物都不会吗？”

门外的侍卫赶紧退开。

穗穗坐着马车和李兆一起去了行宫。

“郎君，娘娘为什么不和我们一起去呀？”

李兆神情恹恹，闻言面色淡淡：“谁知道。”

谭四还在家中吃鱼，李兆当初约莫算过，大约要一连整整小一个月才能吃完。

谭四娘也聪明得很，看着自己手里食盒装的松鼠鳜鱼便晓得自己为什么被安排每天都是全鱼宴。

男人的嫉妒心真可怕啊。

所以这次，她选择了不去。

只是临行前，她千叮咛万嘱咐穗穗年纪还小，不要做糊涂的事情。

“唉！”穗穗叹了口气，手指搭上马车里的冰盆，娘娘这是怎么了？

踢雪乌骓从来没有拉过车，它识得去行宫的路，但都是自己撒开蹄儿就跑去的，还没有像现在这样。

没有拉过车的马不是好马。

踢雪乌骓像是新奇一般时快时慢。

这可苦了靠在车壁上的穗穗，一个颠簸摇晃，她整个人就软脱了形直接朝着马车外的方向栽去。

蒙蒙眬眬的睡意瞬间被吓醒，穗穗瞪圆了眼。

她的衣服后领被人拎了起来。

是李兆。

穗穗扭头去看，便和坐在高位的李兆四目相对。

她的后颈因为回头的动作不可避免地碰到李兆的手指。

好凉快，穗穗心想，比冰还要凉快。

怪不着不热呢。

李兆松开了手："起来。"

他有些奇怪，小包子怎么整个人都跟没长骨头似的，软趴趴的。

穗穗方才这一栽是直接栽到了马车上的。

她眨巴眨巴眼，慢吞吞地从车上站了起来，结果又碰到了马车顶。

"啊，疼。"穗穗揉着头，淡红的唇微张着喊疼。

傻包子。

李兆掀开车帘，直接跳了下去。

穗穗一惊，忙撩开车帘去看。

李兆是有武功的。但是他的速度太快了，几乎眨眼就到了，穗穗根本没机会去看。

现在，穗穗有机会了，他轻点着足尖，在水面点过，身姿轻盈仿佛没有重量，只有水面层层荡起的波澜证明他确实是经过这里的。

他很快追上了马车，然后穗穗就瞧不见了。

前边的马儿像是忽然听了话，不再横冲直撞地胡乱走，速度逐渐均匀又平缓。

不多时，李兆掀了车帘重新进来。

穗穗眼巴巴地望着他："郎君，你看我现在学轻功还来得及吗？"

7.

"手。"

穗穗乖乖伸出了手，李兆抓住她的手腕。

凉凉的，冰冰的，李兆在给穗穗摸骨。

摸骨其实就是人相的一部分，相是玄学五术之一，往上可以追溯到黄帝时期，相传由九天玄女所授，仓颉造字后被编纂成《金篆玉函》一书，后来出名些的传人有姜子牙、鬼谷子、苏秦、张仪、孙膑等，玄学五术包括山、医、卜、命和相，其中相又包括人相和地相，地相大多是在看风水，而人相则复杂得多，相人。

过了一会儿，李兆松开手："不行，晚了。"

穗穗扁扁嘴，也不是太意外："郎君，你是什么时候开始学的呀？"

李兆靠着车壁闭上眼小憩："三岁。"

穗穗惊了，这么久的吗?

“怪不着郎君这么厉害。”穗穗轻声嘟囔。

马车行驶了三天便到了山上的避暑行宫，宫人早在那里做足了准备迎接。

山里果然要凉快不少，穗穗下了马车换了衣物，好好地睡了一觉，第二天一早，便被宫女推荐去泡水池子。

夏日的水池子带着微微的热度，泡起来舒服极了。

穗穗中午跟李兆说了，也问他要不要去泡。

李兆揉着额头：“你自己玩吧。”

穗穗瞧着李兆一副对什么都不感兴趣恹恹的样子，看着他吃完了饭便找了一处对着阳光的榻躺上去，闭上眼，拿了本书挡住了脸。

对着阳光睡郎君不会觉得热吗?

唉，不然晚上还是做点消暑清凉开胃的菜品吧。

她独自去泡了池子。

行宫的葡萄是山上的野生品种，个儿大皮紫还很甜，婢女将葡萄放在小盘子里漂在水面上，穗穗想吃的时候就能自取。

这样的日子真是好，穗穗有时候从池子里出来了才会后知后觉有些心虚地数落自己真是太懒了。

整日里无所事事，就光泡池子，睡午觉了。

不泡池子的时候，穗穗就会穿着轻薄的纱裙欢快地在行宫里四处转悠。

“小姐，这里有西瓜，您可要尝尝?”一位宫婢端着西瓜出来了。

穗穗纳闷：“原来的宫女姐姐呢?我怎么没见过你?”

这位不是来行宫的时候跟着她的宫女姐姐呀。

“您说的是红鸢姐姐吧，她这会儿有些急事，让我先把西瓜给您送过来。我今日是临时顶的值。”

这便能解释得通了，穗穗点了点头。

宫女送来的除了西瓜还有勺子和碎冰。

“您可以吃的时候加些碎冰，口感会更好，但是冰块吃多了容易凉肚，所以不能多吃。”

穗穗拿起勺子剜了口西瓜，眼睛一亮：“这是冰过的西瓜?”

宫女点点头。

炎热的夏天，冰冰凉爽口的西瓜实在好吃。

穗穗又剜了勺碎冰加在西瓜里，刚入口，她就皱了皱鼻子：“这冰怎么味道怪怪的?”

然而，宫女并未再贴心地回答她的问题。

紧接着，穗穗的手一松，勺子摔在了地上，她的视线渐渐模糊，意识彻底陷入了黑暗。

她被人从座位上扯了起来……

再睁开眼的时候，穗穗面前站着一个穿着斗篷的女人。

女人掰着穗穗的下颌，左抬右转四处打量，见到穗穗醒了，女人撒开了手。

饶是穗穗经验不多，也知道自己这怕是被人绑架了。

那冰里大约是掺有像软筋散一样的东西。

她如今浑身无力，四肢都被牢牢绑在椅子上："你是谁？"

穗穗根本不知道到底是谁绑了她。

女人忽然身子佝偻起来，咳得剧烈，原本搭在头上的斗篷滑落，露出一张蛇蝎美人面。

是秦妃。

穗穗想不通了。

"秦妃娘娘，你这是要干什么？"

秦妃再一次掐住穗穗的下颌，面目逐渐扭曲狰狞。

干什么？当然是杀了你。

她被李兆赶出皇宫后，就一日过得不如一日，没有李兆的诏令，那些太医根本不替她调养，她的身子很快衰败了下去，往常攥在掌心的秦国公府也渐渐地快要挣脱她的掌控。

还有，她不能说话了。

秦妃想起来自己被逼着张开嘴，然后一刀子下去，鲜血淋漓的场面，喉咙动了动，发出类似于嗬嗬的声音。

而这些，都是因为面前这个人！

陛下为了这个人不念旧情把她赶出宫去，甚至割掉了她的舌头要了她的命！

秦妃眼里怨毒，她辛辛苦苦千里奔波而来就是为了复仇。

她活不长了，过不好了，那别人也休想！

她所经受的，她要让别人也经受一遍！

秦妃满意地看着穗穗惊慌失措却还要咬唇故作镇定的样子，她拍了拍手，三碗药汤被端了进来。

秦妃一手掐着穗穗的下颌，一手端过汤药就要给穗穗灌下去。

这第一碗药是哑药，喝了便要像她一样不能说话，而且但凡发声，五脏六腑必定犹如刀绞。

黑乎乎的药汁散发着腥臭，穗穗瞪圆了眼，她不能喝。

她使尽了力气挣扎，慌乱中，一口咬在秦妃的手背上。

"啊……"秦妃发出沙哑的声音，端着药的手晃了晃，药洒出去一半。

她看着自己平日里爱护得当的手，上面的牙印深深的，有一个还直接洇出了血迹。

像条疯狗一样。

秦妃眼眸中划过厉色，她指使着两个婢女上前，逼迫穗穗仰头，强行掰开穗穗的嘴，然后她亲自给穗穗灌了下去。

纵使穗穗再不愿意，黑乎乎的药汁也直接进了嘴里，舌根发麻，喉咙处传来一阵火辣辣的疼。

她瞳孔睁大，拼命地摇头挣扎，却被两个婢女按得死死的。

秦妃又端起一碗药。

这第二碗药是蚀骨的毒药，她要穗穗受她摆布，最好能再牵制一下李兆。

穗穗疼到了意识模糊，她的瞳孔渐渐散开，五脏六腑，翻江倒海，无一处不疼到了极点。

她额头上浸出冷汗，疯狂地挣扎。

按住穗穗的婢女被她撞得吓得松了手。

穗穗连人带着椅子直接翻倒在了地面上。

好疼呀，穗穗想说，救命，可是她的喉咙就像牢牢被人桎梏了一样，一点声音都发不出来。

秦妃指着婢女示意她们赶紧把穗穗的嘴掰开，她还有一碗药没灌呢。

这第三碗药，是秦妃想毁了穗穗，特意从青楼买来的烈性春药。

穗穗扭动肩膀使力挣扎，她的眼里脸上全是泪痕，救命。

可是秦妃早已经算计好了，这个点是不会有人发现穗穗丢了的。

她打听了几天发现李兆近日一直在行宫小憩，寻常只有这一个小姑娘四处玩的，她已经派人引走了伺候穗穗的大宫女。

秦妃看了眼天色，时间不多了，她得快点。

可是穗穗挣扎得厉害，宫女身上挂了彩费了好大力气才把她制住，秦妃这才灌下了第三碗药。

她为穗穗准备了很多人，足够让穗穗身败名裂。

秦妃把碗放下，又拍了拍手，便有人把穗穗带去了秦妃提前准备的地方。

看着穗穗被拖走的身影，秦妃脸上露出了癫狂的笑。

她不好过，谁也别想好过！

“陛下，小姐她不见了。”门外，宫婢低声汇报。

下一刻，门直接被踢开，李兆站在门前：“多久了？”

“一刻钟。”宫婢缩着脖子。

确实是她的失误，不应该想着来了行宫就能偷懒了。

李兆的面色沉了下来，他那一点恹恹的神色彻底消失不见，眉眼间的墨色犹如山雨欲来。

“封闭整个行宫，行宫之内所有妄动者，杀。”

李兆取下挂在一边的剑，看向瑟瑟发抖的宫婢：“她若是出了事情，整个行宫就一并给她陪葬吧。”

宫婢匍匐在地上一动也不敢动：“说不定小姐只是走丢了无事呢。”

不会的，那只傻包子最为乖巧。

李兆没再说话，剑出鞘，剑上的血光照亮了他沉沉的眉眼。

他迈着大步走了出去。

黑色大袖衫被风鼓吹起来，激荡地打转又落下，反反复复。

天光渐渐暗了些。

云层挡住了夏日的炙热太阳，空气中的水分越来越重。

山雨欲来风满楼。

天光倾颓，大风卷得树上的枝叶呼啦啦地响，远方的闪电轰鸣，夏日的天气总是变得格外快。

即将下雨前的低气压一瞬间将行宫笼罩在浓深的阴影里。

“妄动者，杀。”

整个行宫犹如一座巨大的坟墓，没有丝毫的人声人动。

李兆的指令下得太快太绝，原本估计出来的时间便不够了，秦妃的人此时如果再有动作未免太过明显，是以，她们直接将穗穗随便找了个地方丢弃，并未送到指定好的房间。

秦妃一行直接跑了。

天边的墨色翻涌，倾盆大雨瓢泼而下。

穗穗被冷冷的雨滴直接浇醒，她有点热，意识昏昏沉沉的。

但是她知道，她要找到郎君。

穗穗晃晃悠悠地站了起来，扶着树木跌跌撞撞地找了个方向便走。

她很快没了力气，只能坐在一棵树下大口喘着粗气儿。

热气直接席卷了穗穗的意识，她手脚发软，咬着唇，眼眶里流出滚滚热泪。

郎君在哪儿呀?

她张了张唇，发现自己什么声音也发不出来了。

五脏六腑，余痛犹在。

她精力不济，眼见又要晕过去时，眼前一角黑色的衣衫隐隐约约。

郎君。

穗穗张着唇无声道。

8.

穗穗在温泉池子里昏昏沉沉醒过来的时候已经是深夜了。

宫女近乎是欣喜若狂地看见眼前的小姐睫毛颤了颤，睁开了那双漂亮的眼睛。

小姐终于醒了。

宫女眼含热泪："陛下，小姐醒了。医女大人，小姐醒了，快过来把脉。"

穗穗张开嘴，却发现自己什么话也说不出来。

她蹙紧了眉，看着宫女伸向自己的手下意识地往后退了退。

她不敢相信了。

可宫女还想拉住穗穗，穗穗便惊恐地发出了咿呀的声音，肩线绷紧，拍打出水花。

"别碰她。"屏风后，一个身影从美人榻上坐了起来，嗓音凉薄凶戾，命令着宫女。

宫女缩回了手。

穗穗一双眼睛看过去，认出了那个熟悉的声音，是郎君。如同惊弓之鸟一般的穗穗终于安下了心，眼睛一眨不眨地瞧着屏风后。

当医女背着药箱匆匆进来的时候，也伸着手让穗穗搭上好给她把脉。

穗穗眼神从屏风后挪开，她又往后退了点儿，抱紧了自己，眼睛睁得大大的，唇张着却只能发出咿呀咿呀的声音。

医女无法，只能求助地看向屏风后："陛下，小姐她……"

"把衣裙放在一边，你们都往后退。"李兆坐在美人榻上，手指抵着头，眼里的烦躁翻涌着。

看到宫女和医女不再向前逼近，穗穗才停下耗费嗓子的嘶哑。

"自己把衣裙穿好。"李兆又道。

穗穗的反应似乎更慢了，她在水里泡了有一小会儿才慢吞吞地扭头去看屏风后面。

"秦穗穗，把衣裙穿好。"李兆的嗓音放轻了些。

穗穗犹豫了一会儿，眨巴眨巴眼睛，眼里蕴着的水雾像是下一秒就会纷纷化成泪珠砸落，她慢腾腾地走向池边，越走越慢。

宫女和医女屏气敛息，她们看见这位小姐终于醒了简直是喜极而泣，若是这位小姐清晨了还没醒，整座行宫怕是真的都要为她陪葬。

穗穗现在够到了衣裙，她往屏风后面看，发现屏风后面的郎君背过了身。

穗穗磨蹭了好久才把衣裙系好，她跌跌撞撞就想往屏风后面去找李兆。

但是医女在李兆的示意下拦住她，要先给她把脉。

"余毒已经清了，陛下可以放心见小姐了。一会儿臣会再开一剂药，让小姐服下就可以。"医女道。穗穗中的春药是不能在未解的时候就见了异性的，若是见了，发作时要难受百倍不止，是以李兆一直离着温泉池远远的。

至于屏风，则是因为男女有别。

穗穗被医女强行拉住，害怕极了，她的手在医女身上杂乱无章地拍着，但是她刚醒力气软绵绵的，显然并不能给医女造成什么威胁，但她还是一直拍着，等到医女松开了她才停下又往屏风后跑过去。

李兆听完医女的诊断从屏风后出来。

穗穗黑亮的头发全湿着，柔顺地披在肩后，她赤着足，朝着李兆跑过去，小心翼翼地揪住了他一点衣袖，躲到了他身后。

李兆蹙了下眉：“拿块布巾和鞋子，你们先下去吧。”

宫女把布巾放在了小几上，鞋子放在地上。

李兆把穗穗抱到了榻上，偌大的温泉池宫殿，只有他们两个人了。

穗穗这才红了眼眶，咬住唇，鼻尖泛红，那双漂亮好看的月牙眸此时水雾盈盈。

李兆没说话，他取了布巾擦净穗穗脚底的水，然后半蹲着身给穗穗穿上鞋子。

纯黑的大袖衫落到地上，李兆眉眼间的墨色浓稠。

一颗一颗泪珠落到衣襟上，李兆抬眼发现小包子已经哭成了一个泪人儿，他有些烦躁，但还是道：“别哭了。”

穗穗揉揉眼，微红的唇抿得死死的。

“还是哭着吧。”李兆捏了捏鼻梁。

纤细翘长的睫毛上尽是水珠，李兆又取了块布巾给穗穗擦头发。

等到穗穗抽噎的声音渐渐缓了，他才出声问道：“谁欺负了你？”

穗穗想说话，却想起来自己现在说不了话。

她从榻上跳下来去寻笔和纸。

李兆直接替她拿了过来。

“秦妃。”李兆慢条斯理地念出来纸上的名字，眸色沉沉，他拿着布巾继续给穗穗擦头发，“没关系，我替你还回去。”

穗穗的眼泪掉得更快了。

“别哭了。”李兆从袖子里拿出帕子，将穗穗脸上的泪拭净。

天知道当李兆在某个宫殿的侧殿发现了五六个老乞丐的时候到底做了什么，宫女只知道陛下的剑上全是血。

电闪雷鸣。

陛下的黑色衣衫浸满了血。

“火折子。”李兆冷白的皮肤上都是水珠，凉得惊人。

一把火，直接烧没了侧殿。

幸好最终还是找到了，幸好最终还是救回来了。

医女诚惶诚恐地汇报着穗穗的病情：“小姐体内总共三种药，如今春药已解，哑药应该是没喝足分量，也正因此喝药养上半年应该就好了，但是小姐体内还有一种毒，此毒名为五毒，只有下毒人才知道毒药配比，才能解得了，臣只能使了金针延缓毒素发作。”

李兆点点头。

“哑药解药做成糖丸。”他吩咐道。

穗穗这几日几乎是形影不离地跟着李兆，李兆准备回京了。

“若宫里还是太热，那便让内务府将紫微宫的四角都放置冰块，再不行，就在紫微宫旁边再设一个冰窖。”李兆道。

穗穗眨巴眨巴眼，揪着李兆的衣角，指了指自己喉咙，然后乖巧地点了点头。

李兆把小瓶子丢给穗穗：“一日两颗。”

穗穗点了点头，她拔开塞子闻了闻，是淡淡的蜂蜜味儿。

并不如她想象中净是苦味。

她倒了一颗出来，放进嘴中，预备好了被苦涩到，结果却微微睁大了眼。

甜的。

还有药是甜的。

今日是第一次也是最后一次施金针，穗穗有些怕尖锐的细针。

她抓着李兆的衣袖怎么着都不松手，死死躲在李兆身后。

医女不知所措。

李兆抬眼，冷声问她：“还有其他方法吗？”

医女想了想：“有是有，就是要花费甚巨。”

穗穗眨巴眨巴了眼，有些不情愿地扁了下唇，准备松开李兆的衣袖站出去。

但是李兆眼也不眨：“那就不施针了。”

他们为了更快的回京去并没有坐马车，而是直接骑着踢雪乌骓。

踢雪乌骓见到穗穗，亲昵地往她手上蹭，她抿出一个轻轻的笑，摸了摸它的鬃毛。

李兆抱着她上了马。

整个京城震惊了，陛下这次去行宫只去了短短五六日就回来了。

相国心里隐隐有所猜测。

饶是他已经有所准备，依旧在第二日上早朝时吃了一惊。

李兆回京第二日，紫微宫。

那个叫穗穗的小姑娘就坐在最高位上，而她旁边站着的是李兆。

“都到了？”李兆凉凉道。

“到了。”负责点名的官员道。

不等群臣开始对穗穗和李兆的位置发表意见，李兆言简意赅道：“让他们都上来。”

他们?

只见秦国公府一行人都被拖了上来，之所以用拖是因为他们的腿全都没了。

唯一一个腿还在的，是秦妃。

她昨夜被带进宫，在狭小的黑屋咳了一夜，如今面色苍白，只有一双眼睛像是被烧焦的红。

看着秦国公府的人被拖了上来，她一瞬间挣脱了别人的桎梏，扑到他们身上，哀恸大哭。

群臣见了也心有不忍。

李兆面色淡淡："秦妃，孤警告过你一次，你却还敢下手。"

年轻帝王只是站着，身形高挑，皮肤冷白，一袭黑衫，眉眼间浓极的墨色彰显着他的不易亲近。

秦妃咬牙看向李兆。

陛下的心可真狠啊。

她夺了纸笔，唰唰唰写着："陛下为何如此待我秦国公府？"

秦妃从来没有想过认下这件事情。

人都应该死光了，她自认做得天衣无缝，而那个小娘子更是被直接灌了哑药，有口难言。

如今，谁能证明是她做的？

穗穗被秦妃的举措气得直接也提起纸笔："你绑了我，喂了我哑药毒药！"

秦妃瞳孔一缩，千算万算，她没算到这个没什么身份的小娘子居然识字还会写字。

她咬咬牙，那又怎么样，单凭一面之词，没有实证。

"她诬陷我，陛下。"

瞧见这个，穗穗一眼瞪向秦妃。

这是除了药堂掌柜，她头次这么讨厌一个人。

哥哥说他们的亲人在秦国公府，难道秦国公府就是这样子的吗？

"我没有。"穗穗写道。

李兆收起了穗穗桌前的纸笔，摸了摸她的头："你别急。"他从袖子里取出了条黑色绸带，蒙住了穗穗的眼睛，然后从高位上一步一步走了下来。

秦妃慌了，往后退。

"陛下，您不能信她的一面之词啊。

"她说的都是假话，妾身没有绑她。"

秦妃写了一张又一张，然而李兆根本没有看。

他站在大殿中央，面色淡淡："看来是孤以往太过纵容尔等，让尔等忘了孤是谁了。"

他从腰间直接抽出剑，剑光湛亮。

"秦妃就是那些动小心思的下场。"

秦妃发出嘶哑高昂的尖叫，她唇边溢出了血。

“第一，她不会说谎。第二，就算她不会写字，没有证据，孤也能取了你的性命，不要理由和证据。”

剑光闪过，李兆从袖子里取出药瓶，拔开塞子倒在了秦妃身上。

秦妃挣扎着翻滚起来。

众臣面色大变，无一不低着头。

李兆喊了宫人把秦妃拉下去治。

他面色还是那样冷淡：“你们动了她，孤本来可以让你们死，现在却觉得，你们应该生不如死才好。”

“相国。”李兆喊着相国的名字，又是一剑，相国摔倒在地上。

“既然那条腿已经瘸了废了，就别再用了。”

相国咬紧了牙，却还是疼得满地打滚。

李兆一步一步地走到高位上：“孤原来不想跟你们计较，但是你们惹了孤不高兴。”

暴戾的，冷淡的。

“别动她，嗯？”

第七章

/人间别久不成悲/

1.

早朝结束，谭四郎负责处理后续：“那秦国公府其他人呢？也杀了？”

李兆撩起眼：“留着。”

谭四郎怀疑自己听错了：“嗯？”

“冤有头债有主。”李兆道。他派去的暗卫已经给了他令人满意的答复。

秦国公府难道还有什么仇人？谭四郎想了想发现实在想不出来。

“她怎么样了？”谭四郎换了个话题，这是谭四娘想知道的。

“还好。”李兆道，他手指抵着额头。

谭四郎却从他这个动作里解读出了许多，他算了算上次陛下头疾发作的时间。

“陛下，您最近是不是头疾又该发作了？”

李兆瞧他一眼，没承认也没否认。

谭四郎的心沉下去。

“今年秋闱该报名了，你去做主考怎么样？”李兆突然道。

谭四郎：？？？

“陛下，臣大字不识两个，不行。”谭四郎虎着脸。

“谭四娘呢？”

“陛下，臣在文化课上着实没有什么天分。”谭四娘上线。

李兆瞥她一眼：“算了。”

穗穗正在后面捧着果子小口小口地啃，她刚刚坐了个非常了不得的位置，现在需要借些东西缓缓。

看见李兆过来，穗穗放下果子，拿起一边的纸笔写字：“怎么了？郎君。”

李兆坐在美人榻上，微微挑眉：“秋闱再过个把月就要开了。”

穗穗眨巴眨巴眼，在纸上写道：“秋围？秋闱？”

李兆嘴角轻轻掀起一小点弧度：“进京赶考的秋闱。”

穗穗瞪圆了眼。

哥哥会不会来呢？

李兆神情恹恹，漫不经心地问：“你什么时候及笄？”

“冬天。”这话题跳跃得好快啊，穗穗心想。

李兆打了个哈欠，点点头就阖上了眼。

穗穗想了想，抱着棋盘去找谭四娘了。现如今她还是个病号，郎君不让她去御膳房，她也没什么打发时间的法子，只能去打双陆了。

谭四娘自然是很关切她的，仔仔细细把她看了个遍儿，然后边摆棋子边跟她絮絮叨叨说些京城有意思的事情，比如，即将到来的秋闱。

“陛下居然想让我去做秋闱的主考，怕不是在考验我识几个字。”

穗穗有些迷茫，拾起旁边的纸笔：“主考是什么？主要考试的吗？”

谭四娘笑了：“主考是负责改卷的，京城里不少人都想争这个差事，毕竟谁是主考官，一夜之间就能多出三千门徒啊。”

但凡考中者，都是会被当作负责主考官员的学生的。

穗穗不懂这些，继续动棋子。

谭四娘眼瞧着穗穗又掷出了一个“陆”，眼见得就要赢了，连忙耍无赖：“不行不行，这局不能算。”

陪着穗穗玩了几盘，谭四娘才走了。

穗穗则抱着棋盘回了紫微宫去。

秋闱是什么时候呀？

她怎么知道到底哥哥来了没有呢？

她想找哥哥。

穗穗托腮在窗边想了好久。

秦妃如今感觉自己生不如死。

“啊啊啊……”她发出破碎的毫无意义的词句。

李兆的眉眼极冷：“五毒的配比是什么？”

李兆只留了秦妃一只右手，就是为了方便秦妃交代出配比。

秦妃像是破旧的风箱嗬嗬地喘着粗气。

从大殿上被拖下去到现在，她起码写了七次五毒的配比，但是李兆从来没有给过她一个痛快。

从来没有，一个都没有。

她熬着一口气儿，就是不愿意告诉李兆真实的五毒配比。

凭什么只有她痛苦！

但是她太过小瞧李兆了，这人心比她狠得多，从未手软。

她想死死不了！

秦妃哀号着，却因为舌头被割掉只能发出嘶哑的泣血声。

李兆眉眼间毫无动容。

秦妃数次怀疑过，这人的心莫不是铁做的，焐不热暖不化。

她怕李兆，她恨李兆。

所以每日李兆来的时候，秦妃极度难熬。

“殿下。”沈秋被带上大殿上的时候有些疑惑，她来京城也有差不多两个月了，但这还是李兆头次召见她。

李兆淡淡瞥了她一眼。

沈秋意识到自己喊错了，连忙改了口：“陛下。”

李兆敛着眸：“孤要你去做秋闱的主考。”

沈秋一时间被这巨大的消息砸蒙了。

本朝的法律是非男子和贵族女子不得习读文字，而历年来的朝堂之上，唯一一位女性官员还是武将明光将军谭四，怎么文官中……

李兆撩起眼，有些不耐烦：“孤只问你，能不能做？”

沈秋跪下行了大礼：“陛下所托，定不负之。”她抬起头，秀美的眉眼里潜藏着决心，“陛下需要我做些什么？”

“孤知道你要的是为你父亲报仇，孤不拦你，但也不会助你。”李兆低声道，“孤要你忠于秦穗穗。”

他看向沈秋：“能做到吗？”

穗穗，沈秋瞳孔睁大，想起那个命运有些颠簸的小娘子。

她拱了拱手：“可。”

李兆“嗯”了声，便干脆利落走了人。

他需要把这些位置慢慢地安插上对小包子友好的人。

穗穗什么都不用做了，陡然还有些不习惯。

御膳房去不了，一日三餐需要她动手的次数也缩减成了一次。

时间都空了出来，她便央了李兆说自己想学习识字。

识字是不用费口上功夫的，起码学生不用。

李兆和秦斐是完全不同的教学风格。

秦斐教学时，每日识认多少字是固定的，也要穗穗常常习字。

而李兆呢，大多数时候都是给穗穗一本又一本的经书，看到了不懂的时候再问他。

李兆几乎是从九层搬到了二层，一天除了晚上回九层睡上一觉便都在二层，穗穗只要抬眼，就能在二层窗边的美人榻上瞧见他。

郎君大多数时候都是阖着眼的。

要说他睡了吧，还未走近，他就又懒洋洋睁开了眼，问穗穗哪个字不会。

要说他没睡，他又总是一副没睡醒的样子。

郎君这样真奇怪。

不过穗穗发现无论她问什么样的问题，郎君总是能三言两语点拨了去，很厉害。

她很少见郎君很认真地读过书，但是想来郎君读书应该和哥哥一样厉害吧。

临近秋闱的晚上，穗穗渐渐睡不着了。

她总是半夜起身，悄悄地穿好鞋子，坐在窗边往外看。

月亮温温柔柔的，边缘处像是雾一样，但是月光清澈，明亮如水，似乎静悄悄的晚上也很好看。

穗穗最常看的，一是月亮，二是昙花。

洁白的昙花总在晚上开放，慢慢地绽开再徐徐地合拢，第二日起来时你只见它亭亭玉立。

不过她并没有这样熬夜多久，因为很快就被郎君发现了。

“睡不着？”李兆看着穗穗眼下的微青，有些纳闷儿。

穗穗点了点头，写道：“晚上总起来。”

“心里有事情？”

穗穗又点了点头，写道：“想哥哥会不会来。”

李兆自然顺便打听过秦斐的消息，人已经在来京城的路上了，暗卫看着，不会出事。

他没想过这件事对穗穗的影响这么大。

于是，夜里——

2.

穗穗又一次飞了起来。

李兆这次直接带着她出了宫，熟门熟路地找到了一扇门，敲开。

王小二揉着眼端着油灯出来，打着哈欠开了门：“谁啊？”

哟呵，还是那位黑衫郎君，还有一位小娘子。

王小二想起来上次挣的那锭银子，瞬间精神了。

李兆掷出银子：“两串糖葫芦。”

冰糖被煮化，红艳艳的糖葫芦串往里头一蘸，再放到木架子上晾一会儿，一根冰糖葫芦就新鲜出炉。

穗穗揪着李兆的衣角，有些迷惑。

李兆接过两串冰糖葫芦，然后带着穗穗直接踩上京城的屋顶。

他等到穗穗站稳了才把冰糖葫芦递给她。

穗穗从来没有去过屋顶上，这也太高了些吧。

她握着冰糖葫芦，抬起眼，仿佛月亮离得很近，星子也是。

李兆已经走了起来。

穗穗揪着他的衣袖连忙跟上，握着手里的冰糖葫芦，起初不敢走，走得很慢，后来慢慢踩在瓦片上，却感觉比踏在实地还让人安心。

月光洒落在她面前着黑色大袖衫的郎君身上，他散着的发被风吹起，姿态散漫，仿佛到了屋顶就只是为了漫步一场。

他很少说话，却值得依靠。

穗穗慢吞吞地咬了口冰糖葫芦，酸酸甜甜的味道浸满味蕾，猛一激，她飞快地皱了下鼻子。

她的肩膀慢慢放松下来，慢腾腾地一口一口小小咬着手里的冰糖葫芦，一边又在看夜里的京城。

月光像水一样，夜里的京城影子交纵，街道的青石板享受着难得的静寂，皇宫的红砖在夜色中呈现出一种难以言说的庄严，像是沉睡了很久的巨兽，它不会动，也不会突然张牙舞爪，它也不锋利，是一种经过了岁月打磨的圆润与无声。穗穗眨巴眨巴眼。

远处风悄悄带来些许絮语。

小儿的哭泣，男女的调笑，也有亮着的灯，客栈的窗纱上投影着人和书。

穗穗揪着李兆的衣袖，走过高高低低的房瓦。

她说不了话。

他也一言不发。

那串特意被王小二加了山楂的冰糖葫芦最终还是被吃完了。

李兆静静地立在屋檐上，月光仿佛能顺着他那纯黑色的衣袖滑落下去。

穗穗微微歪头。

“回去好好睡，你哥哥会来的。”

他的眉眼依然是淡漠的，冷寂的。

闻言，穗穗轻轻露出一个笑，乖巧地点了点头。

秦斐没有想过自己会在这种情况下来了京城。

穗穗被拐了。

而他此时才发现当初想苟安于一角的想法是多么天真，他终究还是回到了阔别多年的旧地——京城。

他离开得太久，看着陌生高大的城门，有时候他都怀疑是不是那些记忆都是假的。

秦斐的眉眼依旧是温和的，他轻轻叹了一口气，然后进了城。

或许命里注定他还要回来，把这些往事都慢慢地终结。

最重要的是，他得找到穗穗，他只有这么一个亲人了。

秦国公府。

秦国公府迎来了久违的热闹。

门房匆匆忙忙跑了进去："门外有个人，他说自己是世子！"

秦国公没了双腿，又没了女儿，战战兢兢，好歹保住了一条命。

既然保住了命，他便请了无数的大夫医郎，想问问自己这双腿还有没有救。

此时，他刚赶走一名庸医，心里正烦躁。

"搞什么！我还没死呢，世子还在襁褓，哪儿来的骗子赶回去就是了！"盛怒的秦国公随手丢起床边的瓷瓶就往门口砸去。

长随咽了咽口水："国公爷，还有一位世子。"他委婉地提醒，"那位走失了的世子。"

秦国公眉眼阴鸷，盯着长随："你可见了他？"

长随硬着头皮点了点头，低声道："与那位有七分像。"

秦国公瞬时暴躁起来："他不是早死了吗？怎么可能会回来？"

秦国公一脸不耐烦："推我出去。"

长随应了下来。

秦斐听见响动，抬起眉眼，面上挂上笑："许久不见，二叔。"

饶是早有心理准备，秦国公的瞳孔在看见秦斐那张脸时仍略略放大了。

秦国公府世子由始至终只有一个，前秦国公的独子。

自前秦国公死后，他接手了秦国公府，没过几年，世子也走丢了，这是京中人人都知道的事情。

这些年秦国公府门口张贴着的寻找世子的告示才撤掉。

人人都以为这位世子已经死了，谁想居然还活着。

于是短短一盏茶时间，这段时间本就是京城热门话题中心的秦国公府门口再次围了一群人。

秦国公且不说如今看到秦斐到底作何感受，他咬紧牙根，对上那张像了他兄长七八分的脸，抓紧了椅子的扶手："别乱攀亲戚，人人都知我秦国公府世子走失，这些年也有不少人都来自报家门，可是最后无一不是浑水摸鱼之徒，你凭什么说自己是我秦国公世子？你不肖似前秦国公夫人。"

秦斐被人指责怀疑也并不恼怒，他的心性定力当真是一等一的好："二叔，您怕不是忘了我父亲是什么模样，我似我父亲。"

秦国公哼了一声，皮笑肉不笑："一派胡言！你说你像你就像？那我堂堂秦国公府岂不任人取乐。口说无凭，谁能相信！"

秦国公已经算计得宜，他要等到秦斐灰溜溜走后，再找机会做掉他。

当初还是疏漏了啊，竟然让他给活下来了！

秦斐像是料到秦国公会这样说，他不慌不忙从衣袖里取出了一方小小的印章。

"这是秦国公印，二叔。"青年温文尔雅，举止得体，"您若还是不相信，我只能寻那些与我父亲有故交的公府了。”

秦国公死死盯着秦斐手里那一方小小的印章，他就说当年那枚印章怎么苦寻不着，原来就是那人给了自己的孩子。

“印章可以伪造。”秦国公并没有失去理智，他的手抓轮椅抓得更紧了。

秦斐笑了笑，似乎有些遗憾：“二叔，隔街的谭国公与我一同长大，那我便寻他去。”

他这话说得磊磊落落，街上的人都能听到，谭国公府与秦国公府仅仅一街之隔，太近了，近得秦国公来不及动手。

而秦斐，确实和新谭国公有些幼时玩伴的情谊，谁也不敢赌谭国公会不会信。

眼见秦斐要走，秦国公连忙喊住人。

3.

“站住，我秦国公府的事情还轮不到外人置喙。”

秦国公示意长随把自己往前推：“你可以暂时在秦国公府住下，至于你是不是秦国公世子等待查验。”

秦斐回头，脸上依旧是温和的笑，让他整个人看起来都没什么棱角，特别好欺负的模样。

“二叔，不知道您想怎么查验？”

秦国公当然没有想好到底要怎么查验，刚刚的话只不过是他临时想出来的缓兵之计罢了，谁想在秦斐这里碰了个软钉子。

他皱紧眉：“你这是什么意思？”

“二叔既然不放心我的真假，大可以慢慢查，等到查到了再将我从谭国公府接回来就是，不用急在一时。”

秦国公自然不可能让秦斐去谭国公府，他阴狠地剜了秦斐一眼：“那枚私印呢？让我再看看。”

秦斐气定神闲，递过私印。

大庭广众之下，他是不担心这私印被毁了的。

印自然是真的。秦国公草草扫了眼就扔了回去，面上变了副神色：“进来吧，侄儿。”

这是认下了？

旁观吃瓜的百姓大惊，国公府认人如此随意的吗？

秦斐温和地笑了笑：“好的，二叔。”

晚上，秦国公小妾哭着闹着抱着尚在襁褓中的儿子去找秦国公了。

“爷，府里又住了一位世子，那咱们的亲儿呢，亲儿呢？”

秦国公多年来女儿倒是不少，争气的却只有秦妃一个，如今却没了。而这襁褓中的小儿是他多年来唯一的独子，简直是捧着怕摔了，含着怕化了，连带着生了这小子的小妾在府里也是个贵妾，往常在府里能够与秦国公夫人平起平坐。

秦国公眼下可没有应付这小妾的意思，给他生完了孩子，要这小妾还有什么用?

他使唤着长随把襁褓中的亲子抱走，然后直接让人把这小妾给赶了出去。

秦国公夫人也在屋子里，半靠在床头嗤笑一声。

秦国公恼羞成怒，瞪向发妻："你笑什么?"

秦国公夫人可不怕他，直接转了话题："说吧，你想怎么办?"她轻蔑地看向长随怀里抱着的孩子，"别说他现在还不是世子，就算他是世子，秦斐回来了，他的位置也稳不了。"

是的，秦国公的亲子还不是世子，尽管他一直想让自己的亲子做世子，但是那封请封的折子还未来得及递出去，出游的李兆居然就回来了。

现如今秦妃没了就更不敢递了，所以，眼下秦斐是唯一的秦国公世子，尽管为他请封的人已经不在了。

又被戳到痛脚的秦国公气急，他声色俱厉地看向秦国公夫人："女儿没了，你难受我可以忍着，但是秦斐回来的事情关系到咱们的位置能不能坐稳，不只是我，还有你。"

秦妃就是秦国公夫人的女儿。

有其母必有其女，同样的反推过来，秦国公夫人能养出秦妃那样的女儿，自然自己也不是什么省油的角色。

看似府中小妾都能与她平起平坐，可是真正的掌家大权却一直都在秦国公夫人手里。

她从秦国公未坐上这个位置时就嫁了他，当时的事情一清二楚，自己当然也没少出谋划策。

看着气急的秦国公，秦国公夫人有些乏味，她当初真是瞎了眼才嫁给这么个蠢男人，事到临头什么都不会。

"能怎么样，杀了就是。"秦国公夫人眼里闪过算计，"届时大不了说自己眼花，朝廷来查就来查，又能如何?"

"那要怎么做?"秦国公问道。

真是个不折不扣的草包，秦国公夫人冷漠地想："买凶，下毒，怎么样都行，他不过是个纸老虎罢了。"

秦国公暂时解决心头忧虑后便去了小妾的院子，美人温香玉，用以解压再好不过。

而秦国公夫人则是费力地从床上坐了起来，她并不如秦国公一样痴心妄想腿还能接上，她直接在腿上接了木头一样的假肢拖着，然后爬到了轮椅上，转动轮椅慢慢到了侧室。

墙上挂着言笑晏晏的秦妃的画卷。

她只这么一个女儿，可惜心还不够狠，当时直接杀了人哪还有这么多事情。

她转动轮椅到了窗边，看向不远处的小院子。

当年她也犯了同样的错，不过还有补救的机会。

“鸽子汤煮好了？”她问在门边守着的婢女。

“送去吧，以国公爷的名义。”

秦斐自然不会傻兮兮地就信了秦国公的鬼话，事实上，若不是为了找到穗穗，他可能这辈子都不会再踏进秦国公府。

权势能勾出人心底最不堪的欲望，然后一点一点地放大，在它面前，所谓的亲情未必值得上几斤几两。

但是他并非两手空空地来了，也做足了一切准备。

李兆听完暗卫的汇报挥了挥手，让人下去。

秦斐入京，按照约定，李兆需要将穗穗送过去。

但是，秦斐如今还未处理完秦国公府的事情，穗穗当然不能送过去。

他令人备了马车。

“带你出去转转。”李兆对着穗穗道。

于是，猝不及防地——

穗穗见着了她的哥哥，晕在马车里的哥哥。

“哥哥。”她无声地张了张嘴，见状跑了上去，一时间小脸煞白，探向秦斐的鼻息。

那双灵动的眼睛里尽是泪水。

李兆微微咬牙，身上的气压很低，哪个缺心眼儿的？他说让人把秦斐给请过来，不是给弄晕了抢过来。

“人没事，只是晕了而已。”眼见穗穗摇啊摇的，李兆先出声了。

然后，他伸手点向秦斐身上的穴位。

不一会儿，秦斐慢慢醒了过来。

马车内的光线略微有些幽暗，秦斐看到了镶嵌其上的夜明珠，他微微蹙起眉，秦国公府那些人狗急跳墙了？

但是下一秒，他睁大了眼。

“穗穗。”秦斐顾不上其他，急忙坐了起来，扶着穗穗的肩膀，“你怎么在这儿？”

他的妹妹，穗穗，脸上原本的一些婴儿肥已经消失不见，她似乎长高了些，那双向来懵懂的眼眸含着泪水。

穗穗刚想张嘴，却想起来自己失声了，只能使着手比画。

“你怎么了？”秦斐很快注意到穗穗的异样，他的妹妹，怎么不会说话了？

“咳咳！”李兆轻声咳了咳，不客气地打断了这兄妹俩的久别重逢。

秦斐一眼看过去，温和的笑重新挂在脸上，把刚刚的焦急担忧都埋了下去，他半护在穗穗身前，渊渟岳峙：“阁下是？”

虽然长在乡野，但秦斐并不是耳目不通之人，他眼力见识打小就被培养得极其出挑。

年轻郎君眉眼漠然，应当是见过血的，容貌俊美，举手投足是被养出的散漫，他身上的纯黑大袖衫款式简单，但是料子是江南的御供，还有腰间的玉钩，也是出自内务府能工巧匠的手笔。

虽然是问，但是秦斐心中已经有了大概的数，能对得上这些特征的，只有一个人。

他心沉了沉。

“李兆。”李兆懒懒撩起眼，“有什么要说的赶快说。”

后半句却不是对着秦斐说的，果然，秦斐瞧见自己妹妹对着年轻的陛下点了点头。

秦斐眼里闪过一丝不可见的忧色。

他妹妹怎么会和陛下扯上关系？

然而说完了这句话，年轻骇人的陛下就又闭上了眼靠着马车壁休息。

穗穗坐着马车走了，但是秦斐却没走。

他坐在另一辆马车里，低头忖度年轻君主的意思，穗穗方才说陛下对她很好，而且她显然和陛下很是熟稔。

不多时，李兆骑着踢雪乌骓慢悠悠地折了回来。

秦斐眉眼温和，不紧不迫地行了礼：“臣秦斐秦国公世子拜见陛下。”

这是在摆明身份。

李兆从马上下来，进了马车。

他靠在车壁上，姿态依旧散漫：“想问什么？”

李兆漆黑的眼珠瞧着秦斐，无端地令人发凉。

秦斐却不慌不忙：“舍妹有幸逢陛下救命之恩，臣无以为报，但是陛下，舍妹出身乡野，生性拙朴，置于皇宫犹如明珠蒙尘，早晚有一日，宝光暗淡，还请陛下允了臣带她回去，自此陛下任何吩咐，秦斐愿意万死不辞。”他的眉眼认真，脊背挺得笔直，穿着袭青衫像猗猗青竹，“君子一诺，万死亦赴。”

李兆端起茶盏，拈起茶盖漫不经心拂去茶叶：“孤不需要，而且，你太弱了。”李兆抬眼，似有千钧重，“你凭什么让孤相信，你护得住她？”

秦斐既是试探也是真的要接回妹妹，他眉眼温和却寸步不让，对上了李兆：“陛下这是什么意思？”

李兆毫无诚意地拍了拍手：“果然是秦国公后人，华光内敛，珠玉锦绣。”

他眉眼间的不耐烦隐隐约约，说实话，有点后悔把小包子带出来了，一路上想念她哥哥。

李兆点了点桌子，看向秦斐：“你如今在这里，就是最大的不行。”

偌大的秦国公府，想弄没一个秦斐难道还不容易，就像秦国公夫人先前说的，李兆现在有一百种方法，秦斐都不够死的。

他的话冷漠又残酷，丝毫不近人情。

然而不远处的秦国公府热闹了。

4.

秦斐微微一笑，看了过去。

从马车上能够瞧到一个发须皆白的老学士拄着拐杖敲开，哦，不对，是砸开了秦国公府的门。

“段大学士。”李兆眉眼微凝。

秦斐微微叹了口气：“臣外祖父来接臣了。”

是了，秦国公府的秦家人死绝了，还有前秦国公夫人的娘家。

前秦国夫人出身段家，段家在京城一众世家固然不打眼，也低调得很，却是文人之首，天下读书人，四分都是段家门徒，桃李满天下的段家是京城大部分世家都不想招惹的存在。更别提这位发须皆白的段大学士——秦斐的外祖父，段无言了。

“这就是你的后手？”李兆看向秦斐。

秦斐不承认也不否认：“臣在秦国公府也不过借住一宿罢了。”

这只是他的后手之一，他既然回了京，秋闱是一定要参加的，而外祖父一家也必定要重回众人眼前。

或早或晚而已。

秦斐下了马车，然后冲着马车里的李兆拱了拱手：“还请陛下代为照料舍妹两天，臣必会接她回去。”

一见到秦斐，原本精神矍铄的段大学士瞬间老泪纵横：“阿斐。”

人间别久不成悲，唯有相逢时，却了步不敢往前。

秦斐快步上前：“外祖。”他扶住了段大学士。

段大学士这才觉得一切都踏实了：“阿斐，回来就好，回来就好。”

被段大学士直接砸开门的秦国公却是不太好，他忍着怒气，又惊又疑，段家不是不认前秦国公夫人了吗？

怎么如今又来迎接秦斐？

“段老学士，您这是？”

段大学士面对其他人可不如对上他唯一的外孙，他看向秦国公，面色严肃：“老夫来接自己的外孙。”

秦斐不能走，走了就控制不住了。

秦国公第一个想到这个，但是他又不知道要如何拦下，只能求助似的看向了秦国公夫人。

秦国公夫人穿着得体的衣裙，遮住了足尖，在仆妇的簇拥下坐着轮椅出来。

“段老学士这是什么话？我秦国公府难道还不是秦斐这孩子的家了？怎么倒还要你来接？他一日是我秦国公府世子，我秦国公府便一日供着他，更别提他是我们长兄的唯一子嗣。”

段大学士可不吃这一套：“阿斐是你们秦国公府的世子，可也是我的外孙，我接他去住两天又如何？”

秦国公夫人抬眼：“秦斐才回来两天，若是无其他要事，家中琐事烦杂，待处理完了再去拜见您也不迟。”

段大学士重新拄上拐杖：“巧了，有件要紧事，我家阿斐要去参加秋闱。”他哼笑一声，“而你们，一个草包，一个心肠狠毒，能给这孩子教什么东西？”

秦国公平生最恨别人说他草包，他在他兄长的光环下活活熬了三十年，熬死了他兄长才作罢，可如今又有人提起来。

“段老学士，我敬您是前辈称一句老学士，可您不讲道理，没什么可说的了。秦斐是我自家孩子，姓秦，教成什么样，我自家负责，用得着您去指点吗？说句不好听的，您也不想想，您倒是学识渊博，不还是教出了我大嫂那般的人物？”

秦国公只有一位兄长，前秦国公。

那他口中的大嫂，不是别人，正是秦斐的母亲。

段老学士被这一句话呛住，秦斐的娘亲是他的独女，自小千金捧大，却在丈夫死后，疯疯癫癫。段老学士因为某件事断了和独女的联系，以至于后来秦斐走丢，他知道消息都是最晚的一个。

提到秦斐的母亲，秦斐温和的眸色微微沉了些：“二叔，捕风之言，你如今怎么还在妄议，污蔑我母亲的名声呢。我外祖前来，只是为了接我去小住两天，待到秋闱结束，我就回来了，二叔若是真挂念我，便去段府瞧瞧侄儿。”

秦国公咬牙，秦家人果然都是痴情种，重情重义，不容人说，一派正人伪君子。

秦斐话说到了这个份上，大庭广众下，谁也拦不住了。

他直接坐上了段府的马车和段大学士一并走了。

穗穗还有些恍惚。

她连习字也习不下去了，就摩挲着手里的钥匙。

这是她家的钥匙。

哥哥是来接她回去的吗？

李兆别开眼，不想看这小堵心的。

秦斐来的目的主要是找穗穗，这并不难猜，而他如今为了能够拿回秦国公府的权柄，又联系上了他的外祖。

此时就骑虎难下了。本来找着了穗穗，秦斐已经忍了那么多年，再忍秦国公两年又如何，他说不定带着穗穗直接就走了，但是段大学士一来，起码一时半会儿，他从京城脱不了身。

秋闱原本可能是秦斐夺回秦国公府的一环，但说到底，都是为了找回穗穗，如今人已经找着了，秋闱便没了参加的必要，可惜，他已经联系了段大学士。

若是不秋闱，他外祖那边难以收场。

李兆闭着眼，所有的事情走马灯一样从他脑海里掠过。

他轻而易举地把事情一件一件拆分开来，分析出所有人的想法。

但是他依旧心里烦躁，冷白的皮肤上，淡色的唇抿得死死的。

秦斐活着真碍眼。

李兆把杀意压制下去，原本冷淡漠然的眉头锁紧，秦斐不能杀。

穗穗此时也并不完全是在跑神，只是见了秦斐，她便不由自主地想起甜水村的一切，那只挂在树上的风筝，那条缓缓流动的溪，那个洁白杨柳絮轻飘的村落。

但她还不能走。

穗穗将自己从回忆里剥离出来。

她答应了郎君要替他缓了头疾才走。

想到这里，她去看在窗边榻上躺着的人，轻轻眨了眨眼。

下次见面她要把这个消息告诉哥哥，人嘛，一诺千金，说到就要做到。

等到这些都完了，她就……她就回家去。

穗穗深深地吸了一口气，提起毛笔，墨有些干了，她便重新蘸了墨汁，一字一字地写了起来。

她抄的是一首很短的《一剪梅》，此时只剩最后三小句。

“流光容易把人抛，红了樱桃，绿了芭蕉。”

5.

皇帝不是很好做，当然，那大概得是指贤明点的君主，忍气吞声听着下面一群臣子吧啦吧啦，然后再一锤定音，有些决定哪怕不愿意去做，也得熬着做。

至于暴君，大概就是顺着心情做事情，让他不爽的事情他绝对不会做，看谁不顺眼拉出去砍了就完事，绝对不听臣子念念叨叨，像妇人家的裹脚布，暴君大抵是不屑于做面子功夫的。

比如，李兆。

当他公布秋闱主考人是一个叫作沈秋的人后，便让沈秋进来和大家打个照面。

居然是一个闻所未闻的小娘子！

有些被触及利益的官员忍不住出声，李兆不耐烦，正好拖下去把官职空出来让给沈秋。

“这不能算庶民出身了吧。”他漠然道。

一时间，群臣对一个女子当主考的诏书毫无异议。

李兆更是说完事情就下朝，一点都不拖拉，挥挥衣袖就没了人影。

只留下沈秋，心里暗骂，脸上却挂着笑面具坦然迎接各方打量。

段府。

段大学士坐在椅子上，心情稍稍平复：“既然识得路，认得人，还活着，阿斐你怎么这个时候才回来？”

秦斐眉眼低垂，将茶水倒入杯盏中，推向段大学士：“外祖，我还有个妹妹。”

段大学士触碰到茶杯的手突然顿住，他瞪大了眼：“你这是什么意思，阿斐？”

“我阿娘临走之前留了个女儿。”秦斐低低叹了口气。

段大学士面部的肌肉绷紧，各种情绪纷纷杂杂从眼中过去，最终只留下一种，懊悔。岁月在他的脸上刻满了沟壑，段大学士原本以为自己到了暮年，该一抔黄土就一抔黄土了，那些遗憾和懊悔除了会在沉沉深夜将他惊醒，也只有被带进棺材的份了。

可是谁想，他见到了自己唯一的外孙，还有了外孙女。

段大学士的手指发着颤，他看向秦斐，眉眼激动：“你妹妹在哪儿？她叫什么名字？当初到底是怎么回事？”

“他们给父亲下的毒就在我阿娘端给父亲的茶里。”秦斐敛着眸，还是温和的，提起经年旧事，或许是当初想过太多遍，如今提起来倒没想象中涩口，手上搅茶拂茶末的动作有条不紊。

“阿娘以为是自己害死了父亲，所以在您问她的时候，她也没有否认，但是她，”秦斐蓦地顿住，拂茶沫的手停了一下，才继续轻描淡写道，“没有想通，把自己逼疯了。当时我们都被秦国公软禁，足足过了三月，我才知道，阿娘怀孕了，但这件事情不能声张。所以穗穗的出生，只有当初照料我的嬷嬷知道。”

失去权柄的前秦国公遗孀，不用说也知道过得不会有多好。更何况，背着毒杀丈夫和与外人私通的名声呢？

段大学士仿佛遭受重击。

他想起来自己在独女出嫁前教导她“出嫁从夫，要贤良淑德”，想起来独女当时在他听说了流言蜚语逼问时不做辩白。

自此段大学士心灰意冷，几年没再踏出府外，然后再次接到的，就是独女死亡以及外孙失踪的噩耗。

他落了个子孙皆不见的下场，独他活着一直等到了秦斐出现。

“阿斐。”段大学士睁着眼，有些无神，“我对不起你阿娘。”滚滚浊泪顺着松弛如同枯皮般的脸滑了下去。

秦斐终于拂掉了所有茶末，他遮住外露的情绪：“外祖，逝者已安。”

秦斐的肩线绷得紧紧的。

穗穗百般央求，终于进了御膳房。

郎君说哥哥来参加秋闱，是要读书考试的，她不能太过频繁地去见哥哥，不过可以做点小点心送去给哥哥。

她想了想，决定去做些甜点和茶水。

御膳房的师傅多多少少都教了她几招，比如桂花糕、一口酥、枣泥山药糕、酒酿小方。

但是其实只要和“酥”字扯上关系，酥皮的做法大同小异，很多时候也就换个内馅儿。

穗穗想起哥哥温和淡笑的样子，觉得还是做糕点更合适点，糕点配茶水更解腻。

由于秦斐不是很喜欢吃甜的，穗穗优先考虑了咸口的，但是咸口的几乎都是各色椒盐酥。

她有些愁。

李兆半阖着眼倚在门边，看着穗穗进了御膳房就跟没头苍蝇似的，大半天了，她什么都没做。

“想什么呢？”他微微蹙眉，催促道，“快点儿。”

穗穗已经随身记得携带纸了，至于笔，她找的炭棒缠上了布条代替。

“郎君，咸口的点心有不油腻的吗？”

“没有。”李兆道，“怎么，你要做咸口？”

李兆本人更偏爱甜口多一点。

穗穗点了点头：“哥哥喜欢咸口。”

越看越不顺眼了。李兆心想，他微微挑眉：“糕点倒是不油，可惜没有咸口。点心类似于什么酥倒是有咸口，可惜都油。”

由于酥的制作方式大部分以烘烤为主，锁不住水分，所以厨子们常用的都是油。

不油的只有糕点，而糕点大多充填甜口内馅。

不过，好像有一个例外的。

“有火腿糕。”李兆道，“内馅用的是金华火腿，咸口不油。”

穗穗却摇了摇头：“哥哥不喜欢荤腥。”

李兆轻嗤一声，一个世子怎么吃得比他还挑拣？

挑三拣四，什么人啊这是。

这题无解了。

穗穗一筹莫展，她眨巴眨巴眼，然后灵光一闪。

她转身就跑回了御膳房，李兆见状也不拦她，懒懒道了句：“我要吃甜口的。”他像是较上了劲儿。

穗穗点了点头，冲着他抿出一个好看的笑。

穗穗点头答应后，李兆就又闭上了眼靠在门边上晒着太阳。

食盒的一层是杏仁茶，二层打开，竟然是一屉包子。

秦斐眼里漫上隐隐约约的笑意。

段大学士拄着拐杖进来，看见桌上的食盒有些吃惊，他们府上不用这种食盒啊。

秦斐让他安心：“宫里送来的。”

段大学士已经知道他那可怜的外孙女被人拐了后竟然阴错阳差进了宫。

他也听说了前段时间陛下一怒砍了秦国公夫妇的腿，又格外赐罚秦妃，原因是秦妃伤害了陛下身边的那个小娘子。

当时他还觉得有点小题大做，毕竟一报还一报，秦妃做的却牵连了整个府上。

而现在，想起来那是他外孙女，秦妃害得她不会说话了，他就恨不得把整个秦国公府的人千刀万剐。

他夹了一个包子。

“豆腐馅儿的。”秦斐道。他不是很喜欢吃荤腥，跟着他穗穗也没少受累，吃不了几次肉。

杏仁茶泛着琥珀色的水光，带着微微的苦涩入口。

秦斐垂眸，穗穗倒是厨艺进益了。

段大学士年纪大了，胃口到底是不如年轻时候，吃了几口便停了手：“阿斐，你准备怎么办？我这一身老骨头，倒是还能走，就是怕现在你妹妹早已成了某些人的眼中钉肉中刺，不好走啊。”

秦斐慢慢喝着茶，他也是刚刚了解完穗穗在京城的事宜。

所幸她生活得还好，然而跟在陛下身边，实在岌岌可危。

陛下患有头疾，发作起来六亲不认，他们赌不起。

秦斐笑了笑：“如今尚且可以暂放，首要解决的还是秦国公府，我既然回来了，那我父母的旧物也都该物归原主的。”

确实是没办法只能走一步看一步的局面，他们手中没有足够的砝码让穗穗回来。况且，秦斐还有更深一层的担忧。

陛下带着穗穗，怕是不会松手。

他对李兆做皇帝的为人处世并不点评，但是这样的人，配上穗穗，就不得不要放心上仔细思量。

陛下偏执，恐怕难松手。

秦斐抿着唇，说起其他事情：“前几日我去拜访了往年一些朋友，这几日就要专心准备秋闱了，还请外祖赐教。”

段大学士点点头，他考校过，阿斐功课这些年来做得还算不错，再加上天资也是顶顶好，起码进殿试是轻轻松松。至于状元、探花郎、榜眼，那都得看陛下。

“今年主考的是太子少傅沈大人的女儿，想来文学也算不错，又是陛下一手扶持，不走其他关系，你放心。”段大学士给外孙吃安心丸。

秦斐莞尔。

穗穗和李兆偶尔也一起玩双陆。

穗穗便发现了一个令人惊异的事实。

郎君的运气，着实不太好。

穗穗掷出的骰子上，清一色的“陆”简直要晃花了眼。

李兆掷出的骰子上，清一色的“壹”简直也要晃花了眼。

穗穗忍不住悄悄抬眼去看李兆，却发现郎君半倚在美人榻上，懒懒散散，暖风撩动他耳边的碎发，他半眯着眼，显然不是很在意自己到底投出了点什么。

穗穗很想放水，她总是六步只走三四步。

但是郎君的运气简直难以言喻，扶不起来。

清一色的“壹”。

穗穗满心复杂地赢了。

她决定以后还是不要和郎君玩双陆等要和运气沾点边的游戏了。

和别人玩尚且有游戏乐趣，和郎君玩就有点欺负人了。

是的，穗穗绞尽脑汁，想到的词是“欺负”。

6.

李兆又捏起棋子，然后看向棋盘时才发现自己已经输掉了。

输就输了吧。

他把棋子放下重新闭上眼：“还玩吗？”

穗穗一时间有些恍惚，她很想安慰一下郎君，但是看郎君模样，又不是太介意。

“不玩了。”穗穗道。

桌子上还摆着盘红豆小方以及几只被捏成了兔子状的小点心。

李兆并未睁眼，但是他手直接捉向了小兔子，然后一口咬掉，浓郁的红豆在雪白的外皮包裹下令人垂涎欲滴。

还挺甜。

李兆心想。

相府。

秦斐回来的动静不小，相国显然也知道了。

“秦国公那个废物，秦斐居然还活着。”相国总是阴沉的表情显得他年纪偏大，明明刚三十现如今却显得跟四五十一样。

长随低着头：“要除掉吗？”

相国死死抿着唇：“现在还能除得掉吗？”如今的秦斐博得了京城莫多关注，要是下手很容易被发觉。

“算了，你还记得段府为何隐匿吗？”相国想了想，决定换一种方法。

长随想起来那个传言：“可是那不是传言吗？而且要是重新传播流言，届时秦斐一定会出来调查，秦国公就废了。”

相国斜眼：“废就废了，本来就是个废物，去吧。”

前秦国公夫人的流言又一次甚嚣尘上，在京城大街小巷间流传了起来。

众口悠悠，难堵得很。

俗话说得好，造谣一张嘴，辟谣跑断腿。

段大学士年纪大了，跑不动，他为此愁白了头，经年事情已过，他就算想还女儿一个公道，也力不从心。

而阿斐如今正在准备秋闱，这些消息是万万不能传到他耳朵里的。

段大学士正想着要不要自己觍着脸进宫求一求陛下，毕竟他曾是太子太傅，做过好长一段时间帝师，两任帝王，都可以说是他的学生。

但是，李兆的诏旨先下来了。

“赠夫人段氏，乃前秦国公之正妻。恭有贤行，温谨淑良，惠粹德门，笃庆。焕明光于廷，修内德于门户，端正循良，故追赠尔为夫人，芳誉垂永，泽被后人。”

京城哗惊。

段大学士尚未来得及出门就又打道回来，捧着给女儿追封诰命夫人的丝绸凤冠诏书步履蹒跚，接了李兆谕旨本欲跪下谢恩，旁边的内侍赶紧扶他起来。

段大学士吃惊。

内侍忙道：“陛下说了，大学士您年事已高，这些俗礼能免就免了吧。”这话说起来内侍自己都不信，陛下眼里可从来没什么老少男女之分，但他毕竟是宫里出来的，面上端得住，给大学士赔了笑。

段大学士蒙了，他自然也不信陛下会因为年事已高格外优待某某，曾经有不少老臣仗着年纪大就在陛下面前大放厥词，还威胁陛下要告老还乡，结果陛下真当把他们帽子摘了打回了乡下去。

但内侍显然很是谄媚，陛下的意思谁猜得透啊，或许段大学士哪里合了陛下的眼也不一定。

这诏书一出，就是明晃晃的嘉奖前秦国公夫人段氏，小平民百姓自然是不敢跟皇家作对传什么段氏杀夫与人私通的流言了，更何况明知陛下什么脾性的各大世家官员，老老实实地闭了嘴。

一场风波消弭于无形。

段家这是哪里得了陛下青眼？不少人都把心思放在了刚回来的秦国公世子身上。

他们还记得当时宴会上陛下将秦妃赶出去时说的话，秦妃确实和前秦国公没什么直接血缘关系，不过是个侄女罢了，但是早些年陛下还未这样的时候，却是允了人进宫当摆设的。

当年的陛下还重情义。

更何况这是真正的秦国公世子呢？前秦国公夫人得到维护一点也不奇怪了。至于秦妃最后被赶出去，肯定还是做了什么不该做的事情踩了陛下底线。

一群人揣测起李兆的意思。

但李兆确实是不在意了，前秦国公曾经于他有救命之恩，但这恩情他是欠前秦国公的，正如那日在宴席上所说，如今他可不觉得这恩情要报到秦妃以及秦国公府身上。

不过秦妃进宫的时候李兆还是李喻韫那个傻子，给人放了妃位。

若是秦妃不作妖，留着也就留着了，反正都是个摆设，多一个不多，少一个不少。

但作了妖还提起和她无关的什么恩情，这可一点都威胁不到已经是陛下的李兆了。

他想起秦妃就耐心全无。

若是这两天，秦妃还不肯老老实实吐出五毒配方，李兆漠然地想，那就不用留着那只手了。

暗室里微光幽幽。

李兆踏下了台阶，他不喜欢和人废话，提着剑直接一剑剑避开大穴刺了进去。

秦妃的眼里流出血泪，说不后悔是假的。

但李兆例行刺完之后发现秦妃还是不写，便从袖子里拿出了一个小瓶子，从秦妃断了腿的缺口处开始倒。

那是特制的药粉。

犹如蚂蚁噬骨之痛，密密麻麻，绵延进骨髓里。

铁链又开始晃动。

李兆不喜欢听这样刺耳的声音，他冷淡地撩起眼皮，盯着如今人不人鬼不鬼的秦妃，懒得再继续。

“一日之内，你若还是不说，便在这暗室发臭吧。”他扔了沾上血污的剑，直接走了出去。

凡难题，要么无解，要么不是唯一解。

纯黑的大袖衫越发衬得他皮肤冷白，眉眼间的寒意冻人。

不就是五毒解药嘛，都试一遍就是了。

李兆不缺钱，大可以各种药都混合着试一遍，更何况，秦妃之前写了那么多假配方也并非无迹可寻。

穗穗看着眼前黑乎乎的药汁，有点发怵。

她并不是没喝过苦药，在小镇上养伤的时候几乎顿顿一碗。

但是能喝归能喝，喜欢不喜欢就不用说了。

这药汁是做不了丸药的，李兆问过太医，秦妃最后还是招了五毒配方，而后李兆直接终结了她的命。

秦妃很快被抛之脑后，就跟李兆杀过的其他人一样，悄无声息，毫无痕迹。

穗穗皱着小脸，问："这药要喝上几天啊？"

李兆比了个数。

穗穗惊了："一个月？"

李兆慢条斯理地摇了摇头："一年。"

穗穗眨巴眨巴眼睛，纤长的睫毛扑闪扑闪的，实在不愿意相信自己将要和这难喝的苦药绑架一年。

李兆看着她垂头丧气的样子，眉眼间流露出一点笑意，又很快收回。

说一年，一月便不长了。

穗穗最终还是把药一饮而尽，捂着嘴生怕自己一个忍不住反胃。

好难喝的药。

中药的味道常常是难以形容的，你永远不知道里面到底配比了些什么东西，怎么可以苦得千奇百怪。

但效果是立竿见影的。

太医给穗穗诊了脉，然后对着李兆点了点头："除此之外，小姐先天似乎有些不足，陛下可要调理？"

太医院的人还是很擅长调理先天不足的病症的，毕竟正儿八经，在李兆这代帝王之前，宫里从来不缺先天不足的孩子，光是前几任御医留下的病历本子都厚得很。

穗穗漱完了口，又捏块红豆小方在舌下压味道，她现在舌根发苦，说话都感觉涩得很。

李兆瞧着穗穗这副样子，先问了御医先天不足要怎么调理。

"自然是吃药。"

"药能做成甜的吗？"李兆又问道。

老御医瞠目结舌，对这位陛下任性妄为变幻莫测的脾气有了新认知，这可真是在难为他，药做成甜的，怎么不说做成咸的呢？

他只能道：“老臣还未试过，回头试试吧。”

李兆点了点头：“若是做不成甜的，就等一个月后再说怎么调理吧。”

京城的客栈渐渐住满了来赶考的学子，孔夫子庙里烧香的人越来越多。

做主考的沈秋自然是很紧张的，陛下果然是不出手则已，一出手就直接让她做主考。

她连着补了小一个月的功课，但还是担心有所疏漏，她需要找个人请教。

能问谁呢？她这几日倒是和谭四玩熟了，但是谭四对读书这种事情显然不太擅长。

她认识的人也不过几个，难不成要她问陛下？

算了吧。

这时候，她想起来的第一个人就是段大学士。

段大学士在国子监也是挂名的祭酒，清名在外，人品也是交口称赞的贵重。论身份论学识都是沈秋请教的首选之人。

是以，沈秋整了整衣冠，坐上马车就去了段府。

原本为了避嫌，段大学士是不准备见沈秋的，毕竟他自己的外孙也要参加秋闱。

但是秦斐劝外祖见了沈秋。

说到底，他外祖又不是主考，何必因此和最近风头正盛的女主考沈秋交恶呢，将人拒之门外说来也不好听。

最重要的是，陛下为何会提拔她呢？

秦斐陪着段大学士一起在茶桌前等候。

沈秋见到段大学士就是一拜：“晚辈迟来了，早该来拜访段老先生的。”

有着她爹太子少傅的那层关系，段大学士又曾经是太子太傅，两人很快聊了起来。

秦斐微微蹙眉，作为女子，沈秋确实胆识出众，智谋也相当出彩，做事稳重，但是仅凭这些，根本不可能成为陛下重用她的道理。

而沈秋已经提起自己早先来京的往事：“被拐了无处投奔，这才想着重新回京城谋个讨饭的活计。”

被拐？

茶汤已然清澈，秦斐一手拦着衣袖，一手持壶将茶倒进了茶盏里，推向沈秋。

沈秋愣了愣，这才注意到段大学士旁边俊秀的年轻郎君。

段大学士介绍道：“这是老夫外孙，秦斐。”

7.

秦斐在不动声色地套话，却意外得知沈秋认识穗穗。

“说起来，穗穗的哥哥倒和郎君同名姓。”沈秋道。

秦斐温和地笑了笑，他自然不会说穗穗是他的亲妹妹，这样会给穗穗招麻烦，本来待在陛下身边已经是众矢之的，若是再加个前秦国公嫡女的身份怕是就更难过了。

秋闱很快就到了。

清晨，树叶上的朝露顺着纹路滑下，一些被蒸发化作水汽笼罩在枝叶间，秋蝉不知道躲在何处零落地叫了几声，青石板路上马车车轮转动的声音格外大。

贡院门前的皮鼓被壮汉擂响，沈秋着朱红色的官服精神奕奕地站在贡院面前的高台上，朗声宣告着秋闱的开始：“唱名。”

贡院门前的一众学子这才一一拜别了家人，站进了长长的队伍里。放眼望去，有刚刚弱冠的得意年轻人，也有白发苍苍的老人，有穿绸衫富贵作态的，也有穿打了补丁的长衫略显潦倒的。

湖蓝色的衣裙衬得穗穗皮肤白皙，因为眉眼间的天真憨态又不会显得沉闷，穗穗并不是喜欢吱吱呀呀的姑娘，穿着这一身衣裙，她就像春日的湖水一样，干净好看又文静。

她是特意来给秦斐送考的。

穗穗把食盒递给秦斐，里面都是她提前做好的饭菜，待秦斐笑着接过后又给他看自己手里的字条，上面写着“勉哉”。

秦斐瞧着穗穗眼巴巴的，失笑：“放心，哥哥会勉励自己的。”说罢，他轻轻揉了揉穗穗的头发。

穗穗原本是不太怕的，但是瞧到这么多人，这么多学子从街这头排到街那头，也难免不安。

送考的人千千万万，声势浩大得很，还有学子临时抱佛脚手里还捧着书卷苦读的。

秦斐穿着一袭青衫踏进了贡院的门槛，背影修长如青竹。

直到瞧不见了，穗穗才眨巴眨巴眼，仰头看向一边懒散而立的李兆。

段大学士也来送考了，然而他身体不好，贡院门前人又多，是以并未下马车，不过他远远也瞧见一个纯黑色衣衫的郎君和穿湖蓝色衣裙的小娘子了，起先他尚未察觉，等随后看见小娘子给秦斐递了食盒，才猛地意识到，那是他外孙女。

等他下了马车，却又瞧不见自己外孙女了，顿时懊悔不已。

段大学士只能盘算着过了秋闱就求着陛下把外孙女接回府上住，尽早把接穗穗回来提上日程。

天公作美，本来八月的天气考试确实还稍显炎热。

然而，秋闱的第一日晚上下了场雨。

在夏和秋的交接之际，丰沛的雨水是兼具两个季节的特色的，秋雨的连绵，夏雨的瓢泼。

紫微宫的顶层，李兆立在窗边睨着雨幕，他不喜欢雨天。

头隐隐作痛。

纯黑大袖衫下滑，露出一截清瘦冷白的手腕，李兆伸手抵住额头。

他闭上眼，慢慢调息，窗外的雨声好像被放大，不用想也能勾勒出疾风催高树，凤凰木的花朵被吹到地上，溅了泥水的场面。

轰隆隆。

夜幕中闪电交鸣，一瞬间照亮了李兆冷白到极致的面容。

他倏地睁开眼，眸色漆黑。

雨更大了，哗啦啦打在叶子上，石头上，屋檐上，风声犹如幽魂的呜咽。

李兆的脑子里仿佛有一把看不见的尖刀磨着神经，再一根根磨断。

头疾要发作了，他抵着自己额角的手指越来越用力。

他该去找小包子，但他又不愿意，即使某种意义上，那是他的药。

李兆咬住牙，不管怎么样，头疾发作的时候，他是狼狈的。

头越来越疼了。

雨声犹如战鼓般在李兆的心脏上擂响。

刀山火海，人间地狱，哀鸿遍野，乱葬岗尸体堆得极高。

“殿下，救命！”有人朝他伸着手求救。

“李喻辒，走啊！”有人将他一把推开。

“太子殿下，快走。”

李兆仿佛又回到了同一个雨夜，以一个旁观者的身份，他的手慢慢摁上了腰间的剑柄。

冷雨，寒夜，李喻辒面上毫无血色，头上的发冠不知道何时掉了，他一脚栽进泥坑里，靴子灌满了泥，衣衫被血污浸透，泥水四溅，看不出原本的颜色。

他咬着牙，用剑支撑着身躯不倒下。

雨势越来越大。

热血凉透，寒意彻骨。

李喻辒用力拔出脚，跌跌撞撞拄着剑往前走，他浑身上下都是伤，雨水滑过生疼，他走过的地方一片血色。

李喻辒的瞳孔渐渐涣散，李兆自己挡在了李喻辒前进的路上。

剑光清湛划破黑夜。

风吹动他的头发，他面上漠然，毫无波动。

李兆慢慢睁开眼，他并没有去找穗穗，而是直接使了轻功跳了出去。

踢雪乌骓深夜起来干活，夜色茫茫，远处山色迷蒙隐约。

马蹄溅起了泥水，纯黑色的衣衫下摆肆意飞扬。

皇家寺庙。

穿着袈裟的方丈还在大雄宝殿中闭目敲着木鱼念诵经书。

白雾从香炉中缭绕升起，莲香清冷冷弥漫在整个大殿。

门突然开了。

随之而来的还有一道闪电划过不远处的山头。

方丈顿住，终归是没敲下去。他睁开眼看向来人，念了句佛号，而后低声道："喻韫。"

纯黑色衣衫水滴滑落，洇透了木板，凉风冷雨夹杂着裹进来。

"莫执着，喻韫。"方丈双手合十，眉眼慈悲，不慌不忙地立了起来，袈裟随着呼啸着进了大殿的风扬起，大殿里的宝烛忽明忽灭。

李兆眉眼冷淡，他提着剑走近，然后甩出。

供在释迦摩尼面前的宝烛火苗颤了一下。

剑尖的水滴直接划过了方丈的脖颈，剑逼得很近，虽不到，但剑气却到了，一条淡淡的血线在方丈脖颈间显现。

"执着又如何？"李兆眸色漆黑，未知他人苦，莫劝他人善。

方丈捻动佛珠："缘来缘去，缘生缘灭，天数已定，执着无解。"他那慈悲的眉目间沾染上某种愁意，手上的佛珠越转越快，"喻韫，无解啊。"

剑尖又逼近了方丈一点，李兆的手很稳，淡青色的血管在冷白的皮肤下隐约可见，纯黑色袖衫下垂，雨水滴落。

方丈看着李兆持剑的手，微微叹息。这双手曾经捧过四书五经，翻阅过佛家经典，也曾经拿过剑，杀过人，死在下面的亡魂至今已经数不清。

"回头是岸，我佛慈悲，喻韫。"

"孤已经不是佛家弟子，孤不信。"李兆的嗓音在空旷的大殿里更显凉意。

他撩起眼皮，露出的一双眸凶戾、冷淡、漠然。他的眼皮很薄，天生就是薄情相，挑起的时候隐隐露出点锋利。

李兆曾经回答过无可执着，如今只道执着又如何。

方丈双手合十："那便只能想得开了。放过自己，喻韫。"

李兆剑尖上移，直接顶住住持的下颌，他面色很冷，显然是不听的。

方丈皱紧了眉，他鬓边星星，听着雨声，面上越发苦涩："喻韫，人是要和自己和解的。"

李兆握着剑的手很紧，眉眼漠然。

"若孤说，不呢？"

住持抬眼，双手合十，摇了摇头，喃喃道："不管你愿不愿意，只有这一个结局。"

宝烛的火苗熄了。

8.

清晨的时候，雨已经停了。

秋高气爽，湿气浮动，御花园里的桂花香飘得很远，紫微宫也能隐约闻到。

穗穗慢吞吞地起床，穿好衣裳。她看了眼刻漏，底下的水积了薄薄的一层，还不到刻度。

离早朝开始还有一会儿。

郎君要早朝完了才会来二层吃饭。刚下过雨，早上有点寒，穗穗特意多加了一层披风，然后才出了紫微宫。

最近她在学一道文思豆腐，刀工讲究得很，是她花了最长时间的一道菜。

穗穗今早准备做干贝银丝羹，正好也能顺便练练切豆腐的刀工。

干贝银丝羹是很出名的苏菜，浓中带淡，因此不腻味，鲜香酥烂，老少皆宜，口味平和，又咸中带甜，流传得广，无论偏爱咸甜口的都喜欢。

雪亮的刀光在柔软滑嫩的南豆腐上唰唰闪过，南豆腐还聚在一起。

穗穗小心捧着南豆腐顺着锅沿下滑，热水滚烫，那聚在一块儿的豆腐却像天女散花一般慢慢地开了。

一根根豆腐丝丝在水中摇曳，纤细极了，让人唯恐一用力就会折断。

这一遍滚水烫是为了除掉豆腥味儿。

然后是干贝。

干贝是瑶柱的别称，因为味道鲜美被列作“海八珍”之一，穗穗在没来皇宫之前是没见过的。

这玩意儿贵得很，撬开一个江瑶只能得指尖儿大小的干贝，是专门进贡皇室的珍品。

贵自然有贵的好处，干贝除却口感嫩糯外还鲜香回甘，香味浓郁，可以说加进任何菜色，都能锦上添花。

穗穗把干贝洗净了，加入葱姜料酒腌制，再用昨晚吊的老母鸡汤蒸熟了，一点点碾碎。

此时的干贝香味彻底被激发出来。

睡了一晚，穗穗的肚子也闹主意，被这香味一勾，更是迫不及待地等着一会儿吃饭。

砂锅在火上烧热，然后倒入鸡汤等到烧得咕嘟嘟冒泡的时候，放入干贝丝，鸡汤烧开了，再下豆腐丝。

穗穗将勺子掉了个儿，轻轻舀去浮起的油沫子。

洁白的盐粒子在浓郁的鸡汤中眨眼就没了。

穗穗抓了几颗冰糖，苏菜本身就有回甘所以不用加糖，但是穗穗记得郎君偏爱甜口，所以适当加了些。

最后是勾芡。

勾完芡后原本的鸡汤就挂而不滴，从勺子上流下去顺滑地没入羹中。

穗穗改了文火，撒上洗净切碎的葱花，并着几根香菜。

小火煨着干贝银丝羹，穗穗又抓紧时间拌了几道新鲜时蔬，这才最后装盒，满意极了。

她提着食盒轻快地往回走，走近了却发现紫微宫的门没有开。

今日不上早朝吗?

穗穗上了二层，李兆却不如以往一样在二层等着她。

不知道为什么，穗穗心里有些不安。

她再一次去了九层。

九层之上空荡荡，安静得只有穗穗的呼吸声。

李兆不见了，毫无预兆。

穗穗噌噌噌地跑下紫微宫，她想找人问一下，但是出了紫微宫却陡然发现不知道应该问谁。

她蹙了蹙眉，只能挨个地问，郎君是不是早上去哪儿练武功啊什么的。

宫人大多是不识字的，就算识字了，也摇头说自己不知道。

穗穗问了一圈，一无所获。

她没再费力气去问宫女内侍，而是直接去了后宫嫔妃先前住的地方。这一片如今只有大小谭妃还在住着。

如今皇宫哪处对穗穗都是开着门欢迎的。

大谭妃穿着素色衣裳，身上带着檀香，坐在首位眉目和善；小谭妃衣色则要更鲜艳些，坐在下首不怎么说话。

大谭妃让人给穗穗端了点心和热茶，听了穗穗的来意后微微蹙眉，劝穗穗别慌张：“陛下不见是常有的事情，过几天就回来了。”

大谭妃习以为常的态度安抚了穗穗。

“几天吗？”穗穗写在纸上问大谭妃，她以为郎君或许是有什么急事，所以早早出去了，没想到要几天。

大谭妃颔首：“往年有这样的时候，你在紫微宫若是住得怕了，也可以到我们这里来。”

穗穗婉拒了。她怕生，来大小谭妃的宫殿已经是她鼓起勇气担心郎君的结果了。

“谢谢娘娘。”穗穗抿出一个笑，从椅子上下来。

她告别了大小谭妃，回了紫微宫。

路上的内侍和宫女都照常做着自己的事情，穗穗又慢吞吞上了二层，干贝银丝羹已经微微凉了些，她慢慢吃掉，然后将李兆的那一份放进了食盒里。

郎君万一能早点回来呢，穗穗心想。

可是没有，整整一天，郎君好像人间蒸发了一样，没有再出现过。

远处的夕阳渐渐倾颓，入秋了白昼就短了。

穗穗把今日份的书读完，不懂的地方标注了下来，准备等着郎君回来再请教他。

夜幕四合，天光暗淡。

穗穗躺在床上睁着眼，她睡不着。

烛火还在烧，她不敢熄掉，但是哪怕烛火高烧，她也不敢睡了。

翻来覆去，她总想着窗外会不会突然跳进来一个人。

郎君又或者会不会半夜回来，摇醒她说要吃夜宵。

穗穗穿着单衣从床上起来，坐到了榻上，她抱着膝，一双眼睛瞧着窗外暗暗的天色。

幽微的月光落在凤凰木上，像给凤凰木镀上了层冷霜。

郎君是不是头疾发作了呀？

郎君吃饭了吗？

郎君去做什么了呀？

乱七八糟的问题在穗穗脑海中一一掠过。

她将下颌放在膝上，身子蜷缩成小小的一团，怯生生地睁着眼，有时觉得窗外的凤凰木树枝也有点张牙舞爪吓人了，便去看桌上的灯烛。

烛火弱了，她便使着剪子铰一些灯芯。

小姑娘的影子在紫微宫外的地上拉得细长。

今夜分明没下雨，御花园幽幽波光却诉说着秋池涨满，蝉声静寂。

天光熹微，东方一线鱼肚白。

穗穗轻轻呼出一口气，揉了揉眼，第二日了，郎君还未回来。

她打起精神，没去御膳房而是在附近的御花园等到了早朝的时辰，顺理成章地，她截到了谭四。

“娘娘，郎君不见了。”

谭四娘吓了一跳：“你仔细些说。”

谭四娘想起来陛下的头疾，问：“那陛下没有找你吗？”

穗穗揪着手指垂下头轻轻摇了摇。

她写道：“郎君怎么了？”

谭四娘知道之前李兆头疾发作时要么独自待在紫微宫，要么外出等过了再回来。

“没事，陛下往年也有这样的时候，过两日就回来了。”

谭四娘并不担心，只是觉得奇怪，往年是这样，可如今不是有穗穗吗？

陛下这是怎么了？难道中间出了什么变数？

不过，以大魔头的武力值，绝对不会有动得了他的人。

只要陛下不想死，谁能让他死了不成？

谭四娘并不担心李兆的安危，只是担心穗穗。

小姑娘眼下有些青色，一看昨晚就没睡好。

索性大魔头还要再过几日才能回来，不如带穗穗出宫住吧。

李兆不在宫中，谭四便不太放心穗穗独自在紫微宫住，毕竟按照陛下往年的情况看，往往归期不定。

郎君往年经常这样，所以大家似乎都知道。

穗穗略微放了心，她不是很相信大小谭妃，因为毕竟是生人，但是她熟识谭四娘，自然深信不疑。

听到娘娘邀她出宫住，穗穗略一思索便答应了。

她还没怎么逛过京城呢。

两人当即收拾好了东西。

出了紫微宫没多远，谭四娘便发觉有异，她武力值只是比不上李兆那个大魔头而已，但也是出挑的。

练武的五感敏锐，谭四娘意识到，有人跟着穗穗和她。

“出来。”谭四郎上线，他拽下腰间的玉佩往树上一掷。

树叶晃动，穿着黑衣的暗卫利落翻身下了树，对着谭四郎一拜。

“你们这是干什么？陛下呢？”谭四郎蹙眉，认出这是李兆的暗卫。

暗卫摇了摇头，主子去哪儿他们怎么知道呢？

他们不过是奉命保护小姐罢了。

谭四郎确认无误就又沉入意识让谭四娘出来，他是不愿意与穗穗除了吃饭时候多待的，对小命不好。

“又毁了我一块玉佩。”谭四娘抱怨两句，然后带着穗穗穿过长长的红漆宫道，一直到了宫门。

事出临时，她刚叫了马车还未过来。

穗穗回头，抬眼瞧见紫微宫高耸入云。

她上九层放给李兆预备装点心的食盒时瞧过窗外，九层确实仿佛云上住处，她想。

穗穗这一等，便等到了秋闱结束。

秋闱结束了，李兆还未回来。

“陛下命大得很，不会出事的。以后见多就不怪。”谭四娘道。

郎君会自己回来的。

穗穗不疑有他，就是有时候总想郎君到底是有什么事情。

她这几日恰好读到了一首词，觉得很像是郎君的写照。

“馁在其中，吃饭心怀倦。无病闲眠身懒转。有客来寻，问著仍慵喘。不烧香，不礼念。落魄媻耽，酬了今生愿。日用不勤功怎见。紫诏来宣，大道无为显。”

谭四娘看了释义指指点点：“也就是陛下才是大道无为显了，换个别人就是无所事事。”

穗穗闻言觉得很好玩，郎君确实和别人不一样，特殊极了，哪怕整日恹恹的，也让人觉得是道法自然。

第八章

/ 银河烂漫，恒星亘古。/

1.

哪怕有时候吃饭也有些懒得，你也觉得映衬到他这样的人身上毫不奇怪。

惫懒，恹恹，这些习性要是放在其他人身上，哪一个能撑得住？

谭四娘道：“陛下就是皮囊太出众了。俗称，看脸。”

长得好看，为所欲为。

穗穗听完，淡红的嘴角忍不住翘了翘。

朝廷的一切暂时有条不紊地进行。

秦斐出了贡院，听说穗穗被接到了谭四府上后，便直接绕路先去接穗穗。

“这是你哥哥？”谭四娘还不知道穗穗已经找到了哥哥，此时她打量着形容有些憔悴的秦斐，并没有把他和京里风头正盛的秦国公府世子联系起来。

要是知道，以她对秦国公府的观感，一定会拦下。

穗穗瞧见秦斐便眼睛一亮。

这反应，谭四娘便知道了答案。

她想了想，让秦斐接走了穗穗，总之陛下的暗卫还跟着，绝不会有事。

秦斐便带着穗穗住到了段府。

“这是外祖。”秦斐给穗穗介绍段大学士。

外祖？穗穗瞪圆了眼，怎么冒出来了一个外祖？

但哥哥说的肯定不会有错，穗穗犹豫了一会儿，然后慢腾腾地从秦斐身后出来，朝着段大学士行了礼。

段大学士很喜欢穗穗，见了面之后就更喜欢。

小姑娘文文静静地立在那儿，一看就是个乖巧的，心思也干净，一双眼睛亮亮的，像极了她娘，就是比起同龄的女孩子有些瘦了，一定是先前吃得不太好。

段大学士想到这里，又联系起来秦斐跟他说的独女怀穗穗的时候受了不少苦，越发心疼穗穗。

“坐车累了吧，快去歇歇。”

“我带你去房间。”秦斐在前头领着路。

穗穗的房间就安排在秦斐隔壁，也真是多亏在贡院门口的时候段大学士瞧见穗穗就想着尽早把人接回来提前布置了房间，不然这时候恐怕还要一阵收拾。

兄妹两人终于能好好坐下来舒心地交谈。

秦斐提到想带穗穗回去，他对功名并不在意，只要将秦国公府那摊子事情弄完了，就尽早带着外祖和妹妹回去。

穗穗摇了摇头，她把自己的经历和盘托出，然后写到自己和李兆的约定。

她写道：“等再过一段时间，郎君头疾好了，我就可以回家了。”

秦斐看着自己单纯的妹妹，深觉自己往日忘记教她防人之心不可无是多大的失误。

好人也不是做什么都是好的。

他一字一字道：“那陛下头疾不好，你岂不是永远不能走了？”

穗穗从来没想过这个可能性。

她眨巴眨巴眼睛，有些心虚，发现自己好像犯了傻。

她提着笔慢慢写：“应该不会吧。”

自己妹妹是个没心思的，秦斐自然晓得，他蹙着眉，想了想，说：“这事交给我吧，你先安心住着。”

他又瞧了眼穗穗的字，发现她从小练习的小楷写得竟然有些草书的味道了，能连笔的就连在一起，偷懒了。

一个女儿家，写字写出了恣懒。

“字一笔一笔地写，最近多摹一些字帖。”

穗穗心虚地点点头，她确实荒废了读书习字很长一段时间，后来不能说话后又写字写得多了，便忍不住连了笔，再加上先前读的书里都有李兆两三笔的批注，竟然无意间仿了李兆写字的风格。

但是段府住着并不太安生。

因为秋闱刚结束，秦国公府的人就迫不及待地来了。

“二叔。”秦斐行了一礼，面上笑容温和。

秦国公阴恻恻道：“秦斐，既然秋闱已经考完了，便和二叔一起回去吧，也该回家住住不是？毕竟姓秦，别住久了都忘了。”

他自恃长辈，再加上秦斐接人待物都很是温和有礼，他吐出口的话便放肆了。

“那恐怕不行。”谁想，秦斐直截了当地拒了。

秦国公面色一变，而秦斐继续道：“我已经把状子交上去了，二叔你我下次还是在大理寺见吧。”

大理寺负责审理刑狱案件，而且不是京城百官一般还不审理。

“你这是什么意思？”秦国公尖声发问。

秦斐笑了笑：“二叔想什么意思，秦斐便是什么意思。”他腾出手了，首先要收拾的就是秦国公府。

爹娘的账，总是要清算的。

“人在做，天在看，二叔懂得这道理。我这次回来，也是为了这桩事情。入了冬就是我爹娘的忌日，秦斐不孝，许多年没去，如今回京总要能名正言顺地去祭拜，也安了我爹娘的心。”

这个名正言顺可就有意思了。

秦斐还提到了自己爹娘，便妥妥只有那么一件事情了。

“秦斐。”秦国公咬牙切齿，“你不顾念血缘亲情，那就别怪二叔不义了。”

秦斐笑了笑：“二叔尽管试试吧，希望侄儿所学不辜负二叔期待。”

三言两语，秦斐挑动了秦国公的怒气。

“好啊，好啊。”秦国公胸膛起伏，喘着粗气儿，“你以为你算个什么？”

秦斐面色淡淡：“不敢妄居，我只是秦国公府世子。”

秦国公上位有多不正当，这话就有多讽刺。

他气血上冲，面色发红，晓得说不过秦斐于是放下狠话：“等着瞧。”然后直接转动轮椅走人。

秦斐始终是礼数周全的，他微微俯身：“二叔慢走，恕秦斐不远送。”

秦国公的轮椅转得更快。

堂中只剩了秦斐一人，穗穗才蹑手蹑脚地从屏风后出来。

她是识得秦国公的，也没漏听哥哥喊他二叔。

到了京城，他们的亲人这么多吗？有了外祖，还有二叔，那秦妃……

“哥哥，秦国公府都是我们的亲人吗？”她在纸上写着问道。

秦斐看着穗穗苦恼的表情，轻笑道：“那倒没有。我们的亲人，如今只剩外祖一个了。”

“那秦国公府？”

秦斐温声道：“他们曾经是，但很久以前不是了。”

穗穗想起来自己和秦妃那些不愉快，眨巴眨巴眼，慢吞吞地想，她不喜欢秦妃。

幸好秦妃已经不是她的亲人。

秦斐交代穗穗：“这些天别乱走，等过一段时间，哥哥带你去见爹娘好不好？”

穗穗应下。

入夜。

“走水啦，走水啦！”

火光冲天而起，照亮了半个坊。

段府旁边的空宅走水了。

秦斐静坐在段府不远处的客栈楼上，瞧着外头的熊熊火光一直烧到了段府。

段大学士也在："他们这是来势汹汹啊。"

秦斐的面前摆着一把长剑，他拿出帕子将剑拭干净："狗急跳墙罢了。"

穗穗坐在两人中间，未睡醒的脸上还有些蒙。

这是怎么了?

秦斐耐心跟妹妹解释："咱们家的事情有点复杂。"

听完秦斐的讲述，穗穗晕乎乎的，好乱，果然好复杂。

她很轻很轻地蹙了蹙眉："那哥哥，我们现在怎么办？"

秦斐温和地笑笑："自然是报官。"

秦国公府的事情埋藏得太久，以秦斐一人之言当然没有实证来得靠谱，他是故意激的秦国公，先诈得秦国公动了，再不给他擦除痕迹的时间，直接送他进大牢去。

大理寺卿今日晚上正好被恩师段大学士邀请了来吃酒，此时正在隔壁呢。

2.

踢雪乌骓觉得自己是真的惨，总是阴间办差跑腿，阳间休息。

特别是当它看见远处烧透的火光时，脖子一紧，小命危!

踢雪乌骓撒蹄在寂静的京城深夜里狂奔，嘚嘚的马蹄惊动了巡逻的官差。

踢雪乌骓：惨还是我惨。

李兆是知道秦斐住在段府的，看着火光，他觉得自己说不定要给那个讨厌鬼收尸了。

讨厌鬼面上的笑，真是令人讨厌极了。

而当他到了段府，却瞧见了夜里慌忙赶来的谭四。

谭四娘看到李兆的瞬间，面色刹那苍白，她有些失措，低了头慌张道："陛下？"

李兆漆黑的眸光从她身上扫过，然后沉沉如水，攥着马缰的手微微勒紧："她在里面？"

谭四娘……点了点头。

下一刻，李兆足尖轻点直接从马背上跃进了烈焰熊熊的段府。

穗穗和秦斐以及段大学士等了半晚，然后才回了各自屋子入睡。

穗穗慢慢打了个哈欠，眼皮子控制不住地下垂。

她很少熬夜，乍一熬，有些受不住，尽管受了大量消息冲击，但困倦也是真的困倦，沾着枕头就睡着了。

尽管如此，第二日快要到寅时了，穗穗依旧睁开了眼。

习惯是很难改变的东西，经年累月，深深刻在骨子里，记忆丢了，习惯还在，某种意义上，它比任何情感都要持久。

寅时是紫微宫上朝的时辰，原本这个点，她应该准备着去御膳房了。

醒了便是彻底醒了。

身下的木板床有些硬，穗穗挪了挪木枕，让自己枕得更舒服些，然后盯着床帐上的花纹开始发呆。

这是她最近养成的新习惯。

在段府，寅时醒了就出去会打扰到哥哥和外祖，所以穗穗大多时候都无所事事，于是她在醒了后便会将这段时间用来回忆。

回忆昨天。

或许是睡了一觉的缘故，穗穗觉得昨晚那些消息也没那么难以置信了，像是隔了层纱和雾，她接受起来容易得多。

秦国公府不是她的亲人，一个秦却是两家字。

可明明是有着血缘之亲的呀。

她想了一会儿，也幸好她生性不怎么纠结她想不通的事情，便放了过去，而是计划起了其他的。

哥哥说，这段时间先住在客栈，等完了就搬到秦国公府去住。

虽然段府名下有不少别院，但是哥哥怕被人查到，所以还是借了名姓住在客栈。

哥哥说，最近不能出去。

想到这儿，穗穗不免有些庆幸，她昨日随身带了两本书，没想到还能解个乏。

穗穗慢慢地把昨天的事情捋完，然后才坐了起来。

窗边有个黑影……

嗯？

穗穗反应慢了一拍，窗边有个黑影！

穗穗瞪圆了眼，她正准备大声呼救，那黑影却转过了身。

穗穗原本提高的声音刹那低了下来，捂着心口一副吓得不轻的样子，紧绷的肩膀放松下来。她有些疑惑地眨巴眨巴眼，失声后纸笔就放在她触手可及的地方，她写道："郎君？"

是李兆。

纯黑色的大袖衫勾勒出郎君清瘦挺拔的身姿，他的皮肤似乎更白了，眉眼间的墨色似乎更浓了。

额前鸦黑的发被风吹动，隐约露出让人一见如坠深海的眼睛。

"秦穗穗。"李兆唤道。

他像是许久才启唇，有些金玉相激的喑哑低沉。

"嗯？"穗穗后知后觉抿唇发出气音，脑子里还在想，郎君回来了，郎君怎么回来了？不对不对，郎君好像瘦了。

杂七杂八的念头在穗穗心头浮起，她微微歪头，抿出一个轻轻的笑，写道："郎君，怎么了呀？"

凉风吹动长街的桂花香，送入清爽。

李兆慢慢抬眼，眼尾略微上勾，是令人魂魄惊悸的美感，犹如轻拢慢捻摸复挑。

但是人们往往只觉得勾魂动魄，因为那双眸子也常常漠然，呈现一种无机质的冰冷，高高在上，不可接近，掌管生杀，赐予尔等，皆是君恩。

此时，穗穗却发觉好像某种东西在这么一瞬间从郎君身上剥离了出去，或者更加疯狂，不只是在眼里，而是整个人都藏进了波澜不惊的深海，瞧不见光亮。

李兆不知何时已经接近了穗穗的床榻。

穗穗的下颌被掐起，但她依旧是茫然不加防备的，微张着淡红的唇，眸子清澈干净剔透，比皇宫所有的能工巧匠做出来的镜子都要好看漂亮精致，映出李兆的身影。

纤长的睫毛颤了颤，像驻足花瓣的蝴蝶。

有些凉，穗穗心想，还是软的。

紧接着，她噌地反应过来了。

她一把挣脱年轻郎君的手指钳制，瞪圆了眼，尤如白玉般的耳垂洇上深深浅浅的红。

后背直接靠在了床榻里，穗穗手足无措，她揪紧了被子，有些发蒙，柔顺的长发披散在身后，白色纯棉寝衣衬得她越发弱小。

纤长的睫毛眨呀眨呀。

穗穗觉得自己脑袋大概是不够用了吧，热闹得就像油水相冲爆炒一样。

秀丽的眉眼可怜兮兮的，水雾渐渐蒙上那双好看的眼睛，眼眶微红。

穗穗又惊又慌，她很想说些什么，却发现自己结结巴巴说不出话来，兴许是晨起了还没来得及喝水的缘故，嗓子也有点干哑，仿佛说上一句话要耗尽力气。

嗓子处痒痒地疼，穗穗才想起来自己嗓子坏了。

这到底是怎么着了呀？

穗穗脑子乱作一团，根本不给她回想的时间和空间。

她怯怯地抬眼看向李兆。

李兆还是那副样子，身姿高挑，站在床头就遮了一半熹微的大光，轮廓有种影影绰绰的美感。

眉目还是冷淡的，像是刚刚突然非礼人的不是他一样，他定定地瞧着穗穗。

穗穗错开眼，不经意瞥到李兆袖口破损了一小块儿，像是被火烧的，这个念头从脑中淡淡掠过。

她耷拉着眉眼，弱小又可怜地缩成了一团。

怎么这样啊，穗穗苦着小脸，那双圆圆可爱的眼睛此时因为受了委屈半垂着，淡红的唇扁着。

“秦穗穗。”

穗穗下意识地抬眼，怎么又喊她?

但是这次，她的目光不经意流连到了李兆的薄唇上，然后陡然收回眼，像只受了惊的小兔子。

“你最好别死，活得长久点。”李兆慢慢道。

嗯？嗯？嗯?

迷惑三连，穗穗眨巴眨巴眼睛。

但是显然李兆没有给她发问的机会，纯黑的衣衫轻盈地飘起，人消失不见了。

穗穗瞪圆了眼。

她抿着唇抿出了一道直线。

穗穗在床上一动不动，又坐了会儿，只是眼神飘忽着，不知道在想些什么。

一阵凉风从窗外袭来，早晨有些寒，穗穗不轻不重地打了个喷嚏才回过神。她慢吞吞地穿好衣服，然后走到了窗边，犹豫了一会儿，伸手。

咔哒一声，窗户被锁上了。

3.

现任秦国公疑似谋杀兄嫂侄儿!

京城哗然，秦国公府再一次卷进了话题中心。

更重要的是，连陛下也被惊动了，亲自下诏让大理寺卿查理案件，限期五天。

这便又透露出一个消息，陛下回来了。

陛下发了命令，这案子查起来自然是事半功倍，秦斐这位秦国公府世子怎么看都是占了便宜的。

被迫占了便宜的秦斐并不高兴，因为陛下回来了。

根据他这几日的调查，他越发不看好这位陛下。

性格暴戾，一言不合就开杀，饶是天赋惊才绝艳，用在杀人上怎么看都不舒服，仇家林立，据他对当初那个丧礼的参与官员调查，整个京城，起码十之八九都与这位陛下有仇。

有仇也不是大问题，但最重要的是有病。

万一命短只留下穗穗可不就是让人攻讦?

综上，除了那好看些的皮囊简直是毫无可取之处。

当然，这是气话，秦斐本心还是不想让穗穗高嫁，尤其是皇宫。

他深知世上事情身不由己的多了去了，若是穗穗嫁了陛下，往后不知道身不由己的事情要经受多少。

他看着穗穗长大，对妹妹唯独的心愿就是她岁岁平安岁岁喜乐岁岁无忧。

怎么看，李兆都不符合这个要求，性格还偏执，阴晴不定，万一他没了还让穗穗陪葬的可能性也是有的。

怎么想怎么不好，秦斐蹙眉思考折过长廊。

如今大理寺接了案子，按照律法秦斐是受官兵保护的，他便带着穗穗和外祖回别院住下了。

他一直想着李兆的事情走到长廊尽头，敲了敲穗穗的门，却发现门是虚掩着的，并未关上。

秦斐觉得奇怪，他推门进去，发现穗穗正在关窗户。

“怎么了，莫不是着凉了？”秦斐问道。

穗穗显然被吓了一跳，她背过身，摇了摇头，悄悄把掌心的小锁用衣袖挡好，她是准备锁窗户的。

秦斐仔细将穗穗打量了一遍，确定她是真没着凉才说起李兆回来的事情。

“陛下回来了。”

穗穗眨巴眨巴眼睛，她知道，早就知道了。

看着穗穗好像不吃惊的样子，秦斐眸光一闪：“穗穗，陛下是不是来找过你了？”

穗穗有些发慌，她几乎没怎么撒过谎，不熟练得很，有些紧张地错开秦斐的眼睛。

秦斐便知道答案了。

像“陛下来寻你作甚”这种有些蠢的问题秦斐再没有问，他回顾了一遍上午的相处，穗穗唯一可能见过李兆的时候就是在自己屋里睡觉的时辰。

穗穗没告诉他本来就是一个问题，再联想起穗穗关窗的蛛丝马迹，秦斐几乎是刹那沉了脸。

只有一个解释，那位新皇做了让穗穗难以启口的事情。

秦斐那张温和笑脸难得变了色，怒气沉沉。

好是荒唐！好一个暴君！好一个登徒子！

他本来是想跟穗穗说陛下回来了问问她想怎么办，现在就不用问了，穗穗绝不可能再到那么荒唐的新皇魔头身边去！

在无声的寂静里，穗穗心慌又难受。

骗哥哥是不是不太好？哥哥那么相信她。

可要是说了哥哥会不会问她郎君来了干什么。

她揪着衣袖，一时间挣扎上了。

秦斐自然不会看着妹妹为难，他深吸了一口气，控制好自己的情绪，怕吓到了穗穗。

“穗穗，”秦斐轻声道，“哥哥没有责怪你的意思。”

穗穗慌张地抬眼，纤长的睫毛扑闪。

秦斐轻轻地抿了下唇：“哥哥帮你把窗户锁起来好不好？”

穗穗瞪圆了眼，她想了会儿，然后慢吞吞地伸了手掌，摊出一枚精致的小锁。

秦斐耐心地等着穗穗反应，在瞧见穗穗掌心的锁时磨了磨牙，然后站起身来去锁了窗。

末了，他转过身看着妹妹干净纯稚的眉眼，软了声音。

秦斐轻轻摸了摸穗穗的头：“哥哥绝对不会再让人欺负你。”

一整个下午，秦斐都没收到李兆递什么要穗穗进宫的旨意。

其余便过得像平常一样，吃罢晚饭，穗穗和秦斐在院中乘了会儿凉，又和段大学士说了会儿趣事便回自己房间准备睡了。

秦斐也回了自己房间，然后又出来。

秦斐立在院中，一只手里提着剑。

今夜月色如霜，秦斐手里的剑泛着寒光。

温和的眉眼下沉，露出些许锋利。

风来，衣衫动。

秦斐抬眼。

手腕微动，抬剑，剑尖上指，剑光凛冽。

纯黑色的大袖衫在月光下格外晃眼，只是李兆身法快，便显得轻灵犹如鬼魅，此时，他停下了。

他慢慢撩起眼皮，看向秦斐。

黑衫翩翩从瓦顶一跃而下。

两人面对面。

秦斐二话不说，悄然间便交上了手。

月光下，剑光如织闪烁。

周围的草木最是遭殃，直接没了尖儿，削得整整齐齐。

“你打不过孤。”李兆冷声道。

几下交手，双方的实力就基本探了个底。秦斐的剑法还算不错，但是对上李兆，却不是很够看。

秦斐转转手腕，一言不发，直接执剑刺了过去。

李兆有些暴躁，漆黑的眼眸里浮动着不耐烦。

“你到底想干什么？”

他打得过，却只能在秦斐的剑下闪避，被秦斐缠住。

秦斐还是不说话。

李兆脚底踩着步法，御着轻功轻轻一点，站到了秦斐的剑尖上。

他是来找小包子的，又不是来跟秦斐打架的，而且还要让着。

“真要打？”李兆冷冷地盯着秦斐。

秦斐还是不说话，他剑尖一挑，动作表明一切。

兔起鹘落，李兆掠向一边的竹林，随手一折撇下一根细竹，不再避让，直接攻了上去。

细细的竹枝轻轻一磕，黄叶尽数落。

秦斐和李兆四目相对。

“说了你打不过孤。”李兆兴致不高，他今天不想动手。

秦斐轻哼了一声，剑光伴随竹影摇动。

“你再如此，孤就不会看在你妹妹的分上留手了。”李兆又一次将秦斐逼停。

秦斐听见这人还敢提起他妹妹，手腕一转，直接使着剑身强行挡开竹枝。

“臣不用陛下留手，舍妹也担不起陛下轻薄。”

轻薄？李兆眸光一闪。

他使着竹枝直接打在秦斐手上，逼得秦斐不得已松开了手中的剑。

李兆负手懒洋洋而立：“难道不许孤欢喜人了？”

秦斐将剑拾起来，俊秀的脸上丝毫没有笑意：“陛下好大的面子，可就算欢喜，这也要两情相悦才能做，你有问过穗穗欢喜你吗？”

4.

她欢喜你吗?

李兆很轻很轻地挑了下眉：“你又不是她，你怎么知道她不欢喜孤。”

他眸色深深，若是欢喜了其他人，那便杀掉看她还有谁可欢喜。

秦斐手里提着剑，他朝着李兆继续攻过去。

“陛下从高处往下看，看到的都是蝼蚁，舍妹不才，担不起陛下青眼。”

陛下若只是一时兴趣泛泛，受苦的只会是他家的穗穗。

不是论男女，而是他妹妹本身就是被迫卷入这场情爱，谈什么以后?

这或许是欢喜，但也仅仅只是欢喜罢了。

李兆以竹枝相横挡住剑身，然后手腕一动，用着巧劲儿直接将剑击飞出去。

“孤做什么难道还要别人许可不成？”

李兆丢掉竹枝，插在一边的土里，淡漠的眉眼寒凉如冰。

他看着秦斐，眼珠漆黑：“秦斐，你在孤的眼里，也是蝼蚁。”他眼尾轻轻挑起，生来就养成的矜贵不经意间泄露出来，“别惹孤不高兴。”

李兆又变作一副惫懒倦怠的模样，他准备往长廊走。

秦斐却拿起了竹枝再次攻了上去。

李兆眉眼冷了下去，他没再留手。

双指夹着竹枝，李兆用力下压，秦斐的虎口慢慢裂开，流出了血。

但是秦斐，向来最会审时度势的温润青年没有犹豫依旧攻了上去，血滴一点点浸湿他的手背，艳红触目惊心。

李兆松手转身避开，唇动了动：“疯子。”

秦斐叹了口气：“若不是为了拦住陛下，也不至于疯一次。”

纯黑色的衣衫随风轻扬，李兆立在冷冷的月光中，暴躁得很：“你到底想怎么样？”

秦斐站到了长廊前头，挡住了李兆往前走的路。

“还请陛下放了穗穗。”他朝着李兆深深行了一礼。

李兆揪了一片方才被剑削得只剩一半的叶子，在掌心碾碎：“如若不呢？”

秦斐微微笑起来，脊背挺得很直：“那臣只能拼命一拦了。”

“你威胁孤？”李兆扔掉揉成了一团的叶子，飞快地蹙了下眉，“且不说你拦不了，你为何拦孤？”

秦斐眸里尽是苦涩：“陛下，臣怕有朝一日，会为今天不拦陛下后悔。”

男女情爱，不对称的开始，哪个敢赌会有对称比肩的结束呢?

秦斐指着凉亭：“还请陛下移步。”

这是要长谈的节奏了。

李兆直接薅了一手的叶子，一口气碾碎了才半垂着眼没精打采不情愿地抬步走向了凉亭。

“不怕孤直接杀了你然后万事一了？”他冷冷出声。

秦斐又挂上了那副笑面具：“杀不杀是陛下的事情，臣从外祖那里听到了些关于陛下太子时的逸事，臣斗胆试试。”

太子，李喻韫。

李兆是真的想杀了秦斐。

没有人能一口气连踩了他两个痛脚还活着。

但是这还没完，秦斐又踩了第三个:“陛下的头疾现如今可还能控制得住？”

李兆轻嗤一声：“用得着你关心？”

秦斐倒茶：“臣也不想关心。”

李兆捻了捻手指，觉得那根竹枝可以捡回来。

“请，陛下。”秦斐把茶推了过去。

李兆直接坐到了凉亭周边的长凳上，他背靠着柱子，半垂着眼，手里把玩着刚顺路摘的花，若不是手里占着，他真不确定自己现在能不能忍住杀掉秦斐的冲动。

比起秦斐的武功，显然秦斐更为出色的是他的智谋。

此两者无论用哪一个去衡量秦斐，他均是举世无双的天才郎君。

但是倒霉遇上了李兆。

天才固然千年不世出，但是唯独拔尖儿的天道偏宠只有一个，李兆，像他这样的才真是夺天造化，天也嫉妒，万年不一定有呢。

但是这又怎么样?

李兆现在是眼睁睁地看着自己进了秦斐的套儿，这个也很容易解决，杀了秦斐完事儿，但是不能杀，李兆反复提醒自己。

他对秦斐的话仿若未闻。

秦斐也不生气，他提起茶壶给自己也倒了一杯。

“臣不用合适不合适武断，但要做选择的是穗穗，不是陛下一个人，陛下可曾给过穗穗决断的机会？”

某种程度上，秦斐或许才是现在最懂李兆的人，这世界上，李兆谁都不要，谁都不在乎，只要个穗穗，不是爱，也不是其他的，只是偶然入了眼，上了心，不松手了，偏执成狂。

亦善亦恶，说他现如今在编织一张穗穗逃不掉的大网也好，说他情有独钟也好，说他强制偏执也好，秦斐都不在乎，这些也对穗穗以后是否能过得很好并不重要，重要的是穗穗起码要知道，起码要在李兆那里是个不是什么小玩意儿，也不是什么可以随意放置的物件。

他的妹妹，是世界上最珍贵脆弱的宝贝。

“穗穗很弱，弱到需要陛下一直留心着，陛下要想好了。而且，再像这样闯进穗穗屋子里的事情，最好不要有第二次。”

李兆第一念头是自己凭什么要听秦斐的。

第二念头是弱是真的弱。

第三念头是管得真宽。

“还有没有了？”李兆微微抬眼，“孤怕你一会儿死了没机会说了。”

秦斐失笑：“臣言已尽，陛下随意。”

李兆不耐烦地起身，纯黑色的大袖衫随着风扬起，房顶上轻轻响了一下，秦斐面上变了色连忙避开，他方才位置上方的瓦掉了。

果然是睚眦必报。

又等了几息，他才蹙紧眉看向自己的手，挺疼的。

他走出凉亭，去寻那把剑。

人都多多少少自私，绝不存在任何例外。

李兆又折了回来，凭什么他要听秦斐的?

他今天还没见着小包子。

窗子闭着，李兆轻轻动了动，然后挑了挑眉，呵，还锁上了。

李兆又一次御了轻功跃上房顶躺到了房脊上去。

房瓦有点硬，李兆将手枕在脑后。

他半耷着眼看月亮，此时月亮好像离他格外近，那便离天上也近了吧。

他慢慢闭上眼，胸腔缓慢地起伏。

月光撒在少年郎君昳丽的面庞上，勾勒出如工笔般精致的眉眼。

被他喜欢上确实是一种灾难，李兆扯扯唇。

起码到目前为止，秦穗穗跑不了了。

李兆的人生字典里，从来没有“被拒绝”三个字。

星子闪烁着。

穗穗强撑着的眼皮慢慢下坠，像是承载了千钧之力。

郎君今晚没来。

她闭着眼迷迷糊糊想，她还不知道见了郎君应该怎么办呢。

十里桂香，佳期如梦。

今晚十五，不知道月亮好不好看，穗穗又想起点乱七八糟的事情，不然明早做点儿桂花甜粥，明晚或许可以拉着哥哥和外祖一起看月亮?

穗穗的呼吸渐渐趋于平稳。

5.

然而第二日，穗穗并没有做成粥，因为他们要去大理寺对簿公堂，时间赶早。

时隔不过几天，昔日的秦国公就再次大变了样，他被衙役用轮椅推着上来，眼角斜着，嘴边的哈喇子怎么擦也擦不干净。

穗穗悄悄别过眼，这样的尊容，还是有一些影响她食欲的。

相国今日也来了，坐在一边旁听，此时眼瞧着秦国公这个废物，简直觉得脏了眼。

真是成事不足，败事有余的废物。

秦国公殷切地看向相国，这是如今捞他出去的唯一希望了。

“相国大人。”

他刚靠近，相国便闻到了一股恶臭，像是隔夜的饭菜发了馊。

大理寺的大牢到底是干什么的?

相国眼一横，秦国公就不敢再向前，只是巴巴地瞧着相国。

一个嘴斜眼歪的恶臭盯着人……

相国往日很是享受这种阿谀奉承的目光，犹如众星捧月一般，此时却受不了了。

他冷淡地点了点头，便赶紧让秦国公有多远滚多远。

穿着深红官服的官员上堂，惊堂木一敲，四下皆静。

“原告秦斐，前秦国公独子，秦国公世子。

“被告秦南，秦国公，乃原告叔父。

“一家杀人案，兄弟两阋墙，秦南，本官问你，那段府之火，是否是你派人点的？”

“……”

穗穗立在段大学士身边，听着各方倾诉忍不住揪紧了衣裳。

段大学士看出外孙女的担心，安慰道：“你哥哥不会有事，这烧的可是我的宅子。”

段大学士桃李满天下，不少弟子入朝为官，哪里肯见得自己老师受苦？

“人证物证俱全，那火确确实实是你身边的亲信长随放的，秦南，你可有意见？”官员道。

秦国公大呼冤枉：“是我那长随放的，可不是我！他是想害我！”

人证物证俱全，长随是跑不了的，秦国公只能断臂求生，这也是相国跟他说的。相国已经擦掉了往昔他做的那些事情，只要这件事情告不实，他就还会回来。

官员看向长随：“你说呢？”

长随只能拿命填上，他一家老小都在秦国公府呢。

他跪下认命。

眼见得秦国公就要给跑掉了，秦斐朝着官员一拜，出声道：“这长随与我往日无怨，近日无仇，为何要坑害了我？”

秦国公粗短的眉毛皱起，他原本想着这就该完了，怎么这小子还要把他拉下水？他眼神暗示长随，半是威胁，半是恐吓。

“我不喜欢这位世子。”超了戏本，长随只能自己编，“我看着国公府里的小公子出生，早把他当主人一样看待，怎么能再冒出一个世子呢？”

秦斐摇了摇头：“这完全没道理，就凭你，哪里来的这么可调遣的势力？”

长随只是替罪羊，他清楚里面的弯弯绕绕，也清楚里头各方的较量，那些势力根本都经不起查。

他张了张口又闭上，不能说，什么都不能说。

形势急转直下。

长随被秦斐一字一句逼得哑口无言。

秦斐抿唇：“而且对一个不过仅仅出生几个月的幼婴喜爱到愿意为他杀人？据我所知，除了秦国公，你是唯一能够在秦国公府内外院自由出入的人。最重要的是，你和那小妾曾经是青梅竹马……”

大家的眼神变得很微妙，再看向秦国公的时候变得更微妙了。

秦国公老来得子的消息大家都知道，可是谁想这竟然不是他的种？

啧啧啧！

坐在椅子上的秦国公咬牙切齿，恨恨地看向长随。长随有点撑不住了，他百口莫辩：“爷，小的没有。”

可是秦斐早有准备，他直接拿出了证据：“那若他不是，你凭什么护着他？”

要么被绿要么认罪，秦国公面临的就是这么个情况，要么沦为整个京城的笑柄，要么下了大狱。

还不等秦国公决断，秦斐又扔出了一个证据，来自秦国公夫人的口供。

刚刚只是在开玩笑，此时才开始打机锋。

口供被呈了上来，相国的面色越来越凝重。

他没想到，秦斐的入手居然不是长随，而是那个女人。

那个女人不是嘴硬得很吗？怎么就给招了！

秦斐这一式，真真切切打了所有人一个措手不及。

这份口供确实难拿。

月上中天，秦斐出来前，段大学士极其不放心，问道：“今晚的事情有几成把握？”

秦斐笑了笑：“八成吧。”

他托了段大学士关系，才能进了大理寺看到秦国公夫人。

“二婶。”

已经过了两夜，正是最熬人的时候，秦斐时间卡得刚刚好。

秦国公夫人面上是枯瘦的黄，她靠在墙角：“你来干什么？”

秦斐做了很多功课，秦国公夫人是他所有算计里最优的一个解。

“二婶，二叔招了，说是你做的。”

秦国公夫人眸光一闪：“你来套话就大可不必，明明是那长随做的。”只要咬死长随，看秦斐能拿他们怎么样。

秦斐温和地笑笑：“二叔可不是你，二婶。”

秦国公夫人丝毫不怀疑秦斐的智商，否则不会设了套让他们都给钻了进去。

同时，她无数次怀疑过自己夫君的脑子。

那个废物，简直就是个没有脑子的混账玩意儿。

秦斐会用什么方法套得那个废物的话呢？

秦国公夫人瞬间想了许多，她太了解自己的夫君了。

秦斐静默地站着，铁栅栏在他鼻梁上投下淡淡的阴影。他看着秦国公夫人，眼神莫测：“我要秦国公的位子，二婶。”

所以，那个废物必须死。

秦国公夫人瞬间就理解为什么秦斐会来找她。

她摇摆不定，那个废物会蠢到这种地步吗？把自己的命交到他的手上合适吗？

秦斐叹了口气，他从衣袖里拿出来一张按了手印的笔供。

秦国公夫人扑了过来，只一眼，她就认出来那笔迹。

“说吧，要怎么办？”女人的声音像是幽魂，轻飘飘的。

秦斐将自己从回忆里剥离出来，那笔供自然不是秦国公写的，而是他自己模仿的，也亏得是时候刚好，而秦国公夫人疑心深重。

他微微一笑，然后朝着主审案件的官员弯腰一拜，再抬起头时抿着唇：“我二叔毒杀我父，又刻意不管我娘的病情，致使她活活病死，如今又要杀我，三桩罪孽，死有余辜。”

话语出口，掷地有声，惊天往事，一笔翻出。

主审的官员呼吸微微一滞，这案件水深他们知道，无非就是控制好挖的深度，不要牵扯到不该牵扯的人身上，但是谁想还有这等大案子!

相国听见秦斐的话，虽然早有预料但还是眉眼阴沉得能滴出黑水，秦斐果然知道当初的事情。

若是秦南这废物利索些，哪里会有秦斐张口的机会!

人人心思各异。

当穗穗听见“毒杀”“病死”的字眼时，她有些难以置信地睁大了眼，纤长的睫毛不受控制地闪了两下，像是风吹了进来，酸涩生疼。

一段童年回忆抖得落了进来。

“哥哥，别人都有爹娘，穗穗的呢？”穗穗低头使着力气在掰李子，但是她力气太小，掰红了大拇指也没掰开，反而是掌心出了汗，李子咕噜咕噜地滚落到了地上。

“在天上做星星。”一只手拾起李子，是秦斐。他温和地笑着，用水洗了洗李子，然后掰开递给穗穗，“在天上做星星看着穗穗长大。”

穗穗眨巴眨巴眼，嘟囔道：“我还是更喜欢哥哥，哥哥别做星星好不好？”

一只手揉了揉穗穗的头。

哪怕来不及见面，来不及记忆，穗穗恍惚之间还是感受到了一种莫大的悲伤。

她的爹娘，原来是这样变成了星星呀。

穗穗的身子轻轻晃了晃，然后被人接住。

怎么轻成了这个样子？刚到的李兆心想。

然后，他就瞧见穗穗红了的眼眶。

怎么还哭了？李兆蹙眉，他拉着人直接走了进去。

一波未平一波又起。

“陛下。”

所有人都如是叩拜道。

6.

官员慌了，陛下怎么会从紫微宫出来，他偷偷抬眼去看李兆的脸色，心里暗叫不妙，陛下看起来心情不好的样子。

相国沉着脸，李兆怎么来了？

但更让人吃惊的是，他们那位不太喜欢跟活人接触的陛下竟然还拉着那个名叫穗穗的小姑娘的手。

相国神色难以捉摸，先前李兆身边几乎没有人，这个名叫穗穗的却直接住进了紫微宫，而现如今，李兆更是直接和她碰了手。他将目光落到了穗穗身上。

秦斐的目光从李兆拉着穗穗的手上扫过，最后沉甸甸地落到了李兆身上。

家里的大白菜被猪拱了，任谁都高兴不起来。

官员也是有眼力见的，当即就诚惶诚恐想将位子让给李兆，李兆却直接让人在左侧加了席位，坐在了一边，示意他案件继续审理。

官员于是又坐了回去，却只觉得如坐针毡。

陛下怎么来了？是不是他哪里疏漏了？是不是他要死了？

“别哭了。”李兆直接把一盘糕点推向穗穗，“哭什么呢？”

有什么好哭的？

穗穗不说话，低着头，能够瞧到泛红的鼻尖和时不时耸动的肩膀。

李兆揉了揉额角，直接从袖子里拿出帕子，三下五除二，给穗穗擦了脸。他的动作并不算多轻柔，眉目也不算多缓和，甚至因为心情不佳墨色浓极的眉蹙着，眼里的烦躁藏也藏不住。

他拿了笔墨纸，放到桌子上：“你哭什么好歹也要说，总哭算个什么事情？”

穗穗闻言慢慢抬起一张泪痕依稀的脸。李兆擦得太随意，她又拿起帕子，给自己一点一点擦了干净。

只剩眼眶和鼻尖还是红的。

怪招人可怜的。

小姑娘慢吞吞提起笔，写字。

“郎君你来了。”

李兆不耐烦地“嗯”了一声，然后道：“问你哭什么呢？”

穗穗摇了摇头，写道：“穗穗现在不哭了。”

所以这是不跟他说。

李兆简直要被气笑，他眉头又蹙紧，末了，直接闭目养神，不想再去看这闹心玩意儿。

但是穗穗又扯了扯他的衣角。

李兆不高兴地睁开眼，没好气道：“干吗？”

“郎君，你最近好好吃饭了吗？”纸上写着，“穗穗学了干贝银丝羹，文思豆腐也差不多会啦。”

李兆瞥了穗穗一眼，不是不说吗？还管他干吗？

“别管我。”李兆冷声道。

他又重新闭上眼。

又过了一会儿，他睁眼去看，发现那没良心的小包子又去看公堂上的秦斐了。

呵。

秦斐今日打得很漂亮，秦国公在他步步逼问下，几乎难以自持。

“难道二叔又要说，这些都是长随指使的？”秦斐看着秦国公，温和一笑，比讽刺还要扎了秦国公的心。

又是这样。

秦国公大幅度地喘息起来，他头脑眩晕，眼睛发花。

秦斐这边一条条证据罗列了出来，都是实打实的铁证，将秦国公恶意弑兄刻意害嫂钉得实实的。

长兄如父，长嫂如母。

秦国公做的事情显然违背了天理伦常，周边虽然没有议论，但是秦国公能感受到聚集在自己身上的那些非议打量蔑视的眼神。

秦国公瞳孔渐渐放大，面色越来越扭曲。他眼睛一眨不眨地死死盯着秦斐，秦斐渐渐虚化得更强壮了些，面容更坚毅了些，那是秦北，他兄长，前秦国公。

秦北永远比他出色！

凭什么众人目光都放在秦北身上，而他只能像个可怜的垃圾沟里捡回来的！

凭什么秦北人人称颂，凭什么！

那杯毒下进去的时候，他简直快活极了，压在他身上数十年的大山要没了！

他那好兄长毫不犹豫地就喝下了他送去的毒药，然后他再栽赃给从段家嫁进来的那个女人，让她以为是自己亲手毒杀了夫君。

他要逼得秦北家破人亡，妻离子散！

秦国公眼里闪过一丝狠劲儿，然后又变得慌张无比。

他想活着！

他看向相国，却发现那个人一副事不关己高高挂起的模样。

相国显然也知道弃车保帅的道理，任秦南传递哀求的眼神，相国都毫不动容。

秦国公的眼神逐渐归于绝望，他耷拉着眉眼，看起来竟然有些可怜，面无表情地听着秦斐每一项指控。

都是他们逼他的！他难道不想像秦北一样生来万众瞩目？他是个私生子就注定该活在老鼠沟里不见天日？

只有权势在手才是好东西！

只有权势才是好东西！

秦国公的眼神渐渐变得疯癫。

唯唯诺诺的日子他不想再过了！

他不后悔！

凭什么秦北就是他活不到的样子！

凭什么！

“你爹当时待他还挺好。”段大学士道，“若不是他请了老国公，就秦南一个私生子怎么入了家谱？又怎么上得了学？呸，真是狼心狗肺的东西！狗咬吕洞宾，不识好人心，你爹对他多好，他却都不记得，只觉得秦国公府他也该分一杯羹。”

晚上，三人坐在一起看月亮，段大学士想起来秦南的狼心狗肺就气不打一处来。

十五的月亮十六圆，月光清冷，仿佛在地上撒了一层白霜，漫天繁星，又高又远地闪烁着，微光温柔。

今夜没有云，天气也晴朗。

段大学士还在絮絮叨叨，提起往事就仿佛开了话匣子，这些事情憋在他心里有许多年，无可诉说，无人能听。

此时却有了，秦斐给穗穗手里塞了个圆枣，穗穗便听段大学士说，又抬眼看月亮找星星。

“老夫对不起你娘。”

段大学士说着往事悲从中来，声音渐渐小了，叹气倒是比原来多多了。

入了秋，风变凉了。

段大学士年纪大了不能久坐，秦斐便扶着段大学士先回去，然后才又折回来。

“看什么呢？”

穗穗拿出小纸，认真写：“星星。”

秦斐肩线微松，他也坐了下来抬起头看星星，兄妹俩谁也没说话。

“穗穗。”秦斐突然出声。

穗穗眨巴眨巴眼，看向秦斐。

秦斐依旧是抬着头的模样，只是嘴角轻轻扬了扬：“阿娘跟我说，禾成秀为穗。”

穗是秋天稻谷顶端的花或果实，是禾长大了，能够收获的标志。

“阿娘希望你好好长大。”

秦斐轻轻呼出一口气，他垂下眼，笑意温和，揉了揉穗穗的头发：“哥哥希望你岁岁平安，长乐无忧。”

他站起身来：“一会儿早些回去睡。”

穗穗瞧着秦斐渐行渐远，忽然抬头又去看星星。

晶莹的水雾不知道什么时候又蕴满了那双漂亮的眼睛。

一闪一闪，也像星子。

又哭。

李兆坐在房顶上，很轻很轻地蹙了下眉。

7.

纯黑色的衣衫翩翩而落，像一只驻足花蕊的静谧蝴蝶。

穗穗瞪圆了眼，还没来得及惊呼出声就被人给捂住了嘴。

李兆的手很凉，也幸亏他眼尖手快，秦斐还没走远呢。

待到穗穗平静了些，李兆才松了手。

这么一番折腾，穗穗纤长的眼睫上沾了水雾，眼里的雾蒙蒙却淡多了。

“又哭什么呢？”李兆的声音有种秋夜寂然的凉。

穗穗揉揉眼，眼尾蹿出点红，她拿出随身带着的本子：“穗穗没哭。”

李兆轻嗤一声。

穗穗的腰被他一手搂住，盈盈不堪一握。

小姑娘的腰就像她的人，软乎乎的。

李兆松开手，穗穗微微趔趄了两下，郎君怎么二话不说就带她上房顶呀。

瞧见她磕磕绊绊，李兆迅速撇开眼牵住了穗穗的手腕。

“想看星星？”他问。

穗穗的本子上还记着对秦斐的回答，李兆方才瞧见了。

穗穗眨巴眨巴眼睛，犹豫了一下，乖乖点了点头。

脚下凌空，秋风寥寥。

穗穗的腰又被李兆再次握在掌心。

她有些瘦了，李兆漫不经心地想。

出了段家别院，李兆带穗穗落在长街的青石板上，他吹了个短促的口哨，踢雪乌骓不知道就从哪里跑了出来。

小黑白，穗穗见了踢雪乌骓有些欢喜，她已经很久没有见过它了。

踢雪乌骓也很亲昵地蹭了蹭穗穗，马通灵性，然后它看向了主人李兆。

李兆揽着穗穗的腰坐在马背上，他慢条斯理地给穗穗理了理衣摆，然后拉起缰绳，夹紧马肚。

踢雪乌骓扬起雪白的四蹄踏在凉凉的青石板上，一路朝着皇宫奔驰而去。

紫微宫的各处穗穗基本都去过，但是这一次李兆还是带着穗穗到了穗穗从未去过的地方——紫微宫的顶端，顶层的顶。

穗穗紧紧揪着李兆的衣袖。

太高了，她甚至不敢往下看。

寒风吹起李兆的纯黑色大袖衫，他微微蹙了下眉，拍掉穗穗的手，然后点着足尖整个人像融入了茫茫夜色，消失不见。

顶端之上孤零零，整个京城的灯火都尽收眼中，大千世界，仿佛一览无余，穗穗抱紧了手臂，往后慢腾腾地退，她怕掉下去。

时间仿佛又被拉长，穗穗不吭声，紧闭着嘴，等着郎君上来。

“怎么最近这么爱哭？”李兆倏地出现，然后穗穗身上又落了件大袖衫。

穗穗眨眨眼，把水雾眨回去。

李兆瞧着她的举动轻嗤一声，他拉着穗穗往后走了走，然后摁着穗穗的头坐下。

“不是要看星星吗？看吧。”

穗穗闻言果真抬起了头。

远处山脉像潜伏在深夜里安眠的野兽，而天上，微光满布，繁星点点。

穗穗怔怔。

离得近了，大概是能听到星星在说话的吧。

穗穗伸出手，一时间有点分不清手指上的温度到底是来自她自己还是星星。

她从来没见过阿娘和爹爹，却每天晚上都能瞧见星星。

天天都有，月月都有，岁岁都有，只要她还在，就总能瞧见。

穗穗眨巴眨巴眼睛，忽然把整个头都埋在了膝上，肩膀一耸一耸的，瘦弱的身子上披着纯黑的大袖衫，衣袖舞动。

李兆立在一边，也抬起头，微撩起眼皮，银河烂漫，恒星亘古。

有什么好哭的?

他漆黑的眼珠像一面镜子，倒映着所见所闻，繁星点点像落在他眼眸里，更为璀璨。

但他又是没什么温度的，璀璨且寒凉。

万物都映在他眼中，他什么都见了，但是无感也毫不在乎。

李兆低头，凉风吹动他散落的发丝，顺滑得像上等的绸缎，看见了穗穗，他的眼中才算有了点温度。

尽管是不耐烦。

“别哭了。”

他丢了块帕子给穗穗：“看个星星也能哭？”

穗穗抽抽噎噎地抬起头，鼻尖泛着微红，两只手将自己的膝盖抱得紧紧的：“郎君，我想我爹娘了。”

她呼吸有些短促，连带着写的字也不太好看。

想爹娘和看星星?

李兆并不理解，但这并不妨碍他：“想也没用，人已经没了。”

他并不如常人一样安慰什么别难过别伤心，什么你爹娘恐怕也不愿意看见你这样。

李兆直截了当。

微红的唇扁了扁，穗穗抱着膝。

李兆在她旁边坐下，一只腿散漫地屈着，想了想，又添了两句：“活着的人和死了的人，也就只能想想了。”

他面色很淡，没什么悲喜。

穗穗陡然想起自己从来没听李兆说过自己的爹娘："郎君，你不想你爹娘吗？"

李兆瞥了眼本子，半垂着眼，手指在抠一边的瓦片。

"不想，没想过。"

他答得很是干脆。

穗穗偷偷觑了觑李兆的脸色，郎君不想吗？为什么不想呀？

"郎君，你爹娘对你不好吗？"穗穗写道。

李兆懒懒打了个哈欠，散漫道："好，很好。但是想什么呢？有什么可想的？"

"那郎君有想过什么人吗？"穗穗因为惊奇而微微蹙眉。

李兆像是想到了什么陡然顿住，他并没有回答穗穗，而是道："你管那么多干什么？"

他凉薄的眉眼有些凶戾："想有什么用？活着的人折磨或者安慰自己罢了。你自己还是个小哭包，怎么还管别人那么多。"

穗穗低下了头，垂着眉眼，纤长的眼睫下敛，在眼下落下淡淡的阴影，她伸手把自己的小本子揣回了袖子里。

两人之间陷入了良久的静寂与沉默，只有风声隐约。

没多久，李兆眼里的暴躁藏不住了，他伸手掐住穗穗的下颌，迫使她抬头，然后就瞧见那双漂亮干净的眼里噙满了泪。

烫烫的，落到李兆的手背上，李兆漆黑的睫毛动了动。

又哭。

故意挑战他耐心的吧，李兆抿紧淡色的唇。

"不许哭。"他有些凶。

滚烫的泪珠从穗穗有些发红的鼻尖旁落下去。

"不许哭了。"

李兆掐着穗穗下颌的手松开，他伸手抵住额头，有些烦，这还不如是哪个人刻意忤逆他，回头痛痛快快杀了吧。

他还没不高兴她先不高兴了，这叫什么道理，他想站起来走人。

然而站起来前，他瞥了眼穗穗，小包子似乎哭得很是伤心，连一个眼神都没腾出来。

他怀疑自己上辈了是不是欠了这小包子的债。

李兆又坐了回去："哭什么呢？"

穗穗很少生谁的气。

但是今天晚上她实在不是很高兴，别开眼，扭过头，不看李兆。

李兆挑了挑眉。

"我是哪里对不起你了？你让找亲人，我帮你找了；你想和他们一起住，我也让你住了；你想看星星，我也让你看了。”他撑着下颌，也不太高兴，“秦穗穗，我已经饿了很多天了。你要是还这样，我就把你剥皮去骨蒸了红烧吃。”

穗穗瞪圆了眼。

她从袖子里拿出小本子，唰唰地写：“郎君说我是个哭包。”

李兆默然，他还以为是自己语气不好又把小包子吓着了。他努力回想了一下，自己似乎确实有说过这样的话。

他轻嗤了一声：“说你是个哭包你就哭？”

“那是我的错。”他承认道，非常坦然，“你不是小哭包，是个大哭包。”

穗穗：“……”

她眼睛红彤彤的，完全不懂为什么会有人有这样的逻辑。

眼见着穗穗眼里又蓄满了泪，李兆声音和缓了些，他确实觉得说小包子是个小哭包不是什么大事，但现下看她哭得这么厉害实在头疼。

还是别说了吧。

“别哭了，以后不说了就是。”李兆往袖子里摸去。

没帕子了。

最近帕子怎么费得这样快?

李兆轻轻叹了口气，他扯起自己的衣袖给穗穗擦了擦脸上的泪，然后抬头看向头顶广袤无垠的星空。

“秦穗穗。”他唤着穗穗的名字。

穗穗抬起头，嗯?

李兆慢慢道：“人如果没了就是真的没了。后人的想念祭奠都是无用功，起码对他们毫无用处。”

穗穗眨巴眨巴眼睛。

“如果能忘了就忘了吧，人死了记挂着又没什么用的话，就都忘了算了。”李兆低声道，“有时候，想起来不是安慰，而是对自己的折磨。”

穗穗觉得自己说想念也不太对，她没有关于父母一丝一毫的记忆，她只是会想，如果他们还在。

一身血肉都是父母恩赐，她想见他们，天生如此。

她从袖子里拿出小本子，写道：“穗穗不记得他们了。”

干净的眉眼哭过后有一种柔弱可怜的静美。

穗穗继续写道：“我好像没见过他们呀。”

生恩无所报，报谁？只能自己记得。

李兆撩起眼皮：“那就忘了，彻彻底底地忘了，反正记着也没用。活着的人有活着的事情。”

这话乍一听有些残忍，但是将它说出口的李兆眉眼不是冷戾，而是一种怜悯。

忘了最好。

对穗穗起码是最好不过的结果了。

记挂着又没什么用，也不是给谁看的。

只要记着，这些东西早晚有一天会沉进心底，变成经年的旧梦，只要活着，就总会受到些许困扰。

因为无解。

无论再想报答，都不是报答给那个人了。

无论再亏欠，也偿还不了了。

既然遗憾想念无用，不如忘得干干净净，而后重新来过。

穗穗还不太懂郎君眼里那些很复杂的情绪，她只是觉察到了李兆的认真，郎君不会害她，她便点了点头。

紫微宫大概是整个京城离天上最近的地方了。

银河里的每一颗星星都看得清晰，穗穗轻轻吸了吸鼻子。

“郎君，你为什么要建紫微宫啊？”她忽然想起来这个问题，写好了递给李兆。

穗穗之前听谭四说过，紫微宫原先确确实实是一座宫殿，而不是这样高得可以说是紫薇楼的样子。

“因为不想住地上。”

地上？

好像确实就能解释得通，郎君大部分时间都住在树上，床上，紫微宫顶层，离地面都无比远。

穗穗点了点头，然后打了个喷嚏。

“阿嚏！”

吹了风还哭了一场，便有些风寒的征兆。

身体真弱。李兆想。

他一把搂住穗穗的腰，从紫微宫的顶上一跃而下。

今夜月色很美，京城的灯火燃燃。

穗穗在家门口附近的小巷里下了马，摸了摸踢雪乌骓的鬃毛，写了字：“郎君，穗穗回紫微宫住吧。”

郎君方才说自己饿了好多天了，她才倏然想起自己没有给郎君做饭来着。

“明天中午吃文思豆腐好不好呀？”穗穗想了想，在纸上又添了一句。

李兆挑了挑眉：“你想就行。”

嗯？穗穗不解。

但李兆并未解释。

凌波微步和踏雪无痕都是上乘轻功，踩个瓦片当然不在话下。

李兆把人送到了花园里头，然后就又消失不见了。

穗穗看着天上黄澄澄的月亮和闪烁的繁星，总觉得像一场梦境。

但是她身上又切切实实披着那件纯黑色大袖衫。

方才坐着和骑马还没感觉，如今她自己走动间便觉得长了。

穗穗提起下摆，朝着屋子晃了进去。

案件还在继续审理，但是贡院已经要放榜了。

段大学士这几天格外紧张，一定要拉着秦斐去孔子庙拜拜。

秦斐正疑惑这几日陛下居然真的没来寻穗穗，他本来想着他那些话能奏效个三五天就算不错，谁想竟然有效期这么长的吗?

“阿斐，和我去吧，去拜拜先圣孔子啊，走吧走吧。”段大学士三句不离求拜。

“这时候名次都已经出了，只是在核查而已，拜了有什么用呢？”秦斐拒绝。

但就连在一边的穗穗也在劝：“哥哥不如去拜拜呀。”

秦斐无奈，他总觉得妹妹特别怕他考砸了。

连推带劝，秦斐才应下了孔子庙之行。

“穗穗你想去吗？”

“要去多久呀？”穗穗问时间。

秦斐想了想：“也就一天两夜。”

穗穗闻言摇了摇头，写道：“那我还是找谭四姐姐玩好了。”

谭四府上守卫森严，秦斐并不担心，点了点头。

这样，穗穗便落了单。

秦斐一行人在下午出发，傍晚的时候，穗穗去灶房忙活。

灶房的人都识得她：“娘子，今儿就你一个人用饭，做不了这么多啊。”

穗穗眨巴眨巴眼，有些心虚，抿着唇慢慢写道：“最近我胃口好了点。”

灶房的人便不再劝，眼睁睁瞧着自家娘子做了香喷喷的两人份饭菜。

夜幕渐渐降临。

李兆来得更是比往日要早些。

窗户外头贴着：“今天做了清蒸鲈鱼，郎君尝尝合不合口。”

李兆看到字条微微掀唇笑笑，然后揭下来字条，又变作面无表情，这才敲了敲窗。

穗穗听到声音忙跑过来，打开了窗户。

烛光绰绰，映红了穗穗的脸颊，她把筷子递给李兆，自己也坐在一边。

“最近秋水涨满，确实是吃鱼的好时候。”李兆接了筷子也坐下。

段大学士府上这鲈鱼也还算不错，再加上穗穗的功夫，做了清蒸鲈鱼味道还挺可口。

茶饱饭足。

李兆的一只手搭在桌子上敲了敲，骨节分明，犹如玉石，他想起来自己听到的秦斐走了的消息，决定趁机拐个人。

事实上，这也是他今天为什么来得这么早的原因，秦斐一出城，他可就收到了消息。

怎么拐呢？

李兆想了想，发现穗穗其实上心的东西还挺少，不过他还是找着了。

“御膳房的没教你做鲈鱼脍吧？”

穗穗听到“鲈鱼脍”这个名字愣了愣。

鲈鱼的吃法可太多了，但最出名的还得说那道鲈鱼脍。

说到鲈鱼脍要先说莼鲈之思，莼鲈之思源于一个名唤季鹰的名士，此人故乡在苏州一带，水乡出鱼米。这人外出做官，有一天秋风起，他忽然想起家乡的莼菜、鲈鱼脍，便辞了官，回家去了。

鲈鱼脍由此一炮而红，但是它太难了，难到了在所有鲈鱼的做法里快要销声匿迹的程度，鲈鱼做法千千万，味道也不错，何苦死磕哪一个呢？

以至于到了现在，鲈鱼脍的做法根本就没有保存下来，虽然它可能是和松鼠鳜鱼齐名的苏州菜。

穗穗是听过鲈鱼脍的，御膳房的大厨当时谈到鲈鱼脍时还一脸惋惜：“那么出名的菜，肯定也很好吃。”

鲈鱼脍……

穗穗在纸上唰唰唰地写：“郎君，你知道鲈鱼脍的做法呀。”

李兆点了点头。

“那郎君是从哪里读到的？”

“孤本里。”

穗穗眨巴眨巴眼，继续问：“哪一本？”

李兆眼里带上点笑：“皇宫的书阁，第二层第三十六架从左往右数第一百二十八本。”

穗穗惊了，郎君记性这样好的吗？

她完全没意识到重点是皇宫。

“你想不想学？”李兆声音和缓了不少，像是在诱拐前特意给出的糖衣炮弹，专门腐蚀穗穗的心智。

穗穗微微蹙了下眉，她想了一会儿，纤长的睫毛闪了又闪，最终下定决心，在纸上写道：“想。”

紫微宫的顶层，穗穗在桌子上发现了密封的黄色蜡丸。

“这是什么？”她问李兆。

李兆瞥了她一眼：“驱虫的药，别用手碰。”

穗穗听话地缩回了手，坐在位子上眼巴巴地看着李兆。

说好的鲈鱼脍呢？

李兆眼里漫上星星点点的笑意：“我去书阁给你取，你在这儿别乱跑。”

穗穗乖乖地点头。

李兆弯了弯唇，他心情不错，然后伸手在穗穗头上揉了一下。

穗穗拍掉他的手，无声地用目光谴责他：“快点去呀，郎君。”

连谴责都是软乎乎的，丝毫吓不到人。

李兆轻轻勾唇，他慢条斯理抚平衣衫上的褶皱，到了窗户旁，纵身一跃。

穗穗连忙跑过去扒着窗户沿儿看。

纯黑色的衣衫被风吹起，像只蝴蝶一样轻飘飘地落在了地上，而后轻盈得不可思议，朝着夜色茫茫处飞掠而过。

8.

李兆的速度很快，穗穗像是找着了武林秘籍的功夫高手，捏着书页眼睛一眨不眨。

而后，她眼睛瞪得极大极圆，太难了。

如果是秘籍，这本秘籍大概是从西域流传到中原，语言不通难以修炼的那种。

鲈鱼脍失传是有缘由的。

它的做法也就寥寥数百字。

“须入九月霜降之时，将鲈鱼浸渍讫，布裹沥水令尽，散置盘内，取香橙花叶相间。细切和脍，拨令调匀，并要配香菰（或茭白），不仅味佳，而且色美。”

四个字“拨令调匀”就打退了穗穗的心，她不太行，连着那道文思豆腐的刀工都是要练上好些天的，而这鲈鱼脍的刀工难度更高，堪比灯影牛肉。

等她会做了，九月吃鲈鱼的时候也该过去了。

小包子真是有意思，李兆心想。

他在一边坐下：“其实也不难，我曾经尝过一次。”

穗穗单手撑着脸看向李兆。

“不过是刀要快、轻、准。”李兆继续道。

“不过”这两个字是认真的吗？

穗穗扁了扁嘴，她力气本身就稍小些，控刀上也弱了点，光是一个“快”字，她就已然不行了。

“力气小有力气小的好处。”李兆道。

郎君是会读心术吗？居然这么厉害……

李兆带着穗穗去了御膳房。

夜里的御膳房只留了一盏小灯，其余烛光照不到的地方都黑乎乎的。

穗穗下意识地揪住了李兆的衣袖，走得慢了些。

李兆端着烛台把灯一盏盏点亮，然后找了条鲈鱼来。

只是示范，所以他工序没多严谨，用盐腌这些步骤都给省掉，鱼清洗过放在板上完事。

李兆提起刀，约莫是感觉不顺手，又拿去磨了磨，磨得刀尖雪亮。

穗穗眨眨眼，郎君会用菜刀吗？她只见过郎君用剑啊。

“郎君小心些，莫伤到自己呀。”

李兆轻嗤一声，活动了手腕，问穗穗：“你想要多厚的？”

穗穗想了想，先给出了一个一般值：“半指宽，要均匀些的。”

李兆漫不经心地瞧了眼纸，手下已然动起了刀。

鱼肉薄片均匀，顺着纹理斜斜而放。

不过几息，穗穗看得清楚，却越发惊骇，最后忍不住拍了拍手，在纸上写道：“郎君好厉害。”

半指宽并不难，难的是厚薄匀称。俗话说得好，三分勺功，七分刀工，光是几分刀工，李兆就已经是穗穗见过的人里面顶尖的一批了，只有御膳房的师傅可以做到这样。

李兆半撩起眼皮子，一只手从容地挽起衣袖，露出冷白的手腕：“还要多厚的？”

穗穗眨巴眨巴眼，露出本子：“半寸宽。”

李兆依旧没什么表情，像是在随手做一件毫无难度的事情。

雪白的鱼肉顺着纹理剥裂开，整齐漂亮。

穗穗轻轻拈了几片。

厚薄匀称，薄薄的一层。

穗穗的眼里是毫不掩饰的惊叹，这便又进了一步，只有御膳房的大厨能做到这般了。

从鱼肉里仿佛能看见刀沿着切面顺畅落下，行云流水，毫无阻拦。

这次不用李兆说，穗穗就给出了新的厚度，也是灯影牛肉、鲈鱼脍要求的基本厚度：“一厘。”

穗穗盯紧了李兆手里的刀，像是驯服的凶兽收起了利爪为他所用，服服帖帖轻轻松松地顺着纹理割了下去，有节奏感地在板案上敲出声音。

穗穗小心地用筷子夹起一片鱼肉，对着灯光照了照，能透出少许光。

她瞪圆了眼，郎君也太厉害了。

她回头去看，李兆一只手提着刀，一只手按着鱼，动作慢了些，刀蹭过鱼肉，割下了鱼片。

“五毫。”穗穗正色，拿出求知的态度，五毫是灯影牛肉和鲈鱼脍的标准。

李兆瞥了眼穗穗写着小楷的本子：“下次换个行书练吧，小楷看得眼疼。”

簪花小楷，就是之前秦斐让穗穗练的。

穗穗怔了怔，然后乖乖点头。

“五毫”就是鲈鱼脍失传的主要原因，牛肉在腌过后要比鱼肉组织紧密得多，切出来更流畅，刀不容易切滑断了片。

李兆动了动手腕。

他换了把更薄的刀，将刀身反复磨了磨，雪亮得几乎要盖过了烛光。

李兆按住了鱼身，漆黑的眼珠一动不动，拎起刀下去。

游刃有余。

穗穗只能想到这四个字。

仿佛五毫还是很宽绰的厚度，刀身纤薄在其中游走。

刀法很吸引人。

但是拿刀的人更吸引人。

李兆眉眼间平常那种恹恹与漫不经心都收了起来，漆黑的眼珠倒映着满室的灯火，淡色的唇微微抿着，侧脸在灯火下有一种暖玉般精致的白。

浓黑与冷白。

他的眉眼线条锋利纤薄，比他此时手上这把利刃还要薄，眼尾拉出了点轻拢慢捻抹复挑的惊心动魄，纵使认真起来，那些子散漫还在，只是收得深了。

李兆那一副好皮囊，当真是勾人心魂。

饶是那双眼睛有一分多情，恐怕见过的姑娘都会记得一生。

可没有，这双眼睛往往是冷寂的，犹如一面镜子，映照着别人，看不透自我。

深不可测。

漆黑犹如深渊，一眼杀人倒是真的。

穗穗注意到李兆的手上动作和呼吸节奏几乎完全融在了一起，他专心致志，仿佛只有这一盘鱼肉，在他的世界里。

短暂的时间因为那把刀而变得漫长。

李兆松开刀，扔在一边，那些漫不经心又回到了他的身上，他半倚着桌子，微微扬起下颔。

“嗯。”

这是示意穗穗看看，穗穗小心翼翼地用筷子拨开像是还连在一处的鱼肉，轻轻夹出了薄片。

烛光透过薄片落在了穗穗越睁越大的眼中。

她放下筷子，几乎是迫不及待地拿出了本子：“郎君，你怎么做到的？”

李兆低下头看着穗穗。

四目相对。

穗穗眨了眨眼，微微咬住唇，不知道为什么竟然有些想错开郎君的眼睛。

那双漆黑的眸子里锋芒隐隐。

但是下一刻，她就瞧见郎君轻慢地打了个哈欠，仿佛她所察觉到的凶戾锋芒都只是错觉。

“只要专注就可以。”李兆放下挽起的袖子，瞟了眼穗穗。

两人一起出了御膳房。

穗穗发觉郎君似乎又高了点。

她蹙了蹙眉，明明自己也高了些的呀。

李兆带着穗穗回了紫微宫，穗穗本想着自己该回家了，但是李兆已经又打了个哈欠。

“今天晚上太晚了，我累了，明天再送你回去。”

穗穗没说出口的话便咽回了肚子里，她把刚刚拿出来的笔放回了衣袖，然后点点头。

李兆转过身去，嘴角溜上一点点笑。

紫微宫的二层依旧是穗穗走时的样子，李兆将灯火都点燃了，但是他还没走。

“九层的床坏了。”李兆道，他直接躺到了二层的榻上。

穗穗眨眨眼，可她明明记得自己去九层的时候那床还是个囫囵样子。

李兆补充了句：“看着是个好的，其实一躺上去就散架。”

这便没什么可说的了。穗穗脱了鞋袜靠在床头觉得有些不妥，她掏出本子：“郎君，不然你睡床上，穗穗睡榻上吧。”

穗穗踢着鞋子噌噌地跑了过去。

李兆瞧了眼她露在微凉天气里的脚背，只想打发人回去：“风寒好了？是想明日继续得？”

穗穗眼巴巴地瞧着他。

李兆丝毫不为所动，搬了床薄被，然后将屏风拉了过来挡在床和美人榻之间：“回去，难道还要看我解衣衫不成？”

说话间，他扯了扯大袖衫的领口，露出雪白的里衣和一小截儿清瘦的锁骨。

非礼勿视，穗穗噌地闭上了眼，两颊是淡淡的薄红。

李兆失笑，继而抿唇。

“还不快点回去。”

穗穗闭着眼转身，小跑着赶紧绕过屏风回了床上。她踢下鞋子，钻进了被窝中，闭上了眼睛。

可是那一截儿清瘦的锁骨还在她脑子里晃。

非礼勿视，非礼勿视，非礼勿视。

穗穗张着唇无声速念。

在紫微宫和在段府别院不一样，段府的桂花香来自街口，离得远，香味浮动隐约，但皇宫的御花园是直接种有桂花的，离得近，在紫微宫闻到的香气就更浓烈些。

桂花香好似会催眠，穗穗终于忘掉了那一小点锁骨，脸颊上薄红一点一点退掉，呼吸逐渐变得平稳。

李兆半撩起眼皮，看向外头那轮缺了口的月亮，很轻很轻地叹了口气。

良久后，他坐起身子，捉了只茶杯倒了水，然后从衣袖里翻出一只药瓶，倒出了六枚药丸直接含进口中，一杯凉茶下去。

这药丸是佛家的秘药，效果大概就和什么安神香差不多。

但是安神香对李兆已经没用了，他自从上次头疾发作后，就整宿整宿地做梦，关于那时候的。

他整宿整宿地睡不着。

大和尚才给他拿了这药。

“头疾易解，心疾难愈。”

记性好有什么好的？倒不如干干脆脆都忘了干净好。

活着是幸运还是不幸，李兆已经懒得去想了。

但是起码此时此刻，他很愿意再活得久一点。

“我让谭四去段府接走你了。”李兆道。

有了他这话，穗穗便不用急着回去。

她在御膳房磨了很久的刀，刀得是自己的刀，或者说起码你得觉得趁手，这是郎君说的。

等到这刀真的纤薄锋利，只看刀尖仿若一条寒线，穗穗才懂了李兆的意思。

她几乎是提了一整个上午的刀，一直是这把刀，因为磨刀，她不停地换着角度姿势，眼下，这把刀的轻重，她清清楚楚。

这把刀在她掌心，仿如她身体的一部分。

这是她从未有过的感觉。

她从来没有用惯的刀，每一把刀于她而言，好像只是一道菜的缘分。

穗穗提起了刀，看向了鱼肉，一只手按好，屏气敛息，慢慢地用刀锋蹭了下去。

穗穗额头的碎发被汗黏住，她松动了下手腕，继续提刀下去。

她差得很多，不能像李兆一样游刃有余，一气呵成。

她仔细回想着李兆昨晚的动作，一样的角度提起刀，一样的角度斜斜切了下去，她像他一样。

穗穗就这样练了一天。

李兆立在一边偶尔瞥两眼，觉得照这个进度，或许这个月结束前就能吃到鲈鱼脍。

小姑娘的头发没怎么打理，只是简单地束了个马尾，此时一晃一晃的。

李兆捻了捻手指，拽了下旁边的黄叶子。

一拽就掉。

喊，没意思。

暮色渐渐四合，橘红的晚霞像是天空给自己脸上搽了层细粉，涂得格外均匀细腻。

山头那边的太阳慢慢往下落，一抹残红如血。

穗穗本来想晚饭前就回家去的，但是李兆说自己有些饿，穗穗便留在紫微宫做了饭吃了才走。

依旧是李兆送她回去，踢雪乌骓依旧是走到了小巷口。

还是先前的步骤，轻功。

李兆搂着穗穗的细腰刚上了墙，穗穗往下一看，便对上了另一双眼。

是秦斐。

穗穗下意识地往后退了两步，嘴唇嗫嚅两下，哥哥怎么会在这里?

但这是墙上，一步的位置尚且没有，两步穗穗直接就踩了个空。

李兆眼疾手快搂着她的腰将人捞了回来，然后瞥了秦斐一眼。

“晚上好。”

秦斐面上依旧挂着温和的笑意，除了穗穗方才险些跌下去时往前走了两步，其余几乎没任何疏漏。

“陛下，晚上好。”

李兆搂着穗穗飞身而下，纯黑色的大袖衫洋洋洒洒。

穗穗站稳了，李兆才松了手。

穗穗还在想，她不知道自己该怎么和哥哥解释，哥哥怎么提前回来了?

这样的局面让她反应得更慢了。她打小就很乖巧，从来没有做过翻墙这种事情，此时被抓了个现行简直让她手足无措。

直到她听见哥哥唤了她的名字：“秦穗穗。”

穗穗下意识地抬眼，哥哥从小到大几乎从来没连名带姓喊过她，除了特别生气的时候。

她咬咬唇。

“你先回房去，今晚早点睡。门窗都锁上。”秦斐道。

穗穗怔了怔，然后瞧了眼李兆，他扬了扬下颌。

穗穗提着衣裙，小碎步地逃离了这令人窒息的现场。

待到穗穗走远看不见了，秦斐才开口：“陛下好谋略。”

要不是他千想万想总觉得这样不符合李兆的脾性，还是不放心临时决定回来看看，也不知道要什么时候才能发现!

李兆权当这话是夸奖，听不出里头的讽刺意味，他懒洋洋撩起眼皮子：“你刚刚吓到她了。”

秦斐温和地笑了笑，然后利落地出剑：“谁让臣一看见陛下，就控制不住脾气了呢？”

剑光清亮，冲着李兆方才搂着穗穗腰的手而去。

李兆背后就是墙，根本无处可躲。

第九章

/长生药/

1.

李兆轻点着足尖，不避反上。

秦斐的剑招又厉害了不少。

李兆伸出手，掌心向下，直接拉到了秦斐的手臂，拽着朝着虚空刺了过去。

秦斐见状手臂一弯，手肘向后击。

李兆脚下踩着步子避让，然后轻轻巧巧借着秦斐的力气后退了数十步。

现在，位置就颠倒了。

秦斐靠墙，而李兆好整以暇地立在一边。

“若是放在往日，你这样三番五次地挑衅孤，尸体早就凉了。”李兆的嗓音很凉。

他抱着双臂，微抬着眼。

秦斐冷笑，活动了下手腕，持着剑刺向李兆：“那就还请陛下赐教。”

能逼得秦斐这般好脾气的人破功也只有李兆能够做到了。

李兆是真的不想跟秦斐打，他运起真气，洋洋洒洒，一袖轻飘飘挥开秦斐。

秦斐的靴子抵住了墙根，他看过去。

李兆运起轻功，轻巧地跃上墙头：“孤不和你打。”

纯黑色衣衫下垂，月光在绸缎上流淌。

李兆眉眼淡漠，说不出是什么表情，但就是这样，却让秦斐掩在背后的左手握紧了拳。

“陛下，你不一定是穗穗的良人。”秦斐道。

风吹起李兆的衣袖，他眼里浮现出隐约的不耐烦。

“你管得着吗？”

他面对除穗穗以外的人大多数时候都比较寡言，一旦他多说了几句，就是要死人的时候。

懒得多说。李兆低头去看秦斐。

末了，李兆还是忍不住补了一句："若是其他人，孤见一个杀一个。"

他踩着房瓦一跃而下，人转眼就不见。而秦斐能听到一墙之隔的马蹄声。

李兆就这样跑了。

他并不是认死理的人，不能打就直接走人，他也很干脆。

只剩下秦斐一个人立在墙下，墙的阴影落在他高挺的鼻梁上，他慢条斯理地把剑收了起来。

"李兆。"两个字像是一字一字咬了出来。

穗穗第二日很是怯怯地坐在桌边等着秦斐。

她在等哥哥责罚。

但是她什么也没等到，秦斐还是很温和地对她笑笑，然后问她今早是什么饭。

穗穗愣了愣，她脑子里一团糨糊，反应了一会儿才赶紧使着茶水在桌上写道："鱼片粥。"

鲈鱼脍的厚度她还是切不到，只能日日练着，所幸做不成鲈鱼脍，也能做鱼片粥，不会浪费。

秦斐点了点头，拿起勺子开动，段大学士要今日中午才能回来，现在家中只有穗穗和秦斐两人最大。

穗穗怔了怔，哥哥这是不责备她了吗?

她这顿饭吃得忐忑不安，颇有些食不知味，好多时候一边吃一边用眼神瞟秦斐。

可是哥哥什么都没说。

吃完饭后，秦斐就督促穗穗去练字。

说到练字，之前穗穗趁着没人的工夫，偷偷把本子上写着对话的纸烧掉了。

她原先是怕哥哥因此知道她去见了郎君，然而现在已然知道了，她却还是想烧掉，仿佛这样就会心安一点。

她翻开崭新干净的一页，决定问问看。

"哥哥，你怎么昨晚就回来了？"

这也就是穗穗才傻乎乎地还去问，若是别人早当揭过了。

"想起来陛下，所以回来看看。"秦斐挽起衣袖磨墨，俊美的眉眼温文尔雅。

哥哥和郎君有这么深厚的情谊吗?

穗穗眨巴眨巴眼，觉得疑惑，但这并不妨碍她接下来主动认错。

"哥哥，穗穗错了，穗穗不该翻墙。"穗穗悄悄扯了扯秦斐的衣袖，把字展示给秦斐看。

秦斐手上的动作顿住，沉默了一会儿。

他看向穗穗，略微蹙眉："你昨晚没睡好？"

穗穗眼底下是淡淡的暗青，她心里装着事情，昨晚确实睡得不太安稳。

她慢吞吞地咬唇，然后低下了头。

穗穗随后便听到头顶上一声轻轻的叹息。

“穗穗，你喜欢陛下吗？”

穗穗蒙了。

喜欢？伴随这两个字眼，穗穗脑子里不停闪过李兆掐着她下颌时微凉的手、躺在树上时散漫闭着的眼睛、火光中他手里提着的寒剑、紫微宫顶上顶他说不想念时的淡淡、那截清瘦的像蝴蝶一样随时可能撑破皮肤的锁骨以及那双漆黑如墨的眼睛。

她迷茫地抬眼，在纸上写道：“哥哥，什么是喜欢？”

秦斐默然，这是一个他没想到的答案。

稍等了片刻，他温和地笑笑。

“穗穗要长成个大人，慢慢就会明白什么是喜欢了。”

穗穗眨巴眨巴眼，写道：“可我今年冬天就及笄了，很快就是个大人了呀。”

秦斐失笑：“那也不急，哥哥养得起你，等你明白了，就来告诉哥哥吧。”

穗穗觉得有些费解，但是哥哥说了顺其自然，她便也不纠结，乖乖地点了点头。

说开了这件事情，再谈其他事情就要容易得多。

“明天就放榜了。”穗穗写道，她圆溜溜的眸子里浮现着对兄长的关心和担忧。

秦斐笑笑：“你怕什么，是我考的试，没关系的。”

可是这样穗穗也放不下心。

“不然今日我们只吃素的吧。”

这便是临时抱佛脚了。

秦斐嘴角温和的笑扩大了点：“胡说八道什么呢？”

穗穗眨眨眼，哪里有胡说八道？明明是很认真地在想，茹素一月太难了些，她求的事情只在明日，当然是今日茹素效果好些。

哥哥到底在笑什么？

穗穗纤长的睫毛轻轻眨了眨，忽地想起孔子庙是有求签的，她便问秦斐求得了什么签。

秦斐那双温润如玉的眼眸里笑意隐约。

“上中下三签全靠运气，秋闱可不是走运气的。”

对他而言，中或者不中，都可以了。

他只是想来找妹妹，如今找到了，也眼见得要替父母报了仇，多个秋闱功名不过是锦上添花而已。

中午的时候，段大学士就乘着马车回来了。

他颤颤巍巍拄着拐杖下了车：“阿斐，穗穗，你们猜我路上见着谁了？”

这话虽然喊了两个人，但是段大学士已经看向了穗穗。

穗穗留心到外祖父的胡须都被自己抓乱了，显然是很激动的。

她好奇地抬起眼，写道：“外祖见着谁了？陛下吗？”

段大学士摇了摇头，嘴角的笑就没松下来。

“再猜。”

穗穗歪歪头，眨巴眨巴眼睛。

究竟是谁呢?

但是到了秦斐这里，就好猜得很了。

他有些好笑地张口：“主考沈秋？”

穗穗瞪圆了眼。

而段大学士则用着拐杖敲了敲青石板，又理了理胡须：“阿斐，你这样就没意思了。”

秦斐无奈，他辩解道：“外祖您忘了，穗穗不认识这位主考的。”这样子，穗穗哪里能猜得中?

段大学士这才猛地想起来，使出一只手拍拍头：“怨我怨我。”

于是，他直接讲了这么个好消息。

“我路上遇着沈娘子了，她还特意停下马车和我夸奖了你的文章。这次，你考得肯定不错。”

穗穗闻言抿出一个轻轻的笑，哥哥考得好就行。

而秦斐看着满脸喜色的两人，微微叹了口气，出声提醒：“小心台阶。”

秋闱不是全部，秦斐看得并不重。

但是段大学士显然不这么想，他反反复复地把自己和沈秋的对话说了好几遍，欣喜若狂。

穗穗这才想起来另一件事情。

她从袖子里拿出小本子：“哥哥，沈秋娘子今年年纪可是只比我大两三岁？”

“沈秋”这个名字穗穗确实是认得的，她起先还以为自己听错了，再或者“沈秋”这个名字也并不罕见，谁想后面还听到沈娘子，也是个娘子。

难道是沈秋姐姐吗?

穗穗一直记得自己被拐时沈秋对她的照顾。

秦斐也想了起来，他微微一笑：“可不是，这位娘子也被拐过，也是来京城不到一年，说不定你们还认识呢。”

穗穗瞪圆了眼，这下更是激动了，她字写得飞快。

“穗穗认得呀。”

三人在屋中坐下，秦斐煮了茶。

他给段大学士先斟了一杯，然后是穗穗，最后才是他自己。

“你怎么识得这位沈秋娘子的？”秦斐问道。

穗穗这才详细地写起先前被自己一带而过的被拐经历，提到沈秋姐姐自然也是要提到李兆的，不过穗穗就写得少了些，基本都是一笔带过，只说自己被救了，后来又因为蚂蚁虫子过敏直接热昏了过去，都是沈秋在照顾她，至于后来她误吃了毒蘑菇的事情，穗穗想了想没再提。

她所经历的忐忑大多轻描淡写而过，只重点在沈秋对她的种种照顾。

瞧完后，段大学士越发心疼穗穗：“苦了你了，那沈秋娘子回头我就登门拜访，重礼感谢。”

饶是如此，秦斐则看得触目惊心，他甚至能想到自己妹妹当时的无助与害怕。

“这位沈秋娘子确实要答谢。”他认真道。

穗穗也点了点头，不过她很久没见沈秋姐姐了，也不知道沈秋姐姐还记不记得她。

秦斐把那张写着穗穗经历的纸收起来，里面也有寥寥几笔提到了李兆。

不管怎么说，陛下确实把穗穗从人贩子手里解救了出来。

否则等他赶到京城……

秦斐闭上眼，将杯中的茶一饮而尽，不愿意再想下去。

他头一次觉得李兆格外顺眼。

2.

这一晚李兆再来，他跃上墙头，低头去看，却发现静寂的段府别院无人持着剑立在下面。

他走到穗穗的屋子附近，发现秦斐屋子里黑乎乎的，什么也看不清，已经熄了灯，显然是过了人定已经睡了。

居然不蹲他了?

李兆眸色一闪，风吹动他散落的长发，桂花的香气浅淡又隐约。

于是，他轻飘飘落到了地上，踩着步子就往穗穗的屋子窗户边走去。

他没怎么犹豫，伸手敲了两下窗户。

不多时，屋子里的灯亮了起来，床响了响，又传来趿着鞋子走路的声音。

人影渐渐离得窗户近了。

是个娇小的身影。

李兆冷淡地勾唇，半撩起眼皮，等着小包子给自己开窗户。

穗穗已经睡下有些时候了，她作息向来规律，往日李兆也就晚饭时候同她一起吃个饭，今晚却没有来，她还以为郎君不来了呢。

直到此时半夜忽地被惊醒，她看见窗户边漆黑的人影，迷糊着愣了会儿，才想起来是郎君啊。

穗穗揉了揉困乏的双眼，眼尾略微发红，然后披了外衫，端上烛台一直走到了窗前。

“开窗。”等得久了，李兆不耐烦道。

穗穗听出这熟悉的声音，手指伸上了小锁，被凉得一激，猛地想起来秦斐白日的嘱咐，手指从锁上连忙扯开。她从一边的小几上拿下纸笔，匆匆写了几笔，撕了张字条塞进窗户细细的缝里。

入了秋，晚上渐渐地就凉了，李兆虽然不怕冷，但他很不喜欢站在地上，也不喜欢等着别人。

小包子慢吞吞的，他等得很不高兴，此时看见字条更是微微蹙眉，经过窗户缝挤压的字条已经变了形起了褶皱，他伸出手指捏起皱巴巴的字条，先给抚平，然后才是看内容。

“哥哥说，男女授受不亲，郎君不能进来，若是想寻穗穗，明日大可登门前来呀。”

李兆瞧着穗穗随手写下的潦草笔画，眉眼凉薄，轻嗤一声。他就知道，秦斐肯定不安好心。

他左右瞧了眼，随手折了根细枝，正准备去撬开窗户。

然而此时，又一张字条被塞了过来。

李兆便停下动作，先拿了字条抚平，然后看了两眼。

“郎君，晚安好梦呀。”

好样的，刚刚是让他走，现在是直接默认他已经答应走了。

有问过他的意见吗?

向来只有李兆安排别人的，哪有别人安排李兆的份呢?

李兆立在窗外，能瞧见里面娇小的人一边端着烛台，一边伸手掩唇打哈欠，隔着窗纱，烛光照着小包子落下一片淡淡的阴影。

他静默地立了一会儿，然后一脸烦躁地把细枝撇下。

啧。

李兆神情恹恹地伸手敲了敲窗。

“小包子，秦斐还跟你说什么了？”

穗穗先是蹙眉，继而后知后觉瞪圆了眼，那一星半点的困意眨眼飞走，郎君唤她什么?

小包子?

穗穗伸起手臂，从下到上打量了自己好几眼，哪里像包子了?

她抬起眼，看见窗户上直接倚了个人，郎君想必是懒得站着直接靠了上去吧。

她拿起笔愤愤地写：“穗穗哪里像包子了呀？郎君怎么能直接喊哥哥的名字呢？”写好便又塞进了窗户缝里。

李兆感觉有什么东西戳着他的手臂，他抬起手臂去看。

看完内容，他又是轻嗤一声，哪里像？哪里都像。

软乎乎的，不就跟个包子一样？

至于秦斐，他喊就喊了，怎么样！

他又把字条塞了回去：“我难道还能跟你一起喊哥哥不成？我就不喊。”

秦斐真的很烦。

李兆再次复述一遍自己的问题：“秦斐还跟你说什么了？”

穗穗也瞧见了自己刚刚塞出去的那张字条，她鼓着小脸把字条努力地给抽了回来，然后在背面直接写道：“哥哥说穗穗还没有心上人，又不喜欢郎君，和郎君共处一室，有损闺中女儿的名声呀。”

月光落在段府别院里，像是一地冷白的寒霜。

李兆咬咬牙，没有心上人是不是？

末了，他冷嗤一声，那这小包子以后也别想有了。

“你明日做什么？”他又问。

穗穗递了字条出来：“上午等榜，下午去探望沈秋姐姐。”

说到沈秋，穗穗有好多话想同李兆说，她想问郎君你还记不记得沈秋姐姐呀。

她一连陆陆续续塞了好多张小字条，都是沈秋姐姐长沈秋姐姐短的，看得李兆手指忍不住扣住旁边枯瘦的花枝，轻轻一折。

咔嚓一声。

穗穗也听到了声音：“郎君是不是踩到我的花啦。”

然而这张字条写好递了出去却迟迟无人来取，穗穗眨巴眨巴眼睛，她抬头再去看窗棂，那里已经没有人影了。

郎君走了啊，穗穗心想。

她有点疑惑地看向黑峻峻的窗外，郎君怎么突然就走了呀，一声招呼也不打的。

贡院放榜当日，天还蒙蒙亮，那贴榜的地方就等了一群人。

这是大日子，有想蹭蹭喜气的，也有心急火燎看自己排名的，还有借这个机会牟利赚钱的。

掀开车帘，穗穗看见有人拿着锣鼓腰间缠着红布条往里面挤，她写字问秦斐：“那人是读书人吗？”

看着也并不像，手里还拿着锣鼓，倒更像办喜事时的装扮，可不是读书人，一个办喜事的来这里干什么呢?

秦斐笑了笑:“这也是人家谋生的手段,报了好名次给那些考得好的人家里,少说也能因为这个好彩头挣上一顿饭钱。”

穗穗毕竟还是从乡镇走出来的姑娘,见识比起京城好多大家闺秀都差得有些多。

但是她此时已经蹦蹦跳跳下了马车去挤着看榜了。

秦斐看着妹妹的背影失笑,觉得这样也挺好。他挥挥手,示意跟在马车边的仆从追上穗穗,小心别受伤了。

段大学士是真的身子不便,否则早早就挤了下去也看榜去了。

此时眼瞧着外孙坐得稳如泰山,他心里慌得不成样子。

“你说你会考成个什么样子?沈娘子只说你做得挺好,可没说你到底做成了什么样子。”

拜了孔子庙,段大学士也是一样的心里没底。

秦斐轻轻叹了口气。

“就这一炷香不到的时间,您再等等。”

他也看向了那即将张贴榜单的地方,人潮涌动。

京城的更夫敲着更子特意从这条长街上过,更声响,一边的衙门开了门,几个穿红袍的官员在护卫的帮忙下穿过人群到了张贴榜单的地方。

护卫之一提着糨糊,那是加多了的面和水熬得稠才做出来的,很是黏糊。

大红榜不算很长,起码比起穗穗当日所见的考生,恐怕只是百中取一、千中取一罢了。

密密麻麻的小楷字抄着一甲二甲等字样。

而这大红榜上没有的名字,便是在孙山之后了。

穗穗身子娇小,她随着人潮挤了过去,很快挤到了大红榜前头。

秦斐的名字高高悬挂,穗穗一刹那简直要高兴地大喊。

但是她哑了,什么话也说不出。

于是,她努力地往外挤,想赶紧报喜,可是往里容易,往外可难了。

穗穗总是又被汹涌的人潮给冲了回去,就像陷在包围圈里一样。

她急得很了。

别人也同样急得很,猝不及防,穗穗直接被人踩中了脚,身子一倾,眼见就要摔倒在地上。

穗穗害怕地睁大了眼。

一只手揽住了她的腰。

像是从天而降,搂着她从汹涌的人潮中出来。

远远站着的红袍官员看见那一抹黑惊了,不是他视力好,而是今日这日子,人人穿得喜庆，穿黑的少，浑身上下除了洁白里衣就是黑色大袖衫的更少。

谁不知道，这是陛下的标配？

“你看那个是不是陛下？”他用手肘撞撞站在一起的同袍，声音颤抖。

同袍一边去看，一边调笑：“怎么可能——是陛下，是陛下啊。”他猛地拔高了声音，一脸惊慌。

完了，若他没看错，陛下还是沉着脸。

两个官员连忙一路小跑过去，当即跪倒在地，齐声高呼：“陛下。”

紧接着，以李兆和穗穗为中心，从两个红衣官员的跪拜开始，几乎所有人面上都露出了难以置信的表情，然后慌慌忙忙地跪下。

“陛下。”他们异口同声道。

人人低着头，没再敢说话。

谁都知道，说错了话可是要掉头的啊。

很快，这条几息之前还是热热闹闹的街道完全静了下来。

穗穗站在地上还有些不稳，她的脚有点疼。

李兆瞥了眼穗穗的鞋尖，发现上面有个鞋印便晓得了是怎么一回事。

他直接当街拦腰横抱起穗穗，一双漆黑的眸子看向跪倒在地的两个官员。

官员直接慌了。

秦妃的事件是当朝发生的，当时被断腿剜眼的惨剧还历历在目，由此可知，陛下有多么看重他身边这个小姑娘了。

他们，不会是秦妃那个下场吧？

官员惊出浑身冷汗，他们也不敢擦，其中一个机灵点儿的忙开始想，陛下身边的娘子怎么会在这里？

为什么在这里不重要，来这里了肯定就是看红榜的啊。

他连忙道：“陛下，臣等稍后，哦不，现在就送一份红榜到您身边的娘子那里。”

3.

穗穗轻轻揪了揪李兆的衣袖，她眨巴着眼睛，是有话要说的样子。

李兆低头扫了眼拽着自己衣袖的那只犹如削葱白的玉手，静默片刻，然后抬头瞥了眼在这边拥挤的人潮，眉眼漠然：“一处不够看，多贴几处。”

呼，好歹命保住了。

官员忙擦掉额上的冷汗低头应是，再抬头时，就看见纯黑色的衣袖和淡粉色的衣裙飘飘纠缠。陛下使了轻功抱着小娘子转瞬不见。

劫后余生，两个官员长长地松了一口气，刚转身吩咐了多张贴几处榜单的相关事宜，继而，就被段大学士拉住了。

“段老先生。”两位官员连忙行礼，他们做学问的，几乎都是段大学士的弟子。

“陛下呢？”跟在段大学士身边的年轻郎君眉眼焦灼。

红袍官员咂摸咂摸，想起来这年轻郎君来了，这不就是本次秋闱的第一名秦斐吗？他还是段大学士的嫡亲外孙不是！

他们刚张口贺喜：“恭喜段老先生。”然后准备客套两句什么后生可畏，什么长江后浪推前浪的时候，就被那年轻郎君匆匆打断。

秦斐朝着两位官员作了个揖：“两位大人不必客气，在下寻陛下有些急事，两位可知道陛下去哪儿了？”

秦斐要找的是穗穗，但是他又不能说穗穗是他的嫡亲妹妹，便只能说是寻李兆了。

两位官员对视一下，倒吸一口冷气，目瞪口呆，竟然还有人寻陛下？

寻陛下等于寻死。

这秋闱点中的第一名是不是脑子不太好？

还是说，果真是初生牛犊不怕虎？

陛下今年先前游历在外，可一到了冬天，就是大开杀戒的时候，往他前面凑的，往往是死得最快的。

眼见着两位官员不答话，秦斐犹如热锅上的蚂蚁。

此时他已经不大顾得上两位官员到底怎么想了，他本意是等妹妹及笄后自己做决定，而不是如今这样当街被李兆掳走。

按照李兆的轻功，这时候再去追恐怕已经追不上了。

秦斐温和的眉眼逐渐凝重，他攥紧手，李兆还会让穗穗回来吗？

这话李兆可以答。

当然不会。

当他傻了不成？趁此机会秋闱也考完了，小包子也和家人沟通够感情了，还不该回紫微宫住吗？

李兆直接带着穗穗回了紫微宫，顶层太高，小包子上楼梯上得艰难，只有二层恰恰好适合她。

穗穗被他抱到了美人榻上，她自己脱下鞋袜看了看，一片触目惊心的红肿里面夹杂着血丝，她皮薄竟破了，有些地方还有些青紫。

李兆略微蹙眉，他在小几上取出一个小箱子打开，里面净是各类的瓶瓶罐罐。

他瞧了瞧，翻了翻，捡起一个丢给穗穗。

穗穗伸手轻轻碰了一下那红肿，便忍不住倒吸冷气咝了一声，眼里迅速涌上一层淡淡的水雾。

好疼。

但是穗穗更担心另一个问题，她将李兆扔过来的小瓶从衣裙上捡起来放到一边，从袖子里掏出纸笔，唰唰地写。

“郎君，会留疤吗？”

姑娘家哪个不爱美？穗穗也不能例外。

小包子似乎越来越娇气了，李兆固执地认为是自己给惯的。

然而当他看过去，穗穗正眼巴巴地瞧着他，一双眼睛浑然似若是他给不出满意解答便要哭了的样子。

小包子哭了会很麻烦。

于是，半炷香不到的时间，御医来了。

“看她脚上的伤，给孤一种不会留疤的药。”李兆根本不问会不会留疤，张口就是不留疤的伤药。

被拎来以为自己肯定没活路的御医看着穗穗脚背上的红肿，听见李兆的命令，觉得自己需要缓口气。

那是红肿，只是看着严重，会消的，再者说了，陛下那里好的金疮药不胜枚举。

光是那桌子上放的那个，他没瞧错的话应该就是疗伤圣药杨枝甘露，一滴可是价值千金。

但是御医什么牢骚都不敢说，他只想老老实实保住自己那颗项上人头。

“用伤药上了，消了红肿不会留疤的。”御医边答话，边一双眼睛死死盯着那瓶杨枝甘露。杨枝甘露是蓬莱传过来的顶级伤药，这些年纵使有钱也买不到了，他倒是很想要一滴去研究一下功效。

然而，他不敢提，只能一双眼睛紧紧盯着，跟黏在了那瓶杨枝甘露上一样。

既然命中注定不能得到这瓶梦中情药，何必还让他遇到，他心疼极了。

李兆见御医一直瞧着桌上那瓶伤药，随口便问：“那这瓶行吗？”

“行，陛下，当然行。”御医不假思索，毫不犹豫地点头。

杨枝甘露是顶级伤药，治个红肿岂不是小菜一碟，杀鸡用牛刀？

于是，紧接着的一幕让御医心梗了。

李兆直接拔开瓶塞，让穗穗伸出手，将杨枝甘露倒在她掌心聚成一小摊，看起来水汪汪的。

“赶紧抹吧。”李兆确认无误就让穗穗自己涂上，看她还傻乎乎地捧着手便忍不住很轻很轻地挑了下眉。

穗穗回过神来，听话又乖巧，把掌心的药全都涂抹在了脚背上。

御医：“……”

暴殄天物啊，啊啊啊！

穗穗觉得药刚敷上去有些轻微的刺痛，而后是有点冰冰凉凉，疼痛没过几息就被缓解了大半。

“这药很有用。”她在纸上写道，很是真诚的夸赞，“很好的药。”

李兆冷淡地点头，并未对此做出什么夸赞性的评价：“有用就行。”

就四个字。

御医看得心都要碎了。

小娘子，你知道你脚上那是什么药吗？

一滴千金啊！

他甚至不能算到底刚刚穗穗用了多少万金的药。

御医艰难地咽下喉头的苦涩，万金的药涂上去效果能不好吗？

甚至能说是立竿见影了。

他眼睛发红，从盯着那个原本装着杨枝甘露的小瓶子转移到了穗穗的脚背上，而后，他就听到一句淡淡的话。

“还想要你那双招子就聪明点。”

是威胁也是警告。

御医心里一惊，药再贵也没自己命贵，再说了是陛下的伤药又不是他的。

他连忙强制自己将目光从穗穗脚上那蜜黄色的杨枝甘露上挪开，安抚自己他不心疼，他不心疼。

不就是一滴千金的药吗？

他抿紧了唇，眸中热泪随时可能突破眼眶，不心疼。

穗穗听到李兆的话则疑惑极了，她提起笔唰唰写道：“郎君，我看的是你啊，怎么了？”

李兆忍不住伸手揉乱她的头发，觉得她除了娇气——“好像还更笨了一点。”

穗穗瞪圆了眼睛，她花了一个早上才编好的头发！

4.

头发已经乱了，那再绑着只会更难看些。

于是，穗穗便把头发解了下来，散披在身后，微微梳理，然后才提起笔，愤愤写道：“穗穗哪里笨了呀？”顶多就是反应有点慢……而已呀。

但是绝对和笨没有关系的，哥哥从来没说过她笨，还会夸她聪明。

李兆挥了挥手，示意御医先走人，御医便在庆幸自己保住了小命中忙不迭地跑了。

此时，李兆就倚在床边上，身姿懒散，看着穗穗在纸上写了一句又一句，那很不高兴自己被说笨的样子让他忍不住勾唇。

都不知道跟谁说的话，还不笨吗？

“嗯。”他漫不经心地应了，像哄人一样，“不笨。”

穗穗自顾自有点小生气，她暗暗决定，今天中午她不做鲈鱼脍了，做粥，不吃荤腥了！

李兆看着穗穗气乎乎地鼓起脸颊，还挺有脾气。他弯弯唇。

穗穗气性也就一会儿，到了中午，她到了御膳房还是照样提起了鸡鸭鱼肉。

鲈鱼脍她现在做出来也就是个半成品，其实倒没多好吃，不过御膳房的大厨今天上午刚卤好了肉，闻起来整个御膳房都是香喷喷的。

那就做一道汤还有两碟小菜吧。

汤做的是淮扬名菜狮子头，郎君不是很喜欢油炸过的，狮子头做了清汤味道刚刚好，一会再顺带提点米酒酿，一道咸，一道甜，这便凑齐了。

两菜嘛，一道做卤肉拌吧，至于另一道，穗穗便想起来自己还算拿手的鱼冻。

先前在甜水村的时候，秦斐赚钱也并不容易，一年到头，家里能吃上肉的日子屈指可数，平常若是嘴馋了，便常常买了鲜鱼熬鱼冻。

穗穗因此做得好一手鲜鱼冻。

食物不分贵贱。

穗穗决定先做鲜鱼冻。

大厨也识得这道菜，他在一边瞧着穗穗用刀，忍不住夸赞道："这刀功最近长进真是不少。"

穗穗抿唇笑了。

大厨见状有些心疼穗穗，自从这小姑娘被人害哑了嗓子后，来御膳房便少了，他见一次就心疼一次，这么好的小娘子，怎么会有人毒哑了嗓，害了她呢。

穗穗不知大厨怎么想的，她笑了笑，接下来便又低头切鱼去了。她最近正在练鲈鱼脍，提起刀来较之往日更为顺心应手。

薄薄的鱼片切得漂亮，摆在一处整整齐齐。

大厨赞道："你这再练练，很快便能赶上我了。"

穗穗眨巴眨巴眼，外行看热闹，内行看门道，看着差了一点，其实还远着，她想起郎君那夜利落的刀工，觉得自己还是要更努力些才好。

鱼肉这时候还没怎么处理，乍一看没什么问题，其实鱼腥味儿还在。

穗穗撒上香料，再加上盐，腌制了一会儿，又把鱼肉下了锅去。

这时鱼肉便显得晶莹剔透了，在汤中真像是一抹雪色，隐约翻滚，露出一点儿尖。

这时鱼片不能煮得太久，轻轻一烫就是了，只是除腥而已。

穗穗用木勺将鱼片一一捞出来，然后掀开另一个大锅，那锅里煮着鱼骨，已经沸腾。穗穗瞧了眼汤的颜色，牛乳似的浓白，咕嘟咕嘟地正冒着小泡。

也可以了。

鱼骨是她在片鱼前就先处理的，将那玉似的骨头改刀砍断，也是沸水过了一遭去膻腥，再加了盐、葱、八角、辣椒和料酒，温火熬了浓汤。

此时穗穗便用长筷将鱼骨夹了出来，她动作很轻，这时候鱼骨煮得久了，不比之前坚硬，有些酥软。

再用勺子滤了浓汤里的残渣，这浓汤才算是好了。

紧接着，开文火，穗穗将烫过的鱼肉下到了浓汤里，煮了两炷香的时候停火，然后倒进一个精巧的宽底小圆盆里。

御膳房里备的有冰，放在那处会冷得更快些，不过穗穗觉得慢慢等凉了也挺好。

接下来是卤肉拌，卤肉拌用的卤肉是红卤，卤肉分为红卤、黄卤和白卤，不过流传最广的还是红卤，它的色泽红亮、香味诱人，肉质也很细嫩滑口。

御膳房大厨是淮扬菜出身，做的是淮阳卤味，鲜香回甘。

其他师傅则各有各的特色，川蜀之地做的则辛辣浓香，北塞做的则咸鲜口味居多。

穗穗用的是淮扬菜，一品淮扬菜，老少皆宜口。

细葱剥了，只要葱白，切成一指长，然后加些香菜、豆腐皮略一翻拌便是差不多了，穗穗又剥了两个松花蛋，用刀切成细片。

“哟，溏心的。”御膳房大厨道。

溏心的松花蛋好吃多了，但单靠外皮是分不出来溏心不溏心的。

穗穗又拣了另一个来切，还是溏心的。

御膳房大厨对着旁边的师傅道：“这批松花蛋不错啊，出溏心的不少吧。”

旁边的师傅见状翻了个白眼：“胡说八道，这批松花蛋，我就现在才见了还有溏心的。”

不错的不是松花蛋，是这小娘子的运气。

卤肉拌好了，最后是重头戏，淮扬狮子头。

猪肉剁细，越细越好，穗穗一刀一刀下去，手渐渐酸累。她手腕上的力气已经是增进许多了，但是做这道淮扬狮子头还是有点不够看。

这道狮子头别的不说，就两个字，累手。

穗穗好不容易给剁完了，大厨拈了点在指腹搓开，点点头：“够细了。”

紧接着，穗穗打了鸡蛋混上盐都搅进方才弄好的肉末里，先把肉腌上，然后将糯米下锅，盖上锅盖开大火煮。

趁着空当，穗穗削了荸荠，又剁碎了香菇。

糯米不能全给煮透了，五分熟就好。

穗穗用大漏勺捞起来，然后放进冷水里。

糯米和切好的猪肉荸荠香菇再放到一起，穗穗握在手里，从虎口处挤成团子，一个一个落到滚水里。

正宗的淮阳狮子头都大，一两个就是一道菜。

穗穗顺便多做了点，一会儿留给御膳房的大厨和师傅们吃。

狮子头在清汤里翻滚，过了秋冻的大白菜水分饱满，切了留下白菜心下锅一起煮。穗穗掀开盛着鲜鱼浓汤的小圆盆盖子，发觉那鲜鱼冻已经做成了，乳白的浓汤凝固后晶莹剔透，怪不着有人叫鱼冻水晶冻呢。

穗穗将小圆盒拆了，留下鱼冻，然后切成薄片，摆盘，由于做浓汤的时候就加过盐，所以鱼冻本身就自带滋味，穗穗撒了些细葱点缀上去，然后装盒。

此时，大厨提醒她："狮子头也差不多了。"

穗穗去看，果真是这样。

做菜的时候，手就没得清闲的工夫。

她将清汤装进白玉似的盅中，青翠欲滴的菜漂浮其上，然后再加上一个淮扬狮子头，穗穗将盖子盖上，东西都收拾干净了才走。

"剩下的狮子头？"大厨问她。

穗穗从袖中摸出笔纸："谢谢师父教导。"

大厨愣了愣，笑得皱纹挤在一处，他摸了摸后脑勺，行啊，他临到老了该入土了，还收了个好弟子。

出了御膳房，因为穗穗脚伤的缘故，李兆便直接把人用轻功给带回了紫微宫。

一道道饭菜被端上桌。

穗穗发觉郎君似乎更偏爱那道鱼冻多一些。

筷箸夹起那水晶似的薄片，李兆慢条斯理地咬了一口，他的吃相在穗穗看来是很好看的。

郎君今天应该还是挺喜欢这些菜的，吃得较往日要多些，穗穗想着。

小包子从这顿饭开始，要待在紫微宫了，李兆心情很是不错，看着这些饭菜，胃口也好了些。

下午的行程没变，依旧是提着礼答谢沈秋，只不过是登门的从三个人变成了四个人，礼品从一份变成了两份而已。

沈秋的长发梳起，束成圆髻，戴着玉冠，她身穿圆领的蓝袍，俨然一副儿郎的装扮。

女子上朝堂有诸多不便，她为了模糊些界限，连日常的穿搭里也没什么衣裙之类的了。

"沈娘子。"这是段大学士和秦斐的见礼。

沈秋连忙还了礼。

下一位是不用见礼的，只用等着别人给他行礼就是。

沈秋弯身一拜："陛下。"

"嗯。"李兆依旧是一副神情恹恹的样子，看着没什么精神，懒懒靠在椅背上，手里捉了只杯子把玩着。

沈秋看向他身边，见着了穗穗，眼睛一亮："穗穗。"

穗穗嘴角轻轻上扬，脸上露出隐约的小酒窝。

“沈秋姐姐。”她在纸上写。

瞧见穗穗手中的纸笔，沈秋惊了，她来的时候正好错过了秦妃被当朝罚下的事，只是听说穗穗受了伤，却不知道穗穗到底伤成了什么样子。

“穗穗你的嗓子……”

穗穗倒是已经习以为常，还能反过来安慰沈秋：“冬天就好了，不妨事的呀，沈秋姐姐。”然后是秦斐和段大学士，“哥哥，外祖。”她在纸上写。

秦斐点了点头，面色温和：“脚上的伤没事吧？”

穗穗摇了摇头，写道：“郎君给了我药，已经用过啦，连疤痕都不会留的呀，哥哥别担心。”

虽然知道李兆不会亏待穗穗，但是秦斐依旧这才放下心来。

沈秋见状惊了，她先前是知道穗穗想回家找哥哥的，但是这未免也太匪夷所思了。她问：“穗穗，段老和秦郎君是？”

穗穗不便发声，秦斐就先答了：“我是穗穗的哥哥。”

秦国公府世子……

原来如此，沈秋将一切都连了起来，露出了然的神情。

穗穗的哥哥秦斐便是秦国公府世子，她当时瞧见秦斐的名字还以为只是同名同姓而已呢。

果真是无巧不成书。

沈秋关切地问候了穗穗几句，她当时被李兆挟令着走的时候很不放心穗穗这像极了她幼妹的小姑娘，倒是没想着还能再见。

5.

穗穗很是愿意和沈秋多说一会儿话，因此这一留，就留到了晚上。

秋天不比夏天，白昼慢慢地变短，瑰丽的玫瑰云在薄暮的山头飘动，晚霞是一种辉煌零落的美。

到了吃晚饭的时候，穗穗想自己下厨，表示一下感谢，另一方面也是因为郎君估计不会在沈秋姐姐家里用晚膳，但是折腾一番，不太划算。

她自己下厨，倒也算个两全其美的法子。

于是，穗穗便在婢女的指引下先去灶房忙活去了，只剩四个人在屋里坐着。

李兆把玩着杯盏，身子后仰靠在椅背上，惫懒至极。

段大学士坐在他的左下角，一根一根捋着胡须。

有些年头没能和陛下一起坐着了，一时间居然也想不起该说什么了。

毕竟，先前没有能和陛下一起静默坐在一个屋子里的人。

他们都不说，就算沈秋有意缓和，猛地也不知道要从什么地方入手好一些。

四人相顾无言。

火星子从灯烛上飘落，为了接待贵客，沈秋早早就已经点了灯。

“还是要恭喜段大学士教导有方，秦郎君青年才俊，真是了不得啊。”最终，沈秋硬着头皮道。

段大学士接住话：“过奖过奖。老夫这外孙还是比不上沈娘子的学问，沈娘子之前在京里的时候，才名就很出众啊。”

沈秋是太子少傅之女，出身于世家大族，饱读诗书，为人处世也相当有一套。从少年时代起，她就是京城出了名的才女，一直到她随着她爹娘和妹妹搬离了京城，这才销声匿迹。

没想到段大学士还记得。

沈秋眉眼一动：“您过誉了，那点子墨水，如今跟您家郎君比起来，还是差了多的。秦郎君日后是有大前途的。”

秦斐的文章博采众长，雄辩出彩，又不缺乏实际支撑，可以说起码近五年，没有能敌过他的青年才俊。

这点自知之明，沈秋还是有的。

于是，沈秋和段大学士便又陷入了互夸的套路中，来回几次，绞尽脑汁，也没能暖起场子，反倒越来越尴尬了。

于是两人相对一笑，又恢复了静默无言的状态。

沈秋盯着慢慢燃烧的灯烛，脑子里不停地在盘算还有什么话题可以说，但是搜刮尽脑内，却发现空空如也。

她忍不住舔了下唇，干脆直接盘算起来饭还有多久做好。

而引起静默的李兆还在把玩杯子，连眼神也未施舍一个给下面的人。

屋内可以听到落针的声音，沈秋肯定，因为现在她就听到了火苗噼里啪啦吞噬着灯芯的声音，除了呼吸声，她甚至觉得这屋子大概是该没有人的。

良久。

还是秦斐最先启唇：“不知陛下准备留穗穗多久？”

这一句话打破静寂，沈秋隐蔽地活动了几下因为一直盯着灯烛火苗而僵硬的脖颈。

“起码你得先应付完你的事情。”凉凉的声音在高座上响起，“你也不想想，你用什么名义接回她呢？”

用什么名义？

沈秋听得仔细，她略一愣怔：“穗穗不是秦郎君的嫡亲妹妹吗？”

李兆轻嗤一声，给自己倒了一杯茶，慢慢啜饮：“那也要他敢认。”

为什么不敢认呢？

有什么原因让秦国公府世子不敢认回自己的妹妹呢？

是原秦国公府那群废物？

不，不对。

沈秋条缕清晰地思考着，她陡然瞥见了段大学士捋着胡须的手。

对了！秦斐的母亲姓段，而段府……

沈秋要思考得更深些，她隐隐约约地意识到，恐怕当初前秦国公被毒杀而前秦国公夫人病逝和这有着莫大的关系。

她头皮发凉，想起来自己爹爹着急举家搬离京城，想起来后续发生的一切意外，眉目逐渐凝重。

沈秋想到了什么事情不再继续追问，只是蹙紧了眉。

烛火在屋中飘摇，照得沈秋背后的影子很长，一直映到了背后墙上挂着的山水画卷上，上面有一方红红的小印，这画卷是太子少傅也就是沈秋她爹的笔墨。

秦斐听到李兆的问话，肩线绷紧，无法回答。

他能接回穗穗，但不能是用他嫡亲妹妹的名义。

当初他自己的爹娘死了，直接的凶手是秦南和秦南的夫人，但是背地里的推手有多少，谁也不知道。

他还在温和地笑，只是笑意未达眼底。

经历了数不清风浪的段大学士插了进来，他轻轻叹了口气，脸上的皱纹舒展开来，雪白的胡须被捋直。

段大学士低声道："人心难测。"

而伴随着这声长长的叹息，屋里的烛火被风吹得东倒西歪，火苗犹如游丝。

开着门，风声呼啸，段大学士抬起眼，瞧见外头的梨树下飘飘然是一场梨叶雨，夜色低沉，室内透出的微光照亮了地面，残缺枯碎的叶子被高高吹起，再重重摔下，粉身碎骨。

沈秋低着头看向靴子上的花纹，瞳孔却散开了，心神不知道想到哪里去了。她的嗓子似乎被异物堵住了，说得很是艰难，异常干涩："蓬莱长生药，真的存在吗？"

蓬莱，那个传说中存在的国度，海外有仙山，其中一座，名为蓬莱。

李兆听到沈秋的问话面色未变，依旧漠然，他闲闲坐在一边，显然不欲置身其中。

那这问题便只能段大学士来答了："蓬莱啊出宝贝，但是活死人肉白骨这类都是仙家手段，世上哪有长生药？你可见蓬莱长盛不衰？不还是该悄无声息地没了就没了，世间兴衰是大道。"

所以没有长生药吗？

窗外的风刚停了此时却又在作妖，吹动了木门发出吱呀的声音。

失焦的瞳孔聚在一起，沈秋听见这话只觉得在意料之中又在意料之外，她眼眶有些发红，声音不自觉地带上了点颤抖，圆袍衣袖下的手紧紧攥住了椅子的扶手，指甲直接凿了上去。

“那到底所谓的长生药是什么？”

沈秋咬紧牙根，一片酸痛，说不出来具体是什么滋味。

她爹爹为此蒙冤受辱，举家搬迁远避乡野，紧跟其后，刚搬到小乡村不久，她妹妹便被拐走了，找到时只有被狼咬了一半的尸体。她爹娘心胸郁结，早早就去了。

临死前，她爹还不肯咽下最后一口气，张着唇说：“陛下，长生药，我没偷。”

只因一个长生药，她便家破人亡。

而今却说长生药只是个虚妄？

她兜兜转转来了京城，发誓要为父亲雪冤，但是找来找去，却发现导致她家祸乱的根源并不存在，只是世人编造。

只是……虚无的……被世人编造出的。

沈秋用力地闭上眼然后睁开，把眼泪都憋了回去。

正是因为知道长生药不过是一场虚妄，所以段大学士知道所谓的太子少傅调换长生药的事情一定是子虚乌有。

他面对沈秋的目光甚至有些喘不过气，捋着胡须的手颤了颤：“说什么长生药，不过是效果稍好的补药，真正的长生药，是人心底的贪欲。”

三人尚且成虎，长生谁不想呢？这种流言只会传得更快，然后勾出更多的人心里的恶欲。

“帝王想要长生，百官想要长生，就连这治下百姓，也无一不想要长生，长生药，是有心人编造的谎话，是恶，是贪。”

段大学士自嘲似的笑笑：“可是老夫说长生药不过是效果稍好的补药，你信吗？”

空口无凭，又不是她吃了，凭什么信。

她不想信，也不愿意信。

段大学士微微抬眼，满目怜悯，他老了，什么也争不动了，只能做个见证者，见证着曾经发生的一切，牢牢地记住那么一点真相。

“人人都这么想，所以长生药的谎言，从未被戳破过。”

6.

那为之填补上去的人命呢？

谁来负责？

沈秋嘴角噙着淡淡的血腥。

李兆似有所感，微撩起眼皮，看向门外，眉眼间是薄薄的凉意，他不耐烦道：“快点儿说。”

沈秋愣了愣，反倒奇异地平静了下来，她把唇齿间的血腥咽下，也往门外看了眼，时间确实差不多了，穗穗应该很快就能回来。

李兆扫了眼在座的三个人，面色漠然，仿佛他们说的事情与他没有丝毫关系。

段大学士忍不住想起来少年时名动京城的太子李喻韫与此时犹如修罗、能治小儿夜啼的陛下李兆。

如果没有长生药，或许皇权与世家的矛盾会爆发得更晚一些……

而以陛下惊才绝艳的天赋，或许会是史上令人津津乐道的贤明君主……

可惜没有如果。

昔日少年纵马长街，曾经怜惜过风雨催花，一篇文章著千古，体恤民生辛苦的温润太子李喻韫早已不在了。

早已……被所有人逼得上了一条绝路。

无论是将刀挥向了他后背的背叛者也好，还是知道一切不敢发声的怯懦者沉默者也好，抑或是人云亦云将他逼上绝路的愚昧者也罢，木已成舟，那位谈笑风生、温润如玉的李喻韫终究不在了，世人欠他，他未必欠世人。

段大学士有些恍惚，他看着李兆，恍如想起来另一个人，华服美饰加诸于身，满冠珠翠凤眼凌厉的女人，先皇后——李兆的亲母。

那日，段大学士刚给彼时还是太子的李喻韫授完了课，正准备走。

“先生，外头冷，多加件衣裳吧。”李喻韫提醒。

“不用，多谢殿下了。”

他想推辞掉，但是他拗不过太子，最后还是多留了一会儿，在屏风隔出的小间加了件披风。

“喻韫。”屏风外突然传来声音。

他认出是皇后娘娘，急忙系好绑带，准备出去拜见。

但是下一秒，皇后娘娘吐出了一句让他终生难忘的话。

“哀家弑君了。”皇后娘娘的声音很稳，分不出喜怒。

他顿住脚步，没有出去。他看着屏风上的花鸟山水，心跳飞快。

李喻韫愣了愣：“怎么可能呢？”

皇后娘娘未置一词。

隔着屏风，他看见她在一边的位子上坐下。

“哀家弑君了，以后你就会是新皇。”皇后娘娘的语气很认真，不容反驳。

“怎么可能呢？”

“一个渴求长生药的君主，触动了所有世家的利益，哀家不能置家族于不顾。”皇后娘娘淡淡解释。

李喻韫的声音变得不太稳，他瞧到自己这位学生将一只手攥紧成了拳。

“为什么？父皇他明明……”独独爱你。

皇帝没有后宫三千佳丽，只有一位正皇后。

“所有人都是为了自己的利益出发，这是哀家的选择，哀家的爹娘跪着求哀家，哀家的姊妹兄弟都要哀家这样去做，哀家只能在你的父皇和家族之间二择一。”

李喻韫喘着粗气儿：“那孤算什么？”

“儿。”皇后娘娘唤了李喻韫的名，到了这个时候她的声音依旧很稳，他看不见她的具体表情，只是听到她的声音缓慢而坚定，“人不是为了别人活着的，哀家不为你活着，这是哀家教你的最后一件事。你要知道，所有人心里放在最前面的是自己的利益，当他们的利益被触动时，面对任何人，他们可能做得出任何事情。”

他听到皇后娘娘的声音又软和了些：“喻韫，原本想让你风光霁月，温润如玉，顺顺遂遂的，可是好像做不到了，把那些心软和无用的仁慈收起来吧，你对别人仁慈，别人未必会对你仁慈。”

“可是长生药明明是假的！”李喻韫抬高了声音，他还纠结于父亲的死，“父皇又哪里做错了？”

“他没做错，他做了一个君主应该做的，削世家。哀家也没做错，世家养活了哀家，你懂吗？”皇后娘娘站了起来，“至于长生药的真假，一言两语谁会信你！”

他瞧见先皇后理了理鬓发：“哀家若是错了，不如下了地狱去。”说罢，鲜血喷溅开。

皇后娘娘的袖子里藏着涂了剧毒的匕首，见血封喉。

她顷刻就倒下了，满冠珠翠摔在地上，一颗东珠滚到了他脚边。

皇后娘娘气若游丝：“儿，忘掉那些不该有的仁慈。”

她显然预见到了李喻韫登基后会面临的种种不顺，但她依旧做得决绝。

皇帝爱她，她也爱皇帝，两难的境遇，她做了最惨烈的决定。

一切的苦果，留给李喻韫自己去解决。

他回了家大病一场，都忘了自己怎么出的宫，他在养病的时候，却又收到鞑子入侵的消息。

不是太子殿下，已然是新皇的李喻韫被逼着御驾亲征，无将可用，何等荒唐！世家垄断至斯！

而逼着李喻韫的人里，有他的亲叔伯，皇室血亲。

但直到走的时候，那人还是李喻韫。

那场战役中间又发生了什么呢？

朝中内讧，甚至有人和鞑子勾结，想置新皇于死地。

军中后需整整断了半个月！

三十万大军，半月无晌！

新皇怎么熬过去的，又见到了什么，他不知道，他知道那场战役赢得艰难，回来之后，新皇彻底像是换了个人。

当初段大学士满怀期望教给自己最出众的学生太子李喻韫御臣之术，期待着这位惊才绝艳的学生能够成为千古一帝。

他教他儒家御下，教他待民生仁慈，教他法家之术，教他公平。

但是迎接他学生的，从头到尾只有恶意，满满要杀死他的恶意，几乎没有人愿意为这个社稷奉献出一点，人人抓着自己的利益，就连新皇这个位置，也不过是他们谋私的另一个名头。

段大学士教的是温和推进，步步改良，可是新皇李兆头疾严重，发作时六亲不认，寿数极短，根本实现不了。

他的仁慈，会是毒死自己的致命毒药。

他成了段大学士最不愿意见着的样子，暴君。

谁知道他曾经满腹经纶，一心社稷，谁知道他曾经豪言壮志，少年锋芒，而如今不过是漠视生死，随心情杀人的暴君而已。

可笑的，反倒是这样的暴君，世家不敢动作太大了。

究竟是不是生不逢时。

段大学士曾经想过无数个如果，见了如今的李兆一点也责怪不起来。

在场的几人谁都没有再说话，一直到穗穗进来才打破死一样的沉默。

她脚步轻快，身后跟着几个婢子。

穗穗从衣袖里掏出小本子：“今天人多，吃涮锅吧。”

新鲜的菜蔬被一水儿摆开，然后是热气腾腾的锅子。

秦斐最先反应过来：“嗯，哥哥帮你。”

穗穗眉眼弯弯笑了起来。

她走到李兆身边，在本子上写道：“郎君喜欢吃什么口味儿的？”

李兆略一挑眉：“嗯？”

“涮锅可以挑汤底和酱汁，汤底现在做好了，一个清汤，一个麻辣，不过穗穗可以帮郎君调酱汁，到时候蘸着酱汁吃也好的呀。”

李兆终于打起了点精神，他漫不经心道：“要咸鲜的。”

穗穗眨巴眨巴眼，迅速回忆酱汁配比，然后拿了个小木勺端起一个小碗就去忙活去了。

李兆拿起筷箸，从摆着的盘子里夹了切成薄片的羊肉丢进锅里。

纯黑色衣袖短了半截儿，露出点清瘦白皙的手腕，淡青色的血管隐约，那只手也漂亮，指节修长，骨肉匀婷。

他瞥了眼桌上盛装的菜品，持着筷箸继续下，清汤的也有，麻辣的也有。

秦斐满心复杂。

清汤里面下的几乎都是穗穗爱吃的。

穗穗打小养成的口味清淡，这涮锅她肯定也更偏爱清汤锅底。

穗穗调好了酱汁，就坐到了李兆的身边。

她把左手端的酱汁递给李兆，眼睛亮晶晶的。

李兆撩起眼皮，接了过去。

右手端的则递给了段大学士，段大学士爱酸甜口。

李兆略微蹙眉，他以为那一碗是小包子留给自己的。

但是穗穗已经坐下来了，面前的碗里空空如也。

“你吃什么酱汁？”李兆问。

穗穗愣了愣，反应了一下下，然后掏出小本继续唰唰唰地写：“穗穗吃清汤的就好呀，不用酱汁的。”

而秦斐也和穗穗一样，只吃清汤的便好，不用酱汁。

李兆淡淡地“嗯”了一声。

穗穗又看向了沈秋，亮出本子：“姐姐喜欢什么口味？”

沈秋连忙摇摇头：“你快吃吧，我自己会调。”

沈秋已经调得差不多了，也坐了回来吃。

穗穗这才收回眼，看向热气腾腾的汤锅，咦，清汤锅里怎么这么多她爱吃的？还快熟了。

穗穗的筷箸夹起清汤锅底里的菜色，放进碗里，一边嫌烫，用嘴吹气儿想吹凉，一边又忍不住馋，稍凉了就小口小口地咬。

李兆则是用筷箸蘸了蘸酱汁，他吃得少，速度要慢很多。

实际上，他甚至觉得，汤锅没有什么意思，但是看小包子吃汤锅还是挺有意思的。

白白的水雾缭绕着起来，屋内暖气萦满，窗外的寒风呼啸一点也打扰不到吃汤锅的兴致，自从穗穗回来，四个人无论哪一个看起来话都多了不少。

尤其是陛下，沈秋感觉最为明显。

比刚刚多说一个字都嫌累的状态好多了。

以至于一度让沈秋觉得难道是没吃饱所以懒得说话，她甚至感觉陛下这时候心情好多了，也好说话多了。

这样想想，陛下每次朝会发脾气也情有可原。

那么早，谁吃饭了呢。

当然，沈秋知道根本不在于此。

穗穗在唇边扇着手，她吃得太急被烫到舌了。

旁边的郎君手肘抵着桌子，手指持着筷箸，姿态闲适，纯黑色的衣袖上凉气都被赶跑了。

在遮挡了众人视线的缭绕水雾后，他微微勾唇。

7.

长生药的话头一开，那些经年的旧事就都一番涌过来。

比如大理寺查到的。

“秦南，本官查你谋害忠勇，毒杀亲兄嫂，证据俱全，你认不认？”红袍官员猛拍惊堂木。

照着秦国公夫人的供词和秦斐的回忆一点一点去查，大理寺没放过任何蛛丝马迹，还是从积了灰的人和事中找到了当初秦国公之死的端倪。

这事做得真是极其隐蔽，先是经年累月的慢性毒，再借用前秦国公夫人的手，一杯温茶断送了前秦国公的性命。

如今，人证物证已然确凿。

秦南此时是真的落魄了，他断腿的伤口处发了脓，头发也是乱糟糟的，整个人身上的恶臭隔得远远都能闻到一二。

听到官员问话，他半抬起头，冷笑。

是他错看那毒妇了，竟然栽在了一个妇道人家身上，可笑，秦北也可笑，他万万没想到，自己死在了自己枕边温柔乡的毒茶里吧。

他如今否认又有什么用呢?

果然，官员也不在乎秦南到底会说什么，已经在高位上朗声道：“秦南，你谋害前秦国公实为谋害勋爵，于法难容，你谋杀兄嫂，于情理更是该诛，本官判你腰斩之刑。”

一直听到了这里，先前都没有什么动作的秦南抬起头，露出一双怨毒的眼：“谋害勋爵？秦国公府本来就该有我的一半！是他们偏心，他们都太偏心了，凭什么我是秦楠，只是那个老家伙抬头见到的一棵树的名字！而他却是秦北，人人都为他谋尽思量，好事都是他的！凭什么！”

“秦南”是秦国公自己给自己改的名字。

秦北，秦南。

这才是他该有的名字!

“凭什么要我做一个废物！凭什么！我也是那个人的儿子，为什么秦国公府我不能坐拥一半！为什么我不能成为秦国公！”

他的面容逐渐扭曲，所有话语都像毒汁一样喷溅而出，恶意满满，但他自己嘴角又挂着笑，令人毛骨悚然的笑，带着疯狂的痛快。

“凭什么我就不能杀了他，取而代之！秦北也不过是一个蠢货！哈哈哈，我杀了他！我杀了他！”

一边立着的秦斐微微抬头，面上温和的笑彻底隐没在一片浓重的阴影里：“二叔觉得我爹对不起你，觉得秦国公府都该是你的，你只记得他风风光光接管了秦国公府，却是否记得祖父死后秦国公府飘摇，是我爹上了战场，九死一生立了功勋，才维系了偌大的秦国公府。

“二叔还觉得我爹愚笨，可是他却未曾如你一样不顾念兄弟手足之情，你赌钱赌得落魄时，是我爹不计前嫌将你迎进家门，做了逍遥的秦国公府二爷。你说祖父偏心，难道偌大的秦国公府真的没有留给你半点吗？不，祖父知道你脾性，将最稳妥的房产几乎都交给了你，只要你不挥霍，养你个几辈子还是没问题的。”

秦斐的语速很快，随着他的话语，秦南原本憎恨的双眼又怯懦地缩了回去。

“不，不是这样的！”秦南大吼着，“那老家伙就是偏心！我到底哪里比秦北差了！我一点也不比他差！”

在高位一边坐着的李兆冷嗤一声：“哪里差了？起码心性就差得多了。你为人刚愎自用，怯懦不堪，遇事只想往后躲，你说呢？你不过是只自欺欺人的蠢虫罢了。”

秦斐微微深呼了一口气，继续道：“二叔，我爹没有亏待过你，他听到过多少次挑拨兄弟反目的谣言，都没有信过，待你还是如同嫡亲子弟。可是他傻，他不知道那不是谣言，因为那些挑拨的话，你听进去了。”

旁人往秦南手里递了一把刀，然后在他耳边低语几句，他就真当将刀挥向了自己的兄弟手足。

秦南瞪圆眼，嘴里嚷嚷：“我不信，这不可能！”他还是怨毒的。

假如不恨，不怨毒，那他做的一切算什么！

不可能！

秦北就是抢了他的一切！老家伙就是偏心！

“拖下去。”红衣官员高声道。他固然唏嘘，可也就是唏嘘而已，家里的庶弟最好别和秦南一样蠢，不然他可不是秦北。

秦南的指甲断了，流出鲜红的血，在地上拖出了多条长长的划痕，一眼触目惊心。

穗穗别开头，她站在李兆身边，轻轻扯了扯他的衣袖。

李兆回头，眸色漆黑：“嗯？”

穗穗拿出笔纸，慢吞吞地写：“郎君，这边的事情完了吗？我想回去做鲈鱼脍了。”

穗穗微微抿唇，一双眼睛里尽是说不清道不尽的茫然。

一晃间已经到了九月秋末，秋天似乎过得格外快。

李兆径直站起身来，走了几步发现穗穗没跟上，回头去看，姿态懒散：“快点。”

穗穗似乎这才被恍然叫醒，连忙小跑着跟了上去。

她心上好像因为李兆这声唤，一些沉甸甸的东西被丢掉了，轻盈了许多。

穗穗没再回头看，她不太清楚那些恩怨纠缠，也不知道到底应该是什么样的结局才好。

秦斐将段大学士扶了起来，似乎在低声劝慰什么。

御膳房。

李兆倚在门边上，漫不经心地往里面看两眼。

长江附近送来了最新鲜的一批鲈鱼，这也是最后一批了，再晚些就没这么鲜美肥嫩的鲈鱼了。

穗穗昨晚就已经将鲈鱼腌制好了，此时要做的就是切片。

她还是通过磨刀的方式去熟悉手上这把刀，细软的黑发下垂，略微挡住她的眉眼，她磨得专心致志，头一下也未抬过。

就是太有节奏了，李兆又瞥了一眼。

瘦弱纤细的肩膀颤得厉害，豆大的泪珠不知道何时滚落下来，落在绽亮的刀尖、刀背。

李兆有些苦恼，手又抵住了额头，他动动唇，却没发出声音。

小包子一直是背对着他的，也是她头次不跟秦斐打招呼就直接走了人的。

算了。李兆烦躁地捏了捏手指，没有动作。

刀尖磨得越来越薄，穗穗眼里的泪水顺着面庞静静地流，她咬紧了牙，抿死了唇。

她不知道要怎么说，自己只是有那么一点难过。

那么一点而已。

刀锋细细。

凉水冻红了穗穗的手。

她似乎慢慢地反应了过来，收住泪，因为湿着手不能从衣袖里拿帕子，就胡乱地用衣袖擦了擦。

从哥哥教她干净礼仪后，她就再没这样做过了。

好丢人。

她微红着眼往后看，却发现郎君还在原地。应该是看不到的吧，她是背对着郎君的，而且郎君也没过来，应该是没有发现的吧。

穗穗慢慢地把那些情绪收拾起来，不管她懂或者她不懂，都收了起来，留待以后。

刀锋雪亮，薄如白纸。

穗穗停了手，提起刀走到李兆身边。

除了鼻尖儿还有些淡淡的红，她已经瞧不出来曾经哭过了。

穗穗眨巴眨巴眼，扯了扯李兆的衣袖。

李兆停下手上的动作，这才抬起了头："干吗？"

依旧是不耐烦的样子。

穗穗这才放下心，郎君是真的没发现。

她晃了晃手里的刀，示意郎君她要开始了。

李兆又去捏自己的手指，骨节发出咯咯的声响。

“嗯。”

他的声音一贯低沉，带着那么点儿凉意，钻进了穗穗耳朵。

穗穗抿唇露出一个又轻又怯的笑。

她转身去灶台忙活了。

李兆却陡然想起来穗穗第一次对他笑的时候，她害怕又恐惧，可还是笑了，笑得那么乖巧，一看就是家里精心养大的不谙世事的姑娘，又轻又怯，但还是怯怯居多。

而方才的笑呢？

小姑娘长大了些，眉目间的纯稚依旧还在，还是细眉圆眸的娇憨，笑得还是又轻又怯，但是还有点甜，她的身量抽条开了，眉眼也长开了，笑起来便有不自觉的美了。

他停下了捏手指的动作，注视着穗穗的背影，很久很久。

8.

穗穗有点儿畏寒，所以秋天将尽未尽的时候她就不大愿意出去了，整日在紫微宫里窝着。

高大的凤凰木落了满地的黄叶子，憔悴又伶仃。

就连早上，她也是要好一番心理斗争才能从暖和的被窝里出来。

她对政务上面的事情一知半解，懂得太少，只晓得郎君最近早朝越发不高兴了。

谭四娘闲暇时候来看她，也面色不太好。

穗穗写道：“怎么了？”

“没事。”谭四娘只这么说。

穗穗眨巴眨巴了眼，纤长的睫毛微微下垂。

其实穗穗也是个犟脾气，谭四娘笑了，就是心思浅，高兴不高兴都在脸上写着。

谭四娘轻轻叹了口气：“也没什么大事，就是最近可能要不太平了，不过也不一定呢。”

穗穗这才又抬起了头：“不太平，是要打仗吗？娘娘你要上战场了吗？”

她一直记得谭四是个将军。

“那倒不至于，还没说定呢，到时候也要陛下抉择，这些事情你不用劳心，那么多大臣都可爱劳着心了，别抢人家的活干啊。”谭四娘打趣道。

穗穗这才有些精神，她点了点头。

谭四娘失笑：“陛下若是最近没怎么犯过头疾，你可千万要仔细些。”谭四娘的眉眼间浮现浅淡的忧色，“不然，你最近还是出宫和你哥哥住吧。”

后半句话谭四娘声音压得极低，像是生怕被人给发现了一样。

穗穗慢吞吞地看向远处，眼睛一亮。

谭四娘一惊，悄悄背过头去，运气不太好，撞上正主了，但愿陛下没听到。

陛下怎么可能没听到呢？谭四郎简直要被谭四娘笑死，他在脑海中道：“你想想陛下的修为。”

谭四娘嘴里苦涩，完了完了，不然她还是溜得快点吧。

“记住交代你的话。”她匆匆扔下这句话，径直从窗户边上跳了出去。

穗穗瞪圆了眼。

李兆这才走了过来，看向窗外，冷哼一声。

穗穗嘴角轻轻上扬，她唰唰写道：“郎君生娘娘的气了？”

李兆在美人榻上坐下，有点懒散的单手支头，看见穗穗的话轻嗤一声：“呵。”

末了，他才道：“谭四都和你说什么了？”

穗穗眨巴眨巴眼睛：“也没说什么，就是聊聊最近的趣事。郎君，快打仗了吗？”

李兆的衣袖快要垂到地上去，他稍稍拉了拉，眉眼间是淡淡的漠然：“不一定，你别想这个。”

穗穗坐在他旁边，想了想：“郎君，穗穗是不是很弱啊？”

李兆点了点头，眸里浮现点嫌弃：“是非常弱，一根指头都能摁倒。”

穗穗纤长的睫毛眨了眨，她不是很意外这个回答。

“那有什么能让穗穗强一点的办法吗？”她问道。

李兆蹙眉：“你问这个干什么？”

穗穗慢吞吞地写：“就是有些时候，觉得自己是不是太没用了点。”

李兆轻嗤一声。

“你知道最近来紫微宫的刺客有几批吗？几乎日夜不停。”

这话题转移得猝不及防，穗穗抬头，还来不及酝酿出的那么一点难过心思被打散，她画了一个大大的问号，然后连忙拉着李兆看起来：“郎君，你有没有受伤呀？”

李兆单薄的眼皮下敛：“他们不是冲着我来的，是冲着你。”

穗穗蒙了，她拽着李兆衣袖的手停在半空。

李兆突然生出了点恶趣味，他似乎很满意穗穗现在这个样子：“你还说你不重要？”

穗穗连忙摇了摇头，她可不想要这样的重要。

别说谭四，其实穗穗自己的眉眼间都藏着淡淡的忧色。

这么一下，那些忧色淡了，穗穗整个人活泼得不像样子。

但这是个犟丫头，就像先前想回家的时候一心奔着回家，连做梦也会梦到家里，此时说起来自己弱了，也是很固执，想要把这件事情掰扯清楚。

穗穗又提起来，有点小丧："郎君，我太弱了。"

李兆手指微屈，在桌上敲了敲："你聪明吗？比得上秦斐或者沈秋吗？"

穗穗咬了咬唇，从美人榻上下来，立在一边，像是乖乖听训的学生一样，她慢吞吞写道："比不上。"

她天生反应就要比常人慢上一点。

"那你有武学根骨吗？"李兆居然体会到了一点做先生的趣味，"比得过……嗯，谭四吗？"

他本来想说自己的，但是想了想，还是不要太欺负小包子为好。

穗穗低着头，这次连写也不写了，直接摇了摇头。

她是不是很没用啊。

"那你有什么比别人要优秀的地方吗？"李兆继续问道。

穗穗头低得更低了，她好像就是平平凡凡一个小姑娘。

穗穗发觉自己有点脆弱，这时候居然就不争气想哭了。

她轻轻眨了眨眼睛，想把泪水眨回去。

一只凉手掐住了她的下颌，她被冰得轻轻一缩。

李兆散漫地笑了，不知道什么时候，他已经站了起来。

李兆撤回手，在衣袖里翻了张帕子递给穗穗："别哭了。"

穗穗接过帕子，攥在手里，飞快地擦了擦，然后抬起头，露出一张干干净净的小脸儿。

她才没哭呢。

李兆搂上她的腰，心里忍不住叹了口气，还是太瘦了些，一掌便能握尽。

凉风吹动穗穗的衣裙，吹乱她额前的细软发丝。

又是紫微宫九层顶上。

远处山脉雾气浮动，远远打一眼瞧着，像是仙境一样。

但是穗穗第一感觉还是冷，她怕冷。

李兆已经找了位置自己坐好："人的强弱许多是天生即有的，天赋如此，你总不能想着投胎重来一次吧。"

穗穗眨巴眨巴眼，在李兆身边窝成小小的一团，掏出笔纸写："可是穗穗可以努力呀。"

李兆点点头："是可以，但关键是你想现在就强大。"

李兆将穗穗的心思看得透透的。

穗穗绞着手指。

李兆淡淡道："别魔障了。"他提醒穗穗，"有些强大的代价，会让你自己恨不得自己没有强大。"

穗穗看向李兆，发现他瞧着苍穹，淡色的唇抿着，冷白的皮肤，浓重的墨色，美得惊人。

她忽然有点难过。她怕的很多，她也想做点什么让自己勇敢一点，能够帮助别人一点，或许这样，就不会常常懊悔于自己的无能了。

但是郎君，为什么无所不能的郎君，强大到无坚不摧的郎君，会觉得强大也是种难过的由头呢?

紫微宫一层。

李兆坐在高位上，看向下面一水儿低着头的旧臣。

“靼子动了？”

相国还是一副阴沉的样子：“是，陛下。”

李兆伸手揉了揉额头：“多少人？”

“二十万，直奔京城而来。今日凌晨边城燃起了狼烟。”兵部的官员出列，“陛下还须速做决断。”

李兆一眼瞥过去，面色漠然：“孤可不就是要快点？边城的狼烟昨夜就开始燃，到了孤这儿，竟然还晚了几个时辰。真是绝了。”

昨夜，今日凌晨。

相国的手攥紧。

兵部的官员头皮发麻，他慌张地抬起头，想要辩解：“陛下，不是……”

他还没说完，就对上了李兆那双漆黑的眼眸，彻骨凉意，冻得他闭了嘴。

9.

冬天要到了，靼子自从前几年一场大战后元气大伤，这几年一般就是无伤大雅的小打小闹，但是谁想到，这次就来真的了。

兵部官员腿打着哆嗦，不敢再抬头看李兆的神情。

年年预警，谁想到今年这就是真警了。

“拖下去。”李兆的嗓音低沉又凉薄。

他眉眼锋利，面色漠然，带着对生死看淡的残酷：“诸位再说话，最好过过脑子。”

一句话，一些官员心里的小九九瞬间就消了。

雷声轰隆，闪电划过远处的山头，照亮了一些人煞白的脸。

外面打了雷，秋雨连绵不绝，不知道什么时候就下了起来。

穗穗将饭摆在了桌上，双手撑着脸看凤凰木枯黄的叶子继续掉，直到掉得枝干光秃秃的。

狂风撕，暴雨踩，泥泞溅起，黄叶零落。

她眨巴眨巴眼睛，真的要打仗了吗?

身后传来脚步声，穗穗回头去看，是李兆。

“喝药了吗？”李兆问她。

穗穗连忙点点头，郎君先前又给她请了一次御医，御医又给她改了药方，叮嘱她要饭前喝，还说或许她能早点好呢。

不过，药倒是越改越苦了。

穗穗拿出笔本：“郎君，真的要打仗了吗？”

李兆用勺子舀起甜粥尝了一口，才懒洋洋撩起眼皮，都听到了，还问他干吗。

这便是了。

穗穗心里有些发慌，她也学着李兆的样子舀了口粥喝。

暖洋洋的粥一进胃里整个人就暖和了。

她不那么慌了。

两人安静地用完了饭。

李兆又往美人榻上躺了去，穗穗坐在原位，还在发愣，她不是太懂，怎么就要打仗了呢？

为什么要打仗呢？

李兆招了招手，穗穗坐了过去。

“想什么呢？”他的声音像是冰玉，凉凉的。

穗穗把自己想的告诉他。

“你怎么那么多疑问？”李兆略微勾唇，手上捉住一缕穗穗的头发，像是一个大人面对小孩儿对所有未知的好奇，他耐心地一一解答。

“鞑子地处草原，靠的是游牧，可是冬天来了，他们就要吃不饱穿不暖，要活着就要靠掠夺。”

穗穗蹙了蹙眉，怎么听起来很惨的样子。

李兆话锋一转：“但是像他们一样依靠游牧过活的，兵强马壮，也有不靠掠夺靠做贸易过活冬天的，战争也有很多时候并非无奈之举。他们只是想过活得更好，这没错，但是何必拉踩别人呢？”

穗穗抿唇，郎君说得对。

人人都有无奈的地方，总不能因为自己无奈就强拉别人下水。

李兆将穗穗的那一小缕头发在指尖绕了绕。

他看向穗穗的眼睛里是沉沉的一片黑：“所以知道，也不要过分的同情，知道吗？”

李兆在教她。

穗穗懵懵懂懂点了点头。

李兆轻轻叹了口气，松开了指尖那缕发：“做错了事，总是要付出代价。”

末了，他又笑了，可是对与错，是谁评判出来的呢？

秦斐毫不意外会在这时候瞧见李兆。

“只有你？”李兆立在屋顶，凉凉的月光撒在身上，这场暴雨一直下到了晚上才停，道路泥泞一片，李兆的衣角却连一点污痕都没沾染。

“还有我们两个。”谭四和沈秋从屋子里走出来。

李兆看向秦斐。

秦斐知道李兆在等谁，弯腰行了一礼：“最近府里吵，外祖忙活了几天身子有些受不住，跟臣说过让臣来才睡了。”

李兆不置可否，见他不说，秦斐便把所有事情的经过都重新捋了一遍。

“长生药头一次现世，是大约十八年前。”

十八年前，蓬莱长生药被悄无声息呈到了先皇的桌案上，当时据说有足足三丸。

但是彼时先皇正值壮年，并不相信长生药的传闻，清晰地知道都是假的，二话不说，就扔进内库当了个笑话。

当时知道相关事情的人也少，几乎没有，长生药并未引起轰动。

真正逐渐开始引起轰动的是第二年。

段大学士那一年平治旱灾有功，皇帝赏赐了金银珠宝的同时赏出了一枚长生药。

但这枚长生药并不如第一枚一般默默无闻，在有心人之间悄然流传开了。

因为段大学士年老功勋又高，颇受皇帝倚重，很难下手，所以他们将目标定到了段大学士唯一的女儿，秦国公夫人身上。

秦南就是一个蠢货，是一把刀。

他对秦国公的动手就来自想要长生药之人的撺掇，他们想逼段大学士一把。

但秦国公夫人显然也是个极有脾气的，并没有答应他们要从自己爹爹手里套出长生药，甚至当时，她连自己爹爹有长生药的事情都不知道。

秦南逼了她几年，最后也没从她口里套出一星半点东西，后来下手毒杀。

而段大学士那边探查了几年也毫无音信，他们不得已放弃，怀疑段府到底有没有这枚长生药。

而后第八年，太子少傅因为疑似在内库偷换一枚长生药被贬斥，这次长生药的名声又在权贵之间流传开来。

第二枚长生药，据说是被太子少傅调换走了，太子少傅当时连忙弃官还乡，隐于乡野，才逃过一劫。

但是好景不长，不久沈家幺女惨死，沈少傅夫妇郁结于胸，早早病逝。

第二枚长生药，从此杳无音信。

再之后就是三年前，此时先皇不如当初康健，颇有些疾病缠身，这时想起来了那枚被他扔到内库的药。

但此时，蓬莱覆灭，长生药至此看来，仅有一枚。

到底长生药有没有用？

蓬莱自古出仙物，谁也不敢赌。

先皇决定服药，这消息只告知了他唯一的皇后。

然后在服药前，先皇惨死。

世家也不敢赌，万一长生药有用，先皇会如何如何削弱世家。

但是他们没想到，接下来的新皇手段让他们简直悔不当初。

谭四娘听说了皇家秘辛，但她仅仅是个旁观者，有些唏嘘。

“那第三枚长生药呢？真的存在吗？”她问。

秦斐看向李兆，这个问题，只有陛下能答。

“孤扔进海里了。”李兆面色淡定，“至于有没有用，你去舀口海水喝不就知道了？”

还是那个配方的陛下。

谭四娘确定了。

沈秋微微蹙眉，她从自己爹爹那里听说的长生药下落远没有秦斐描述的详尽。

“第二枚下落不明？”

秦斐点了点头。

李兆听得有些不耐烦：“直接说正事。”

秦斐面上温和的笑卸下了，他这些天也拦了到府上的刺客，有些累。

“而此次鞑子入侵，可能就是为了第三枚长生药。”

秦斐纠正自己前面的话：“准确地说，鼓动鞑子入侵的人是为了第三枚长生药。毕竟按照前几年陛下的打法，鞑子这会儿入侵实在不明智。”

谭四娘微微眯眼。

这种经年的案子，背后还有人，还能鼓动指使鞑子，真是摊上麻烦了。

“那他们为什么选今年？而且陛下不是把长生药都扔海里了吗，公布出去就是了。”谭四娘问道。

“因为我们都回来了，我是秦国公府世子，而沈娘子是先太子少傅之女。”秦斐回答了第一个问题。

而沈秋回答了第二个问题：“陛下说了，别人也不一定信，长生谁不想？若是你，你信吗？”

谭四娘差点脱口而出我信，面对陛下这张脸，怎么会有人认为陛下有贪欲呢？

那是亵渎懂不懂？

但是她又想到大部分人大概都是没见过陛下的，光听说陛下的名声就能治小儿夜啼，了解仅仅就靠说书人。

李兆不耐烦地蹙眉，催促秦斐说快点。

秦斐失笑，面色严肃起来：“关键要应对的还是鞑子入侵一事。”

“孤要出征。”李兆立在房顶，面无表情道。

朝中难道没有武将可以用了吗？一定要陛下出征……

谭四娘蹙眉，说出自己所想的。

李兆瞥了眼秦斐，秦斐便贴心替他道：“你知道国库现如今还有多少吗？谭大人。”

第十章

/ 头疾已解，心疾难医。/

1.

比起拨算盘舞文弄墨，更擅长带兵打仗的谭四娘沉默了。

她好像还真不知道。

秦斐轻轻叹了口气："几年前那场战役就几乎荡清了国库和内库，而这三年休养生息为主，赋税已经降得非常低了，国库根本没来得及充实起来。如今的国库，恐怕十五万大军，也就支撑个十五天。"

谭四娘瞳孔紧缩，难以置信地出声："怎么可能？鞑子的马比我们壮，兵也比我们好多地方东拼西凑出来的要强上一些，根本不可能以少胜多。"

在十五天的限制下，根本不可能打出速胜的仗来。

"所以得是陛下亲自去。"秦斐道。

当年那一战之后，李兆之于鞑子，是死神一般的存在，简直让他们闻风丧胆。

也只有他去，这一战才能开打。

秦斐想了想："我调了卷宗查了查，觉得鞑子未必有二十万大军。我大致猜测数值应该在十三到十七万左右。"

李兆轻轻一眼瞥过去："不错，他们只有十五万。"

这么重要的情报怎么会弄错呢？谭四娘心惊胆战，这是个好消息也是个坏消息，一方面他们面临鞑子的压力虽然依旧不容小觑，却小了些许，另一方面，朝中和北方边境军中可能出了内鬼。

秦斐听到李兆的话，并不意外，这位陛下神出鬼没，深不可测，有自己的门路查到这些自然不奇怪。

但是他也无形之中松了口气，一个耳目清明的君主总比闭塞的君主明理得多，虽然这位，可能是个意外，但是情况总不至于到了最糟糕的时候。

秦斐继续道："不知道陛下有什么想法？"

李兆纯黑色的衣袖被风鼓荡起，他依旧立在高高的屋顶上，垂着手，姿态懒散，神情漠然。

“孤并不需要你们去做什么，只有秦穗穗，孤要你们护住她。”

如果说秦斐得了刺杀是因为他是段家外孙，那穗穗呢？她的身份可并未暴露出来，那么她招到刺杀的缘由只有一个。

她是李兆的软肋，这个修罗一般的杀神，唯一的软肋。

秦斐清凌凌的目光看向李兆，面上笑意温和：“穗穗是我妹妹，臣自然会护着她。”

沈秋还记得自己对李兆的承诺，她慎重道：“一诺千金。”

谭四娘则更简单了：“总之不会害了她这么个小姑娘去，这么花骨朵的年纪，疼着护着还来不及呢。”

她想了想，又道：“陛下，臣还是请命去趟北边吧。您挂了帅，总是手下能空出来个将位给臣的吧。”

李兆没说话，静默地立在风里。

实际上，和鞑子这一战十天半个月根本解决不了问题，他带军最多带上十万。

他甚至保证不了自己能活着回来，说不定是头疾发作死了，说不定是战场马革裹尸死了。

谭四娘眨眨眼，试探着道：“那微臣不要将位，求一个副将先锋总是有的吧。”

李兆终于启了唇：“随意。”

凉风吹过他的发丝，他鸦黑的长睫毛下敛，垂落一片错乱的淡色阴影。

穗穗得到消息似乎总比人晚了一步，她这些天脑子里乱乎乎的，有时候想着快打仗啦，有时候想着郎君的头疾。

但是郎君几乎永远都是一副表情。

漠然，闲适，懒散。

无论前方是刀山火海抑或是世外桃源，于他好像都一样。

“我要去北疆。”李兆道。

穗穗愣了愣，然后开始慢吞吞地想。

北疆，是不是很冷，要不要多带些衣裳？

李兆透过她发呆的表情直接看透她的想法。

“不带你。”

穗穗反应更慢了，半天才在纸上写了句：“哦。”

小姑娘纤长的睫毛遮住了漂亮的眼眸，一看就是不高兴了。

李兆面色依旧很淡：“你这些天收拾收拾出去和秦斐住在一起。”

穗穗眨巴眨巴眼睛。

李兆不为所动，他转身躺上了美人榻。

穗穗很想找人商量两句，但她发现娘娘最近很忙，不上朝，沈秋姐姐也一样。

她睁大那双茫然的眼睛，像一个将要被丢弃的小孩儿，没有怨恨，只有委屈兮兮和可怜巴巴。

穗穗干什么都是慢吞吞的，但她往常还算多话，今日却格外寡言些。

到了御膳房，御膳房的茶余饭后也变成了鞑子入侵。

穗穗提起刀来磨刀，这几乎已经变成她的日常课了。

大厨瞧出她的不对劲儿，提醒道："刀磨得太薄了也不好。"

穗穗这才恍如梦醒般提起手里的刀。

刀刃又轻又薄，只是用来切东西就会很费刀。

一个用力不均匀，刀可能就要缺口。

这刀磨得不行。

她眨巴眨巴眼，将刀放在一边，又提起了一把开始磨。

她磨了整整一个下午的刀，手冻得通红都似乎毫无感觉。

接头交耳热热闹闹的御膳房不知道什么时候没了声音，只有外头的水漏和沙漏在往下嘀嗒。

"起来，秦穗穗。"

是李兆。

穗穗丢开手里的刀，哐当一声，眼睛通红。

"那天我问你的问题，你就是这样给我答案的吗？"李兆轻轻挑眉，末了，从衣袖里拿出块干帕子将穗穗的手捞出来擦干净。

穗穗低着头，像是做错了事被大人捉到的小孩子一样。

那日顶上顶，寒风呼啸，她问郎君如何变强。

郎君说她莫魔障。

最后给她留了两个问题：

什么是强大？

她想要的真的是强大吗？

穗穗没哭。

她眨巴着眼，她就是有一点难过啊。

李兆的手是凉的，但是比起穗穗那双在凉水里浸了很久的手还是暖和的。

"我让你想问题，没让你糟蹋自己。"他半撩起眼皮，怒意隐约，"不是叫你别魔障了吗？"

穗穗咬唇。

李兆瞧见穗穗不自觉又红了眼圈的模样，摁下心头的暴躁，放缓了语气。

"秦穗穗，别魔障了，事情想清楚了再去做，再不济，孤还在你前头顶着。"

他那么点不耐烦还是泄露出来一点，咬牙切齿："总不会让你替我上。"

沉默了半晌。

穗穗确认手上没有水了才轻轻扯了扯李兆的衣袖，然而李兆瞥也未曾瞥她一眼，沉着个脸。

穗穗慌了。

她想说郎君你是不是生气了？别生气呀。

可是李兆却也不曾看她的本子一下。

穗穗急了，她张张唇，喉头有些疼。

李兆觉得自己差不多教训得这小姑娘知道事情了，正准备回头看一眼，却听到身后断断续续像小猫一样轻的话语。

是的，话语。

“郎君，你不要生穗穗的气呀。”

2.

李兆回头去看他的小姑娘，发现穗穗红了眼眶，一双漂亮的眼睛里含着水一样的雾气，怯生生的，充满热忱的。

他下意识地伸手揉了揉额角。

穗穗见状却是更慌了，她记得谭四娘提醒过她要注意郎君的头疾。

“郎君，你是不是头疾犯了呀？”她尾音带着颤儿，眼里的水雾似乎只需轻轻一眨，便会落下来。

“没。”李兆话语简练地回答了穗穗的问题，“你嗓子怎么样？”

穗穗眨巴眨巴眼，浅浅的水色氤氲在眼里，而淡淡的红色涂抹在眼尾，都是漂亮美丽的，但是最勾人的还当数那双眼里的懵懂天真。

强行发声当然是疼的，但是穗穗也没想到自己居然能发声了。

李兆顿了顿，他伸手搂住穗穗的腰，直接使着轻功以最快的速度向太医院而去。

“可以了，小姐的嗓子没什么事了。”御医看了看下结论道，“恢复还不错，只是今日强行发声有所损伤，这两日还是少说话为好。”

穗穗一直张着嘴，听到御医说可以了这才把嘴闭上。

她捂着喉咙，刚才张得太久，以至于她现在总觉得自己喉咙里有些痒痒的，她轻轻咳了两下。

李兆的喉结上下滑动两下，他修长的手指在桌上敲了敲，一副不怎么耐烦的模样。

“开药。”

御医简直要怕死了这位陛下，听到命令纵使知道不用开什么药，也是提心吊胆费尽心思给穗穗弄了些温补的药方。

“平日可以适当饮用些金银花茶。”御医事无巨细地给穗穗交代清楚，一点也不敢轻慢以待，毕竟杀人不眨眼的大魔头陛下就在一边看着呢。

穗穗便又得了许多药方子。

她微微蹙紧了眉，怎么又要喝药呀，她不是快好了吗？

眼瞧着御医无事了就要告退，穗穗急忙拦住人。

她轻轻拽了拽李兆的衣袖。

李兆瞥她一眼，眼眸如点漆。

穗穗有些体会到别人瞧到郎君时的心神发悸了，她很轻很轻地飞快眨了下眼，然后低声道：“郎君，头疾。”

似乎心有灵犀一样，哪怕穗穗只说了两个字，李兆也懂了。

头疾。

他不耐烦地揉了下额：“不是跟你说了，没事吗？”

穗穗不说话，就一双圆眼静静地看着他。

李兆有些烦躁：“真没事。”

穗穗还是站在他面前，脊背挺直，像株小白杨一样，动都不曾动一下。

李兆忍不住又伸手抵住额头，一双眼睛斜觑着穗穗，居高临下，随时都有暴走杀人的可能，令人望而生畏。

可穗穗还是没动。

李兆知道小包子是个犟脾气，但是他没想到有一天这个犟劲儿被用到了他身上。

穗穗轻轻眨了下眼，她从衣裙上彩色丝绦系着的锦袋里掏出枚铜板。

“郎君，正面就看看，反面就不看好不好？”穗穗又轻又软的声音带着娇气，像是在李兆心头剜了一刀，但这一刀是什么时候被放在了李兆心上的呢？

或许很早。这颗心独一点尖尖部分早早就已经预备着给出去了，剜一刀也好，百刀也罢，都是穗穗的。

李兆眸色沉寂，末了，在穗穗眼巴巴的注视下，淡淡应了一声。

扔铜板当然是件不公平的竞争，就像玩骰子一样，只要手艺精湛，要什么投什么。不过，穗穗根本没有那么个手艺。

所以，全看天意。

穗穗听到李兆应下了轻轻松了一口气，她将铜板向上一抛，双眼盯得死死的。

她知道自己向来运气好，但是运气好这事她又看得很轻，只有此刻，她格外渴求天意眷顾她一次。

铜板落地的声音很清脆。

纤长的眼睫闪了闪，穗穗看过去，是正面，她长长地舒了一口气，整个人都放松下来。

穗穗直接伸手捉住了李兆的手腕，然后充满期冀地看向了御医。

御医藏在太医袍下的两条腿都在哆嗦，生怕陛下一不高兴就把他砍了。

小姐，求求你看看身后啊。

李兆淡淡扫了眼御医，然后目光一直停留在穗穗捉住他手腕的那只手上。

五指纤纤，带着温度，闯入得猝不及防。

李兆垂下了眼。

御医只能硬着头皮伸手，然而，当他摸到李兆的脉时，简直有种此生不悔的冲动。

他竟然摸到陛下的脉了！

他作为一个堂堂御医，终于摸到陛下的脉了！

李兆安静地坐在窗边的榻上，神色依旧是疏离漠然的，漆黑的眼眸只有当看向穗穗时才会生出那么一点波澜。

御医比起刚摸到李兆脉象的狂喜，此时则是眉头越拧越紧。

穗穗绞紧了手指。

终于，御医松开了手，陛下简直就是行走的疑难杂症大全啊，他刚想长长地叹出一口气，就感受到了一股停留在他脖颈处的凉意。

御医慢慢抬头，欲哭无泪，是陛下，他只得把那声长长的叹息咽回了肚子里去。

“陛下多休养，照着之前的药方继续用吧。”

太医院做不出来更好的了，这已经是极限，只能尽人力，听天命。

御医背着药箱加快步子往外走，突发奇想地回了下头。

白昼将要过去，一轮残阳如血，无比凄艳，窗外发黄的树叶飘落，而年轻的陛下则坐在小榻上，弯曲着腿，半垂着眼，一副懒洋洋的样子，纯黑的衣衫上染上浅色的绯红，是夕阳映照出来的，却如同血一般。

可旁边的小姐周身却是一层浅淡金色光晕，恰如神女，笑意盈盈，不知道说起了什么事情。

淡漠的陛下偶尔抬眼，低声附和两句。

御医走得远了，只能听见风里的含糊话音。

他一屁股蹲在外头，擦了擦头上的汗，面色发白。

陛下根本不是没再犯过头疾，而是无时无刻不在犯头疾。

只是他姿态从容，习以为常，若不是把了脉，恐怕饶是华佗再世也瞧不出来。

京城并非一直都是风平浪静的。

比如，那位自己找回来的秦国公世子不仅将自己的无良叔婶成功送上了公堂，还得了陛下恩允继承了秦国公府，如今已经是新秦国公了。

秦斐穿上了那身青色的官袍，整好衣冠，作为新秦国公，上了朝堂。

再比如，陛下对新秦国公的重用。

新秦国公在朝堂的亮相非常完美，秦斐处事手段圆滑而老练，心思缜密，根本不像一个刚入朝的毛头小子，更重要的是，陛下也一再优待他，将他的官职提了又提。

同时，许多看似不起眼却十分关键的位置上的人都被一一替换掉，弄小伎俩小手段的，陛下二话不说直接就杀，比起以往更是雷厉风行，一点解释都不屑给。

是以，连番冲击之下，好多世家大族都坐不住了。

但这似乎还不够，真正的重头戏还在今日早朝。

“孤要御驾亲征。”李兆眉眼漠然，并非在商榷而是直接下了决定，毫不在意自己到底甩了一个什么样的消息出去。

底下官员人头攒动，却赖于李兆近日的杀戮，并未有什么声音。

鞑子一路往南，直直奔着京城而来，陛下御驾亲征无疑能缓解前方战事压力，也可以极大地鼓舞朝中人心。

他们怕李兆，信服李兆的强大，从某种意义上来说，他们才是真的认为李兆无所不能。

出师之日自然是宜早不宜晚，但是谁也没想到李兆会那么快。

“巳时出发。”

早朝时辰也不过是刚刚过了卯时，与李兆决定的巳时只有两个时辰，太赶了。

官员们暗自叫苦却没有一个敢冒头，这些日子的教训并非白吃的。

李兆似乎也不在意他们那些犹豫不决，吩咐完就直接走了人。

散了朝，不少人便看向最近颇受青眼的大红人秦斐，团团将他围拥住打听消息。

秦斐笑了笑，面上温和：“我也是今日刚收到的消息。”

谁信！

但是谁都没有说。

相国暗暗咬紧了牙，时间太紧，他根本来不及安插人手。

“我要走了。”李兆根本不会道别，即使面对穗穗，也只有这么简单的一句话。

穗穗反应慢极了，纤长的眼睫毛先是轻轻一眨，然后似乎意识到了什么，慢慢向上，露出一双干净清澈的眼眸。

“郎君要去北域了吗？”穗穗的声音很轻，这次她连眼眶也没有红。

李兆点了点头。

穗穗向李兆背后的木箱子走去，动作隐蔽地用手擦了擦眼角。

再回来时，穗穗已经抱着一件纯白色的里衫。

和李兆那件纯黑色的大袖衫极为相似，用料也是一样的，只是里面加了不少绒棉，更为暖和。

“郎君，北域冷，你多穿一点……呀。”穗穗差点控制不住自己的声调，险些咬到自己的舌头。

她将那件大袖衫推向李兆：“郎君可以穿了这个后，再穿件黑色大袖衫，如此便不冷了。”

李兆静静瞧着穗穗，没有说话。

这是穗穗与李兆亲征前最后一段独处的时间了。

穗穗轻轻吸了口气，控制好情绪，然后在衣袖里摸出个纯黑色的剑穗。

她不会做棉服，那件纯白的棉服还是在宫女姐姐的帮忙下加工赶出来的，她真正能送的，不过是一个小小的剑穗罢了。

3.

纯黑色的剑穗并没有什么花哨的款式，反而简单得很，流苏坠在一起由一根也是纯黑的丝线系着，如果硬要说什么款式的话，大概就是上面还点缀了两颗小玉珠子。

李兆很轻地挑了下眉：“你做的？”

“嗯。”穗穗有些干巴巴地答道。她这些天看了那么多的书此时却词汇贫瘠，不知道该说什么好，总觉得说什么都像王婆卖瓜——自卖自夸。

李兆垂下眸，拿起那枚剑穗在掌心摩挲，手指骨节略微凸出。

文剑才会系剑穗。

而李兆这把剑见血封喉，是武剑，并不用系什么剑穗，非要系什么的话，也就是一根皮绳了事。

而穗穗终于想到自己或许能说些什么了：“这个若是郎君需要，可以拽下来扔出去当暗器用。”

刚说完，穗穗便意识到自己说得有些生硬，忙又添了两句：“哪怕当不了暗器，也可以扰乱对方的视线。”

按照郎君武功的水准，拈花花瓣便是利器，捻叶叶片便能致命，几乎有什么就能用什么，多这一枚剑穗不多，少这一枚剑穗不少，实在是很可有可无的。

这暗器之说其实是不具有什么说服力的。

穗穗眨巴眨巴眼，她怕李兆不收下，声音不自觉软糯糯的，像一只幼猫在撒娇一般。

“郎君，穗穗把所有的运气都送给你，你可一定要平平安安地回来呀。”她期期艾艾道。

战场是一个穗穗丝毫不懂的世界，那里白骨成堆，血泥飞溅，人命如同草芥。

她怕郎君一去就不再回来。

她从没经历过死亡，也并不晓得死亡到底对李兆意味着什么。

但是于她而言，死亡就意味着郎君的离去，去了一个永远不会再回来的地方。

无论她是否想他，也无论她有多想他，甚至无论她有多想找到他，也绝不会再见到他睡眼惺忪倚在榻上，手掌撑着下颌漫不经心的惫懒模样了。

“穗穗希望郎君岁岁平安。”她的声音很轻，“郎君吃了长寿面，一定要活得很久很久，平安喜乐一辈子呀。”

李兆撩起眼皮，他从来没有好运过。

“秦穗穗，你觉得我会死吗？”

穗穗瞧见郎君边说话，边把剑穗纳进袖里轻轻松了口气，听到郎君这话又猛地一惊。

谭四娘原先跟她聊过战场上的一些事情，说有些人上了战场，只要没有很想拼命活着回来，便很难活着回来了。

心存死志或者生死无所畏，都很难活着回来。

穗穗隐隐觉得这个问题很重要。

她慢吞吞道：“郎君，人都会死。”

李兆瞥了她一眼。

“但是，我不想郎君死。”穗穗紧接着道，“郎君对穗穗很重要。”

她抬起一双眼，真真切切，毫不掺假。

“非常重要。”

凉风从窗外吹了进来，有些冷，照往常穗穗是一定要叫嚷两句然后再加一件衣裳的。

但是现在，她全部的心神都为那一个笑摄住。

冷白的皮肤，如墨的眉眼，淡色的嘴角微微一勾，明明是白日，李兆眼里却似乎落满了零零碎碎的星辰。

不是惫懒的，不是倦怠的。

那张昳丽到让人惊艳的皮囊像是完全发挥了作用，所有见过的人都要为之失神。

穗穗丝毫不能例外，她很少见郎君这样痛快又放肆地笑过。

李兆逼近了她，微微俯身，穗穗傻傻地愣怔着，似乎能瞧见那双墨色浓稠到化不开的眼中的另一个自己。

紧接着，唇上传来淡淡的凉意，裹着凉风，却很快温热起来。

4.

李兆的愉悦持续了很长一段时间，至少延续到了见到秦斐的时候。

“齐了？”

秦斐行了礼：“兵已经点齐。”他顿了顿，然后道，“但是臣寻陛下还有另一些事情，请陛下移步。”

李兆并没因为秦斐的多礼，其实是有些啰啰唆唆而不耐烦，他直接转到了一处角落里。

“说吧。”

秦斐这次没有行礼，现在不谈公事，只谈私事。

“陛下准备让穗穗怎么办？”

“住回秦国公府。怎么，你不愿意？”

秦斐自然不会不愿意，他脸上温和的笑卸下，看向李兆的目光中带上些许审视打量：“臣问的是后续的安排，比如，若是陛下回不来了呢？”

陛下的性子，秦斐一清二楚，可也正是因此，他一定要问个明白。

李兆信手折了旁边的枯枝，听到这话有些意兴阑珊。

他原本是想着他要活不了了，也得让她先死的。

“你想怎么办？”他反问秦斐。

秦斐抬起眼：“穗穗的生活还得继续。”言下之意就是穗穗一定要活得好好的，不管有没有李兆。

李兆失笑，他将枯枝折成了几段，没说话。

秦斐继续道：“臣一直有一疑问，穗穗到底是那里得了陛下的青眼？”

李兆扫了他一眼：“你怕我？”

秦斐直视着他：“恐怕世上没有几个人不怕陛下。”

是啊，都怕李兆。

怕他杀人如麻，怕他罪孽满身，无论是曾经待他如亲子的段大学士，还是曾经是他师父的寺庙方丈，每个人都怕他。

就连京里那一群官员，也是恨他又怕他。

李兆犹如一座不可逾越的高山，没人敢用自己的想法去揣度他。

他似乎和所有人都不一样。

但也不全是这样，起码在秦穗穗眼里，他一直都是个凡人，无论怕他也好，喜他也罢，秦穗穗一直都将他当作凡人，会问他吃不吃饭，有时被拒绝也会不厌其烦，会担心他怕不怕冷，也会想着他高不高兴。

人人都知道他惊才绝艳少年郎，也畏他九五至尊，他强大到似乎除了头疾，无懈可击。他看起来连生死都放在一边，毫不敬惧，总是一副漠然无所谓的面孔，也就瞧着像是没了人性。

但是在秦穗穗这里，他一直都是一个凡人。生老病死，爱憎恨，怨别离，所有情感，他都有。

李兆瞥了秦斐一眼：“都是怕，怕的可就不一样了。”

他并不准备在这个问题上多做纠缠：“秦斐，孤只要你护住她，至于朝堂上的一些事情，你看着办吧。”

纯黑色的衣摆在行走间摇晃起来，腰间佩剑上的纯黑剑穗仿佛也在应和着步子。

李兆这最后一句话让秦斐挂怀了很久。

以至于后来，有时候秦斐也常常会想李兆是不是对将要发生的一切早有预料。

相国反了。

起因是秦斐接过了在京城的大部分权柄负责坐镇后方时，发现相国一直在派人拦截粮草。

所有粮草的运输都是重中之重，为了保险和防止内鬼作怪，秦斐采用了多条路线分时间分批运输粮草。

他总共分了整整九批，从各地调动的都有，为了保密，负责相关事宜的低阶官员彼此之间都不知道彼此到底是谁，而在高阶官员上，他也是选择性地告诉相关人员，而九条路线之间，更是绝对的互不干扰，互不相关，除了他作为统帅，沈秋作为协调，无人知晓。

然而，从淮南出发的粮草总有这样那样的问题。

往年押送粮草起码相当一部分高阶官员知道，一旦粮草丢失，很难确定到底是谁，如今则不一样了，每一段路线负责人都不一样。

九条路线中的每一条路线又被秦斐分了段，分别由不同的人负责，一旦出了事，好查得很。

淮南一线主要负责人是相国，而整条线上的分段则由各低阶官员负责，但是相国并不知道，这就导致他以为底下那么多小官员还是像以往一样知道整条路线。

是以当秦斐看到了屡次出事的路线段都不一样时，稍做调查，相国的事情就东窗事发了。

他稍作沉思，根本没怎么犹豫就直接派兵封锁了相府。

被团团围住的时候相国还是蒙的，他忍不住沉了脸色，指着卫兵喝令秦斐："你这是什么意思？"

秦斐轻轻叹了口气："保险起见，还请相国大人随微臣走一趟。"

他二话不说，直接请了相国到一座小别院，将相国身边的人全部挪走，美名其曰，修身养性。

相国自然不愿意，他那张阴沉的脸上乌云密布："你这是要软禁本相！"

秦斐行了一礼，不慌不忙："相国哪里的话，本国公是看相国日夜操劳，而此处幽静适合休养，特意请了相国来享享清福的。"

冠冕堂皇的鬼话！相国根本不信，他厉声质问："你凭什么软禁本相！"

然而秦斐根本不理他，只是吩咐卫兵围住院子不许人靠近便权当什么也没听见走人了。

相国气得半死，李兆走之前给秦斐移交了三队卫兵。

而等到相国终于冷静下来，有了时间反复将最近自己做的事情想了一遍，便发现了唯一可能露出马脚的粮草运输之事，但是那又有什么关系？

秦斐怎么证明是他！

然而，秦斐根本没有来问相国，他只是又加运了三批大型“粮草”走了淮南一线，无事后，便直接加了五批真正的粮草。

依旧无事。

知道结果后，他这次就一点也不客气，直接派人将相国请到了大狱里。

要知道，淮南一线先前可是十运九赃啊，只有一份能运到前线罢了，如今这八批粮草已经能够说明问题。

“相国大人为何要泄露粮草运输的消息？”秦斐穿着红色官袍看着在大狱里一脸怨愤的相国，面上还是很温和的笑，就算质问也是彬彬有礼的。

相国哼了一声，眸色阴狠：“你有证据吗？秦斐，本相告诉你，你这是藐视律法，还不快将本相放出去！否则有你好果子吃的！”

秦斐轻轻叹了口气：“相国大人，该是你怎么证明自己无罪的。”他面色一冷，“而且，陛下临走前交予了臣生杀大权，可以先斩后报，京城一众事宜都由微臣负责，这其中，自然也包含相国大人。”

“口气不小。”相国瞪着秦斐，“你可知，哪怕是陛下，也不会动我！”

秦斐微微摇了摇头：“陛下愿不愿意动你无从得知，但是现在陛下不在京城，微臣只能越俎代庖。”

他根本不吃相国这一套。

“相国大人若是想好了不招认，就别怪臣不讲情面了。”

相国扣紧了铁栅栏：“你敢！”

“事急从权，回头臣自然会跟陛下解释，而相国若是还有什么怨恨的，尽管冲着臣来吧。”秦斐站起身，对着旁边的人吩咐一二，便直接出了大狱。

用刑审讯这方面他并不在行，还是交由这方面的负责人来吧。

然后谁也想不到的是，当夜，京城就被围住了。

是叛军。

秦斐举着火把进了大狱，丝毫都没有迟疑道：“是你撺掇了鞑子入侵，也是你在秦南背后出谋划策。”

相国靠着铁栅栏冷冷一笑：“怎么，想要报仇了？秦南那个蠢货，真是无用至极。若不是本相给他下了生不如死的剧毒，他怕是连本相都想拉下水。”

秦斐这算是解了疑惑，怪不着秦南当初一个幕后人也没供出来。

“你想要长生药？”

相国摸了摸自己的残肢：“长生不老，谁不想？”

秦斐眸色一闪：“可你明知道它是假的。”依照相国的地位，多多少少都应该知道才是。

“不，它是真的，那第二枚长生药，我亲眼见着他吃了下去，这么多年过去了，他依旧还活着。像这样的顶级圣药，谁不想要呢？你不懂，小子！”相国眉目间狠毒非常，“你若是现在立刻把我放了，我还能饶你满家老小一命，你若是不放，等到一会儿叛军攻进来可就必死无疑了。”

秦斐微微咬牙，怎么还扯上了第二枚长生药，背后好像还有人。

相国将秦斐的表情尽收眼底，心里暗哂，终究是毛头小子嫩得很。他又提起一件事情：“说起来，那第一枚长生药到底在哪儿？真的不是在段家吗？”

这话连带着敲打和试探。

“段家根本守不住长生药，根本没有所谓的长生药。”秦斐直接否定道，“你就是为了这么个不见影的东西在江东养了一群叛军此时逼进来？你身为相国，难道没有想过京城百姓死活吗？”

叛军的组成打眼一瞧便知道还是匪徒居多，让他们入了京城简直不敢想象。

“还有鞑子。”秦斐揪住相国的衣领，“你将北境的百姓置于何地！你将浴血而战马革裹尸的将士置于何地！他们都该为你的私心遭罪吗？”

相国面上扭曲，露出一个笑，并无悲悯，只有不屑：“可是你们不让本相如愿啊！至于他们，算什么东西！凭什么要本相为了他们放弃唾手可及的长生！他们不配！”

秦斐抿紧了唇，再开口时一双眼眸里藏不住的怒火：“你当你谁啊！”

他一把松开拽着相国衣领的手，看着相国狼狈地稳不住平衡倒在草堆上，眼眸冷冷，然后稳住情绪，面上一点残存的温和笑意也没有。

“你的私心，没人会替你牺牲。

“世界上不存在长生药，你见到的那个人，或许是恰巧活得那么久，但是你轮不到了，段家那枚长生药，早没了。而世上，已无长生药！”

5.

“至于陛下那枚，也早早扔进了海里，若是想试试还有没有效，不如给相国大人您碗海水尝尝！”

秦斐快步匆匆走了出去，并不管身后知道一切的相国发了疯似的喊叫。

淮南，淮南，秦斐灵光一现，他并不觉得相国远在京城能够在淮南养出这么一批叛军，而且要养出叛军，花费甚巨，单单相府，恐怕也不够。

相国在淮南必定还有一位帮凶。

秦斐想起来自己方才套着的话，这位帮凶会不会就是当初吃下了第二枚长生药的人呢？

有官员在外头急慌慌地等：“国公大人，现如今要先解决京城外的叛军，这可怎么办啊？”

秦斐定神，现在还是要先解决城外的叛军。

“我会调京城外大营的驻军前来，围城的叛军并不会攻入京城，各位尽管放心。”

大营的驻军？

那可是要虎符啊。

“国公大人，你有虎符吗？”

听到质疑，秦斐微微一笑，从袖子里拿出个巴掌大的铜制虎符出来，在周边亮相了一圈。

周围人不再吵闹，甚至有人倒吸了冷气。

无他，虎符只有两块，一块在陛下手里，一块则应该在北境大将军手里，北境毕竟事关重大，如今陛下亲自御驾北征，北境大将军那块虎符自然要收回来放着，陛下走了没想到却将虎符留在了京城，给了秦斐。

这便越发坐实陛下有多器重秦斐了。

见虎符，如见天子令，天下之兵莫不从。

虎符的亮相胜过千言万语。

“陛下远见。”

一群人啧啧感叹。

秦斐安抚了他们，待到人都走远了才微微低头看向手里这块虎符。

不是百官所想的李兆给他的，是穗穗给他的。

他想起自己晚饭前还在头疼这么个事情时，穗穗将虎符塞给他：“郎君说，若是哥哥有麻烦了，这个东西说不定有用。”

秦斐当时也是吃惊，李兆怎么预见到的？

“那如果我没遇到麻烦呢？”

穗穗边收拾碗筷，边垂着眼道：“郎君说若是我有麻烦了，便将这东西拿来解难。”

秦斐一眼看透穗穗在说谎，恐怕李兆只说了后一句，前一句他是否有难李兆根本不在乎。

但是这依然不能否定李兆的预见性，不然他为什么点了那么多将士，却独独没从京城外的大营调人呢？

此时，秦斐看着这块虎符微微抿了抿唇。

穗穗和陛下的事情，还是要再看看。

他将虎符收了起来。

叛军一难解得很快，不到第二天天亮，京城外的叛军便被大营驻军打得落花流水，丢盔卸甲地跑了。

而在大牢里一直等到天亮也没等来救兵的相国依旧只等来了秦斐。

他刚见到秦斐便不顾铁栅栏的阻拦扑了过去：“我的人呢？”

答话的不是秦斐，而是秦斐身后跟着的随行官员。

“叛军都已经被消灭。”

相国瞪大眼，一张嘴里念念有词：“怎么可能，怎么可能，怎么可能！”

秦斐将他软禁之后他被看守得极严，根本无法往外传递消息，他只能一天天地熬先前已经约定好叛军攻城的日子。

令人庆幸的是，他刚下了大狱的那日，就是叛军攻城的那日。

可是为什么，足足一晚上了秦斐还好端端站在他面前状似无事发生！

叛军难道真的攻城失败了吗？

不可能！他当初计算过京城的守卫军数量，秦斐能调动的除了自己手里的三支护卫队顶多再加上五支，根本不可能打得过他养了那么久的兵！

但是相国再不愿意承认也要承认，真的或许只有这么一个解释才能说得通为什么秦斐现在笑吟吟站在他面前。

他攥紧了铁栅栏，顷刻之间意识到情势反转了，他手上没有了可以制衡秦斐的筹码。

末了，他瞪着一双淬了毒的眼，咬牙切齿问秦斐：“你哪里来的人？”

秦斐亮出了虎符。

相国眼睛睁得更大，血丝一清二楚，布满了整个眼球仿佛随时会炸裂开，这比秦斐赢了攻城战更让他难以置信。

“李兆怎么可能会相信你呢！”

无缘无故！无缘无故！

他再了解不过，李兆根本不可能相信刚步入朝堂的秦斐！

李兆根本不会相信任何人！

相国的确是非常了解李兆，他想了半天才想到那唯一的变数，就算给，李兆也是给那个叫什么穗穗的，怎么会给秦斐呢！

“你认识李兆身边的那什么穗穗！”相国肯定道。

秦斐根本不答他这话，只是瞧着这一大早相国还没吃饭，从身后的食盒里端出了一碗粥：“尝尝？”

这是断头饭了。

相国看向秦斐，又惊又疑：“你不能杀我！李兆不可能让你杀我！”他一手打翻了那碗粥，瞪着眼梗着脖子道，“李兆不会让你杀我！”

秦斐将滚落的粥碗扶正，微微抬眸：“你凭什么说陛下不会让你死？你这样的权贵，陛下见得多了。”

相国神经质地咧开嘴笑了：“你懂什么！”

“李兆他欠我一条人命。”他接下来的话让秦斐震惊了。

“我本来不该是相国的，相国该是我长兄的，那是我最可亲可敬的兄长啊，可是他随着太子李喻韫上了次战场，就再也没回来！

“那次上战场本该是李兆去的，可是他没去，是我哥哥替他去的！本来该死的是他！

“这消息传回京城的时候，我从楼上滚落，断了一条腿，自此阴雨天膝盖永远隐隐发疼。而这一切，都怪李兆！李兆让我失去了待我最好的兄长！”

他嘶吼着。

秦斐定定看着他。

这时，一个卫兵跑进来对秦斐耳语两句。

“让她们进来吧。”

紧接着，两个穿着黑斗篷的人进了大狱。

“秦郎君。”

“谭妃娘娘。”

来的人是久居深宫几乎快要让人忘记姓名的大小谭妃，大谭妃手里依旧是那串檀木佛珠。

“我们二位与相国是老相识了，不知道可否叙旧两句。”

秦斐侧身让开了位置。

大谭妃看向困在大狱里疯疯癫癫的相国：“阿徊。”

“阿徊”是相国的小名，已经很少有人会这么叫相国了。

相国愣了愣，他回过神，看向了大谭妃，连忙抓住她的裙角：“谭姐姐，你来得正好，快给我做证，是李兆欠我们的，对不对？”

大谭妃念了句佛号。

一边的小谭妃忍不住别过头红了眼。

大谭妃缓慢又坚决地掰开了相国的手：“阿徊，你哥哥是陛下的挚友，陛下从来没有让你哥哥去送死。”

相国怔住，低头看着自己的手，他似喜似悲，也或许是真的疯了：“谭姐姐，现在连你也站在李兆那边！为什么！为什么！李兆他就是欠我们，他欠我们人命！他还欠我一条腿！”

大谭妃抬眼：“可是阿徊，上战场是我爹娘叔伯的选择，一去无返也不悔。于你哥哥，也同样是的。他们想守护北境，守护黎民苍生，阿徊，你做了恰好相反的事情。”

相国粗喘着气：“我不信！那凭什么让我们承受这一切！凭什么我就活该没了哥哥，活该跛着腿过活一辈子！凭什么他李兆就能活得松快自在！凭什么！”

大谭妃抿唇：“阿徊，陛下如何活得松快自在了？你身上的相位，我身上的妃位都怎么来的？你都忘了是为什么吗？陛下始终记得笔笔血账，记得死在战场的将士。”

相国依旧反驳：“他记得？呵！他砍我这条腿的时候怎么不记得！我宁可他不记得！我也想要我哥哥和我健全的腿！”

大谭妃双手合十，眉眼隐含悲悯的慈悲：“阿徊，这些难道都是陛下的错吗？你都要将所有事情怨在陛下身上吗？你将噩梦加诸在一个经受过噩梦的人身上，不过是将陛下重新推向了刀山火海，修罗地狱。你做的事情，就应该吗？”

“你埋怨郎君，因为他活着。可是活着就是郎君的错吗？”一个软糯的女声忽然插了进来。

秦斐蹙眉向自己身后看过去，一旁乔装成随行官员的穗穗已经忍不住了。

“郎君尽管有错，你也不至于将所有的过错都推给郎君。但凡郎君能补偿给你的，难道郎君没有吗？你做的一切，郎君真的没有容忍过吗？你为什么总觉得郎君欠了你啊！

“你想让郎君把命搭上去才够吗？

“郎君活着，怎么就遇见了你啊。郎君若是有机会，恐怕宁愿没了命也不愿意再遇见你！”

穗穗气红了双眼，有些口不择言。

等到她冷静下来，她便一一盘问：“是郎君要你哥哥替他上的战场吗？

“郎君为什么要为你哥哥的死负责任？为什么你永远看不见郎君的补偿，只活在自己的世界里？

“为什么郎君本来没有错，却硬生生扛下了你们的怨恨！”

这些，相国都无法回答。

“你懂什么，他就是欠了我们！他是九五至尊，我们守的是他的疆土，就是替他死的！”

穗穗快步上前，一巴掌扬了起来。

但是她最终没扇下去。

她只是问秦斐讨要了一包铜钱，一枚一枚地往相国身上砸。

“这疆土，你不住吗？

“这太平日子，你不享受吗？

“你可怜，为什么从来没看看别人的难处呢？”

穗穗说一句，便扔一枚铜钱，直到一包铜钱扔完已经是泣不成声捂着唇蹲在地上。

“郎君明明没有错，为什么会这样呢？”

都说郎君漠然凉薄，可他却是最有心的一个。

大谭妃轻轻拍了拍她的后背：“莫哭了，想不通的也莫想了。”

大谭妃又看向相国：“阿徊，有些事情无可怨恨，到最后人们发现唯一可怪的只有头顶上的青天，为何偏偏安排成这么个模样呢？你身陷囹圄，为什么不愿意给自己看清一切的机会呢？”

6.

“因自己困苦加诸于他人身，是执，是不解。”大谭妃道。

听着穗穗低低的哭声，小谭妃红了的眼也渐渐流下了泪，她回过头："阿徊哥哥，没人要求你被伤过还要和解，你先是怨错人了，也不该将埋怨加诸别人身上。"

大小谭妃都将斗篷重新戴好，然后向秦斐告辞。

"旧已叙完。往事重提无非是一步错，步步错，还请秦郎君给阿徊一个痛快，莫过于太折磨了。"大谭妃瞥了眼在铁栅栏里的故人，这是她能给他求得的最后的体面。

秦斐简单点点头，然后把穗穗拉了起来。

"你先出去吧。"他温声道，递给了穗穗一张帕子。缜密如他，并不准备在将死的相国面前暴露穗穗是他妹妹的身份。

穗穗接过帕子，飞快地擦了擦眼泪便出去了。

前方的战报总会传来各式各样的消息。

有输有赢，但是所幸，李兆未曾受过伤。

秦斐在冬天越发忙了，他不仅得查淮南助了相国一臂之力的人到底是谁，还要紧赶慢赶弄出冬日的物资。

冬日，将士都是要穿棉衣的。

京城一片月，万户捣衣声，坐在马车上准备回府的秦斐算着钱要没了，他有些发愁。

马车忽然停了。

秦斐挑开车帘去看，却瞧到了一个意想不到的人物，皇家寺庙的住持方丈。

"大师。"

住持双手合十，向他念了句佛号。

"秦施主。"

"不知大师寻在下何事？"秦斐面上是温和的笑容。

方丈叹了口气："这不是算着，陛下御驾北征有一月了，恐多发事端，才下山瞧瞧，也提前告诉秦施主，以备不测。"

秦斐觉得有意思了，他作为段大学士的外孙，对李兆的往事知道得不少，就比如，太子时，李喻韫曾经是方丈的弟子。

"大师请上。"

马车的车轮轧过青石板，发出吱呀吱呀的声音，在静寂的夜里，格外清晰，秋蝉早已经叫不动了，只时不时地孱弱唤上两声，静待死亡。

"陛下的头疾，本就无药可医，而如今他为了时刻保持清醒，服了寺中禁药，已然是头疾时刻都在发作了。老衲算过，陛下顶多再撑一个月，多了，恐怕是大罗佛祖来了，也无药可救啊。"

第十一章

/他还活着吗？/

1.

“这千金楼果然名不虚传，一桌饭菜竟然贵到这个地步，一膳千金当谁傻啊去买这饭！”

小厮连忙扯住正大放厥词和翻白眼的少爷：“您还记得这次咱们是来干什么的吗？”

少爷不高兴地甩开人：“当然记得，是拜访年轻有为的秦国公。”

小厮苦着张脸：“我的少爷哟，这千金楼，就是秦国公义妹开的啊。”

少爷睁大眼，回去看千金楼那古朴的招牌，好像真是他很佩服的秦国公的手笔啊。

眼瞧着自家少爷往回走，小厮赶紧拉住人：“少爷，别走了，这是干什么呢？”

少爷臭着张脸道：“不是要拜访秦国公吗？那这千金楼，我们还是要进的。”

小厮拦住人：“少爷，千金楼千金楼啊。”他咬重“千金”的发音，死死拦住自家少爷，花钱不要紧，但是像这样花钱，这一大家子也不够三顿饭的啊。

少爷终于有些冷静下来：“确实挺贵，那这地方先前可有人来吃过？”

“没有。”小厮忙道，“咱们家就算在京城也还是富贵那一挂的，咱们都吃不起，更别提别人了。”

小厮低声道：“我听说，这千金楼开张两年了，还没有过客人呢。”

穗穗在后厨将菜处理好，白菜芯放在了盘子正中，高汤一浇，白菜好像开了花一样。

御膳房的大厨在一边指点：“这可以出师了。”

尽管听了许多次，穗穗还是有些轻轻地笑了。

秦斐和沈秋并肩从外头进来：“穗穗今天做的什么啊。”

“开水白菜。”穗穗把勺子放下，乖乖叫人，“沈秋姐姐好。”

院子墙头传来声音：“穗穗，今天做的是什么？”

“开水白菜。”穗穗并无不耐烦。

谭四娘从外头拍了拍衣裳进来，她瞧到菜，眼睛一亮："那我运气不错。"

开水白菜是川菜名菜，是格外偏爱麻辣口的川菜里难得不麻辣的一道。

但是有句话怎么说呢，不辣的川菜都是吃不起的菜。

开水白菜用的可不是开水，而是鸡、鸭、排骨熬出来的高汤，再用鸡肉蓉和猪肉蓉吸附漂浮其上的油脂以及残渣，最后全部捞出，就是澄澈如水的高汤"开水"。中间步骤也非常考验庖厨本人的耐心，光是为了将高汤变成清冽模样就要用肉蓉吸附四五次。

白菜用的北方的大白菜，水分多，白菜芯更是鲜嫩到了极点，泛着点鹅黄，还带着点微微的清甜。先用清水漂冷，去掉了土腥味儿，然后用做好的"开水"浇至白菜心完全熟了才能做好开水白菜的白菜。

至于浇白菜的"开水"就要弃掉不用，用新的洁净的"开水"装进垫有白菜的碗里。

装之前再加一点儿香油就是完美搭配。

开水白菜是兼具至简与至繁的代表，白菜清鲜淡雅，开水浓厚香醇。

最重要的是，谭四认定，穗穗做出来的就是好东西。

茶足饭饱。

谭四娘看向午时京城空旷的街道，低声念叨："今年的夏天可太热了。"

秦斐叹了口气："是要比往年厉害许多。"然后他看向穗穗，"我准备向你沈秋姐姐提亲了。"

穗穗眨巴眨巴眼睛，很是惊喜。她看看秦斐，又看看沈秋："恭喜哥哥，恭喜沈秋姐姐。"

秦斐笑笑。

沈秋冲她眨眨眼。

谭四娘也很惊讶，她除了在穗穗这里并不常往别的地方去，是以也一直没发现沈秋和秦斐的事情："恭喜恭喜，届时记得请我杯喜酒。"

穗穗便问："哥哥准备什么时候成亲？"

"今年秋天。"

"那便是……"穗穗算了算，"大概还有两个月的时间呀。"

秦斐含笑点点头，眸色深处却有一点不易察觉的难过。

穗穗已经及笄两年了，这是第三个夏天，等到这个冬天，便是第三年了，她就要十八了，可她还是没有要嫁人的意思。

准确地说，连谈情爱的意思也没有。

偏谭四娘还不太会说话："那就只有我还是孤零零的了。唉，不过这也没关系，我有四郎嘛。"

这一句话，就戳中了穗穗。

但是她已经不是当初那个有些容易失控又敏感的小姑娘了，此时她只是笑笑，然后轻声道："娘娘，我还陪着你呢。"

谭四娘这才发现自己无心之言造成了一种什么样的尴尬境地。

秦斐叹了口气："穗穗，你还要等着他吗？"

穗穗很自然地点点头，然后将衣袖放下遮住手："自然是要等的，等郎君三年呀。"

秦斐沉默下来，沈秋安抚地拍了拍他的肩，然后拉着谭四娘走了，留下这对兄妹说话。

穗穗坐在秦斐对面，她瞧见哥哥蹙了眉，反倒是自己先善解人意开劝道："哥哥，没事的，郎君说了三年为期嘛。"

她眨巴眨巴眼，衣袖下的手指却绞得厉害："也不全是为了郎君，更是为了我自己。哥哥，穗穗在一点一点变强大。"

她的呼吸在说到"强大"时顿了一下。

"我以前以为强大就是要像哥哥一样聪明或者郎君一样厉害才行，可是现在我才知道，强大是我心里慢慢地强大了才算，我一直在慢慢往前走，有我热爱的做菜，也恰恰好能够去做，或许在做菜上，穗穗也算是个有点强大的人了。"

她微微抿唇，仔细看纤长的眼睫在抖："至于郎君，哥哥你知道的，穗穗懂得太晚了点呀。"

2.

"你觉得他还活着吗？"秦斐道。

正午的日光从小窗投入，越过摆设得宜的绿萝盆栽，照亮了大半屋子，尘粒悬浮在空气中，一清二楚。

穗穗抬眼去看秦斐："哥哥，我不知道。"

"陛下怎么会死呢。"秦斐自嘲道，"有时候我就会这样想，可是穗穗，你是我唯一的妹妹，不管陛下生与死，你都应该是快快乐乐的。"

穗穗垂下眼。

郎君在她这里，只是一个凡人，她甚至还不如哥哥一样相信郎君还活着，但是她还在等。

"我知道的呀，哥哥。"穗穗轻轻抿出一个笑，"无论郎君在或否，穗穗都会好好的。"

秦斐轻轻叹了一口气，他最近发现穗穗回紫薇宫的次数越发频繁了。

他也听到婢子汇报，小姐想要攀上紫薇宫的顶上顶，说是要去看风景。

三年之期将近，每一天他妹妹都在等，每一天都未必会有多好受。

这便是那位狠心绝情的陛下的高明之处，秦斐想着，心里很不是个滋味。

穗穗离了李兆，也能活得好好的，实际上，就像初遇前一样。这世间断没有谁离了谁就活不下去的道理，秦斐从小就教穗穗，人的生活是自己的，要往前看。

然而，李兆最狡黠的地方也正在这里。

穗穗能过得好好的，但是也要一直记挂着他。

李兆留给了穗穗起码三批明面上的暗卫，多者不提，除了他生死不明带走的虎符，这世间只有一块，就在穗穗手里。内库的钥匙，也在穗穗手里。

就连朝堂之上，当初沈秋与秦斐做稳了文官，谭四做稳了武官，也没有人敢来难为穗穗，再去找她生事。

穗穗过得很顺遂。

李兆是不是就拿捏住了穗穗是个重情分的性子？秦斐苦笑。

沈秋和秦斐的大婚如约而至。

穗穗去了趟紫微宫的侧殿，她从腰间解下钥匙，然后打开了门。

这里陈列的金银珠宝钱币简直要晃花了她的眼。

穗穗开门的时候，身后便有黑影落了下来，为她简述距离上次她打开门时的区别。

“每年赋税的万分之三依旧是照例运到这里，小姐名下的铺子以及别庄去年缴纳的银钱比前年多了三成……”

穗穗垂着眸，耐心听完才道：“有没有什么好一点的玉件？”

黑影思索片刻：“小姐请跟我来。”

紫薇宫的侧殿大得很，穗穗绕了又绕，才看见了近百列陈放着玉器的博古架。

近三十列来自那位淮南富商，幕后主使，还有十列，是原来就有的，剩下六十列，则是这两年里多出来的。

这还是上好的玉器，成色一般的都堆在箱子里，说句毫不过分的话，只要穗穗愿意，金块珠砾，弃掷逦迤。

穗穗轻声道：“我自己看着，你先去忙你的吧。”

黑影行过礼，然后便转瞬不见。

穗穗看着琳琅满目的博古架，鼻子有点酸，他安排得事无巨细，面面俱到。

穗穗靠着殿里的华柱，忍不住红了眼眶。

是不是真的如同哥哥所说的，他早就预料到了往后的一切。

淮南的富商大多都是靠商队在外行走，要想和鞑子联系，商队往北境去的次数只多不少，秦斐只要大概有个猜测方向便很容易顺藤摸瓜查下去。

这一追查，便不得了，直接牵扯到了淮南首富。

查还是不查？秦斐心中需要有个决断。

若不是在打仗，淮南首富动也就动了，可此时糟就糟在，军中的后需相当一部分来自这些富商，若是没有很好的名头是不能直接动其中隐隐有为首势头的淮南首富的。

李兆出征，秦斐要做的是坐稳后方，首先打了鞑子，然后才是慢慢整理一些内部的根结。

这不是个好时机，但是留下一个能够帮相国训兵还隐隐约约引导相国谋逆的人也是个不稳定因素。

秦斐陷入两难之境，他需要好好权衡这些得与失，而且他没有多少时间抉择，事情时时刻刻都可能走漏风声，他赌不起，没有人能赌得起。

“先看紧他。”

不知道淮南首富的目的，就无法评估他的危险性。

“一个引导相国谋逆的人为什么会大力提供军中后需呢？”秦斐彻夜查着案卷，找到了一点端倪。

段大学士摸摸胡子：“提供军中后需或许是想给自己留一条后路，而且这样我们会更不容易查到他。”

秦斐摇摇头：“养私兵在本朝是死罪，根本不可能逃脱，陛下还是这么个性子，淮南首富若是真当一心扶持相国，根本没有折中选择。”

压双边、墙头草都是最忌讳的。

段大学士想了想：“他提供了多少后需？”

秦斐抿唇，将案卷展示给外祖父看。

“国库当时有多少银子？”秦斐乍然问道负责案卷的户部，“将那时数据都拿过来。”

案卷被呈上。

秦斐拉着算盘飞快地核算了起来，而段大学士则更精于朝中事务，只打眼一看，便忍不住惊讶：“怎么会这么少？”

户部官员擦擦额上的汗：“这还算好了，您老不知道前些年国库都被借光了。”

段大学士纳罕：“借光？”

户部官员解释了又解释，原来前些年的时候，不少皇亲贵戚和大臣天天朝国库借银子，却没一个肯还的。

“后来陛下让各王爷的家产先后充公才好了点。”

户部官员的说辞比较委婉，实际上是李兆一一斩杀了这些人，那些窟窿才算勉强糊住。

偌大国家，并不像是任何话本子里轻描淡写地就建立起来，就运转下去。而一个帝王，要做的也并不是轻描淡写地礼贤下士、任人唯贤，更何况，即便这样，也做不了所谓的史上明君。

血和白骨，同样是帝王脚下的奠基，只懂仁慈，不堪为帝。

秦斐算了许久，发现其中最巧妙的地方：“这些富商捐献的银子再加上国库的存量，堪堪只够御敌罢了。”

一点儿多余的也挤不出来，不多不少。

有这么巧合吗？秦斐自然不相信的。

那便是故意的了。

淮南首富的目的便出来了，他是想在保全一国的同时谋逆扶持相国上位，可是在相国的言语里这个人同样知道长生药的存在，并且似乎也同样的渴望，淮南首富和相国并不是那么紧密的联盟。

“他想踢掉相国上位。”沈秋说出了秦斐思量出来的结果。

这并不是一个行商之人应该有的想法，行商和帝位，差得实在太远了，两人同时意识到，层层推进的线索中还少了重要的一环，什么会给淮南首富这么大的野心呢？

“他和陛下曾经结仇？”

“没有。他从未和陛下有过接触。”

“那可是曾与皇家起过冲突？”

“没有。”

这便让人更加想不通了，一个首富为什么会突然起了那么大野心试图谋反呢，一般顶多试图谋一个从龙之功，可现在已经远超上限了。

不管为什么，秦斐都越发意识到这个淮南首富的危险性。

这个人绝对不能留，秦斐斟酌着时机到底合不合适，他能不能担得起后果。

然而一片静默里却传来了豁然声响。

“陛下有信。”正值此时，恰是深夜，长随打着灯笼敲门将人引了进来，将一封书信递给秦斐。

秦斐匆匆拆开：“和长生药有关者，杀。”

最后一个杀字，金戈银钩，毫不掩饰的淋漓杀意。

这封信上面只有这么短短两句话，信末还盖着李兆的私印。

“陛下得知相国谋逆的事情当即传过来的命令。”送信的人补充道，“陛下说了，不论您后面查到了谁，都按照信上的交代处置。”

秦斐陡然捏紧了信纸。

是，淮南首富还参与进了长生药的事情，绝对不能留，哪怕拼着后方动乱的风险，也绝对不能留。

命令很快下达了。

沈秋也看到了李兆的手书，她不能理解：“和长生药有关就不能留吗？可是长生药已经没了，留不留，有什么意义呢。”

秦斐默然，当然有意义。

他蹙紧了眉，因为穗穗是用了第一枚长生药的人。

李兆出征在外，对京里的事情未必全然清楚，但是他却绝然下了这么个决定，不顾代价，像个疯子一样。

不为其他，只是为了穗穗。

一个思虑多年、知晓长生药的存在并且善于煽动人心的人，必然会威胁到穗穗的存在。

段大学士长长叹了口气，明白了李兆的意思。

长生药不是真的长生药，却有那么多人趋之若鹜。

段大学士从未信过世界上会有真的长生药，从刚开始就不相信，往后的万千风波，也是他没有想到过的。

所以当他刚收到长生药的时候，他就将这药丸送给了自己的独女，却没想这药丸阴错阳差，给独女招致了血光之灾。

还更阴错阳差，救了他的外孙女一命。

成年人尚如秦国公夫人都被下毒而死，年幼的穗穗更是承受不住。

她能保住一命便是靠了这药丸，毕竟这药丸虽不是长生药，但也是效果不错的补药、良药。只可惜，堪堪救了穗穗一命，她却落下了反应慢些的病症。

是后来在秦斐年年的精心照料下，情况逐渐好转了些。

穗穗服用过长生药是个秘密，可以招致无尽麻烦的秘密，而这个秘密，秦斐和段大学士终生三缄其口，绝不声明。

但如今，李兆猜到了。

秦斐也不知道他何时猜到，毕竟从未听他说起。

他看了眼信，下定了决心。

“逮捕淮南首富陈永生，即刻投入大牢。”

秦斐在府衙熬得很晚，逐一将事情敲定，才回了秦国公府。

“穗穗，你怎么还没睡啊？”他却惊讶地发现堂厅里的灯火还烧着，并未熄灭。

穗穗看见秦斐回来，赶紧放下手里的笔站了起来：“哥哥，你忙完了呀。”

“嗯。”秦斐的眼下有些发红，因为陈永生的事情，他已经连轴转好多天了。

“你在干什么呢？”

他随意往穗穗抄写的纸上瞧了一眼，却发现穗穗正在用草书写着什么世风日下、人心不古之类的。

这绝不是他原先给穗穗选过的书籍里有的。

他将穗穗抄写的书拿了起来，翻看了几眼，得，上面全是类似的话。

再看看封面，更绝，《论语》是吧。

谁家《论语》是这么个样子？

这事儿穗穗肯定做不出来，秦斐心里门清，能做出来这事情的只有李兆了。

他都不怕教坏穗穗吗？秦斐有点生气。

秦斐将书直接收了，掠过欲言又止的穗穗。

“日后早些睡吧，不必等我。”

穗穗只能乖巧应下：“嗯。哥哥你屋里桌子上有热粥，记得少用一点，晚上不用膳对肠胃不好。”

秦斐笑着点头。

他喝完粥之后并未直接入睡，而是翻起了李兆给穗穗定制的“论语”。

第一页就是孟子的人之初，性本恶。

秦斐继续往下翻起来。

“非我族类，其心必异。”

“防人之心不可无。”

“宁可我负天下人，不可天下人负我。”

“……”

这都什么和什么，秦斐气笑，直接把书合上。不难猜透李兆的心思，李兆希望穗穗学会提防别人。

气笑又渐渐变成苦笑。

秦斐知道，这是李兆保护穗穗的方式。

他想起穗穗眼巴巴的表情，无奈地笑了笑，吹熄了灯。

第二日清晨，秦斐早已经走了，然而穗穗却在哥哥的吩咐下又重新拿到了那本“论语”，书里夹着张字条：

“虽如此，不可偏颇。”

穗穗悄悄弯了唇。

在大牢里，秦斐对陈永生的审问一刻也未停止过。

但是陈永生却只嘴硬说自己不知道，而且滴水不漏地挡回了审问，还聪明地拿自己的身份说事情。

秦斐发现这是个极其难缠的家伙，根本不是一般普通人家能养出来的，倒更像是哪个世家贵族给弄出来的，常年浸染其中，才如此狡猾。

他让人去查了陈永生的族谱，却发现陈永生的先祖几乎都是小贩，根本不可能乍一弄出来个这么有野心的人物。

秦斐将一个又一个可能性排除掉，最后只剩了一个匪夷所思的选项。

眼前这个人，根本不是所谓的陈永生！

他看向陈永生案卷里他的发迹史，将那中间堪称转折的一年画上。

“陈永生，说说你明德十二年都干了点什么吧，或者，我又该称呼你，什么呢？”

只要有一个缺口，整个案件便以势不可当之势推进。

太多的漏洞了，这个说自己是陈永生的人再也圆不上去。

一个经年的布局渐渐浮出水面，牵扯在中间兜兜转转的是整整两代人。

海上有仙山，其名蓬莱。

陈永生自称自己是蓬莱遗民。

“海上有仙山，哼，我是不知道剩下两座仙山到底是有没有的了，但起码蓬莱，是没有的。”

“那长生药？”

陈永生不无恶意道：“我们弄出来的骗局，谁想你们真的会有人信呢？”

在秦斐的逼供下，陈永生招了他所知道的一切。当鞑子逼进不成，相国围城失败，又看见穷追不舍的秦斐，他就知道了自己的结局。

蓬莱贡献的长生药，从始至终，都是一个骗局。

长生药确确实实如同段大学士所说，只是效果稍好的补药。

“蓬莱覆灭的时候，我顺着海水逃了出来一直到了这里，这才想到了当初那三枚长生药，谁想到它们的作用还没发挥出来，我才又罔等了这许多年。

“第一枚长生药没激起多大水花，但是这没什么关系，长生药，不就是只剩一枚才越发珍贵的吗？我从扬州到了京城，做了几年的生意，渐渐有了钱。当时因为前几年泡了海水，我身体不佳，想到了第二枚长生药，设计拿到后，我便迅速服用离了京城，相国那个蠢货也就是那个时候才认识的。

“他一心想比过当时的太子，他嫉妒，但是他从不说，这就是人性啊。

“而后我便在淮南做生意，静观其变。

“第三枚长生药终于引起了轩然大波，这才是我想要的，而相国那个蠢货居然开始联系我了，他以当初的那枚长生药为要挟，要我为他谋得第三枚。

“我这才知道，秦国公府的事情是他做下的，这蠢货，真是对极了我的胃口。”

陈永生有些低矮精悍，他的面容低沉，眼眸闪烁着狡诈愉悦的光芒，显然提到这些，让他觉得很是兴奋自傲，这些惨案仿佛都是他的荣誉一样。

“我骗他长生药就能治好腿疾，又刻意告诉他我这些年无病无灾。而长生药在他最恨的人手里，他是为了得到长生药才和我联手的，至于我嘛，就是想看看，到底人性有没有底线。

“叛国，杀人，说起来好像没有啊。”

他貌似很是感慨。

但是可惜，他遇见的是秦斐。

秦斐不听虚言，他深深知道面前这个人底细不知，假如真的是蓬莱遗民，也极可能是王室一员，野心非凡，他没放过任何一丁点嫌疑。

怎么会有人声势浩大弄出鞑子入侵只是想看人性呢？

陈永生是很明显的与相国无二的性格，绝对不会为了这样的借口去联系鞑子。

那他到底为了什么？

秦斐陡然想起来夜里看见李兆做的那一本可笑“论语”：

“非我族类，其心必异。”

在短短八个字的提示下，终于得到了解释。

一个流落的王室贵胄是什么给了他底气搬弄皇权，他的动力是什么？又是哪些人才会相信他这么愚蠢又天真的想法，信奉他支持他呢？

秦斐让人开始逐一排查富商的交往，最后得到了他预期的结果。

自称蓬莱遗民的，根本不只是富商，被海水冲到这里来的也不只是富商，富商这些年把人逐渐笼络到自己麾下，又试图杀了李兆，养兵淮南，其心之恶，可见一斑。

只可惜，他养的兵并没能攻破京城，他苦心筹划都成了泡影，负隅顽抗也被秦斐打破，而最后痛快招供和隐瞒都是为了给其他蓬莱遗民一条活路。

但没有用，秦斐还是找着了。

秦斐看着名册上长长的红名，思量了许久，用毛笔直接划去。

“非我族类，其心必异。”段大学士苦笑，他听了陈永生的后续，像是感慨像是叹息，“帝王不易。”

秦斐没有说话，他没有后悔，但是有点不真切感。

段大学士摸着胡子叹了口气：“上位者的任何决断都事关人命，我当初教了陛下那么多的仁义，却独独教不了他如何做帝王抉择。‘非我族类，其心必异’这八个字，细思恐极。”

秦斐也在想，李兆杀了数不清的人，做了数不清的决断，那换成他秦斐呢？

他自问自己能否在杀戮中保持清醒，能否忍受那么多指摘，能否承担所有一切。

……

某种意义上，如果不是李兆当政，陈永生的计划或许早已经成功。

他逼疯了两任帝王，一任被帝后斩杀，一任则死在战场上，死在自己亲手挥起的刀里。

太子李喻韫是个谪仙一样的仁慈人物，还曾经是佛家子弟，不杀生，不妄动，却上了战场，刀刀人命。

最后成了暴君。

3.

穗穗取了玉件，把门重新锁上。

宫女已经把马牵了过来，是踢雪乌骓，小黑白。

穗穗摸了摸它厚实油亮的鬃毛，熟稔地和它打了个招呼。

小黑白当初从战场上下来的时候，浑身伤痕，一匹马瘦得厉害，乌亮的长毛因为血污打了结纠在一起，看不出一点神骏的风采。

穗穗踏上马镫翻身上马，拉起马缰：“驾。”

踢雪乌骓跑得飞快。

一向清淡雅正的秦国公府头次换了门面，大红绸子挂在长廊，明亮的红灯笼和窗花贴在四处，宾客踏破了门槛，一番热闹的景象。

“娘子回来了。”刚到秦国公府门口，门房就瞧到了穗穗，高声喊道。

有婢女出来忙扶着穗穗下了马，穗穗抿出一个轻轻的笑：“谢谢莞儿姐姐。”

扶她的婢女是这几年一直照顾她的菀儿，穗穗出了宫，她便也跟着出了宫，菀儿见到穗穗也很欢喜，秦国公府近来热热闹闹的气象感染了每一个人，多发的份例，提高了的伙食，每个人的脸上都是喜气洋洋的笑，菀儿也不例外。

“小姐可算回来了，明日国公爷就要去娶亲呢。”

穗穗眨眨眼，她和菀儿一边说这些娶亲中的热闹事情一边进了门。

秦斐今日又最后一次试了遍喜服，看看有没有一些要修改的小地方。红色衬得沉稳的秦斐也有点意气风发的感觉，穗穗正巧撞见了穿着喜服的秦斐。

“哥哥这一身很好看。”她夸赞道。

秦斐笑了笑，依旧是往常那副不急不躁不温不火的笑表情：“回来啦。”

穗穗鼻子有点酸。

“回来了，哥哥要娶亲了，穗穗肯定要回来呀。”

及笄后，她这几年一直住在千金楼，哥哥不放心她便时常去看她，中午的时候还会跟她一起用个膳。

绣娘又给秦斐调了调衣袖口，秦斐这才算忙完了。

“这几日事情烦琐，没来得及去看你，还想着一会儿去接你，你倒是先回来了。”

绣娘此时已经退下，屋子里只剩秦斐和穗穗，穗穗便拿出了一个小小的玉盒：“不知道送哥哥嫂嫂什么好了。祝哥哥嫂嫂百年好合，白头偕老。”

是穗穗的一片心意，秦斐倒没拒绝。他打开瞧了一眼，是两根几乎一样的镶了琥珀的白玉簪，样式算不上华贵，但是雅致，区别在于，一根上面是竹纹，一根上面是云纹，线条流畅，是出自于同一位大家之手。

秦斐和沈秋都是要上朝的，两人都偏爱清淡雅正，这两根发簪倒是正合两人心意。

秦斐微微一笑，“那我便替你嫂嫂收下了。”

穗穗笑着点点头。

第二日的娶亲穗穗是和秦斐一起去的，秦斐提前也给她置办了一身胭脂色的新衣裙，是京城流行的样式。

“秦国公府的这位娘子还没嫁出去？长这么漂亮，不应该啊。”

“没呢，说是秦国公的义妹，可是这么久了，也没见人嫁出去，指不定有什么肮脏事呢？”

“想多了，这位原先可是宫里出来的，而且及笄后就一直住在千金楼，你们哪，可别吃不着葡萄说葡萄酸。小心吃不了兜着走。”

穗穗听到了那些议论，但是她似乎从李兆那里学会了漠然，她面色不改地骑着踢雪乌骓往前去。

沈秋也是新郎服的样式，谭四娘倒是穿了一身藕荷色衣裳在一边做娘家人。

谭四娘眼尖，瞧到沈秋束冠用的琥珀玉簪不是凡品，还有点眼熟，可她记得之前沈秋从来没戴过，便问：“这簪子你哪儿来的？”

“昨日秦斐派人送过来的。”

啧，谭四娘猝不及防被噎到了，她嘀咕道：“好像在哪儿见到过。”

在看到秦斐头上的同款玉簪时，她终于想起来那可不就是某一年外朝进贡的贡品嘛。她不用怎么想就想到了穗穗，结果便瞧到穗穗骑着踢雪乌骓，一身胭脂色石榴裙，明艳灼灼，有种逼人的美感，可穗穗眉眼又是温雅干净的，带着那么一点软，更好看了。

她牵着马到穗穗身边，忍不住吹了个口哨，打趣道：“这个美人儿从哪儿来啊？”

穗穗被她打趣得脸上一片绯红，只得轻声讷讷道：“娘娘别闹。”

她是真的羞了，不然也不会又用起了先前的称呼。

谭四便不闹她了，只冲着她眨眨眼。

和穗穗不同，她的眨眼，俏皮得很。

秦国公府的这次大婚可谓是近几年来京城最为风光的一桩了，而且结亲的两位人物又都是京城这两年的传奇。

沈秋是女公子上朝堂，能力非凡，秦斐则是智谋过人，这两年打理朝中事务，莫不井井有条。

这大婚也稀奇，新郎新娘都骑着马，娘家人和婆家人都是女子，却也都骑着马。

但是无人指摘。

一日大婚的流程流水般下来，穗穗三更起，一直到了人定过了一半才有机会倒在了床上。

沈秋姐姐今日很好看，穿得好看，笑得更好看。

穗穗脸颊上是淡淡的酒红，她还是稍稍喝了点酒，酒量不好，现如今她头有些晕乎乎的。

她挣扎着从床上起来，坐到了小榻上，她也喜欢上了坐到小榻上。

今日秦斐大婚，屋里也应景地供上了点酒，穗穗从小几上拿起酒杯，往杯子里倒，一杯一杯地饮。

淡淡的酒香噙于唇齿，热乎乎的酒意慢慢上头。

穗穗一杯接着一杯。

灯下，穗穗的脸颊越发红，那双圆润的眼睛水亮剔透。

微红的唇被酒水浸润。

穗穗渐渐饮得慢了。

胭脂色的石榴裙被酒水染得颜色更为深重，淡淡的果酒香萦绕在穗穗鼻尖儿。

恍惚中，她仿佛瞧到一袭纯黑的大袖衫，那人依旧是冷白却昳丽的眉眼，浓淡得宜，他弯曲着一条腿，一只手抵着额头，微阖着眼，懒洋洋又不耐烦地喊她："秦穗穗。"

"郎君。"

穗穗失神刹那，她手里的酒盏掉了下去，"咣当"一声，紧接着幻影好像也随着碎掉了，她又什么都瞧不到了，头有点疼，她伏在小几上，有些难受地哭出了声。

呜咽声很低。

听见了酒盏落地声音想要进屋的菀儿顿住，她收回手。

两年了，如今快三年了。

小姐的箱笼里从来没有大袖衫，也从来没有纯黑色。

接到陛下失踪消息的时候，她忧心忡忡地看着小姐，小姐也没有哭过。

4.

霜一般的月光撒落，菀儿悄悄退开了去，陛下当时除了一封出游三年的口信就什么都没留下。

出游三年，人人皆知，恐怕是养伤三年，养得好了就回来，养得不好了就客死异乡。

并且根据谭四娘子的转述，陛下的伤情恐怕严峻得很。

谭四郎照旧是等到谭四娘睡熟了才偷溜了出来。

他骑着马出了京城，直奔郊外某处庄子而去。

"郎君。"

守门人对这位深夜而来的客人很是熟稔，这位客人总是深夜造访，有时候一个月才来一次，有时候会频繁些，但也不过一个月三次罢了。

谭四郎点了点头，将缰绳交给守门人，自己大踏步地进了院子。

月光从洞口射入，照在冰床边上，又被折射开一片银色的光晕。

谭四郎摸了摸手臂，太冷了这里。

他眼也不眨地朝里走去，终于走到了床边上。

床上赫然是出游三年失踪不见的李兆。

谭四郎飞速地将最近的事情说了一遍。

“三年之期快到了，陛下若是还不醒，我便不能再骗她，我会将陛下火化，像当初约定的一样。”

谭四郎对李兆的观感不好也不坏，准确地说，除了谭四娘，他对谁的观感都是不好也不坏。

或许正是因为这点，李兆才用他去骗了谭四娘，最后骗了所有的人。

根本就没有所谓的三年出游，李兆的旧伤新伤一并复发，外加上头疾，没直接要了他的命就算不错。

李兆昏迷前，威胁了谭四郎并与他做了一个约定。

这才有了那所谓的三年。

谭四郎伸手去探李兆的脉象，依旧是紊乱，毫无改善。

他在李兆床边上立了一会儿，心里有时想着这魔头武功那么高熬了三年怎么还没好，有时想着果真有些病是救不了的恶疾。

他也会想，像大魔头这样聪明的人能够预见到自己会倒下甚至还给自己备上了药，为什么当初不好好治病呢？一定要搞成这个样子。

他想不通，有些烦躁。

这两三年，谭四郎时时刻刻担心着被谭四娘发现，但是谭四娘信任他得紧，根本没有怀疑过。

但是这让他更烦了。

索性就算熬，他也不用熬几天了。

谭四郎说完没多久就从这地方出去，他得抓紧时间，还要抹掉自己来过的痕迹，小心被谭四娘发觉。

冰床上，毫无动静。

九月份的时候，穗穗格外喜欢做鲈鱼脍，谭四娘这时候最常上门，几乎天天都在千金楼。

“谭姐姐最近不忙吗？”

谭四娘倚着门框，手里抓了把炒花生，往嘴里一个一个扔，接得极准。

百忙之余，她终于腾出嘴来：“唉，就是忙啊，所以才来你这里偷闲。”

这是第三年了，三年之期就快到了，大魔头依旧音信全无，京城里好多人蠢蠢欲动。

谭四娘心想，真是死不长记性，前几年刚玩过，今年又重蹈覆辙。她莫名对大魔头会重新回来这件事情充满信心，坐等那些蠢货找死。

姑奶奶可不陪他们一起找死。

穗穗眨巴眨巴眼睛，拿着抹布把桌子擦得干干净净，又将盆栽搬起来，一个一个放到外面晒太阳。

谭四娘也腾出手抱了几个盆栽。

秋末阳光温煦，暖人但不刺眼。谭四娘瞧到院子里的树，有些惊讶：“这是凤凰木？”

穗穗点点头：“今年才算长出了点眉目。”

谭四娘挑挑眉，知道提到凤凰木容易提到紫微宫，更容易提到大魔头，便换了个话题：“你生辰再过一个月便到了，今年想要什么？只要不是天上星星、月亮，姐姐都能送你。”

谭四娘说得豪迈极了。

穗穗被逗笑，她连连摆手：“姐姐这些年已经送了我许多好东西，若是不嫌弃，到时候来千金楼一起吃顿饭就好的呀。”

谭四娘想了想：“舍不得你的厨艺还来不及呢，担得起一膳千金，说起来还是我赚了，礼还是要送的，我想想，你觉得风华楼镇楼的首饰头面怎么样？”

风华楼是京城最大的首饰楼，镇楼的首饰更是贵出了天价，而且费尽口舌也极其难买。

谭四娘这片心穗穗只能记下，下次给谭四姐姐过生辰的时候她也得送个更好的。

藏在树上的暗卫听着风华楼的名字有些耳熟，那不是陛下名下的店铺吗？

小姐当初只是略略翻查了陛下留给她的东西，恐怕早不记得风华楼了。

还是给风华楼那边传个信吧，省得明光将军买不到。

天气渐渐冷了下来，苍穹变成了浅淡的白色。

穗穗的生辰到得很快。

她也没大张旗鼓办什么，只是在千金楼请了哥哥嫂嫂和谭四姐姐一起吃酒。

又一年了，今日过去，穗穗便十八了，她便等他有三年了。

而距离三年之期，不足一个月。

屋内暖气融融，穗穗怕冷，提前烧上了银丝炭。

令人食指大动的美食摆了整整一大桌子，灯烛高烧，酒用的也是上好的凝露白。

穗穗自从秦斐和沈秋大婚后，便有些喜欢小酌，酒量也算稍有长进。

先到的是沈秋，然后是谭四娘，最后是秦斐。

沈秋送了穗穗一个连理枝缠海棠银珠簪，谭四娘果真送了她一整套头面，光是一眼看过去，就金光闪闪，而秦斐则送了穗穗一个长盒子。

穗穗打开，惊讶地发现是一串糖葫芦和几根新头绳。

她看向秦斐，秦斐轻轻一笑。

微红的嘴角轻轻扬起，穗穗抿出一个轻怯的笑：“谢谢哥哥。”

明月在窗外照得朗朗，屋内是淡淡的檀香。

讲些趣事，少饮些酒，穗穗的生辰便算过了。

吃完喝完，穗穗穿上披风将人都送到了门口，看着哥哥嫂嫂上了马车，又瞧着谭四姐姐上了马，这才锁了门，重新回了院子里。

她信手揪了片叶子，揉成了一团，紧接着后知后觉地发现自己在做什么，那一点零星酒意全醒了。

冷风凉凉，她重新将那团叶子攥紧，骨节用力到微微泛白。

穗穗搬来特意为她设计的轻便些的梯子，靠着千金楼的墙，一层一层慢慢往上爬。

然而喝了酒是不该做那么危险的事情，哪怕穗穗认为自己还有点理智清醒。

实际上，真正的清醒状态下，穗穗根本没有搬动过那把梯子，只是一直瞧着，克制着自己，她还是那个不敢上房顶从没翻过墙的乖姑娘。

此时喝了点酒，她却控制不住了。

她的手脚不知道哪一步慢了一拍，小姑娘手上没力气，眼见着就要从爬了一半的梯子上掉了下去。

值班的暗卫心一紧，正准备动手捞人，却见一抹黑影踏月色而来，将即将落地的穗穗拦腰抱了起来。

暗卫眨眨眼，怀疑自己是不是看错了，是陛下吧?

是陛下。

他连忙从一边闪出身：“陛下。”

“嗯。”漠然的，凉薄的声音。

这回答，是陛下无疑。暗卫连忙闪身消失，不做碍眼的物什。

穗穗被冰得一惊，喝了酒有些上头，反应慢得厉害。

暗卫出来了，又消失了，她才看清了接着她的人的脸。

然后，魂魄俱惊。

穗穗七手八脚，不安地动了动，分不清自己到底是不是在做梦。

“秦穗穗。”

穗穗下意识地抬头，然后撞进了那双漆黑的眼眸里。

他依旧是冷白的皮肤，浓墨似的眉眼，隐隐约约的凶戾在其中浮动，还有些许的不耐烦。

穗穗有些结结巴巴，此时她反倒束手束脚不敢乱动了。

“郎……郎……嗝……郎君。”穗穗打了个小小的酒嗝，不知道被自己险些跌落吓的，还是被这突然出现的人吓的。

李兆闻着淡淡的酒气，眉蹙得更紧：“你还喝酒了？”

穗穗有些心虚地垂下眼。

“你住哪间屋子？”

穗穗伸出纤细的手指一指。

李兆抱着人走得很稳又很快，他直接踢开门，进了屋子，将穗穗放到了床上。

穗穗眼睛眨也不敢眨一下，她想了很多，又悄悄瞟向了坐在小榻上的人。

李兆弯曲着一条腿，给自己倒了盏热茶，正好捉到了穗穗的视线：“想好怎么交代了没有？”

他将茶盏放下，咯噔一声，就像穗穗的心一样，咯噔一沉。

穗穗别开眼。

李兆轻哼了一声，还长脾气了。

“你爬梯子干吗呢？”他干脆捧着茶从小榻上下来，走到了床边上，靠在床柱边，身姿懒洋洋的，俯视着穗穗。

穗穗眨巴眨巴眼，手不知道往哪里放才合适，脸上是淡淡的酒晕红。

还喝酒，李兆不知道小包子这几年到底是从哪儿学坏了，居然还学会了喝酒。

他伸手掐了掐穗穗的脸：“说不说？”

眉眼间的凶戾和不耐烦还是一如既往的。

谁知道穗穗直接眼眶一红，啪嗒啪嗒地掉起眼泪来。

李兆微微挑眉，不愿意承认自己有点慌：“哭什么？”

穗穗的眼泪无声，却掉得更厉害了。

李兆烦躁地阖眼再用力睁开，不就捏了下脸？原来也没这么娇气啊。

怎么还越来越娇气了。

他揉了揉额角。

穗穗慌慌张张坐了起来，她低声道：“郎君，你是不是头疾犯了呀？”

李兆撩起眼皮子，发现小包子因为他不答话哭得梨花带雨。

真是服了。

李兆顺势坐到床上，忍住不耐烦解释道：“头疾没犯。”

穗穗却不信，郎君在出征前就骗了她：“郎君真的没犯头疾吗？”

李兆很烦，很烦。

但是瞧着穗穗一双泪眼，他还是辩解道：“真的没犯。”

为了让穗穗相信，他只能按捺住给她从头到尾讲了一遍，当然，略去了中间许多细节以及小包子听了肯定要再哭的事情。

李兆控制住自己又想按住额角的手，心想自己真是上辈子欠了这小包子的。

5.

谭四娘喝了酒，醉醺醺回到家里也并未直接睡觉，而是拎着剑比画起来。

谭四郎不得不冒出来提醒她。

谭四娘却不想把身体控制权让给谭四郎，她舞着剑在空气里刺来刺去，脚步歪歪扭扭，不忍直视。

谭四郎只得和她抢控制权，她这样一定会伤到自己的身体。

谭四娘却将剑一丢，然后干脆利落地闭上眼，把控制权让了出来。

谭四郎：“……”

“喂，醒醒。”他语气不大好。

断断续续的女声在脑海里响起：“四郎，你说，陛下还活着吗？”

谭四郎坐到凉凉的石凳上：“谁知道呢？”

“我瞧着穗穗好难过的，也就是她呀，什么也不说。”

谭四郎对此不想发表任何意见，只听着谭四娘一点一点说。

“男女之情，真是一杯毒药。”谭四娘喃喃道。

“我早些年的时候不想嫁人，娘亲哭着劝我嫁，说女儿家不嫁人这一生便不完整了。”

谭四的娘亲好几年前就已经去世了，她不晓得女儿的病，一直想给谭四娘寻个好人家，临死前怎么样也放心不下自己的女儿。

“可我嫁谁呢？又为什么要嫁呢？”谭四娘继续道。

“他们都知道什么叫作欢喜，可我不知道，我似乎不是个女儿家，我和她们都不一样。”

谭四郎一言不发，他拾起剑，舞得清光一片。

“我不想再做个女儿家了，虽然我还挺喜欢那些好看的裙子，漂亮的首饰，美呀，谁不喜欢。但是我还是不想再做个女儿家了，再做个女儿家，太累了。”

娘亲放不下她，一直到死。

谭四郎手里的剑舞得更快，简直要晃花人的眼。

谭四娘此时却并不在意，她借着酒意，说了很多。

“我知道我不该全怨自己是个女儿家，像人沈秋一样似乎也不错，但是我做不到，我就是这么个性子，江山易改本性难移，我做不到。那些文字书籍，看一眼我都觉得烦，我就是喜欢练武。”

人人都活得不一样，谭四娘又不是沈秋复刻版，自然不可能像沈秋一样。

但是她惆怅，她有点迷茫前路该怎么走。

“娘亲说，我这样等到老了，要怎么办呢？”

“我原先想着不行多养几个孝子贤孙，嗯，小白脸其实也行。但是我烦人太多，钩心斗角，就跟陛下那个后宫似的。”

谭四郎舞剑的动作蓦地停了，他冷冷出声：“你要是真养了，恐怕是被他们卖了还替他们数钱。”

谭四娘听了谭四郎的话，略带不满：“我知道，所以我这不是没养嘛。”

这具身体武功上的天赋点多点了多少，智商上就少点了多少。

谭四郎垂下眸。

“就这样就挺好的。”他道。

“四郎，这是你还年轻啊。”谭四娘啧啧道，“我难道不要想想怎么给咱们两个谋个安定的晚年吗？”

咱们两个……这四个字非常亲密。

谭四郎缓了语气："不急，慢慢来。"

"你脑袋里还有'慢'这个字？"谭四娘惊奇道。

谭四郎觉得她大惊小怪，敷衍道："行了，谭四娘你赶紧睡吧。"

谭四娘不高兴了："会说话吗？叫姐姐！"

由着人撒完了酒疯，谭四郎这才换了一身衣裳去庄子。

他依旧在踏进洞口时摸了摸手臂，却在看见空无一人的床时略微愣怔。

他看向床下，鞋子也没了。

很好，魔头又活过来了。

谭四郎有点头疼，觉得自己还是重新回去睡一觉，让谭四娘这个酒鬼去应付明天的事情。

明天的京城，该是何等的热闹都不用他去想象。

比新帝回归更先有预告的是，千金楼开张了。

真的有傻子会愿意花上千金买一顿饭？

真的有。

旁边的商铺老板连自己生意都不做了，跑出来看着这难以置信的一幕。

一群人将金子大张旗鼓搬到了千金楼前，京城百姓跟着围了一圈。

秦斐急急忙忙下了朝赶过来，他还不知道李兆已经回来了。

此时，他立在千金楼门口，眉心蹙紧："你们主子是谁？"

官服还未脱下，秦斐沉了面色，这几年的历练让他身上气势更为沉淀，也更为不容人小觑。

人群忽地让开，马儿长嘶一声，有人打马从人群间招摇而过。

马儿四蹄雪白，浑身乌亮，纯黑色的衣袖垂落，委顿出层层叠叠。

秦斐忽地愣了，继而面色愈加沉凝。

他弯腰行了一礼："陛下。"

围观的人哗然。

人群由内而外跪下，众人齐声高呼："陛下。"

皇帝的回归如同几年前一样，是场盛大的欢呼。

这位帝王好像本身就是一个不可思议的奇迹，所有人都一度以为他死在外头了，可是他又回来了。

李兆瞥了眼秦斐，然后抬头。

今日是冬天难有的暖阳，日光温和而不刺眼。

立在楼上窗边的穗穗慢慢睁大了眼。

她宿醉醒来有些头疼，千金楼依旧是冷冷清清，她以为昨夜只是一场梦，然后就发现居然真的有人千金图一顿膳食，都不敢出门去。她瞧见哥哥来了，正准备下楼，谁想却又见着了那个人。

不会又是幻觉吧。

此时，四目相对。

穗穗下意识地眨巴眨巴了眼。

她连忙踢上鞋子匆匆忙忙下了楼，却在开门的时候顿住了手。

穗穗飞快背过身，整个人靠在了门上，努力平稳自己的呼吸。

她的手指尖儿微微发颤，攥紧了手。

知道是皇帝后，附近围观的人便几乎没有了。谁不知道皇帝的脾气，万一不小心招惹到了，小命可就没了。

秦斐在门外与李兆对峙着："陛下可安好？"

李兆捻了捻手指，依然觉得秦斐有些碍眼："往旁边让让。"

秦斐没动。

李兆好脾气道："让让。"

秦斐依旧没动。

李兆磨了磨牙，从马上下来："你想怎么样？"

周围的街道上已经没什么人了，秦斐忽地一拳打过去。

李兆伸手挡住。

秦斐感受到李兆的手掌非常凉，就像埋在冰里刚拔了出来。

他想起来这人先前是受了伤才说自己出游去的，他默默卸了力气，收回手，敛起衣袖："陛下伤好了？"

李兆不置可否。

秦斐略微蹙眉，他实在搞不懂这位陛下到底想要些什么。

他身后的门开了。

是穗穗。

"哥哥。"穗穗并没瞧见两人险些打起来的场景，她只是缓好了情绪，然后抬头看向了一边的人，轻声道，"郎君。"

李兆扫了穗穗一眼，瞧她表现就知道这小包子昨晚喝完酒还断片儿了。

穗穗开了门，让两个人都先进去。

新帝回来的消息像是插了翅膀一样飞快传遍整个京城，但是处于舆论中心的千金楼却风平浪静。

穗穗做了点南瓜粥，又凉拌了几个小菜，端上了桌子。

"陛下走了这三年，是怎么回事？"秦斐先问了。

"用了点药，刚醒。"李兆淡淡道，他已经熟练地舀了粥夹着菜开始用膳。

秦斐垂下眼。

若单单是个臣子，那他定然是非常佩服李兆的。

并不是任何一位帝王说出游三年都能保得京城安安稳稳，没有大型的权力倾轧的。

他可以体谅李兆病伤所以暂时离去，哪怕生死不明，他起码也给了百姓三年休养生息的时间。

可他除了是臣子，更是穗穗的哥哥。

他的妹妹等了李兆三年，时时刻刻提心吊胆。穗穗及笄的时候，这人不在，穗穗等着，最后等来的只有出游三年生死不明的话，他的妹妹穗穗夜里便时常再难安寝。

女儿家年龄大了却依然没有结亲，穗穗在秦国公府住不下去，为了避免秦斐再被指摘，她建了千金楼，独自住着，便是匆匆几年。

她什么都不知道，关于李兆的生死，万般猜测涌上头，折磨的都是自己。

穗穗起先会偶尔发呆，但是后来便如同常人一样，然而，秦斐再懂不过，夜里辗转时放不下的还是放不下，穗穗只是长大了，学会了掩饰。

可秦斐宁愿自己的妹妹不要这样的长大。

他知道，若李兆不回来，何止三年，穗穗会一直等下去也不一定。

李兆倘如痛痛快快给个生死准话，也强过这许多。

食不言。

秦斐趁着穗穗收拾碗筷去了后厨的工夫便张口盘问。

“陛下头疾可否痊愈？”

“嗯。”

“陛下为什么当初只留个口信？”

因为李兆用的是禁药，九死一生，但他还是赌了，不过他没准备跟秦斐说这么多，刻意卖惨。

“回不来。”简简单单三个字一带而过。

和聪明人说话不用很费劲。

秦斐沉思片刻，不再问这三年，而是着眼于当下。

“陛下，您准备如何安置吾妹？”

他没有说穗穗的名字，而是刻意强调了一下穗穗的身份，她是他最疼爱的妹妹，不容任何人看轻。

李兆用过膳，眉间之间的薄凉色淡了不少，他心情还好，也愿意回答秦斐几个问题。

“你想让孤怎么办？”

李兆敲了敲桌子，浑身还是惫懒的模样，凶戾感一闪而过。

秦斐不断揣测着李兆的想法。

他还记得那个夜里住持的话：“老衲以为，陛下厌烦之至，或许致命的从不是头疾，而是心疾。”

他忽然松了口气，起码李兆回来了。

秦斐晓得自己这是关心则乱了。

穗穗从后院回来的时候秦斐已经走了，她只见到了躺在小榻上的李兆。

“过来。”

穗穗乖巧极了，她轻着步子过去，轻轻唤上一句：“郎君。”

“嗯。”李兆像是累了，他拉着穗穗的衣袖将人拉到自己边上坐下，然后微阖上眼。

阳光照在穗穗身上，是冬日难有的暖和。穗穗眨巴眨巴眼睛，后知后觉地有小小欢喜从心底一点点冒泡而出。

郎君回来了呀。

她心里一片安静。

长大了，她时常这样安静，但是好多时候，像是心上漏了一个洞，有无尽的麻烦事，安静是空空旷旷的安静。

此时的安静则不一样了，是一种充实的、圆满的安静。

穗穗也有些倦，觉得冬日这样的太阳，是该好好躺在小榻上睡一觉，睡醒了，春日就该来了。

“不哭了？”李兆突然出声道。

嗯？穗穗有点摸不着头脑。

“昨晚。”李兆提醒道。

穗穗眨巴眨巴眼，反应过来，整个人都不太好了，差点从小榻上摔了下去。

昨晚……昨晚那是真的？她只记得她怎么样都控制不住想要哭，还拉着郎君哭了很久。

李兆抓住她的衣袖，依然像是有读心术那样：“是真的。”

穗穗现在就想从地上找个地缝钻进去。

怎么会是真的啊。

穗穗脸颊上是淡淡的绯红。

李兆很轻很轻地勾了下唇：“以后还喝酒吗？”

穗穗拨浪鼓似的摇了摇头。

那模样真的很乖，乖得恨不得把命也给她。

李兆垂下眼，觉得或许他确实是心疾。

他一度觉得这世界都了无生趣，活着不过是因为有人想让他死，而他偏偏不让别人如愿。

但是在冰洞里，在混沌一片的黑暗里，那些都不是他想活下去的原因。

他前所未有地想要活下去，是因为惦念着那个有点傻乎乎的包子。

哪怕李兆当初安排再妥当，布局再好，他也会想，自己会不会有一点疏漏，又让这个小包子步了那只猫被人害死的后尘，或者，又让这个小包子受了委屈只知道自己躲起来悄悄哭。

她傻，不知道反击。她愚，对着什么人都会笑。她软，脾气好到就算要她死她也不一定会怨恨别人。

李兆勾了缕穗穗的发丝缠在指尖弯弯绕绕。

“你这几年都还学会了什么菜？”

说到喜欢的东西，穗穗眼里不自觉地就带上一点儿想要被夸奖的小骄傲，一双眼睛很是明亮。

“很多呀郎君，有东坡肉、西湖醋鱼、飞龙汤、辣子鸡、冬瓜盅、龙井虾仁、雪花鸡、清炖蟹粉……”

李兆很耐心地听着，有一下没一下地理着穗穗的长发。

他一点也不喜欢那些或同情或畏惧的目光，更厌烦钩心斗角的设计，他大权独握，随心所欲，对整个世界也越发倦怠。

他不喜欢站在地上，因为他母后说，做错了事该下地狱，可很多时候，他上战场的时候，杀人的时候，根本没有办法判断对错。

他顾念仁慈，命运却将冰冷的刀尖对准他的咽喉。

他终于冷硬如铁，强大无匹，“李喻韫”这个名字被他扔掉，本来以为到死了都不会再用。

可是他还是遇见了小包子。

她像南方的口音一样，软糯糯的。

她将他更多的当作一个凡人去看。

“郎君，一会儿你想吃什么呀？”穗穗报完了一长串的菜名，歪头问道。

“你觉得什么好吃？”

穗穗想了想：“涮九品呀。”

“那就先做这个吧。”李兆松开指尖的发丝，将双手枕在头下，懒懒道，“其他的，以后再做也来得及的。”

穗穗答应下。

阳光落在纤长的睫毛上，她问道：“郎君这次回来就不走了吧。”

她的声音很轻，来一阵风或许就会飘散。

四目相对。

李兆挑了挑唇：“嗯，不走了。”

头疾已解，心疾难医。

药在这里，他还往哪儿去呢。

番外一

失踪三年的新皇竟然回来了，紫微宫尘封已久的大门再次打开。

一时间朝堂上的群臣心里都是五味杂陈。

但是三年时间，足够朝堂上一部分人被更换了，是以有部分人只听过这位陛下的残暴之名却没真真见过。

秦斐执政的风格虽然果断，但是正合了他身上的君子之风，刚柔并济。然而一时间，新皇回来了，这便让所有人心里都产生了一个大大的问号。

他们中有人怕秦斐与新皇之间起冲突，也有人巴不得秦斐与新皇起冲突，并且跃跃欲试，准备站队。

毕竟总有不信邪的，觉得往昔的朝堂或许是李兆的一言堂，如今却未必了，朝堂上的青年才俊可有好多都是秦斐一手提拔起来的，而且一些老臣也更为习惯秦斐这样的处事，如果还要再算上私人恩怨，秦斐的义妹又是那么个身份，和陛下说不清道不明的，不是俗话说得好，英雄难过美人关嘛。

是以这次，陛下究竟能不能拿到原先那么大的权力，还是个问题。

有些人没被教育过，只盲目知道这天下，从来没有真正的神。

过于早的清晨，天上只有东方一线鱼肚白，而其他地方则呈现出一种灰蒙蒙的混沌。

紫微宫的大门朝着群臣打开，青铜架上灯火燃燃，长廊的尽头是被灯火烧出的一片暖红，大臣们有些望而却步。

秦斐理了理衣袖，面上依旧是温和的笑，同沈秋一并进入。

其余人见状，也依次进入了灯火通明的紫微宫。

在一片灰暗中，它高高矗立着，像一只巨兽。

一些初次步入紫微宫的人有些彷徨，他们看见世代相传的国之重宝青铜剑并未悬挂座位上，而是被一位身着黑色大袖衫的郎君把玩在手掌中。

而把持着朝堂的秦国公秦斐，则朝此人微微一拜：“陛下。”

李兆转过身来，看向群臣。

那些新人一时间心魂俱颤，在听到的事迹里他们只知道这位陛下极其凶戾，做事没有任何章法，却在今日才真真见识到了新皇本人。

他的眉眼墨色极浓，肤色又极白，相衬起来极其耐看，是那种令人一眼惊艳的昳丽。

但是那些新官员又不敢再看，因为那双漆黑眼眸里的凶戾一览无余，眸光极凉，扫过他们脖颈间的时候让他们脊背发寒。

紧接着，他们彻底认清了这位新皇。

李兆从衣袖里拿出一沓名单，一个名字一个名字地念：

“礼部尚书任道远。

“吏部侍郎左真……”

新老派的官员都有，陆陆续续站了几列，新派的官员心里颇为纳罕，为什么被点到名的老官员一副要晕过去的样子。

那长长的名单终于念完了，李兆塞回衣袖，揉了揉额角，然后握住青铜剑，眼里漠然，除了不耐烦和一点凶戾，什么都没有。

“这三年你们就是这样迎接孤的？”

这话，有人听懂了，有人没听懂。

新派官员便头次见了他们眼里那些往日都高高在上沉稳老练又狡诈的老官员一个个面色发白，纷纷跪倒：“陛下饶命啊。”

饶命？

那些也被点到出列的新派官员瞬间变了脸色，怎么会这样？连个证据也没有，就要他们的命？

有不满的直接出声：“陛下这是要干什么？”

李兆蹙眉，眼里的不耐烦简直要溢出来，黑色大袖衫衬得他面色更为冷淡漠然。

“要孤解释？”他将青铜剑随手扔在一边站了起来，看向了那个问话的人。

眼珠漆黑，不带任何感情。

“扬州私盐有七成都是从官盐流出。”

问话的新派官员乍然面色变了，他在新派一群官员中向来是志得意满，前呼后拥，哪怕是秦国公动他也要思量，就算他稍收点银子，又怎么了？

他稳住面色，自认为自己没有留下任何把柄。

“陛下可有证据？”

李兆撩起眼皮子，轮廓线单薄锋利：“斩。”

……

血迹被迅速地擦去，大理石板被擦得光亮干净。

新派官员一个个两股战战，面上谨慎万分，低着个头，老实得很。

没被点到名的老官员面色不变却也心里发紧，觉得这些刚入朝的小崽子实在不知天高地厚，竟然敢挑衅这位，这世界上或许确实没有神，但是他们未免也太过自视甚高，要弄死他们还不是这位动动手指的事情。

还有那些稀里糊涂的老家伙，真是越老越糊涂。

这是得有多想不开了。

有生之年，最稳妥的办法难道不是熬死这位陛下吗?

第一次朝会就在这样的氛围中结束了，事情商谈就如同往年李兆在时一样顺利。

出了紫微宫后，几乎所有人都松了一口气。

太阳从东边的群山中缓缓升起，耀眼的红色映照着山河，金晖落在渐渐苏醒的京城。

新的一天，又开始了。

让不少人吃惊的是，这位居然没有动把持朝政大权的秦国公。

难道是陛下一如既往器重秦国公?

这话说出去谁信。

秦国公君子之风，处事有度，而这位陛下……不提也罢。

况且，帝王本就无情，更何况是这位呢?

毕竟非亲非故的。

一些大臣心里如是想。

然而紧接着，现实却结结实实打了他们一巴掌。

陛下要立后了!

立的还是秦斐的义妹，当初那位闺名唤作穗穗的小姑娘。

这下只待明年初春，秦国公便会与陛下结成姻亲。

一月之内，这消息像是插了翅膀似的传遍了整个京城。

家里有闺女的又开始活络心思，毕竟富贵险中求嘛，一个女儿，若是能换来全家富贵荣华，值了!

家里没闺女的也开始搜罗，自古英雄难过美人关，他们找的女子，不求什么多显贵的位置，只要能稍稍吹吹枕边风就行。

更有甚者，偷偷想去千金楼打听打听那位穗穗到底长什么样子。

然而，却无一不空手而返，被明光将军直接揍了一顿。

谭四娘有些无奈，嘟囔了几句：“这会儿要不是大魔头正忙着其他事情，这些人一个个的都要吃不了兜着走!”

穗穗给她斟上茶，也在一边坐下：“谭姐姐辛苦了，润润嗓子。”

谭四娘小啜一口：“你最近可得小心点。”她又想了想，啧了一声，“其实应该也不会有人敢朝你动手。”

她又想了想，摆摆手："算了算了，还是小心点，小心无大错，有句话怎么说的来着，人为财死，鸟为食亡，总有人疯了。"

穗穗被她逗笑了，抿着唇，眼眸弯成一弯浅浅的月牙："嗯。"

她将苔绿的蒜衣一层层剥掉，放进一个洁白的小碟子里，和谭四娘说些家常话，比如最近又听到了什么有意思的故事，还有学了点什么。

下午的阳光和煦，落在穗穗头发上、衣裙上、眼眸里，像是加了层蜜糖似的柔软。

谭四娘心里忍不住感慨，这么乖巧的穗穗怎么让人不喜欢呢？

"谭姐姐。"

穗穗连唤了几声，谭四娘才悠悠回神："怎么了？"

"姐姐帮我打点桂花好不好？"

后院的桂花树是穗穗前几年栽凤凰木的时候顺便种下的，如今也是亭亭如盖。

谭四娘自然应下，她注意到了桌上剥完的蒜："晚上吃什么啊？"

"桂花鸭、芙蓉竹荪汤，还有桂圆杏仁茶，谭姐姐要是留这儿我还能再加个点心。"

谭四娘有些心动，她最近好久没在穗穗这里用晚膳了，都怪大魔头。

但是几年前连着吃了一个月鱼、吃鱼吃到吐的事情给她留下了太深的心理阴影，她必须谨慎点："陛下今晚还来用膳吗？"

穗穗摇了摇头："哥哥不让郎君过来了。"

谭四娘大喜，李兆这个大魔头居然还有今天："那再加一个梅花饺当点心吧。"

穗穗眨巴眨巴眼，抿出一弯浅浅的笑："嗯。"

谭四娘站在桂花树下纵身一跃，伸出手径直揽到了桂花树的树枝，然后手腕发力，桂花树枝晃了晃。一转眼，谭四娘已经立到了树上。

嫩黄、鹅黄、深黄的桂花被谭四娘分门别类地装进不同篮子里，穗穗则在地上把落下的桂花捡起来，回头有时间了晒干就能做成香囊。

灶房里，白烟袅袅。

桂花鸭是金陵极其出名的膳食，咸甜清香，鲜嫩可口，香味醇厚，尤其是鸭皮，光亮得很，呈现出一种微黄的色泽，而更奇特的是，与烧烤腊制不同，桂花鸭的鸭肉近乎白玉色，肉质鲜嫩紧密。

在金陵，八月份是吃鸭的好时候，鸭子肥美，而因为秋日的到来，做出的鸭子更是让人觉得有桂花香气，故此在桂花盛开的季节制作皆为上品，金陵烹制鸭的手法实在繁复，而这桂花鸭却是其中一绝。

鸭子做好最基本的清理后，穗穗将它提起来放置在清水中洗了洗，沥净水分后备用。然后将大锅架起，挽起衣袖开始第二步，炒盐。

传统的金陵做法里，桂花鸭是要经过熟盐搓来入味的。

穗穗已经提前将盐块敲碎过筛杂质，此时下进热锅后，洁白的盐粒就像冬日旷静的雪地，漂亮地堆积在一起，同盐粒一并下进去的还有各种香辛料，被激发出的香味儿慢慢地飘出了灶房。

穗穗改了文火，一刻也不停地翻炒着，渐渐地，雪白的盐粒变作了粉状，更为细腻，这整道菜肴里，最为考验的不是其他，正是刀工。

香辛料炒得酥脆却又不焦不煳，香味儿被完全激发出来，炒盐这一步算是成了。穗穗等到锅里的盐自然放凉才取了出来，用个略大些的木盆子将鸭子放进去，然后灌了一半盐入鸭腹，另一半则均匀抹在鸭身上。用的力道也有讲究，力道小了，搓不进去味道，力道大了，会将鸭皮搓破了。

而这仅仅是桂花鸭里的头一道手法——干腌。

第二道的名字叫“复卤”。

桂花鸭是少有的将干腌和复卤结合在一起的菜肴，单单用盐腌制，鸭子的风味不足以与卤煮过的鸭子媲美，但是再加上复卤，就大大不一样了。

复卤最好选用老卤，时间越长风味越足，在金陵，一味好的百年老卤价格可卖至百两雪花银，穗穗用的老卤是她自己先前做的，历史倒没百年老卤那么悠久，但大概是因为她反复卤煮的次数有点多，这老卤的风味极其鲜醇浓厚。

重新煮了卤水，揭开盖子后将谭四娘都吸引了过来。

“桂花鸭好了吗穗穗？”她立在灶房门口摸着肚子竟觉得有些饿，明明中午的饭也没过多久啊。

“没呢。”

谭四娘咽了咽口水，只得老老实实转身继续去打桂花。

干腌腌上一两个时辰后就要把盐粒都倒出来了，等到老卤放凉，穗穗端起来小心翼翼倒入木盆中，再将鸭子放进去，用木格子压住，确保每一处都完全浸在卤水中。

复卤也是要卤上个一两个时辰，趁这个工夫，穗穗先把芙蓉竹荪汤做上。

鸡肉剁成碎末，但这还不够细，穗穗又碾磨了碾磨，再用细纱布筛了一遍才好，和上鸡蛋清搅拌均匀，装进平日蘸调料才会用的小盏里上锅蒸煮。

竹荪用的是织金短荪，泡发后简单处理一下就可以煮高汤了，在鸡骨架煮成的高汤里，拂去上面的白色浮沫，加入竹荪就能中和油腻，使之味道清淡纯正，鲜香发挥到极致。

加入竹荪后煮到了高汤浓白，穗穗才关了火，将笼里蒸好的鸡肉蓉倒出来，一个一个顺着锅边滑进去。

在一些做法里也有用鸡蛋羹打底而不是用鸡肉蓉的，穗穗两种都做过，比较之后按照自己的口味则更偏好现在的做法，便这样处理了。

时辰还早，穗穗索性把梅花饺也准备着做了。

梅花饺并不是顾名思义用梅花做成的饺子，而是形似梅花，大多数糕点并不在于用料有多新奇，绝就绝在巧思和手法上。

馅料上穗穗准备了甜咸两种口味，和好面后就开始擀皮。穗穗打了两个鸡蛋，分开蛋清与蛋黄，将每个饺子皮的四周都涂上蛋清，折成了五角形，这是梅花饺独特的饺皮形状，在平整的一面放上馅料，然后手指蘸上点儿蛋清涂在五角形的每个角上，一边折，一边蘸，最后便能折出一个恰如梅花的形状。

穗穗起先做得稍微慢些，后来便越来越熟稔，一个一个白胖胖的梅花饺在她手下成型，最后她使了根筷子蘸着蛋黄滴在梅花中心，等到蒸熟了，这里便会是嫩黄的花蕊。

桂花鸭这边，复卤的流程走完是晾晒，晾晒一定要吹干，为了赶上晚饭，穗穗用着蒲扇手动吹风，紧赶慢赶。

晾晒完则到了最后一步煮的环节。

前几步都是要凉处理，盐搓的是放凉的炒盐，卤水用的放凉的老卤，晾晒就更不用提了，只有这样，才能锁住鸭肉的鲜嫩和留住那雪白的颜色。

最后一步煮则是唯一的热处理，煮讲究煮足，高汤烧得咕嘟咕嘟冒着小泡了就开始下鸭子，焐上个一炷香的工夫，穗穗用勺反复将锅内的高汤浇到鸭子上，滚烫的温度可以使鸭子更入味。

插入芦管，将鸭腹内的高汤倒出在另一个小锅内，再将鸭子放进去，反复用这里的高汤浇进鸭腹，周而复往，穗穗做了五次。

这道桂花鸭这时才算是基本大功告成，穗穗将它挂在通风处晾晒，不自觉地动了动手臂，松了松肩膀，这鸭做得忒是熬人了。

晚膳时间在谭四娘的千盼万盼里可算是姗姗来迟了。

芙蓉竹荪汤里，雪白的和黄金的辉映，一口鲜嫩滑爽，让人口中生津，食指大动。

梅花饺则是白梅晶莹，黄蕊鲜嫩，剔透喜人，整齐地摆满了一碟，一口咬下去，微烫的汤汁熨帖温暖了整个身心。

至于今晚重头戏桂花鸭更是绝了，晾晒干后穗穗将它切成小条摆成了菱花状上桌，夹一根下去，好吃得谭四娘差点咬到自己的舌头，和芙蓉竹荪汤完全不同的鲜嫩，鸭皮还带着点微酥，谭四娘眼睛一亮，又夹了好几根。

桂圆杏仁茶是在饭后才上来的，微苦但是略甜的后韵很好地抚慰了味蕾，茶饱饭足的谭四娘满足地感慨："这种日子真好。"

不用打仗，还有好吃的。

穗穗纤长的睫毛下是双干净的眼眸，这种干净并不是一无所知的干净，而是历久弥新的干净，她抿出一个笑，烦恼很少挂上那巴掌大的小脸："姐姐觉得好吃就好。”

对她而言，这样被人肯定的感觉也很好。

谭四娘积极地洗了碗后才离开。

没过多久，街上就传来人定的梆子声，穗穗低头将书合上，该睡了。

但是再抬头的工夫，屋子里就又多了一个人，他坐在窗边，微抿着唇，眉眼间淡淡的烦倦还未褪去，纯黑色的大袖衫鼓吹出好看的弧度，露出一小截儿清瘦的腕骨。

穗穗有些被惊到，她眨巴眨巴眼，慢吞吞唤了一句：“郎君。”

“过来。”

穗穗听话地挪了过去。

然后，肩窝处，紧靠着脖颈的地方，骤然沉了。

李兆靠在了穗穗身上，穗穗蓦然有些僵硬，她不知道该如何是好，一动也不敢动，但是温热的呼吸扫过细腻敏感的脖颈，还有发丝。

很奇异的，此时此刻穗穗的思维像是一条缓慢流动的河流，一点一点地冒泡泡。

郎君原来呼吸是热的啊。

郎君原来会呼吸啊。

啊，不对不对，郎君本来就会呼吸。

郎君是不是很累啊。

……

她只是站着，在月光下，连动一下都担心惊扰到眼前人。

半晌，李兆才慢慢抬头，他的眼睛里那种白日在他人面前的疏离和冷淡锋利没了，眉眼间的不耐烦也少了，声音变得有点温暾的懒。

“放松点。”

“哦。”

李兆又靠了上去，他闭着眼，有一句没一句地问：“被吓到了？”

穗穗有些艰难地想了想，才意识到郎君问的是方才，她浅浅地应了一声。

李兆淡淡道了三个字：“胆小鬼。”

穗穗纤长的眼睫毛下垂，有点委屈巴巴的不高兴。

李兆没听见答话，他慢悠悠睁开眼，从穗穗身上起来：“好了好了，下次不这样吓你了，可是我敲门，你不是会更害怕吗？”

穗穗眨眨眼，想着想着觉得好像还真是那样。

那怎么办呢？

“郎君下次要来可以提前告诉穗穗呀。”

李兆微微勾唇，笑意隐约，小包子聪明了不少。

穗穗知道他这样是应下了，便把方才的一点小不高兴抛之脑后：“郎君是最近很累吗？”

李兆瞥了她一眼，微微磨牙，天知道秦斐为了把他拦在紫微宫到底留下了多少案卷要他一一批复。

“还好。”

穗穗留意到李兆穿的还是略显单薄的单衣。

“郎君进屋吧，小心着凉。”

李兆下来后，穗穗一边将窗关上，一边道：“最近天要更凉了，郎君记得穿得更厚些。”转身后发现李兆已经坐到了桌边，捏了块桌上的桂花糕在吃。

“郎君用过膳了吗？”

“没。”

穗穗没想到他竟是这么忙，一点膳食都没用便匆匆过来了。

“今日做的桂花鸭还有一点，还有一些梅花饺捏好了没上炉蒸呢，不然郎君先用来垫垫肚子，或者郎君还想用些什么，再给郎君做也成的。”

李兆看了眼外头变大的风：“不用你去，就这两样就行。”

他走到窗边拍了拍手，说了声什么，很快，屋门就被敲响。

穗穗这时候倒不怕了，郎君就在这里，她怕什么呢?

剩下的半只桂花鸭被放在门口的托盘上。

“梅花饺还要一会儿才能上来。”李兆道。

穗穗点了点头，她用刀将桂花鸭片成小条，但是并未像晚膳一样讲究地摆成菱花状，现在郎君还未用膳才是最主要的。

她坐在桌边将书打开，翻起来继续看，李兆则慢条斯理地用桂花鸭。

梅花饺也很快好了，穗穗从门口拿到了桌上：“都是甜口的。”

李兆瞥了她一眼，没说话，只是筷子的方向一转，夹住了甜甜的梅花饺。

所有人中，穗穗和秦斐爱清淡，点心类的很少用，而谭四娘喜欢咸口麻辣口，只有他喜欢吃甜的。

而他喜欢吃甜口这个秘密，只有她知道。

番外二

凤凰木灼灼燃烧，烧红了整个京城半边天。

穗穗坐在紫微宫的顶层，看着下面生机盎然的色彩，很轻很轻地眨了眨眼。

“郎君，凤凰花开了。”穗穗的声音还是温柔软和的，时间似乎没有在她身上留下任何痕迹。

“嗯。”李兆坐在一边淡淡应了一声。

“郎君这次想吃点什么呀？”

“都行。”李兆撩起眼皮，也看向那灼灼燃烧的红色。

穗穗弯唇笑了笑：“之前做的还剩下点桂花蜜，拌了做米酒酿好不好？”

或许是多年的相处，让穗穗也渐渐地从清淡口味到略微爱甜了。

“好。”

那便去做，穗穗起身。

只有从她放得缓慢的脚步里，能看出时间一下就将人的时间偷跑了，一生短短，也不过几十年。

李兆站起身，揽住穗穗的腰，并未让她慢慢从楼梯上一步一步蹒跚而下，直接御着轻功带着穗穗到了御膳房。

“谢谢郎君了。”穗穗的眼睛依旧清亮。

李兆没答话。

穗穗也不在意，从架子上取出封存了很久的桂花蜜，又将酿好的米酒酿舀了几勺出来。

此时是炎炎夏日，米酒酿是冷吃风味更佳。

穗穗却开了火，烧热了米酒酿，又加了金丝蜜枣，再舀了两勺桂花蜜，拌匀，然后倒进了汤盅。

淡淡的酒香和勾魂的桂花香交缠，密不可分地闯进嗅觉，不由分说地勾起味觉。

一如多年来有幸尝过千金楼饭菜的老饕评价，十里闻香知其味。

李兆进来将米酒酿放进了食盒里，然后揽着穗穗直接回了紫微宫。

紫微宫二层。

穗穗将汤盅和小碗一一摆在桌子上，然后碰了碰李兆的手，冰冰凉凉的。她微微蹙眉，将热乎乎的米酒酿盛进小碗里，放在李兆掌心，意图让他稍稍暖和一点。

紧接着，她把紫微宫二层的小窗也给关了。

在盛夏里，这样的举措无疑让屋子更热了。

李兆搅了搅碗里的米酒酿，没有忽视穗穗这些小动作，可他什么都没说，只道："来用膳吧。"

穗穗看遍了整个屋子，确定确实没有自己能做的了才坐下慢吞吞地喝米酒酿。

"你准备喝成咸口的吗？"李兆揉了揉额心，从衣袖里拿出一方帕子，把穗穗眼角的泪拭掉。

穗穗抿紧了唇。

李兆明白她是个什么性子："你还活着，我不会轻易去死的。"

穗穗别开头，怕自己又控制不住低头的时候哭了出来。

李兆从去年冬天开始，便时常陷入昏迷，从早到晚手脚冰凉，天气热时昏迷的时间还会短些，而天气转凉，就连太医都束手无策，说走一步看一步。

而李兆现在，刚醒没多久。

穗穗想起外头开得正盛的凤凰花，凤凰花开得最盛的时候也是夏日最盛的时候，一旦凤凰花慢慢枯萎，天气便会逐步转凉，直至隆冬。

穗穗哪里不知道，郎君说得越是轻描淡写，事情就越发严重。

服用禁药的后果，又岂止是躺上个三年?

她鼻子有些发酸。

李兆面色却还是淡淡的："用膳了。不然就该凉了。"

穗穗甚至都不知道自己到底是怎么用完这碗甜得发苦的米酒酿的。

她心里有方天地，曾经因为李兆的存在而安定过、圆满过，如今，也自然因为可能失去李兆而惶恐不安。

她心里清楚，生老病死，人都有如此一遭。

可她也被李兆保护得太好，以至于越发不能接受没有李兆存在的可能。

"我希望凤凰花永开不败。"这是她去年以及往后年年的唯一愿望。

生死这种事情，往往不是人力所能控制的。

穗穗再次骤然发现自己的弱小。

但是这种弱小并不长久，她深夜数不清地痛哭过，最终还是选择了站起来。

日子和生活，都要长长久久地继续往下过，在那些等待的年华里，时光将道理一点点教给她。

李兆最后一次失踪了，从整个京城失踪了，而陪他一起失踪的还有他唯一的皇后，秦穗穗。

而这次，没有约定期限。

穗穗请了哥哥嫂嫂和谭四来吃临别前的最后一场酒。

她向秦斐道歉，她不是一个好妹妹，现在却又要哥哥为她担心了。

秦斐却道："你高兴就好。"

他的眉眼间是淡淡的从容和温柔："穗穗，你要高兴啊。"

或许别人对妹妹有着不同的期望，可是于秦斐而言，他只想让自己的妹妹一生平安喜乐，自此便无所求。

穗穗忍住鼻尖发酸的冲动，重重地点了点头。

她笑着笑着笑出了泪："哥哥，你怎么这么好。"

秦斐摸了摸她的发顶，像是她还小一样："别怕，我在。"

对谭四的告别则要简单得多。

谭四娘至今仍然是独自一个人，赋闲在家时居然也愿意闲时读读书，练练字。

她娇俏的女声中还带着点烦恼："你走了我吃什么，这些年我都被你养叼口味了。"

穗穗眉眼弯弯："那等我回来，我给你做更好吃的。"

谭四娘歪头想了想："你要说话算话，穗穗。"

"嗯。"穗穗点点头。

李兆面前放的是温好的酒，京城的秋天渐渐来了，落叶飘飞，气温渐降，他和穗穗要先去南方，南方的气温对他的病要更好一点。

他曾经不是那么愿意活着，觉得死了和活着没什么区别。

可是现在，他不是孤家寡人了。

他想活着，想再陪着身边这个傻乎乎的姑娘久一点，他怕她被人骗了，他怕她有什么不如意的事情，他怕她还是像先前一样什么都不说，只夜里一个人偷偷抱着膝哭。

他最烦她哭了，也最心疼她哭了。

李兆将温酒一口抿尽。

秦斐趁着穗穗和谭四娘说话的时候找着了李兆："陛下，拜托您了。"

李兆低声应下。

秦斐便再无话可说，他准备转身离去回到酒席上。

李兆却突然喊住了他："秦斐。"

身姿挺拔的郎君转过了身，面上有些讶异。

“拜托了。”

这可能是李兆这一生唯一一次服软的时候，尤其还是对他怎么都看不顺眼的秦斐。

秦斐点头应下，继续往回走，风吹动他的衣袍，卷出一片苍茫的绿色。

李兆微微闭上眼，酒意烫喉。

他杀了数不清的人，是他的罪孽，无论杀了那些人本身的意义是对还是错，只要杀人便是违了法纪，他该为此付出代价。

他对小包子好的时候太少，最长的旅途居然还是从山上下去到了镇里再入京城，再往后，大部分时候，小包子就停留在皇宫里。

他听她读过很多书，有塞外的风情，有江南的秀美。

江山好风光，他陪她再看最后一场。

只有一丁点儿是他的私心，这样的事情，除了他再无人会做得出了，这样子，她是不是会记得他更久一点?

所有的旅程画上句号是在甜水村。

穗穗不再是少年时候被称作小哭包的姑娘了，她很安静地把李兆葬在了那个山清水秀的地方。

也很安静地回了京城，继续经营她的千金楼。

她过得很好，就像李兆期望的那样好。

京城渐渐流传开，千金楼的千金有二不买，一碗米酒酿，一碟鲈鱼脍。

她所有的日子都不需要过多的抚慰，阳光好了便在楼上晒晒太阳，下雨了就在屋子里翻书练字。

她的郎君走了，却教会她好好生活。

她会难过，可是想到那些有郎君在的日子，也会常常不自觉地笑弯了眼。

这就是唯一的真相，关于生活。

她依旧抱有期待。

她相信一切都会像郎君承诺给她的那样——

“我们还会再见面。”

……

“你是谁？”长身玉立的少年郎君微蹙着眉，看向自己殿里突然出现的人。

穗穗还有点懵懵懂懂，她环顾四周，全是陌生的装饰，这是哪儿？她方才不是在家里睡着了吗？怎么一觉醒来就在这么个地方？

李喻韫并未喊人进来，一是因为他自己有足够的自御能力，二是因为就眼前这个弱弱的小姑娘，无论从哪个方面看，都不能对他造成任何威胁。

他觉得这姑娘可能脑子还不算太灵光，反应有点慢吞吞的，他问完话后竟然过了好几息的工夫，那姑娘才慢慢地把眸光聚焦到他身上，傻乎乎的，有点像他那只猫。

想猫猫就来了。

一只浑身雪白的猫从床帐上轻盈跃下，直接跳进了穗穗怀里。

穗穗被毛茸茸的手感弄得一愣，睁圆了眼。她明显有些害怕，却没有松开手，怕猫也落到地上。

李喻韫微微一挑眉，他拍了拍手，雪白的猫儿湛蓝如宝石的猫眼朝他看过去，却并未跑到主人身边，而是继续窝在穗穗怀里，甚至还窝得更舒服了。

穗穗心里在发慌，她有点无所适从，只能勉勉强强想起哥哥的交代，见人不要怕，要打招呼，要胆子大些，要笑。

纤长的睫毛抖呀抖的，少女的声音稍颤，南方的口音带着些软糯："郎君。"

她抿抿唇，想露出个笑，却不知道自己这时眼里有多惊慌失措，连头发丝都是软乎乎的，给人呈现出"我很好欺负，快来欺负我"的印象。

李喻韫看了眼自家的猫，有点惊讶这猫居然还会黏除了他以外的人，他面上不动声色，只匆匆瞥了眼快哭了的穗穗。

一方帕子被递到穗穗面前。

"快擦了吧。"少年郎君的声音放软了些，有点不自在，他从没这样辩白和安慰一个人过，"我不是坏人。"

话一出口，他就觉察到了自己作为的不合适，说自己不是坏人这话多没公信力啊。

然而，出乎他意料的是，面前的小姑娘居然还真信了，连呼吸声都放得平稳了很多。

他一时间哭笑不得，走到桌边拎起茶壶倒了杯茶递给那看起来年龄不大的小姑娘。

穗穗有些犹豫要不要接，哥哥说过，陌生人给的东西不能随意吃喝。

李喻韫直接猜出了穗穗的心思，也不是他有多聪明，就小姑娘那张脸跟白纸一样，什么情绪都写了出来，想让人猜不出来都难。

他难得给人斟茶倒水，居然还被人怀疑是否下毒。

他只能又将茶壶拎起来，倒了一杯茶，自己啜饮了两口："喏，没事，可以喝。"

闻言，穗穗面上噌地蹿出一团淡淡的绯红，是她误会了郎君的好意。她伸出手捏住茶杯，轻轻地道了句谢谢。

李喻韫便乍然觉得这样的人绝对不可能是京城那些人送进来的，这么傻，这么容易相信别人的话，恐怕在皇宫活不过三天。

要想下毒，法子可太多了。

等穗穗喝完了一杯茶，情绪稳定了下来，李喻韫才又开始问话。

"你叫穗穗？"

穗穗乖巧地点了点头。

“你怎么在这儿？”

穗穗摇了摇头，声音很低，眼里还带着迷茫：“我也不知道。”

李喻韫敲了敲桌子，这就有意思了。

“那你家在哪儿？”

穗穗眨巴眨巴眼睛，声音软糯糯的，答得毫不迟疑：“甜水村。”

李喻韫蹙了蹙眉，他怎么不记得京城附近有一个叫甜水村的地方？

但是他又笃定眼前这个小姑娘没撒谎，因为从口音看，这名叫穗穗的小姑娘确实不是京城附近人氏，观其口音，应该是南都那边的。

他盘问了几句，也没发现什么端倪，只能将这事情压下，思索要把这小姑娘怎么处理。

穗穗的肚子极其不合时宜地咕咕响了起来，她中午没用多少饭，再加上情绪上起起落落，耗费心力耗费得厉害，此时便饿了。

李喻韫暂时打消了将人下放看管起来的念头：“没用膳吗？”

穗穗有点羞窘，低着头露出柔软的小发旋。

然后，她就听见头顶传来一声很轻很轻的笑。

猝不及防地，穗穗抬起头，正好望进那双幽黑深邃此时却笑起来的眼眸。

那是极其好看的，好看得让人觉得惊艳，甚至那眉眼间也有了点隐约的熟悉感。

“米酒酿行吗？”李喻韫问穗穗。

穗穗咬着唇点点头，更加窘迫。

等到米酒酿上桌，李喻韫又踏进了屋子才发现穗穗还乖乖巧巧地坐在床上，和他离开时分毫不差。

肯定是动也不曾动过。

“过来。”

穗穗听话地坐到了桌子边上，却一时间有些发难。那雪白猫儿还乖巧地窝在她怀里，一副眯眼睡熟了的样子。

她不知道该不该撒手了。

一只手探向那只白猫。

那猫乍然睁开了漂亮的眼，顺着手臂就爬到了少年郎君的肩上。

穗穗睁圆了眼，和那只猫四目相对。

“快吃吧。”李喻韫在一边坐下。

穗穗这才把心神都收回来，看向桌上的碗碟，都和家里的不同，一个个都是描金边的，剔透的米酒酿盛在碗里摇晃着，波光潋滟。

“谢谢郎君。”

眼前的郎君当真是好心意，她饿了还给她拿东西吃。

李喻韫捏了捏那雪白猫儿的后脖："无妨。"

穗穗安安静静用饱了饭，有了些力气，这才谈起自己要回家的事情："郎君，这是哪儿呀？"

李喻韫并不瞒着小姑娘，他不屑说谎："京城。"

穗穗惊了，她顷刻就坐得有些不稳当，说话也有些磕绊："京城？"

是她在书里读到的京城吗？

在书里，京城是一个很远很远的地方，它声名远扬，村子里谁都知道，小时候数不清的小郎君在私塾许愿要去京城做大官。

京城是富裕的，京城是人人向往的。

可是穗穗怕了。

小姑娘没什么雄心壮志，只是想安安稳稳和哥哥一起好好过着手头的日子。

京城于她，遥不可及。

或许正如此时，甜水村的家里于她，也是遥不可及。

小姑娘鼻子有些发酸，眨眨眼，泪水在眼眶里打转，却并未哭出来。她抿紧了唇："那郎君，我家在哪里呀？"

"不知道。"李喻韫摸了摸猫的脊背，"你不怀疑我骗你吗？"

"郎君是好人。"穗穗低着头，声音有些瓮声翁气。

她使劲儿地眨着眼，不让眼泪流下来，郎君也不知道她的家在哪里，可是万一哥哥还在家里找她呢。

她想到这里，一颗泪珠子砸落到平整的裙角上，洇染开一片深色。

小姑娘哭得很小声，甚至还比不上李喻韫手里这只猫闹腾，他瞥了穗穗一眼，叹了口气。

他方才出去吩咐人的时候更是盘问负责守卫宫殿的侍卫，他们都说没有见到任何可疑人进来。

这小姑娘，出现得也真是莫名其妙了。

"你家里可还有什么人？"李喻韫问道。

穗穗的鼻尖还泛着红，她垂着头，自己从衣袖里拿出帕子擦干净脸："我还有个哥哥。"

她终究是年纪小，一时间到了人生地不熟的地方，面上难免生出点彷徨。

"郎君，穗穗怎么样才能回家呀？"她的声音还发着颤，字句中间停停顿顿，光是听着就让人心疼。

李喻韫把猫抱在怀里。

"莫哭了。"他的声音并不算铿锵有力，甚至还有点随意，"若是不知道怎么办，你就先跟着我好了。"

穗穗看了过去，眼尾还晕着胭脂色。

四目相对。

少年郎君的声音又轻又认真："我护着你就是了，往后，我替你找家人。

"只一条，不许再哭了。"

这一年，李喻韫十七岁。

光阴荏苒而过。

"殿下，河南道那边倒是有个甜水村，可是和穗穗姑娘描述的并不一样。"

李喻韫揉了揉额角，将折子都收了起来："除了这些呢？还没个消息？"

"没有。"

李喻韫轻轻叹了口气："别和她说了。"

"是，殿下。"侍卫习以为常，殿下找甜水村找了有几年了，却一直没找到，每次有了消息，都要他先审核一遍，总怕是空的，让穗穗姑娘期望失落。

可这样，长久没个消息也不是办法。

"甜水村"这个名字听起来应该是传得久的老名字了，并不是朝廷早些年颁发下去的新名字啊。更何况，就算找着了甜水村，那穗穗姑娘的兄长呢？此时还是否会有个音信？

唉！

侍卫继续汇报："今日京城外来的人口中有一位名叫秦斐，籍贯在岭南，是来赶考的学子，拜了段老学士为师。"

除了找甜水村，另一个便是按照人名一个一个地找了。

这些日子，因为临近秋试，京城拥进了不少读书人，姓秦名斐的，这不是第一个，也不是最后一个。

来京赶考的学子不比其他人士，详细籍贯以及更多消息是在学府里存着的，不易查询。

李喻韫想了想："回头孤去问问先生，这个人先放着。"

不等侍卫应下，外头就传来内侍的通报声。

穗穗来了。

李喻韫蹙了下眉，挥挥手，示意侍卫先停下。

给了人期待又叫它落空这种事情，李喻韫避免让它发生在穗穗身上。

"郎君。"穗穗的声音还带着点软糯，她从殿外拎着食盒走了进来。

侍卫有眼力见得很，连忙帮她提住食盒。

穗穗笑着道了谢，翩跹的裙角像是一只蝴蝶。

"今日中午用什么？"李喻韫不动声色地虚拦住她，以防她给摔倒了。

穗穗将饭菜一一从食盒中拿了出来，献宝一样挨个儿介绍："这是水晶冻，滑爽可口；这是八宝鸭，很香很香的。"

她将上层食盒拿开，信心满满介绍自己准备的重头戏，这是她今日刚跟着御膳房的大厨学的。

“鲈鱼脍。”

可是李喻韫却蓦然失笑，嘴角微扬：“你说这是鲈鱼脍？”

穗穗还没发觉哪里不对劲，轻轻眨巴了下眼：“对啊。”

“你自己看看？”

穗穗看了过去，只瞧见一只白猫睁圆了湛蓝的眼睛。

“啊。”穗穗轻轻将猫抱进了怀里，“包子，你什么时候进来的？”

食盒里只剩一个空盘子了。

显然，凶手只有一个。

穗穗有些懊恼：“郎君，下次我一定好好看着包子。”

这种事情不是第一次了，可是穗穗明明记得，她是将包子喂饱了才去做的鲈鱼脍，包子怎么饿得这么快？

李喻韫伸手将瘫得极其舒服的猫拎出了穗穗怀里。

白猫晃动着四只粉色软垫爪却无济于事。

“喵喵喵……”它极其不满地叫着。

李喻韫撩起眼皮，将这一回生二回熟还不知悔改的猫直接扔给了侍卫：“饿它个两天。”

胆子大了，都敢抢他的鱼了。